백석 시 연구

金 淑 伊 著

국학자료원

문학사를 공부하면서 한 문학인이 살아온 경로를 주의 깊게 더듬어보면 그 발자취에서 우리는 뜻밖의 내용과 정황을 발견하고 놀라는 경우가한 두 번이 아니다. 삶의 경로가 시대적 굴곡과 맞닥뜨린 상태에서 자기 앞에 놓인 굴곡을 어떻게 통과해 가는가에 따라 산출된 작품의 질과 양은현저하게 달라진다. 오랜 봉건체제의 굴레에서 벗어나 자유인으로서의 삶을 살아가고자 했건만 시대적 제약은 항시 개인의 생존에 어두운 그림자를 드리우고, 심리적 억압으로 작용했다. 이 때문에 한국문학사의 전반적 빛깔은 대체로 어둡고 우울하다.

식민지 압제로 인한 시련의 세월이 그러하였고, 광복 이후의 격심한 이념대립 끝에 마침내 폭발하고야 말았던 저 비통한 동족상쟁의 경과와 후유증 탓으로도 그러하였다. 모진 파괴와 무질서 속에서도 존재와 역사의 중심잡기에 골몰해온 문학인들의 외로운 노력이 있었으므로 이후 시기문학사의 혼돈과 정체가 한층 탕감되면서 제 자리를 잡아갈 수가 있었다. 그리하여 문학사 공부는 한국인의 신산했던 시간과 공간 속에서 자칫 분산되기 쉬운 마음의 중심을 한 곳으로 집중시킬 수 있는 가장 적절한 경험이다. 저자의 경우도 늦게 터득한 깨달음을 자산으로 해서 오로지 문학사 공부에 전념하였다.

줄곧 뇌리를 떠나지 않은 말은 "전심치지(專心致志)" 네 글자였다. 한결같은 마음의 자세로 문학사 공부 한 가지에만 뜻을 다하여 모든 노력을 집중시켰다. 처음에는 김수영(金洙暎;1921~1968)의 문학을 통하여 불꽃같은 정신의 섬광을 보았고, 다음으로는 김소월(金素月;1902~1934)의 유장한 율격에 깊이 심취함으로써 한국인으로서의 진정한 정체성을 확인할 수 있었다.

제도권에 의한 학업이란 적절한 나이에 부합되는 단계를 즉시즉시 밟아가야 하거늘, 저자의 경우 대학재학 시절, 정규적 학업을 마무리 짓지 못한 상태에서 황급히 결혼을 하고 가정주부가 되어 세 아이를 출산했으며, 한 지아비의 아내와 아이들의 어머니로서 충실한 삶을 살아야만 했다. 세상 모든 여성들이 다 거치게 되는 관습적 통과제의를 당연히 받아들여 살아가면서도 가슴 한 편에서는 못내 지적 탐구에 대한 갈증과 아쉬움으로 목이 말랐다. 그 아이들이 성장하여 자신들의 가정을 이루기까지 모든 뒷바라지를 다해주고 홀로 돌아앉은 고요한 시간에 나는 마침내 결심하였다.

내가 그토록 하고 싶었던 학문에 대한 의욕과 포부를 실현해보기로 어금니를 굳게 깨물었다. 그동안 아이들을 위해 시간을 바쳤으니 이제는 나 자신을 위한 세월을 살아야겠다는 생각을 굳혔다. 이러한 속뜻을 이루기 위해 컴퓨터 능력부터 숙달될 수 있도록 자료를 찾고 학원을 다니며 실력 향상을 위해 노력하였다. 뿐만 아니라 나의 내부에서 줄기차게 끓어오르는 시 창작의 열정도 실현해보려는 일념으로 한국여성의 전통적 표상과 삶의 경과를 화두(話頭)로 해서 한 편 두 편 써 모아 시집까지 발간하였다. 마침내 없던 용기를 내어서 나이 쉰이 넘어 대학 국문과에 복학을 하고, 불철주야 문학공부에 몰두하였다. 학부를 마치고 곧바로 대학원 석사과정에 진학하여 학자로서의 탐구와 분석의 기초를 익혀나가는 과정을 연마하였다. 하지만 모든 것이 어눌하고 익숙하지 않으므로 주변 동료 선후배들에게 많은 불편과 부담을 주었을 것임에 틀림없다.

공부란 틈을 주거나 잠시도 방심하면 원점으로 되돌아가고 마는 것.

석사를 마치고 나는 곧바로 박사과정에 진학하여 석사시절에 익힌 기초를 더욱 세련된 방법과 자세로 발전시키고 다듬어가는 노력에 몰두하였다. 이 과정에서 가장 즐거웠던 것은 한 가지 테마를 상정해서 그에 대한 지속적인 세미나를 펼쳐가는 경험이었다. 도서관에서 오래된 자료를 찾고, 그 자료와 관련된 기존 연구서를 두루 섭렵하며, 이를 새롭게 재해석해서 논문을 쓰고 발표하는 일이 어찌 그리도 즐겁고 신명이 났던 것일까. 돌이켜보면 이러한 모든 활동들이 나의 해묵은 지적 갈증과 탐구열을 실현하는 과정이었음을 이제야 깨닫는다.

대학원 박사과정에 몸담고 있으면서 줄곧 나의 뇌리를 떠나지 않은 것은 해석학(Hermeneutik)이라는 비평방법과 분석의 틀이었다. 이미 널리 알려진 바와 같이 해석학이란 의미를 담고 있는 텍스트와 그 자료를 해석하는 방법을 일컫는다. 하나의 문학 텍스트 내부에는 결국 문학인 자신의 의도와 그것이 형성된 맥락, 상황, 의미 따위가 고스란히 담겨져 있다. 그러므로 작품은 이러한 비의(秘意)를 독자들에게 전달해주는 매우 중요한 메신저이다. 해석학이 지닌 매력은 날이 갈수록 더욱 짙고 뜨겁게 달아올랐다. 우주와 대자연이 인간에게 항시 무제한적으로 송출하고 있는 메시지를 지상의 인간에게 자상하게 설명하고 어려운 대목을 해설해주는 사람이 바로 희랍신화에 등장하는 헤르메스(Hermes)였던 것이다. 나는 문학 텍스트가 내포하고 있는 풍부한 언어와 메시지를 독자들에게 쉽고 흥미롭게 전달해주는 한 사람의 헤르메스가 되고 싶은 학자적 속내를 가졌다.

해석학은 원래 독립된 학문이라기보다는 문헌학, 성서학, 법률학의 보조적 기능을 담당하는 영역이었다. 이것이 세월의 경과와 더불어 현상학, 미학, 분석철학, 언어철학, 구조주의, 정신분석학 따위와 연결이 되면서 섬사 신화된 틀을 맞추기 시작하였던 것이다. 현대애석학 에서 가깅 중요한 것은 해석자와 텍스트 사이에 존재하는 공통관심사, 그리고 언어적 의미에서 발생하는 해석과 이해의 차이라 할 수 있다. 무엇보다도 반성(反省)에 토대를 둔 관찰자 자신의 해석학적 관심이 학문의 품격을 신선하게 유지시켜준다고 하겠다.

이러한 해석학적 비평방법으로 분석할 만한 가장 알맞은 텍스트를 찾아 헤매던 끝에 나는 드디어 1930년대 한국의 대표시인이었던 백석(白石;1912~1995)과 만나게 되었다. 그는 당대 최고수준의 시인이었으나 자기 앞에 육박해오는 시대현실과 끝내 불화하고 마침내 만주로 탈출하듯 떠나갔던 것이다. 해방이 되면서 곧 분단이 되었으나 백석이란 시인의 존재는 이로부터 남북한 문학사에서 완전한 망각의 토사(土砂)에 매몰되고 말았다. 하지만 문학사 공부란 내적 균형 잡기와 평형성의 회복에 다름 아닐 터인즉, 한국문학사가 드러내고 있는 허다한 문제점 중 잘못된 문학사 서술체계에 대한 반감에 나는 주목하였다. 이와 더불어 백석이란 시인의 존재성이 너무도 부당하게 분단(分斷)의 산사태에 매몰되어 있는 사례를 안타깝게 여겨서 오랜 고심 끝에 박사학위논문 테마로 백석의 텍스트를 설정하였다. 이번에 발간하는 저서에는 나의 이러한 그동안의 학업 경과가 모두 담겨 있다.

이 단계에 이르기까지 영남대학교 국문과 이동순(李東洵) 교수께서 지도교수로서의 자상한 이해심과 사랑에 기초한 격려로 줄곧 용기를 북돋아주었음을 결코 잊지 못한다. 이동순 교수는 흩어진 백석의 시작품을 수집 정리하여 분단 이후 최초로 『백석시전집』(창작과비평사, 1987)을 발간함으로써 시인을 민족문학사에 부활시킨 분이다. 당시 그분께 직접 지도를 받게 된 감격을 과연 무슨 필설(筆舌)로 표현할 길 있으랴.

만학도로 다시 시작한 공부가 이순(耳順)이 넘어서 드디어 문학박사학위를 받게 되던 날, 나는 새벽녘까지 홀로 불을 밝히고 앉아서 지난 십여 년 세월의 경과를 마치 영화의 필름을 거꾸로 돌리듯 찬찬히 떠올려보았다. 한 사람의 인간으로서 지상의 삶을 살아가는 자세는 과연 어떤 모습이어야 하는가? 옛말에 "소리개 어물전 돌듯"이란 말이 있다. 이 말은 마음속에 미련이 남아서 어떤 대상을 못내 잊지 못하는 모습을 가리켜 하는 비유다. 돌이켜보니 나에게 있어서 어물전은 바로 학문이었던 것이다. 오로지 집념과 끈기에 바탕하여 전심치지(專心致志)의 자세로 나는 내가 그토록 갈망하던 학문적 욕심을 비록 일부나마 이루었다.

　본의 아니게 중단했던 학업을 새로 시작하면서 오늘에 이르기까지 그 숨 가쁜 세월의 경과를 그래도 잘 버티고 이겨내었다. 그동안 과로와 체력의 고갈로 말미암아 건강을 심하게 상한 적이 있었고, 의욕의 좌절 때문에 모든 것을 그대로 포기하고 싶은 충동이 불쑥 치밀어오를 때도 한두 번이 아니었다. 그때마다 말없이 격려하고 묵묵한 지원으로 용기를 주었던 나의 낭군님께 감사와 사랑의 마음을 전하고자 한다.

　지금 이 시간, 내가 다녔던 대학에 출강하면서 어린 후배이자 제자들을 가르치며 그들과 토론하는 일이 나는 너무나 행복하다. 앞으로도 나에게 주어진 학자로서의 길을 그대로 꿋꿋하게 걸어가고자 한다.

2011년 9월
저자 金 淑 伊

책머리에

제1부 백석(白石) 시와 노장사상(老莊思想)의 수용

제2부 한국 현대시와 해석적 비평의 가능성

제1부

백석(白石) 시와
노장사상(老莊思想)의 수용

1. 머리말

1) 문제의 제기

백석(白石: 1912~1995)이 창작활동을 시작한 1930년 중반은 한국의 시문학사에서도 매우 중요한 전환의 시기였다. 두 차례에 걸친 카프(KAPF)의 단속과 검거 이후 식민지의 진보 문학은 사회 전면에서 후퇴하거나 불안 정서 등을 형상화하는, 소위 문학의 내면화 과정으로 이어졌다. 한편 일제는 식민지 체제를 군국주의체제로 재편하고 이를 실현하기 위해 파쇼적 통치를 강화시켜 나아가고 있었다.

이러한 여건 속에서 좌파문단의 지도적 위치에 있었던 비평가 박영희(朴英熙: 1901~?)와 백철(白鐵: 1908~1985) 등은 각각 이념적 전향을 하게 되고, 이 사건의 후폭풍은 이데올로기에 대한 좌절과 무력감을 불러일으키게 된다. 이로 말미암은 허무주의와 패배의식의 만연 등으로 인해 식민지 현실에 대한 문학의 각성과 대응은 점차 내면화되거나 차츰 혼돈의 국면으로 접어들게 되었다. 이러한 1930년대 중후반의 시대상황은 문학이 현실적 대응력을 상실하고 스스로를 고립시키는 심리적 억압 상태를 강요하게 된다.

이것은 당대 문학인의 자율적이고 선택적인 의지와는 전혀 무관한 시대상황의 결과였다. 자연히 시인들은 각자의 개성과 독자적 서정성을 표현하는 방법론적 측면에서 과거와는 현저히 다른 형상화를 모색하게 되었으며, 일부의 지식인들은 현실의 악조건 속에서도 새로운 문학적 형상화를 위한 고투를 계속해나갔다. 모더니즘, 이미지즘 등 서구풍의 외래문예사조와 창작방법론에 대한 관심이 현저히 드높아진 것도 사실상 이러한 시대환경과 그 분위기에 따른 하나의 보편적인 추세 변화였던 것으로 보인다. 한편, 1930년대 문학사는 일제의 파시즘에 대항하는 새로운 문학적 방향을 모색하는 과정에서 민족적 자아와 정체성 찾기, 주체성과 근본에 대한 자각과 인식 등을 주요한 역사적 과제로 제시하게 된다.

여기서 우리가 주목해야 할 부분은 일본을 통해 서구문명을 흡수한 당시의 신세대 문학인들이 그러한 정신적 고통 속에서도 새로운 스타일의 창작과 근대화를 지향하려는 모색에 열정적인 탐구와 노력을 지속하였다는 점이다. 그 결과 개화가사, 창가, 신체시 따위에 여전히 친숙하던 창작풍토가 식민지적 근대라는 가혹하고 힘겨운 단련의 과정을 거쳐 1930년대에 이르러 비로소 현대시의 다양한 얼굴, 새로운 모색의 성취, 구체적 방법론의 개발, 민족의 주체성과 전통적 특성이 활용된 방법론의 실체화 등으로 성취되었다. 그리하여 우리는 1930년대의 한국문학사를 백가쟁명(百家爭鳴)의 시기, 혹은 백화만발(百花滿發)의 시기로 일컫는다.

실제로 이 시기에는 시인들의 다채로운 활동을 확인할 수 있는 시집의 활발한 발간, 각종 저널과 간행물에 발표되는 시작품의 왕성한 발표와 실험, 새로운 창작방법론의 도입과 그 응용, 문학작품을 향유하며 지지하는 독서인구의 폭발적 증가 등으로 사실상 긍정적 평가를 받을 수 있는 풍요로운 문학사 시대를 실현하게 된다.

이와 같은 1930년대 문학사의 정점에서 시인 백석은 문단의 서구지향적 형상화 방법론에 흡수되지 않고 오로지 자기만의 독자적인 시세계를 구축하게 된다. 본고는 이러한 백석 시인의 독특한 시작품에 나타나는 방언과 민속, 공동체의식, 풍속사, 생활사, 유랑의식 등의 시적 원형질(原形質)을 어떠한 관점에 기초하여 해석하고 비평할 것인가 하는 의문과 탐구정신에서 출발한다. 1930년대 중반이라는 시대상황을 배경으로 백석 시인이 다루었던 고유와 토착, 원형의식의 재현, 방언과 모더니즘 기법의 사용, 도가적 여유 등의 주요 테마들과 시적 방법론 및 문학적 화두는 다른 시인들에게서는 결코 발견할 수 없는 매우 독자적이며 개성적인 세계이자 빛나는 문학적 성취라 할 수 있다.

　이러한 점에서 우리는 백석의 시가 일제강점이라는 특수한 정황 속에서 현실에 대한 인식을 과연 어떻게 형상화하고 있는가를 중점적으로 파헤쳐볼 필요가 있다. 우선, 백석 시는 '소재적 측면에서 분명 반(反)모더니즘적 입장에 서 있음은 주지의 사실이다. 그런 의미에서 백석은 서구지향의 문명과 관계된 어떠한 소재도 그 시의 핵심으로 결코 부각시키지 않는다'[1]는 매우 독특한 언어 의식을 가지고 있었다고 할 수 있다. 그러므로 이러한 백석의 시세계와 언어가 어떤 정신과 사상적 토대 위에서 이루어졌는가는 백석 시의 의미를 재구성하는 데 매우 중요한 의미를 지니는 것이다. 본 논문은 이러한 관점에서 백석의 시세계를 구축한 정신과 사상적 근원을 동양 철학, 그 가운데서도 노장사상에서 찾아내려는 기획과 의도로 집필되었다.

2) 연구사 검토

　백석은 1936년 1월 20일에 자신의 첫 시집 『사슴』을 발간하였다. 당대의 명망 높던 모더니스트 김기림은 『사슴』 시집에 대한 서평을 통해 '시

---

1) 김명인, 「백석시고」, 『우보전병두박사 화갑기념논문집』, 1983 참조.

인의 기억 속에 쭈그리고 있는 동화와 전설의 나라다. 그리고 그 속에서 참으로 속임 없는 향토의 얼굴이 드러난다. 우리는 거기서 어떠한 회상적인 감상주의에도 과장된 복고주의와도 만나지 않아서 아무레업시 유쾌하다'[2]라고 정리하였다. 하지만 이러한 정의는 인상비평적 수준에서 이루어진 것이라 백석 시에 대한 엄밀한 평가라 할 수는 없다. 하지만 당시 김기림이 낭만주의의 감상성과 카프시의 현실주의를 극복하려고 주지주의적 모더니즘을 주장하고 있었다는 점에서 백석 시의 고향의식이 낭만주의 감상성과는 뿌리가 다른 것으로 평가하고 있음을 분명히 확인할 수 있다. 이와 비슷한 시기에 비평가 박용철(朴龍喆: 1904~1938)은 백석의 시를 '모국어를 지키려는 향토주의'로 보고 있었다.[3]

한편 백석의 시에 대하여 부정적 관점으로 바라보았던 평자는 임화(林和: 1908~1953)와 오장환(吳章煥: 1918~1951) 등이었다. 임화는 시집『사슴』에 나오는 평북 방언에 대하여 '난삽한 방언'과 '야릇한 방언' 따위로 비판하면서 '민족적 과거에 대한 애착'이라는 부정적 관점을 나타내 보였다.[4] 이러한 관점은 임화가 카프계열 문학인으로서, 문학예술은 모름지기 정치성과 예술성의 통합에 기초해야 한다는 관점에서 비롯된 것으로 보인다. 오장환은 백석이 '앞날을 이야기 하지 않고 자기감정이나 의견을 이야기하지 않는' 것에 대하여 비판적 견해를 보였다.[5] 오장환의 관점은 백석 시의 낭만성에 대한 경계일 수 있으나 백석 시의 언어적 울림 등에 대해서는 깊이 있는 숙고를 하지 않았다고 볼 수 있다.

이러한 백석 시에 대한 비평과 분석은 월북시인에 대한 검열과 통제 등에 의해 남한에서는 분단 이후 금지의 작업이 되어 왔다. 하지만 1970년대에 이르러 비평가 김현(1942~1990) 등은 백석의 시를 두고 샤머니즘 세

---

2) 김기림, 「<사슴>을 안고」, <조선일보>, 1936.1.29.
3) 박용철, 「백석 시집 <사슴>평」, 『박용철전집2』, 동광당서점, 1940, 121쪽.
4) 임 화, 「문학상의 지방주의 문제」, 『조광』 1936.10, 174쪽.
5) 오장환, 「백석론」, 『풍림』 통권 5호, 1937.4, 18쪽.

게에 탐닉해서 수동적 세계관으로 후퇴하였다고 주장하면서 현대 도시인들에게는 잊혀져버린 한국적 상상력의 원초적인 장이 드러난다고 평가한 바 있다.6) 조동일(趙東一: 1939~)은 백석의 시세계는 '자기 당대의 문제와 적극 대결하는 자세를 보이지 않고 있다'7)고 단편적인 언급을 하였고, 김윤식(金允植: 1936~)은 백석의 시 정신을 '허무의 늪 건너기'로 표현하면서 허무를 극복하는 방법으로써 '이야기체'를 가져온 것일 뿐, 민족주의 의식과는 거리가 먼 방법적 시인으로 평가하였다.8)

백석 시 연구는 『백석시전집』(이동순 편, 창작과비평사, 1987)의 발간을 기점으로 해서 본격적으로 활발한 기류가 형성되었다. 시 전집의 발간은 분단 42년이 경과하는 동안 그 전모를 대면하지 못했던 백석의 시문학을 직접 경험하게 해주었던 신선한 쾌거였다. 이후 김학동, 송준, 김재용 등에 의하여 분단 이후의 작품이 발굴되고 새로 보강된 시 전집이 발간됨으로써 백석 시에 대한 연구는 그야말로 절정의 단계에 이르렀다. 이러한 서지작업을 토대로 백석 시에 대한 연구는 그 후 한층 심화된다. 그것은 주로 백석 시의 토속성, 샤머니즘, 민속 및 무속, 신화성 등을 중심으로 이루어졌다.

토속성의 경우, 박태일은 「백석 시와 구체성의 미학」9) 등을 통해 백석 시의 토속적 이미지를 살피는 가운데 민속현실을 예속현실 속에서 되살리면서 겨레동일성을 완성했다는 시각으로 백석의 시작품을 평가하였다. 아울러 장소사랑과 민속체험을 미학적으로 보여주었다고 정리한 바 있다.10) 또한 박몽구는 백석시의 '토속어들은 일제 강점 하에서 민족의식을

---

6) 김 현·김윤식, 『한국문학사』, 민음사, 1973, 217~219쪽.
7) 조동일, 『한국문학통사』제5권, 지식산업사, 2002, 508쪽.
8) 김윤식, 「허무의 늪 건너기」, 『한국현대시론 비판』, 일지사, 1993, 197~202쪽.
9) 박태일, 「백석 시와 구체성의 미학」, 『경남어문논집』제2집, 1989.12.
10) 박태일, 『한국 근대시의 공간현상학적 연구』, 부산대학원 박사논문, 1991.
_____, 「백석 시의 공간인식」, 『국어국문학』제21집, 부산대 국문학과, 1983, 1~164쪽.

고수하고 있는 자존심의 발로에서 선택된 것이며 그를 통해 잃어버린 강토를 되찾고자 한 표현임을 알 수 있었다'고 강조하고 있다.11) 그리고 최정숙은 백석의 시를 '의식·무의식적으로 토속적인 공동체적 삶의 원형을 형상화함으로써 근대화로 표상되는 일제의 식민지 지배에 분명한 거부의 입장을 보여주었다'고 그 토속적 의미를 부여하고 있다.12)

샤머니즘과 관련된 연구는 다양한 연구 결과들이 나온 바 있다. 대표적으로 김재홍은 '백석의 시는 한국인의 삶, 민중적인 삶의 한 전형성을 지니고 있는 것으로 판단된다. 그것은 가족사와 풍속사로서의 구체적 현장성을 지니면서도 민중적인 샤머니즘과 연결된 데서 생생한 생명력을 갖는다'는 것으로 평가하고 있다.13) 또한 이숭원은 '일제의 식민지정책에 의한 민족문화왜곡에 맞서 민족 고유의 사유와 삶의 원형을 탐구하였다는 정신사적 의미를 부여할 수 있다'14)고 설명하면서 백석 시의 샤머니즘을 재평가하고 있다. 한편 김응교는 '유년화자를 통해 만물이 화합하는 원형의 세계를 보이고 있다. 이러한 시적태도는 근대와 제국주의 지배에 대한 부정의 방법일 수 있다.'15)며 원형질의 저항성을 강조한 바 있다. 그리고 박종덕은 '물' '오줌' '팥' '굿'과 같은 생태적이고 샤머니즘적인 소재는 개별성을 극복한 상생의 세계에 도달하는 매개체'16)로 보인다고 백석 시의 샤머니즘성을 주장하고 있다.

---

11) 박몽구, 「백석 시의 토속성과 모더니티의 고리」, 『한국학논집』 제39집, 2005.12, 275쪽.
12) 최정숙, 「토속적 세계의 시적 형상화: 백석 시를 중심으로」, 유관순연구, 제12호, 2007.12, 184쪽.
13) 김재홍, 「민족적 삶의 원형성과 운명애의 진실미, 백석; 월북 실종시인연구8」, 『한국문학』 1989.10, 377쪽.
14) 이숭원, 「백석 시와 샤머니즘」, 『서정시학』 제16권 제3호 통권 제31호, 2006년 가을호, 23쪽.
15) 김응교, 「백석 시 <가즈랑집>에서 평안도와 샤머니즘: 백석의 시 연구, 2」, 『현대문학의 연구』 제27집, 2005.11, 88쪽.
16) 박종덕, 「백석 시의 샤머니즘과 생태적 상상력」, 『어문연구』 제57권, 2008.8, 351쪽.

그 외에도 백석 시의 언어와 표현에 관한 논의가 구체적으로 다루어졌다. 고형진은 주로 시어와 시 형태를 연구하면서 백석 시에 대한 저술을 발표하면서 개별어휘에 대한 뜻풀이를 시도하기도 하였다.17) 최두석은 1930년대를 식민지시대의 한국문학이 꽃핀 시기로 보고 그 시기에 대표성을 가진 시인을 김영랑, 정지용, 이상, 백석으로 들었으나, 논문은 시세계에 대한 접근보다는 표현론적 관점으로 국한시켰다.18) 그 후 최두석이 백석의 시를 사조적 관점에서 볼 것이 아니라 정신사의 관점으로 다루어야 비로소 바른 평가에 접근할 것이라는 견해를 펼치기도 했다.19)

또한 백석의 시에 대한 논의는 시적 공간이나 정신사적 측면으로도 확대되어 연구되기도 하였다. 김명인은 정지용, 김영랑, 백석의 시어와 형상적 전개 등을 구조적 관점으로 분석하면서 백석의 시를 '동질성이 확인되는 친족공간으로 각각 상실을 심화시키고 있다'고 규명하고 한 바 있다.20) 이에 대해 이동순은 백석의 시정신이 무너진 시대 안에서의 주체적 정서와 자아를 모국어로써 유지하면서 모든 동족적(同族的) 사물들과의 융합을 꿈꾸는 합일의례(合一儀禮)의 세계를 지향한다는 견해를 나타내 보였다.21)

김재홍은 백석 시인이 시어의 구체성 및 감각적 울림이라고 하는 이미지즘의 장점을 찾아내어 그것을 향토적 서정 공간 속으로 이끌어 들였다고 보았다. 뿐만 아니라 백석의 시작품이 내면성과 표현성을 섬세하게 교직시키는 데 성공하고 있다고 긍정적으로 평가하였다.22) 한편 백석시의

17) 고형진, 「백석 시와 엮음의 미학」, 『현대시의 전통과 창조』, 열화당, 1998, 1~34쪽.
_____, 『한국현대시의 서사지향성 연구』, 시와 시학사, 1995, 1~50쪽.
_____, 『백석 시 바로읽기』, 현대문학사, 2006, 17 ~ 392쪽.
18) 최두석, 「1930년대 시의 표현에 관한 고찰」, 서울대대학원 석사논문, 1982, 1쪽.
19) 최두석, 「백석의 시세계와 창작방법」, 『우리시대의 문학』 6집, 1987, 273~274쪽.
20) 김명인, 「1930년대 시의 구조연구」, 고려대대학원 박사논문, 1985, 191쪽.
21) 이동순, 「민족시인 백석의 주체적 시 정신」, 『백석시전집』, 창작과비평사, 1987, 177쪽.
22) 김재홍, 「민족적 삶의 원형성과 운명애의 진실미, 백석」, 『한국문학』, 한국문학사, 1989, 385쪽.

저항성도 연구된 바 있다. 김재용은 백석 시인이 지향한 민속의 세계는 근대인의 고독 속에서 절실한 내면적 목소리였다고 규정하였고, 여러 지역을 기행하면서 쓴 시들은 탈 중앙집권화와 민중언어를 지향한 시인의 저항으로 파악하였다.[23] 신범순은 백석 시에 나타나는 공동체의 설화적 공간에 관심을 둔 바 있다.[24]

이외에도 전봉관[25], 류순태, 금동철[26] 등의 논문이 잇따라 발표되었다.

이러한 기존 연구의 성과에 보태어 본 논문에서는 백석과 관련된 몇 가지 자료를 추가하여 연구의 심층을 보다 강화하고자 한다. 아래 자료는 학계에 최초로 공개되는 것으로, 자료는 도합 세 가지 종류로서 그 첫째는 백석 시인이 재학했던 일본 아오야마가쿠인대학(靑山學院大學)[27] 영어

---

23) 김재용, 「근대인의 고향상실과 유토피아의 염원」, 『백석전집』, 실천문학사, 1997, 471~484쪽.
24) 신범순, 「백석의 공동체적 신화와 유랑의 의미」, 『한국현대시사의 매듭과 혼』, 민지사, 1989, 184~185쪽.
25) 전봉관, 「백석 시의 방언과 그 미학적 의미」, 『한국학보』 98집, 2000.3.27~159쪽.
26) 김은철, 「백석 시 연구 – 과거지향의 시간의식을 중심으로」, 『한민족어문학』, 2004.12, 85~102쪽.
　　류순태, 「백석 시에 나타난 고향의식의 아이러니 연구」, 『한중인문학연구』, 2004.6, 72~100쪽.
　　이숭원, 「백석 시와 샤머니즘」, 『서정시학』, 2006년 가을호, 42~62쪽.
　　김영익, 『백석 시문학 연구』, 충남대 출판부, 1999.
　　김혜영, 「백석 시 연구」, 『국어국문학』 131집, 2002.9.
　　류지연, 「백석 시의 시간과 공간의식 연구」, 명지대대학원 박사논문, 2002.
　　정성종, 「백석 시에 나타난 시간과 공간의식 연구」, 아주대 교육대학원 석사논문, 2006.2.
　　이형선, 「백석 시의 공간현상학적 연구」, 동국대대학원 석사논문, 1998.8.
　　이문재, 「김소월, 백석 시의 시간과 공간의식 연구 – 생태시학의 가능성을 중심으로」, 경희대대학원 박사논문, 2008.2.
　　유종호, 「한국의 페시미즘 – 운명론의 계보」, 『현대문학』, 1961.9.
　　하희정, 「운명론의 계보학 – 1930년대 후반기 시를 중심으로」, 『선청어문』, 1995.4, 359~377쪽.
　　금동철, 「백석 시에 나타난 세계인식 방법 연구」, 『개신어문연구』, 2009.6.
27) 일본 도쿄(東京) 아오야마에 있는 그리스도교 감리교과 계열의 사립대학.

사범과정의 1933년 10월에 시행된 학년별 커리큘럼이고, 둘째는 1934년 3월에 발표된 '영어사범과 졸업예정자 일람'이다. 셋째는 아오야마가쿠인대학 제51회 졸업증서수여식 집행순서와 졸업생 명단이다.[28] 그 내용을 분석 검토해보면 다음과 같다.

첫 번째 자료는 일본 아오야마가쿠인대학(靑山學院大學) 영어사범과정의 학년별 커리큘럼이다. 이 커리큘럼을 통하여 우리는 백석 시인의 시적 관심과 지향의 추이를 추정해볼 수 있다. 백석이 수강했던 1930년대 초반 아오야마가쿠인대학(靑山學院大學) 고등학부 영어사범과의 커리큘럼의 내용은 다음과 같다.

제1학년 수강과목 : 기독교윤리(2), 심리학(2), 자연과학(2), 역사(2), 국어[일본어](2), 한문(2), 영문강독(6), 영문법(2), 화문영역(2), 영작문(1), 영어독방(2), 오랄잉글리쉬[영어회화](2), 체조(2) 등 도합 29학점 이수

제2학년 수강과목 : 기독교윤리(2), 논리학(2), 교육사(2), 역사(2), 국문학[일본문학](2), 영문강독(6), 영문법(2), 화문영역(2), 영작문(1), 오랄잉글리쉬[영어회화](2), 영어연설법(2), 발음학(1), 영문학(2), 독일어(2, 선

1878년 감리교파 미국인 선교사가 도쿄 쓰키지(築地) 등에 개설한 3개 학교가 그 원류이며, 1881년에 도쿄에이(東京英) 학교가 되었고, 1883년 아오야마로 이전한 뒤 도쿄에이와(東京英和) 학교로, 1894년 아오야마가쿠인으로 개칭했다. 1904년 전문학교령에 따라 전문학교가 되었다. 1927년 아오야마조가쿠인(靑山女學院)과 합쳐졌으며, 1949년 현재 학제의 대학이 되었다. 그리스도교 신앙에 바탕을 둔 사랑의 실천을 교육방침으로 하며, 1983년 현재 문학·경제학·법학·경영학·이공학·국제정치경제학 6개 학부가 있다. 니시미야 시(西宮市)의 간사이가쿠인(關西學院)대학은 같은 계열의 대학이다. 한국의 1930년대 대표시인 김영랑이 바로 아오야마가쿠인대학 출신이다.

28) 졸업생 관련 자료를 외부에 결코 제공하지 않는 일본 대학의 풍토에서 이번의 백석 시인 관련 자료들을 흔쾌히 제공해준 일본 아오야마가쿠인대학 관계자 여러분, 그리고 편자의 간곡한 협조요청은 성사시키기 위해 크나큰 누고를 아끼지 않으신 귀한 분께 이 자리를 빌어서 깊은 감사의 뜻을 전하고자 한다.

택1), 프랑스어(2, 선택2), 체조(2) 등 도합 30학점[29]

제3학년 수강과목 : 기독교윤리(2), 윤리학(2), 교육학(2), 국문학[일본문학](2), 영문강독(6), 영문법(2), 화문영역(2), 영작문(1), 영어연설법(2), 영문학(4), 독일어(2, 선택1), 프랑스어(2, 선택2), 체조(2) 등 도합 27학점

제4학년 수강과목 : 국민윤리(2), 기독교윤리(1), 철학개론(2), 교수법과 실습(2), 영문강독(6), 영문법(1), 화문영역(2), 영작문(1), 영문학(4), 독일어(2, 수의1), 프랑스어(2, 수의2), 체조(2) 등 도합 25학점[30]

백석 시인은 1929년 그의 나이 18세에 조선일보사 추천 장학생 선발에 뽑혀서 일본 아오야마가쿠인대학(靑山學院大學)에 입학하였고, 첫 해 1학년 과정에서 전체 13과목 중 한문과목을 도합 60시간 이상 수강하였다.[31] 이 과정에서 중국의 이백과 두보의 시정신을 경험할 수 있었고, 노장사상의 본질에 대한 남다른 수용과 애착을 가졌던 것으로 짐작된다.[32] 이와 더불어 우리는 백석 시인이 졸업자 명단에서 자신의 취미를 독서라고 밝힌 것을 눈여겨 보아야 한다. 우리는 여기에서 백석이 아오야마가쿠인대학(靑山學院大學) 재학 4년 동안 줄곧 중국고전과 영미 문학작품, 그리고 일본작가 나쓰메 소세키(夏目漱石), 이시카와 다쿠보쿠(石川啄木), 다나카 후유지(田中冬二) 등의 문학작품들을 독파했던 것으로 추정할 수 있다.[33] 2학년

---

29) 독일어와 프랑스어 등 두 선택과목 중에서 한 과목은 반드시 선택해야만 하는 필수 선택 과목이었다.
30) 4학년 과정에서 독일어와 프랑스어는 이른바 '수의(隨意)' 과목으로 현행 자유선택 과목의 성격에 해당하는 것으로 보인다. 그러므로 4학년 과정에서 이 과목은 원하는 학생만 수강하는 자유선택과목이었다.
31) 1930년대 아오야마가쿠인대학 졸업생들에게는 다음과 같은 특전이 있었다. 첫째 징집의 유예, 둘째 성적이 우수한 학생에게 주는 장학금, 셋째 영어사범과를 졸업하면 영어중등교원 무시험검정자격을 주었다.
32) 1933년 아오야마가쿠인대학 영어사범과에서 한문 강의를 담당했던 일본인 교수는 가미 이츠로(神逸郞) 선생이다.

과 3학년 교과과정에서 들었던 일본문학 수강을 통하여 일본 근대 대표 문학인들의 작품과 문학세계를 경험하게 되면서 깊은 영향을 받았던 것으로 보인다.[34]

유학시절의 문학 공부는 백석 문학의 형성기에 있어서 매우 중요한 토대가 되었다. 중국고전의 일반적 범위는 사서삼경, 『도덕경』, 『장자』, 『고문진보(古文眞寶)』 등이 포함된다. 백석은 중국 고전 중에서도 노자와 장자에 대한 특별한 심취를 했던 것으로 보인다. 백석의 시에는 생로병사에 대하는 기층민의 태도, 민간사상과 결합된 방술이 많이 등장하고 있다는 사실에 주목해야 한다. 민간사상과 결합된 방술은 그 원천이 노장사상에서 변이된 도교에서 왔기 때문이다. 그리하여 이 글은 백석의 시작품이 형성된 바탕과 노장사상을 영향론적 관점으로 결부지어 최초의 분석적인 검토를 시도하게 되었다.

다음으로는 두 번째 소개 자료로서 1934년 3월 발표 일본 아오야마가 쿠인대학(青山學院大學) '영어사범과 졸업예정자 일람'에 관한 내용이다. 알파벳순으로 나열된 영어사범과 졸업생은 도합 47명이며, 전체 명단이 알파벳순으로 배열되어 있다. 백석 시인은 그 중 11번째 명단에서 확인된다. 호적상의 본명인 백기행(白夔行)으로 적혀 있고, 원적은 조선 평북으로 밝혀져 있다. 출신학교는 오산고등보통학교(五山高等普通學校)로 되어 있다. 취미와 특기를 명시한 난에 독서와 미식축구로 소개된 것이 흥미롭다. 백

---

33) 백석 시인이 이시카와 타쿠보쿠(石川啄木)로부터 받은 영향에 대해서는 이동순의 글 「일본시인 이시카와 타쿠보쿠에 대한 사랑」, 『현대시의 얼굴 찾기』(도서출판 선, 2007)를 참조할 것. 백석 시인이 다나카 후유지(田中冬二)로부터 받은 영향에 대해서는 오양호의 『백석-그들의 문학과 생애』(한길사, 2008)의 서술내용을 참조할 것. 앞의 글에 의하면 시작품을 창작할 때 고유명사, 시의 제목, 시상의 결정과 선택 등에서 다나카 후유지(田中冬二)와 백석 시작품의 방법은 상당부분 상호 유사성을 지니는 것으로 확인된다고 설명한다.

34) 역시 같은 해 아오야마가쿠인대학 영어사범과에서 일본문학 강의를 담당했던 일본인 교수는 벳소 우메노스케(別所梅之助) 선생이다.

석이 축구라는 스포츠에 대하여 특별한 애착을 가진 것으로 알려져 있지만 미식축구에 대한 취미를 특기로 밝힌 경우는 이번 자료가 처음이다.35)

세 번째 소개 자료는 청산학원 제51회 졸업증서수여식 집행순서와 졸업생 명단이다. 당시 아오야마가쿠인대학(靑山學院大學) 원장은 아베 요시무네(阿部義宗) 교수였고, 1934년 3월 6일 오후 2시 아오야마가쿠인대학 강당에서 졸업식이 거행되었다. 1930년대 초반 아오야마가쿠인대학의 학제는 신학부에 본과와 선과(여자부, 여자연구과)가 있었고, 고등학부에 영문과와 영어사범과, 상과, 중학부 등으로 편성되어 있었다. 백석은 아오야마가쿠인대학 고등학부의 영어사범과를 4년간 재학하고 졸업식에 참석하였다. 아오야마가쿠인대학 고등학부의 영문과 졸업생은 33명, 영어사범과 졸업생은 47명이었다. 백석은 영어사범과 졸업생 명단에 들어 있다.

졸업증서와 학위수여식의 차례는 다음과 같다. 아오야마가쿠인대학(靑山學院大學)이 기독교 계열의 학교였던 만큼 맨 먼저 찬미가를 함께 합창하는 것으로 시작되었다.36) 다음으로는 아오야마가쿠인대학 교목(校牧)에 의해 기도와 성서 낭독 차례가 있다. 다음으로는 교육칙어(敎育勅語) 낭독 차례로 진행되었다.37) 이어서 일본국가인 기미가요를 합창하는 순서가 있

---

35) 백석 시인은 함경남도 함흥의 영생고보 영어교사로 재직하던 시절, 그곳 축구부 지도교사를 담당하였을 뿐만 아니라, 전선(全鮮) 고교축구대항전이 서울에서 개최되었을 때 영생고보 축구팀을 이끌고 직접 시합에 출전했을 정도로 축구라는 스포츠에 대하여 특별한 애착과 소질을 지니고 있었는데 그것은 이미 아오야마가쿠인대학 재학시절부터 형성된 특기였던 것으로 보인다.

36) 아오야마가쿠인대학 졸업장수여식 안내문에 소개된 <찬미가> 95장과 <송가(頌歌)>의 내용은 모두 기독교 정신을 담은 것으로 구체적 내용은 다음과 같다.
㉠ 1. 모든 심부름꾼이여, 예수의 이름으로, 힘을 받아서, 주로 주님으로 찬송하라 // 2. 세상에 죄인들이여, 예수의 사랑과, 고민을 생각하여, 주로 받들어라// 3. 모든 민족이여, 예수 앞에, 엎드려 경외하여, 주로 받들어라// 4.영원의 노래에, 목소리를 향하여, 모든 것에, 주로 받들어라(<찬미가> 95장 전문).
㉡ 하늘도 땅도 다 모여서/ 경외하여 찬송하라/ 은혜가 넘치는/ 아버지(神)와 아들과 영혼(<송가> 전문).

37) 일본 교육의 이념을 천황의 이른바 '칙어(勅語)'를 통해서 제시한 것으로서 천황(혹

고, 그 다음으로 졸업생들에게 졸업증서가 수여되었다. 다음 차례로는 악대부의 주악이 울리고, 아오야마가쿠인대학 아베(阿部) 원장의 고사(告辭)가 이어졌다. 그 다음으로 졸업생 답사가 신학부, 고등학부, 중학부의 학생대표 순으로 이어지고, 이어서 독창과 상품수여, 교우(校友) 축사로 펼쳐졌다.

전체 식순은 교육칙어 낭독, 기미가요 합창 등이 포함되어 군국주의 체제를 향해 치달아가는 일본의 1930년대 중반 사회분위기의 특성이 드러나고 있다. 그럼에도 기독교적 분위기의 전통을 간직해온 아오야마가쿠인대학(青山學院大學) 특유의 취향이 유지되고 있다는 점도 눈여겨보아야 할 부분이다. 이 식순과 더불어 좌측면에는 아오야마가쿠인대학(青山學院大學) 제51회 전체 졸업생 명단이 수록되어 있다.

이번 자료의 발굴과 소개는 백석 시문학 연구사에서 시인의 초기 문학 형성기 부분에 중요한 암시를 제공해주는 매우 가치 있는 자료로 평가된다. 시인의 생애를 자세하게 확인 규명하는 활동과 관련하여 아직도 많은 자료가 필요한 시점에서 이번 자료발굴이 지니는 의미는 크고 높다. 이 자료를 활용하여 백석 시 연구가 더욱 활성화되기를 기대하는 바이다. 백석의 시문학은 아직도 더 본격적 연구가 활발히 지속될 필요성이 제기된다. 위에 소개한 백석 관련 자료를 다음에 수록하여 백석 연구사에 널리 활용되기를 희망한다.

은 천황제 국가)에 충성하는 '신민(臣民)'의 육성을 목적으로 하였다. 메이지천황 통치 시기였던 1890년에 처음으로 실시되어 1948년에 폐지되었다. 식민지조선의 공공기관과 각급학교의 행사에서도 이 교육칙어 낭독이 강요되었다. 1968년에 시행된 한국의 '국민교육헌장'은 일본의 교육칙어를 모방한 것이라는 비판을 받았다.

■ 새로 찾아낸 백석 자료 Ⓐ

백석 시인이 일본 아오야마가쿠인대학(青山學院大學) 고등학부 영어사범
과 재학시절에 이수했던 4년 동안의 교과과정 일람표.

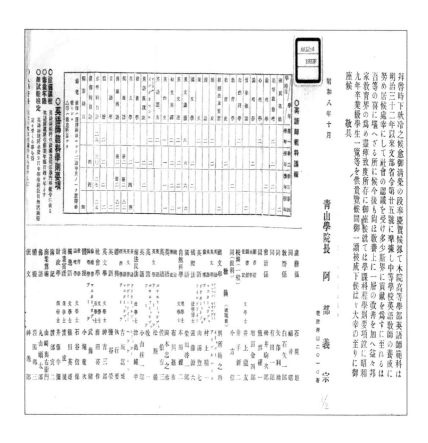

昭和九年三月 英語師範科卒業豫定者一覧（ＡＢＣ順）

氏名	年齡	原籍	出身學校	趣味・特技
秋山貞治	二四	靜岡	京橋商	珠算、旅行
旭治行	二三	大分	釜山中	旅行
安藤行司	二四	東京	臺南一中	登山、野球
芦澤俊	二二	熊本	東奧義塾	庭山、劍道
千葉孝夫	二三	東京	芝中	水泳、野球
枝本義三	二四	富山	嵋波中	野球、登山
藤島人	二二	神奈川	浦和中	野球
五明滿	二三	廣島	靜岡中	蹴球、庭球
後藤光	二二	埼玉	岡崎中	庭球上競技、スキー
白蘷行	二三	神奈川	柏野中	映畫、スキー
服部正	二二	新潟	淺野中	庭球、卓球
廣尾正	二三	愛知	水海道中	蹴球、白鞋鐵道軍
伊部武	二二	愛知	明治學院	讀書、釣魚
池上次郎	二三	山形	尾張中	ア式蹴球
石井治郎	二四	秋田	函館商	讀書、映畫
神保元次郎	二二	宮崎	都城中	庭上競技、ラ式蹴球
河合幸太	二三	宮城	古川中	水泳、卓球
工藤平太	二四	靜岡	沼延中	音樂、野球、星座
木村重	二三	宮崎	飫肥中	讀書、星座
松村義義	二二	德島	阿波中	庭上競技
松本正彦	二四	—	—	—
簑浦新吾	—	—	—	—
宮崎喜七	—	—	—	—
宮澤和夫	二二	千葉	千葉市原中	讀書、文藝
森保彌	二三	愛知	鎭西學院	讀書、水泳
盛島繁	二三	鹿兒島	沖繩二中	庭球、釣魚
本島隆	二三	靜岡	半田中	劍道、剣道
中山勇	二二	愛知	名古屋中	庭球、繪畫
錦繼亮	二三	鹿兒島	安房中	讀書、繪畫
小川順吉	二三	愛媛	青山學院	劍道、音樂
太田忠行	二二	山梨	白石岡	開拓及農心蠶業采集
齊喜美雄	二三	宮城	栃木中	庭球、裁縫技術
佐藤正	二二	栃木	栃木中	野球
篠崎靖	二三	北海道	岩見澤中	卓球、馬術
高田章	二二	鹿兒島	鹿兒島二中	庭上競技
鈴木睦	二三	茨城	巢鴨商業	野球
丹下英文	二三	東京	北見中	水泳、水泳
友成二	二二	熊本	王名中	庭球、水泳
富澤甲子男	二二	福島	青山學院	野球、陸上競技
山本田二	二三	石川	小松中	卓球、馬術
山崎輝雄	二二	兵庫	明石中	野球
梅瀨朝雄	二二	長崎	鎭西學院	卓球、ハイキング

（計四十七名）

1934년 3월, 일본 아오야마가쿠인대학(青山學院大學) 영어사범과 졸업예정자 일람. 백석 시인의 이름은 상단 11번째 명단, 백기행(白蘷行)으로 찾을 수 있다.

■ 새로 찾아낸 백석 자료 ⓒ

1934년 3월에 거행된 일본 아오야마가쿠인대학(靑山學院大學) 제51회 졸
업증서 수여식 집행순서와 전체 졸업생 명단. ▽표가 되어 있는 고등학부
영어사범과 명단에서 백석 시인의 이름을 확인할 수 있다. 본명인 백기행
(白夔行)으로 올려져있다.

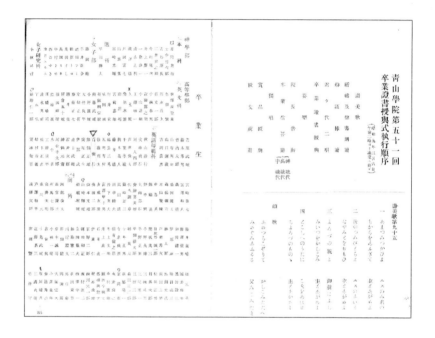

이 글은 위에 소개한 선행연구 성과들을 기반으로 하여 백석의 시를 새
롭게 고찰하기 위해서 실증주의적 연구방법론을 활용하는 한편, 백석 시
의 사상적 토대와 정신적 근원을 탐색하는 중요한 근거로 노장사상의 원
리 및 체계 등을 제시하고자 한다. 사실 백석의 시를 전통이나 운명론 또
는 샤머니즘의 측면에서 논의한 연구는 있었으나, 노장사상과 관련된 연
구 성과는 거의 전무하다. 다만 노장사상과 민간신앙이 혼합된 풍수지리

를 백석 시와 관련된 관점으로 연구한 논문만이 유일하게 학계에 제출되었을 뿐이다.[38]

따라서 본 논문에서는 지금까지의 연구 성과를 바탕으로 백석 시가 지닌 노장사상과 도가사상이 민간에 보편화되면서 변용이 되어 하나의 습속으로 정착된 풍수론이 어떻게 시적으로 이미지화되고 있는지를 밝히고, 이를 바탕으로 백석 시의 심미적 측면과 문학적 가치를 보다 새롭게 규명하고자 한다.

백석 시인의 작품세계에서 지속적으로 드러나고 있는 노장사상은 '포용적 성격'으로써 욕망적인 삶을 규제하는 원리로 작동하고 있으며, 운명론에서도 역시 인생과 명(命)을 철학하고 본성을 수양하며 살겠다는 의식이 드러나고 있다. 또한 의료적 관점에서 본 양생의 표현과 방식, 도교가 뿌리박힌 한국인의 전통적 공동체 생활의 세시풍속과 유형문화 등 또한 노장사상에 근원하고 있다는 점에서 백석 시의 중요한 사상적 지점이 될 수 있을 것이다. 따라서 이 글은 이러한 백석 시의 심미적 측면은 물론 언어표현에 나타난 노장정신 및 사상적 지점을 구체적으로 살펴보고자 한다.

3) 연구목적 및 연구방법

작품을 연구한다는 것은 작품이 갖고 있는 고유한 특징을 적출하여 그 의미를 밝히는 일이다. 작품은 고도의 문학적 형상을 통하여 이데올로기를 투사하거나 그것을 반사하는 거울이라는 점에서 작자가 의도한 사상(주제의식)은 그대로 작품에 녹아 있게 마련이다.

일제는 한국인들로 하여금 전통사상에 대해 본격적인 접근과 연구를 허락하지 않았다. 전통은 전근대적인 것으로 정리되거나 왜곡되었다. 예

---

38) 김숙이, 「백석 시의 생기(生氣)와 풍수지리사상」, 『동북아문화연구』 제18집, 2009.3, 125~141쪽.

를 들어 한국의 전통적인 색채 중 흰색은 비애미(悲哀美)의 표현으로 왜곡되거나 샤머니즘의 영향으로 이해되었다. 또한 한국문화에서 '예술, 특히 그 요소로 볼 수 있는 선(line)의 아름다움은 사랑에 굶주린 마음의 상징'으로 왜곡시켰다.[39]

　일제가 한국인의 민족적 전통을 말살시키려던 정책의 사례를 들자면 먼저 '동양주의'를 손꼽을 수 있다. 일제가 내세운 '동양주의'는 제국이 일치단결하여 교활한 서방의 힘을 동양의 힘으로 막아낸다는 의미로 요약된다. 일찍이 신채호는 동양주의를 비판하면서 나라를 그르친 자, 외국인에게 아첨하는 자, 혼돈한 무식자들이 안출한 것으로 보았다. 그리하여 동양보다는 국가를 한층 우위에 두어야 한다고 주장하였다. 신채호는 '국가가 주인이고 동양주의는 하나의 손님 역할이기 때문에 민족의 국혼(國魂)을 지켜가야 하며, 일본이 동양주의를 이용하여 국혼을 손상하고 찬탈하는 것을 극도로 경계해야한다'고 갈파하였던 것이다.[40]

　하지만 일제는 그들의 물리적 이익을 위해 모든 매체와 방법을 동원하여 식민지조선의 피지배민중을 세뇌하고 우민화하는데 전력을 기울였다. 한국고대사에 대한 영유권을 완전 점유하기위해 이른바 '동조동근론(同祖同根論)'이라는 왜곡된 관점을 설정하고 한국인의 민족사를 그들의 취향에 맞도록 변주시켰다. 『조선의 귀신』(1929), 『조선의 풍수』(1931), 『조선의 무관』(1932), 『조선의 유사종교』(1935), 『조선의 점복(占卜)과 예언』(1933) 등은 식민지 통치정책의 자료로 활용하기 위해 관청의 발주와 촉탁으로 제작된 민속 관련 보고서들이었다.

---

39) 다카사키 소지(高崎宗司), 이대원 역, 『조선의 흙이 된 일본인－아사카와 다쿠미의 생애』, 나름, 1996, 76쪽. 야나기 무네요시(柳宗悅), 「조선 사람을 생각한다」(1920), 『조선을 생각한다』(심우성 역), 학고재, 1966, 16~19쪽.
＊ 아사카와 다쿠미(淺川巧: 1891~1931)에 대한 체계적 비판은 이인범의 『조선예술과 야나기 무네요시』,(시공사, 1997, 56~67쪽)와 조선미의 「유종열의 한국미술관에 대한 비판 및 수용」, 『한국현대 미술의 흐름』(일지사, 1988) 등을 참조할 것.
40) 신채호, 「동양주의에 대한 비평」, <대한매일신보>, 1909.8.8~10.

30 ｜ 백석 시 연구

그러나 위의 자료들은 제국주의 침탈자의 입장에서 기록한 것이기에 상당 부분 관점이 왜곡되어 있다. 이른바 제3자의 자격으로서 토착민의 문화를 향유하며, 이를 왜곡 변조시킨 것일 뿐이다. 상기 자료들은 기층민의 문화를 객관적으로 기록하는데 있어서 우선 한국인이 서술한 것과는 관점 자체부터 사뭇 다르다. 통시적 시간을 거쳐 형성된 한국의 전통문화는 그 속에 한국인의 민족적 정체성을 남고 있다. 하지만 일제는 제국주의적 시각에서 한국인이 역사전통 문화를 그 본질적 측면에서부터 부정하고 왜곡해 왔던 것이었다.

한국문화의 실존과 정신은 서민대중이 대대로 환경과 자연에 적응하며 발전시켜온 집터 잡는 법, 가족의 형태, 세시풍속과 그 생활의례, 기복신앙과 주술성, 토착화된 놀이의 모습, 운명관, 음양론 등에 잘 나타나 있다. 특히 우리 선조들이 향유해왔던 관습, 가치, 기준, 사고, 제도 등의 문화가 일제파시즘 아래서 생존과 절망과 극복의 과정을 거치면서 자생적으로 한국의 문화유전자를 형성해온 사실은 매우 큰 의미를 지닌다. 한국인의 전통문화는 오로지 유구한 시간 속에서 면면이 지속되어 온 것이라는 점에서도 일단 강한 성정을 지닌 것으로 보아야 한다.

한편 도가에서는 만물은 모두 안에 음양(−)(+) 두 개의 기를 담고 있으며, 음양 이기의 교감과 운동이 만물을 어울려 자라게 하는 것으로 기(氣)를 정의하고 있다. 초기 도가의 고전인 『노자』와 『장자』에서 발전한 『회남자(淮南子)』는 '천지의 기(氣)는 어울림보다 큰 것이 없으니 어울림이란 음양이 고른 것이다(天地之氣 莫大於和 和者陰陽調,『회남자』<범론훈(汎論訓)>)'고 보고, '본래 형(形)이란 생명이 깃드는 집이고, 기(氣)란 생명이 가득한 것이며, 신(神)이란 생명을 제어하는 것(夫形者生之舍也 氣者生之充也 神者生之制也,『회남자』, <원도훈(原道訓)>)'라고 하였다.

그리고 풍수론에 관한 주장으로 '산의 기운에는 남자가 많고, 연못의 기운에는 여자가 많고, 울타리의 기운에는 벙어리가 많고, 바람기운에는 귀머거리가 많으며, 숲의 기운에는 허리가 굽어지는 병이 많고, 목기(木氣)가 성하면 꼽추가 많다(山氣多男 澤氣多女 障氣多暗 風氣多聾 林氣多癃 木氣多傴, 『회남자』, <지형훈(地形訓)>)'로 풍수와 기(氣)에 대한 관련성을 설명을 하고 있다. 노장사상에서 출발한 이러한 기 이론은 한반도에 유입되고 발전하면서 풍수와 한의학분야에 발전을 가져왔다.

이와 같은 전제에서 우리는 백석의 시작품을 중심으로 노장사상의 도와 덕, 기(氣)의 수용과 시적변용에 대하여 고찰해보고자 한다. 설정된 연구목적에 도달하기 위한 하나의 방법으로써 첫째부분인 제Ⅱ장에서는 노장사상의 수용과정과 인식론적 기반에 대해서 살펴보고자 한다. 시인은 문학적 출발지점에서 '사상적으로 온건중도파'에 가까웠고 문학정신은 생명공동체의 부활과 잃어버린 인간성 회복에 밀착되어 있다.[41] 이것은 초기 작품에서 일본근대화의 모순을 염려한 나쓰메 소세키(夏目漱石)로부터 깊은 영향을 받았던 것으로 추정된다. 제2장 제1)절에서는 백석과 당대 일본의 대표적 작가인 나쓰메 소세키의 영향관계 속에서 백석 시에 나타난 노장사상의 인식론적 기반을 추적해 볼 것이다. 또한 제2장 제2)절에서는 한국인의 노장사상 수용과 그 확산의 과정을 다루게 될 것이다. 나아가 일제가 식민지조선의 문화적 전통에 대한 규제와 왜곡을 어떠한 형태로 실행해 나갔는지에 관해서도 논의하게 될 것이다. 백석 시인에겐 이른바 과격한 쟁(爭)을 하지 않는 창작방법론의 확보를 위하여 노자와 장자의 도가적 철학에 대한 탐구가 필요했던 것으로 보인다. 백석시인이 가진 식민지극복의 문제는 노장의 철학과 만나는 지점이 있다.

둘째부분인 제3장에서는 백석 시의 노장사상과 변용의 실제를 고구해보고자 한다. 노장사상은 한반도에 들어올 때 추길피흉(追吉避凶)을 구하는 민간의 정서로 수용되었다고 할 수 있다. 그 후 노장사상이 민간화 되는

---

41) 이동순, 「백석 시의 연구쟁점과 왜곡 사실 바로잡기」, 『잃어버린 문학사의 복원과 현장』, 소명출판, 2005, 335~336쪽.

과정에서 술(術)이 발달하게 되고, 민간이 술(術)을 연마하기 위해서 먼저 기(氣)의 개념을 이용하게 되었다. 기(氣)는 생명을 유지하는 에너지이다. 우리의 선조들은 기(氣)를 얻는 방법으로 땅의 기운이 좋은 곳에 살고자 하였고, 기(氣)가 허할 때는 기운을 돋우는 방법을 모색해왔다. 또한 좋은 의미의 기(氣)인 정기(精氣), 지기(志氣), 진기(眞氣), 청기(淸氣) 등은 얻고자 노력을 하였으며, 이와 더불어 좋지 못한 기인 탁기(濁氣), 사기(邪氣), 객기(客氣), 악기(惡氣) 등은 배출하고자 하였다.

이러한 개념을 바탕으로 해서 제3장 제1)절에서는 풍수론의 수용과 백석 시의 심상지리(心象地理)가 형상화된 작품들을 중심으로 집중분석을 시도할 것이다. 이 과정에서 풍수가 시인의 심상지리에 어떻게 작동하고 있는가를 분석하고 풍수적 관점을 가져온 배경에 대해서도 조명할 것이다. 이 글은 '양생론의 관심이 합리적으로 표출된 것이『황제내경(皇帝內徑)』을 대표하는 한의학이고, 국면이 넓은 장소의 건강성에 대한 양생론적 관심이 풍수의 출발'[42]이라는 관점을 일단 수용한다. 따라서 제3장 제2)절에서는 인체의 건강을 회복하는 민간 의료관의 시적수용이 두드러지게 나타나는 백석 시인의 시작품을 집중 검토하게 될 것이다. 양생론에 관한 성찰은 어떠한 모습으로 나타나는지, 그리고 무의역과 민간요법의 시화(詩化) 과정은 어떻게 실현되고 있는지 구체적으로 다룰 것이다.

제4장에서는 민중공동체의 시적형상과 노장사상이 어떠한 모습으로 작품 속에서 수용되고 있는가에 대해 분석하게 될 것이다. 민족정체성은 민족의 공동체생활을 통하여 집중적으로 부각된다. 그리하여 제4장 제1)절에서 우리는 민중적 생활형상과 민족정체성의 구현이 어떠한 모습으로 형상화되고 있는가를 살펴보게 될 것이다. 삶의 제의(祭儀)와 공동체, 명절과 민족의 생활상 등을 다루면서 한국인의 정신적 근원이 무엇이며, 백석

[42) 성동한,「땅이 기란 무어인가」,『풍수 ㄱ 삶의 지리 생명의 지리』 푸른나무, 1993, 150쪽.

시인은 그것을 어떻게 작품 속에서 실현시키고 있는가라는 문제에 대하여 다루어 볼 것이다. 제4장 제2)절에서는 달관의 정신과 운명론의 서정적 형상화에 대한 시적관조를 중심으로 집중 고찰하고자 한다. 제4장 제3)절에서는 백석 시인의 시정신이 도(道)의 일상화 추구와 그 실현방식을 어떠한 형상으로 표출해 나갔던가에 대하여 그 과정과 의미를 분석하고자 한다. 백석 시에 대한 기본 자료는 백석 시 연구의 기본 텍스트가 되었던 이동순의 『백석시전집』과 이숭원 주해의 『원본 백석시집』을 주로 활용하여 검토할 것이다.

2. 백석 시의 노장사상 수용 과정과 그 인식론적 기반

1) 작가의 작품세계와 영향관계 : 나쓰메 소세키와 백석의 경우

백석의 창작방법론과 문체 등은 일본유학 시절에 체험했던 일본의 근대적 작가와의 만남과 영향 속에서 그 구체적 면모의 일단을 파악할 수 있다.[1] 특히 일본의 국민작가 나쓰메 소세키(夏目漱石: 1867~1916)[2]로부터 받았던 영향은 지대한 것이었다. 그것은 우선 나쓰메 소세키가 활동 초기

---

1) 백석이 일본유학 시절에 깊은 영향을 받았던 일본의 대표적인 근대문학가로는 시인으로는 이시카와 타쿠보쿠(石川啄木), 다나카 후유지(田中冬二), 소설가로는 나쓰메 소세키(夏目漱石) 등을 손꼽을 수 있다.

2) 근대 일본의 대표적 작가, 평론가, 영문학자. 본명은 '나쓰메 긴노스케'(夏目金之助). 소설 「나는 고양이로소이다」(吾輩は猫である), 「마음」(こころ) 등의 작품으로 널리 알려져 있으며, 모리 오가이(森鴎外)와 더불어 메이지시대의 대문호로 꼽힌다. 소설, 수필, 하이쿠, 한시 등 여러 장르에 걸쳐서 다양한 작품을 남겼다. 그의 사상과 윤리관 등은 후대 일본의 많은 근현대 작가들에게 영향을 주었다. 나쓰메 소세키의 초상은 일본 지폐 천엔(千円)권에도 담겨져 있을 정도이다. 해외에까지 그 명성이 널리 알려져서 영국과 미국을 비롯한 서양과 중국, 한국 등의 동아시아 국가에 이르기까지 광범하게 번역과 연구를 통한 출판활동이 이어지고 있다.

에 지향했던 작가의식과 백석의 창작정신이 보여주는 유사성과 상호공통점 등에서 찾아볼 수 있다. 특히 나쓰메 소세키는 당시 메이지정부의 근시안적 근대화추진에 대하여 소설 『도련님(坊ちゃん)』의 작중인물인 기요할멈의 덕성을 통해 작가적 관점을 드러낸 바 있다. 말하자면 '근대화 속에서 구시대의 정신이 사라져가는 사회의 불합리성에 대한 반발로 구시대의 정신이 살아 숨 쉬는 이상세계를 추구'하였다는 지적에서 우리는 나쓰메 소세키의 문학적 방향성을 가늠할 수 있다.[3]

작가가 살았던 시대의 불합리성에 대한 고발과 저항은 어떻게 보면 모든 작가의 보편적인 정신일 것이다. 그런 점에서 이 글이 특히 주목하고 있는 부분은 백석의 시인의식과 나쓰메 소세키의 작가의식이 근대 극복의 유사성을 지니고 있다는 점이다. 우리는 백석이 일본 아오야마가쿠인대학 영어사범과 유학 당시 일본의 대표적 작가였던 나쓰메 소세키의 작품에 크게 심취하였을 뿐만 아니라, 이를 대거 흡수하였을 것이라는 문학사의 영향론적 관점을 일단 중시하고자 한다. 뿐만 아니라 두 문학인이 살아갔던 삶의 경로가 매우 유사하다는 점 등은 앞으로 면밀하게 논증해 볼 만한 부분이라 하겠다.

우선 두 문학인은 교사경력과 기자경력을 가졌던 점에서 동일하다. 특히 눈여겨 볼 부분은 문단의 어떤 분파나 부류에도 가담하지 않고 오로지 독자적인 영역을 개척하였다는 점에서 두 문학인은 그 삶의 프로필이 닮아 있다고 볼 수 있다.

나쓰메 소세키는 외국(영국)유학 경력을 가졌지만 초기 작품에서 '근대문명 따라잡기'에 급급한 일본의 '이문화(異文化) 수용하기'를 우려했다. 그는 일본의 개화를 꽃봉오리가 열리고 꽃잎이 밖으로 향하는 자연스러운 '내발적 개화'가 아니라, 메이지유신 이후 갑자기 서양의 파도에 밀려 서

---

3) 이을순·백칠현, 「나쓰메 소세키의 '봇장(坊ちゃん)'론 - 사회현실과 기요를 통한 이상사회 추구」, 『인문사회 - 예체능편』 제25집, 충청대, 2004.1, 15쪽.

양처럼 변화하려는 '외발적 개화'로 읽어내었다.4) 나쓰메 소세키의 작품에서 보이는 동양적인 미의식이나 도가적 표현은 백석의 시작품에서도 매우 농도 짙게 나타나고 있다. 이러한 여러 측면에서 두 문학인의 상호유사성을 다각적으로 확인할 수 있다. 이러한 상호유사성의 근거와 이유는 과연 무엇인가?

백석이 생산한 작품들은 풍속, 고향, 원형, 전통, 고유의식 등 시적 메시지의 주파수가 대부분 근대문명과는 거리가 먼 지점을 향하고 있는 것이다. 이것은 나쓰메 소세키가 일본에 대해 자연스러운 개화를 원했듯이 백석 또한 조선이 갑자기 외세에 의한 개화를 해야 하는 데 대한 거부의식과 그 표현으로 시 정신을 해석할 수 있다. 말하자면 백석 시인이 일본에 의한 타율적 근대화를 우회적으로 반대하고 있었다는 사실과 동질적으로 읽히는 것이다.

나쓰메 소세키 문학과 백석 문학의 상호유사성은 헤롤드 블룸이 말했던 '기성시인과 신인으로서의 시인이 조응하게 되는 것은 텍스트 특성의 상호연관성'에 있으며, '시적 영향은 시간의 경과에 따라 그 영향력이 퇴색하게 되고 나아가 수정주의라는 더 큰 부분을 형성하는 현상이 된다'5)는 주장과도 상통하는 것으로 보인다. 헤롤드 블룸의 논거에 의하면 니체는 괴테와 쇼펜하우어의 영향을 받았고, 에머슨은 워즈워드와 코울릿지의 혜택을 받은 것으로 간주하고 있다.6) 이것은 대개 두 사상가의 영향론적 계보와 관계성을 지적하는 것으로 해석된다.

이제 우리는 또 하나의 흥미로운 자료를 검토해보기로 하자.

다음 자료는 나쓰메 소세키에 대하여 집중적 연구를 계속하고 있는 일본의 비평가 에비다 테루미(海老田輝巳)의 연구 자료이다. 여기서 우리는

---

4) 장남호, 「일본근대의 성격」, 『인문학연구』 33권 제3호, 2006.12, 346쪽 참조.
5) Harold Bloom, 『Anxiety of Poetic Influence』(『시적 영향에 대한 불안』), 윤호병 역, 고려원, 1991, 36~273쪽.
6) 같은 책, 1991, 55쪽.

나쓰메 소세키가 도쿄대학 예과에 입학하기 직전 2년 동안 학습하던 지금의 닛쇼가쿠샤대학(二松學舍大学)의 전신인 한학서당 닛쇼가쿠샤(二松學舍)의 커리큘럼을 확인할 수 있다. 그런데 이 자료는 백석의 창작관점을 분석하고 연구하는데 하나의 유익한 지침을 제공해준다.

3급 제3과 일본외사, 일본 정기, 18사략, 국사략, 소학
　　　제2과 청헌유언, 몽구, 문장궤범
　　　제1과 당시성, 황조사략, 고문진보, 복문
2급 제3과 맹자, 사기, 문장괘범, 삼체시, 논어
　　　제2과 논어, 당송팔가문, 전후한서
　　　제1과 춘추좌씨전, 효경, 대학
1급 제3과 한비자, 국어, 전국책, 중용, 장자
　　　제2과 시경, 손자, 문선, 장자, 서경, 근사록, 순자
　　　제1과 주역, 노자, 묵자, 명률, 영의해[7]

위의 커리큘럼은 나쓰메 소세키가 중국 고대 철학과 문학에서부터 일본사에 이르기까지 두루 폭넓은 통찰과 섭렵을 거쳤다는 점을 확인시켜

---

[7] 에비다 테루미(海老田輝巳), 「夏目漱石と儒學思想」, 日本九州女子大學校 國文科紀要, 제36권 제3호, 1999.12, 91쪽.
'소세키(漱石)의 작품에는 영문학자를 비롯한 구미의 문학, 철학, 미술뿐만 아니라 동양의 문학, 철학, 예술 등의 반영이 보인다. 특히 중국철학의 유학사상(유가사상), 노장사상(도가사상), 선사상이 소세키의 작품에 크게 반영하고 있다. 이 점에 대해서는 이미 선학에 의해 연구되어 있다. 예를 들면 유학, 노장의 사상에 대해서는 소세키와 순자 성악설, 노자에 관한 것으로서 에토 준(江藤淳)의 「소세키(漱石)와 중국사상－<마음> <곁길> 순자, 노자」(잡지『신조(新潮)』 4월호, 1978년), 양명학에 관한 자료로서는 사코 준이치로(佐古純一郎)의 「나쓰메 소세키와 양명학」(『나쓰메 소세키론』, 심미사, 1978년) 등의 명저가 있다'(같은 논문 89쪽 참조).

준다. 요미우리신문에 발표된「문학론(文學論)」의 서문에서 나쓰메 소세키는 자신이 한문학을 연구하는 학자가 되고 싶었다는 갈망을 토로하고 있다. 그는 자신이 다녔던 한학서당에서 경험한 독서량의 대부분이 한학과 관련된 자료였음을 밝히고 있다.[8] 당시 나쓰메 소세키가 배웠던 한학공부는 거의 유가사상과 노장사상이었던 것으로 추측된다. 이러한 영향속에서 나쓰메 소세키는 19세기 후반 도쿄대학 문과시절 한 편의 논문을 작성하게 되는데 그 논문의 제목은 다름 아닌『노자의 철학(老子の哲學)』이었다.[9] 이를 통하여 우리는 나쓰메 소세키 문학의 형성과 그 기반에 깊은 영향을 주었던 중국 노장사상의 영향을 단적으로 확인할 수 있을 것이다.

이제 우리는 백석과 나쓰메 소세키의 유사성에 대하여 다시 주목해보기로 하자.

백석이 일본 유학을 떠난 시기는 나쓰메 소세키가 세상을 떠난 30년 뒤의 일이다. 두 문학인은 세상에서 서로 직접적으로 대면한 적은 없는 것으로 보인다. 하지만 백석이 일본에 도착했던 1930년대 초반, 나쓰메 소세키의 문학은 일본 근대문학사에서 최고의 전범(典範)으로 평가되고 있었다. 유학 과정에서 백석 시인은 명성이 높던 나쓰메 소세키의 작품에 심취하는 경험을 자연스럽게 가졌을 것이고, 이 과정에서 다분히 깊은 영감을 받게 되었을 것이다. 자신이 깊이 심취하고 있는 문학인의 사상과 방법론을 흡수하는 것은 영향론적 관점에서 극히 당연한 과정이자 원리라 하겠다. 백석 시인은 자신이 존경하는 나쓰메 소세키의 문체를 기꺼이 흡수하였고, 그의 작품에 흐르는 반근대적 사유에 깊이 공감하였으며, 즉 천거사(則天去私), 즉 일체의 사적인 것을 버리고 자연의 이치를 그대로 따른다는 정신을 자연스레 수용하였던 것으로 짐작된다.

우리는 두 문학인의 문장에서 그 영향의 구체적 근거를 확인해 볼 수 있다. 백석 시의 문체에서 흔히 볼 수 있는 열거형, 혹은 연결형 문장의 선

---

8) 나쓰메 소세키(夏目漱石),「文學論 序」, <讀賣新聞>, 1903.11.4.
9) 이 논문은『漱石全集』제26권에 실려 있다.

호는 시인이 작가 나쓰메 소세키의 작품집을 탐독하면서 받았던 영향과 흔적으로 추정할 수 있다. 예를 들면 나쓰메 소세키의 「도련님(坊ちゃん)」10)의 다음과 같은 부분에서 백석의 시작품과 매우 닮은 문체를 발견하게 된다.

사례1)
어머니도 죽기 사흘 전에 정나미가 떨어졌다는 - 아버지도 항상 두통거리로 생각하는 - 동네에선 개망나니라고 손가락질하는(母も 死ぬ三日前に愛想をつかした－おやじも年中持て余している－町 内では乱暴者の惡太郎と爪弾きをする)
                        - 나쓰메 소세키 「도련님(坊ちゃん)」, 9면 참조.

얼굴에 별자국이 솜솜 난 말수와 같이 눈도 껌벅거리는 하로에 배 한 필을 짠다는
                        - 백석 「여우난골족(族)」 부분11)

사례2)
학교에 들어와서 거짓말하고 남을 속이고 뒤에서 수군거리고 건 방지게 나쁜 장난을 치고(學校へ這入って, 嘘を吐いて, 胡魔化 して, 陰で こせこせ生意氣な惡いたずらをして)
                        - 나쓰메 소세키, 같은 작품, 48면 참조

배나무동산에서 쥐잡이를 하고 숨굴막질을 하고 꼬리잡이를 하고 가마 타고 시집가는 놀음 말 타고 장가가는 놀음을 하고
                        - 백석, 「여우난골족」 부분

사례3)
살색이 뽀얀 서양식멋쟁이 머리 모양을 한 키가 큰 미인(色の白い ハイカラ頭の脊の高い美人)
                        - 나쓰메 소세키, 같은 작품, 104면 참조

10) 나쓰메 소세키(夏目漱石), 「坊ちゃん」, 新潮社, 2009, 198쇄.
11) 이동순 편, 『백석시전집』, 창작과비평사, 1987.

승냥이가 새끼를 치는 전에는 쇠메드rn 도적이 났다는 가즈랑고개
　　　　　　　　　　　　　　　　　－ 백석, 「가즈랑집」 부분

사례4)
하늘하늘한 기모노에 주름이 잡힌 띠를 칠칠맞지 못하게 메고 예
의 도금시계를 번쩍거리고(何だかべらべら然たる着物へ縮緬の帶を
だらしなく卷きつけて 例の通り 金鎖りをぶらつかして)
　　　　　　　　　　　　　－ 나쓰메 소세키, 같은 작품, 105면 참조

흰 저고리에 붉은 길동을 달어/ 검정치마에 받쳐입은 것은
　　　　　　　　　　　　　　　　　－ 백석, 「절망(絶望)」 부분

　위의 비교를 통하여 우리는 백석 시인이 나쓰메 소세키의 문체를 조금
씩 흡수함으로써 자기만의 개성적인 문체를 개척했다는 사실을 짐작할
수 있다. 이 부분은 이후 지면을 달리하여 더욱 자세하게 분석 논의해보
고자 한다. 이미 알려진 바와 같이 나쓰메 소세키는 일본의 '근대문명 따
라가기'를 비판했던 지식인이다. 작가의 초기 작품 「런던탑」(1905)에서 우
리는 다음과 같은 흥미로운 대목을 만날 수 있다.

　런던탑의 역사는 영국의 역사를 축소시킨 것이다. 과거라는 요상
한 걸 뒤집어 쓴 장막이 저절로 찢기어 감실 저 깊디깊은 빛을 어른
어른 20세기위로 반사하는 것이 런던탑이다. 모든 걸 묻어버린 세월
이 시간을 역류하듯 우줄우줄 살아나와 그 옛 그림자로 현대를 감고
있는 곳이 런던탑이다. 사람의 피, 사람의 죄가 응어리로 엉겨 붙어
말, 마차, 기차, 전차 속에 남겨진 게 런던탑이다.12)

12) 나쓰메 소세키(夏目漱石), 「런던탑」, 김정숙 역, 『나쓰메 소세키 단편선집』, 삼신
　　각, 1996, 16~17쪽.

여기서 작가는 박물관이라는 하나의 특별한 근대적 기념물에 대해 비판적 시선을 보이고 있다. 이는 근대초기에 근대 문명에 대한 경의의 시선과는 많은 차이가 있다. 나쓰메 소세키가 관심을 둔 것은 그 탑에 있었던 실제사건들, 즉 국사범의 감옥으로써 희생된 수많은 '인간의 죄와 한(恨)과 피', 그리고 '얼룩진 근대문명의 그림자'였다.[13] 작가는 인간의 세속적인 욕망에 따르는 삶이란 고통스럽고 비극적인 것이므로 외물(外物)에 대한 욕심을 버려야한다고 파악하였던 것이다.

한편 우리는 조선을 합병하고 군국주의로 치닫는 일본의 근대적 욕망에 대해 백석 시인이 반근대적 혹은 초근대적 세계를 작품을 통해 형상화하고 있음을 확인할 수 있다. 예를 들면 시 「팔원」(1939.11)에는 추운겨울 '나이 어린 계집아이'의 '밭고랑처럼 터진 손잔등'이 나타난다. 어린 계집아이의 손잔등이 그렇게 되도록 혹사한 현장은 일본인 주재소장의 집이었다. 백석시인은 「팔원」을 통하여 가족공동체가 파괴되어가는 식민지시대의 현상을 묘사하여, 일본통치하의 핍박 사실을 표출하였다. 다시 말하면 시인은 시를 쓰면서 자신의 눈앞에 전개되는 현실에 대한 무력감과 통한을 달래고자 도가철학의 원리를 원용함으로써 일본에 대해서는 이른바 소국과민(小國寡民)을 지향하라는 메시지를 주었고, 같은 민족인 한국인에 대해서는 의식저변에 내재해 있던 민족적 문화소(文化素)를 불러일으키도록 추동하였던 것이다.

또한 시인 백석이 나쓰메 소세키에게서 문학적 영감을 받으면서 고대 중국의 노장사상을 동시에 수용하게 된 또 다른 이유로 시인의 성장환경을 들 수 있다. 즉 시인이 자랄 때 어머니가 몸이 허약한 아들의 수명장수를 기원하기 위하여 강과 바위, 스무나무 따위에 비난수를 하는 등 치성에 전념함으로써 말하자면 전통적 무축(巫祝) 환경과 그 원리에 따라 살아갔던 것이다. 즉 유소년시절 시인의 환경은 온통 무축환경으로 둘러싸여

---

13) 정선태, 『심연을 탐사하는 고래의 눈』, 소명출판, 2003, 127~130쪽 참조.

있었다.[14) 무축(巫祝)은 신과 인간 사이에 서서 신의 의지를 인간에 계시하기도 하고, 혹은 사람의 소망을 신에게 상주하기도 한다. 무축이 행하는 방술에는 여러 가지가 있는데 관상의 경우『장자』의 <응제왕(應帝王)>에서 신통한 무당 '계함(季咸)'의 예가 있으며, 의술로는『여씨춘추(女氏春秋)』의 <물궁(勿躬)>에 등장하는 무당 '무팽(巫彭)' 등을 들 수 있겠다.[15)

이러한 무축에 대한 관심은 시인 자신이 한국의 선대 조상들이 중시해온 기(氣) 존중 사상을 남다르게 긍정하고 인식하고 있던 것에서 비롯하였다고 할 수 있다. 한국인은 전통적으로 도가사상에서 발달한 기(氣)를 존중하였고, 풍수학과 한의학에서 응용한 술(術)의 체험에서 나타난 효과를 긍정적으로 인식하고 있었다. 게다가 한국인의 공동체적 생활정서 속에 들어 있는 탄생, 죽음, 삶에 관한 정서에는 도가사상이 흡수되어 있다. 이러한 것들이 백석 시인의 내면에 두루 잠재되어 있다가 나쓰메 소세키라는 강렬한 문학적 자극을 통해 시인 자신의 독특한 문학적 언어로 구체화된 것으로 보인다. 그렇다면 2500년 전의 노장사상은 한국의 1930년대 중반이라는 시대배경 속에서 과연 어떤 의미를 도출해내고 있는가에 대한 비평적 논의가 선행되어야 할 것이다.

나쓰메 소세키의『런던탑』에는 탑 속에 갇힌 죄인들이 죽어가며 남긴 낙서들이 있으며 이것을 보면서 전율을 느끼던 작가에게 영국인 하숙집 주인은 '아, 그 낙서말인가요 괜히 쓸 데 없는 짓을 해서 근사한 곳을 엉망으로 만들어 버렸어요'라고 하는 장면이 나온다. 영국인 하숙집 주인에게 나쓰메 소세키는 사물의 관점에서 사물을 바라보는 이물관지(以物觀之)적 관점을 체험하였다. 이 체험은 도의 관점에서 사물을 바라보던 종래의 이도관지(以道觀之)적 관점과 상당한 차별성을 지닌다고 할 수 있다. 하지만 이것은 다만 관점의 차이로 평가된다.

14) 이동순,『백석, 내 가슴에 지워지지 않는 이름』, 창작과비평사, 1988년 봄호, 332쪽.
15) 오야나기 시게타(小柳司氣太), 김낙필 역,『노장사상과 도교』, 시인사, 1994, 222~223쪽.

말하자면 『장자』16)의 '도로써 보면 사물에는 귀천이 없다. 그러나 물의 관점에서 보면 스스로 귀하다하여 상대를 천히 여긴다(以道觀之 物無貴賤 以物觀之 自貴而相賤, 『장자』<추수(秋水)>편'의 진리와 같은 것이다. 나쓰메 소세키의 사물인식에 이 부분을 적용해본다면 관점의 현격한 차이를 엿보게 해준다는 점이 느껴진다. 하지만 그 사고의 본질은 양자가 별반 구별되지 않는다. 이를테면 '런던탑'을 근사한 기념물로 보는 관점이 있는가 하면 '런던탑'을 쌓기까지 그 이면에 드리워진 개인의 권리를 안타깝게 여기는 관점도 있는 것이다.

이와 같은 상대성, 혹은 다양성의 원리가 그로부터 30년 뒤인 식민지조선 문단에서도 출현하였다. 당시 조선의 문단은 당대 문학의 방향성에 대해서 다수의 문학인들이 제각기 서로 다른 의견을 제출하고 있었다. 이를테면 김기림(金起林: 1908~?)은 '근대정신의 파산에 당면하여 과거를 청산하지 않으면 안 된다'고 하였다. 김남천(金南天:1911~1953)은 '개인주의가 남겨 놓은 모든 부패의 잔재, 즉 비뚤어진 인간성을 청산해야 한다'는 입장을 보였다. 최재서(崔載瑞: 1908~1964)는 '국민정신에 양식을 줄 수 있는 신체제하에서의 정신'을 강조하였다.17) 하지만 백석의 경우는 일본에 의한 '타율적 근대화의 병폐성'을 느끼고, 하나의 우회적 방법인 도(道)와 덕(德)을 중히 여기는 노장사상을 채택함으로써 일제파시즘을 통한 근대화에 대하여 반대적 관점을 작품에 수용하였다 할 수 있다.

백석 시인이 시의 소재를 소박하고 자연친화적인 데서 찾으려 한 것도 그 옛날, 원초적 순박성을 지녔던 고대적 시간성과 그 빛깔을 사무치게

---

16) 『장자』는 전문 6만 5천여 자(字) 33편으로 이루어져 있고, 내편(6편: 제1편 <소요유>, 제2편 <제물론>, 제3편 <양생주>, 제4편 <인간세>, 제5편 <덕충부>, 제6편 <대종사>, 제7편 <응제왕>)과 외편(15편), 잡편(11편) 등 세 부분으로 구성되어 있다.

17) 최재서는 1940년 11월 조선문인협회 주최 '문예보국강연대'의 일원으로 식민지조선의 북서부 지역 각 도시에서 연설하였다(최재서, 노상래 역, 『전환기의 조선문학』, 영남대 출판부, 2006, 36~40쪽 참조).

그리워했기 때문이다. 백석의 시작품에서 나타나는 한국인의 서민적 삶의 전형성이라 할 수 있던 '멍석자리를 하고 바람을 쐬거나 접시귀에 소기름이나 소불 등잔에 아즈까리기름을 켜던'(시 「박각씨오는 저녁」)이란 부분과 '시레기를 삶는 훈훈한 방안'에서 '양념냄새가 싱싱하던' 시절에 대한 시적 코멘트는 몹시 평화롭고 행복했던 삶의 시간성으로 다가온다. 이처럼 사물을 대하는 여유로운 시각들은 백석 시인이 노장사상, 즉 도가사상에 대한 특별한 애착과 시적 수용의 징표라고 보게 되는 것이다.

그렇다면 '도(道)'의 일반적 개념은 대체 무엇인가?

공자의 '도'가 사람으로서 지켜야할 도리 또는 나라를 다스리는 원리라면, 노자의 도 는 우주의 근원적인 본체를 의미한다. 노자는 도의 세계에 대하여 다음과 같이 설명하고 있다.

> 도를 도라고 할 수 있으면 변함없는 도가 아니며, 이름을 이름 할
> 수 있으면 변함없는 이름이 아니다. 무명은 천지의 시원이요, 유명은
> 만물의 어머니이다. 그러므로 변함이 없는 무로써 그 오묘함을 살피
> 고자하고, 유에서 그 미묘함을 살피고자 한다.
> (道可道 非常道 名可名 非常名 無名 天地之始 有名 萬物之母,
> 故常無 欲以觀其妙 常有 欲以觀其徼, 『도덕경(道德經)』 제1장)

노자는 도를 상세히 설명하는 과정에서 '도란 모든 곳에 존재하는 것'(『도덕경』 제34장)이라 하기도 하고, '도는 자연의 법칙을 따른다'(『도덕경』 제25장)고 하여 자연을 법으로 여겼다(道法自然). 이후에 사마담은 유가와 도가를 대비시켜 '치술의 분야에서는 유가가 도가에 미치지 못한다'고 기술하였다.[18]

여기서 우리는 노장사상의 배경과 그 실체에 대하여 잠시 살펴보고자 한다.

---

18) 오야나기 시게타(小柳司氣太), 김낙필 역, 『노자사상과 도교』, 시인사, 1994, 20쪽.

중국 상고시대인 하(夏), 은(殷), 주(周) 3대의 사회는 천자가 세상을 다스리던 봉건사회였다. 상고시대 3대를 지나 춘추시대로 들어선 이후 주나라는 천하를 통일한 후 다수의 소국(小國)으로 분리하여 건국의 공신들로 하여금 통치케 하였다. 이들은 제후국으로써 주나라를 황실로 섬겨왔으나 이후 각 제후들 사이에 권력투쟁이 일어나게 되자 하극상(下剋上) 현상이 일어나고 최고의 통치자인 천자의 권위는 힘을 잃었다. 제후들이 주도하여 강한 나라로 약한 나라를 쳐서 병합시키며 앞 다투어 부국강병책을 쓴 결과 서로가 남의 땅을 빼앗는 약육강식의 대혼란이 일어나게 되었던 것이다.19)

한편 전국시대에는 나라나 제후마다 부국강병을 위한 인재등용으로 타국출신과 서민을 가리지 않고, 남보다 우수한 학문과 뛰어난 지혜를 가진 사람을 우대하는 풍조가 성행하였다. 이에 따라 춘추전국시대 여러 학파인 제자백가가 활약을 하게 되었다. 공자는 인의(仁義)를 주장하고, 묵가(墨家)는 겸애론(兼愛論)을 제기하였으며, 한비자(韓非子)는 법의 지배실현을 구현하였다. 이에 반하여 노자와 장자는 도가사상을 주장하였던 것이다. 노자는 살육과 갈취와 전쟁만으로 해결하려는 잔혹한 현실에 대한 해답으로 자연의 소박한 상태로 돌아갈 것을 요구하는 무위자연(無爲自然)의 진리를 주장하였다. 이 진리의 본질을 도(道)라고 하며, 이 도는 곧 천도(天道)를 의미한다.

춘추전국시대 여러 학파들의 세력다툼에서 도가사상가들이 『노자』라는 저술을 완성시킴으로써 마침내 도가사상에 대한 이론적 근거가 되는 경전을 완성시켰다. 『노자』를 『도덕경』으로 부르게 된 것은 왕필(王弼)이 상하편의 이름을 '도'와 '덕'으로 붙인 것에서 비롯되었다. 노장사상을 바탕으로 하는 도교사상은 삼국시대 때 한반도로 유입되었다. 도교는 민간 전래신앙에 습속이 되어 차츰 민간에 뿌리를 내렸고 방술, 고약을 통한

---

19) 김학주, 앞의 책, 72~73쪽.

의술, 음양오행, 풍수지리, 잡점 등을 통해 추길피흉(追吉避凶)적인 성질을 지니면서 현세지향적인 민간인들이 적극적으로 신봉하게 되었다. 즉 '양생론의 관심이 합리적으로 표출된 것이 『황제내경』으로 대표되는 한의학이고, 국면이 넓은 장소의 건강성에 대한 양생론적(養生論的) 관심이 곧 풍수(風水)의 출발이었던 것이다.'[20]

이러한 노자 사상에 대하여 백석 시인의 반응은 어떠하였던가?

백석 시인의 시작품에는 만물을 덕으로 대하는 시인의 취향과 가치관이 나타나 있을 뿐만 아니라, 피지배층이 되어버린 농민의 문화적, 정신적 측면. 서민의 세계관, 생산관계 등으로 동 시대 다른 시에서 결코 발견할 수 없는 백석만의 화해지향적(和解指向的) 세계를 갖고 있다. 즉 시인은 생로병사에 대하는 기층민의 태도와 한국인의 생활이나 문화 속에 면면히 흘러내려 온 것을 형상화하였다. 시인의 작품에 등장하는 인물들은 주로 가난하거나 소박한 삶을 사는 사람들이며, 시인의 정신을 관통하고 있는 것은 도가의 철학이나 도가철학에 민간신앙이 결합되어 있는 것들이었다. 시인의 이러한 창작 경향은 『도덕경』에서 '탐욕이 없고 고요하면 천하가 평안하다(淸淨爲天下正, 『도덕경』 제45장)'는 정신세계와 깊은 관련을 가진다 할 것이다.

시인의 작품 속에 등장하는 인물들의 삶은 외세의 침탈로 고통 받던 시대 한국인의 삶이자 정체성이라 할 수 있다. 즉 백석 시의 가치는 갖가지 시련으로 언제 마모될지도 모르는 한국인의 민족적 정체성과 그 위기에 대한 성찰을 가능하게 함으로써 역사가 정상적으로 발전할 수 있는 방향으로 이끌었다는 데 있는 것이다.

노장사상은 물질보다 정신적 가치를 더 높이 숭상하고, 귀(貴)·부(富)·현(顯: 권세)·엄(嚴)·명(名)·이(利)를 버리며 자연과 조화를 이루는 사

---

20) 성동환, 「땅의 기란 무엇인가」, 『풍수, 그 삶의 지리, 생명의 지리』, 푸른나무, 1993, 150쪽.

상 등을 포괄하고 있다. 그런데 사람들은 도의 원리에 기초하여 살아간다고 해도 목적 달성을 위해서는 술(術)의 응용도 필요했다. 도교는 한국인의 민간신앙에다가 주역, 음양오행, 참위, 의학, 점성학, 풍수지리, 운명학 등 주술적 성격을 포용하고 있으므로 추길피흉(追吉避凶)을 구하고자 하는 다수의 사람들에게 삶의 위안을 줄 수 있었던 것이다. 따라서 한국인의 전통과 민속은 자연스럽게 도교와 접목된 기복신앙(祈福信仰)의 특징을 갖는다고 할 수 있다.

백석의 시에서 보이는 검소함, 소박함, 소외된 계층에 대한 따스한 시선, 자애로움 등은 대개 노장적 사상에 바탕을 두고 있으며, 시인의 작품에 나타난 운명론, 민간방술, 양기풍수, 민간의료 등은 노자의 도가사상, 신선방술과 귀신숭배 등이 접합되어 민간에서 생활화되어온 하나의 술(術)이었던 것이다.

이러한 관점과 이해를 바탕으로 이 글은 백석의 시세계에 노장사상이 과연 어떻게 형상화되고 정착되어 있는가를 분석 확인하고자 한다. 이와 더불어 백석 시인의 시적 지향이 과연 무엇을 의미하고, 그것을 시인은 어떻게 유지 발전시켜 갔던가 라는 문제에 대하여 논의의 초점을 두고자 한다.

2) 한국인의 노장사상 수용과 그 확산

노장사상은 춘추전국시대의 노자와 장자의 철학사상을 말한다. 노자는 자신의 사상을 오천 마디로 압축하여 『도덕경(道德經)』을 내놓았다. 노자는 무위자연(無爲自然)을 주장하였고, 그의 사상은 양주(楊朱), 열자(列子), 정자(程子), 황로학파(黃老學派) 등을 통하여 도가학파로 발전하였다. 장자는 노자의 사상을 더욱 발전시켜 물(物)에 대한 집착에서 벗어나면 도(道)의 차원으로 돌아간다고 주장하였다.

전국시대 중기에 노자사상을 개조하고 발휘한『관자(管子)』등은 노자의 도(道)와 황제를 연계시켜 황로사상(黃老思想)으로 부르고, 음양의 기(氣)와 오행의 기(氣)이론을 명확히 말하였다. 노자의 도는 만물을 구성할 때 무엇이 물질이고 무엇이 정신인지 명확히 구분하지 않았다. 그러나『관자(管子)』네 편에서 보이는 황로학은 노자의 이러한 사상을 발전시켜 노자가 말한 도는 일종의 물질적인 기(氣)이자 정기(精氣)라고 명확히 주장하면서 '도가 만물을 생성한다'는 '정기가 만물을 생성한다'로 바뀌었다.21) 이후 진나라 갈홍(葛洪)이『포박자(抱朴子)』에서 신선이 될 수 있는 방법을 소개하였는데, 내편으로는 불로장생의 선술(仙術)과 금기 등이고, 외편으로는 선행을 하고 충효와 덕을 쌓고 타인의 위난(危難)을 막아 재난으로부터 피할 수 있게 하는 등의 계율을 기술하고 있다. '포박자'는 철리(哲理)를 중요시하는 도가사상과 종교적 신앙을 목적으로 하는 도교의 가교를 담당하였다. 즉 신선방술과 황로사상이 도교의 전신인 셈이다.

후한 중엽에 이르러 노자사상을 받드는 양대 도교, 즉 오두미도(五斗米道)와 태평도(太平道)가 일어났다. 오두미도는 장도릉(張道陵)이 조직한 것으로『도덕경』을 경전으로 하였고, 교법의 중심은 병을 고치는 데에 있었으며, 병은 죄를 지은 자에 대한 신(神)의 벌(罰)이라는 신앙을 갖고 있었다. 모든 신자들이 집집마다 오두(五斗)의 쌀을 내게 했으므로 이를 오두미도라 한 것이다. 태평도는 장각(張角)이 황제와 노자를 받들고, 사람들에게 참회의 기도를 올리도록 했는데, 목적은 부적과 정화수로 병을 치료하는데 있었다.

다시금 정리하자면 도교는 노자사상과 고대 귀신숭배문화, 춘추전국시대 이래의 신선방술과 황로학 등이 두루 융합된 체계로 되어 정신을 기르는 법, 기를 기르는 법, 정기를 보존하는 법, 연단술 등 양생술을 발달시켰다 할 수 있다. 그 당시 유교는 인의(仁義)를 제창하고 효제충신(孝悌忠信)

---

21) 許抗生, 노승현 옮김,『노자철학과 도교』, 예문서원, 1995, 99쪽.

을 중심에 둠으로써 사람들이 장생(長生)하거나 병을 퇴치하는 데에 쓸모가 없었다. 따라서 현세지향적인 사람들은 도교를 숭상하게 되고, 상층 신분들은 도교의 수련과 양생을 통해 장생불사하는 것을 지향하였으며, 하층계급은 귀신을 몰아내어 병을 치료하거나 재앙을 없애는 것에 목표를 두었다. 진대 이전에 도가는 하나의 학설, 또는 사조로써 존재하다가 한대 초기에 이르러서는 크게 흥성하여 중국의 위대한 종교, 즉 도교사상으로 발전하였다.

노장사상을 기초로 하는 도교가 한반도에 전래된 것은 삼국시대로 추정된다. 고구려 말기 보장왕(寶臧王: 642~668) 2년에 연개소문이 왕의 허락을 받아 당나라에 요청하자 당태종이 숙달 등 8명의 도사를 『도덕경』과 함께 보내주었다. 이에 왕은 크게 기뻐하여 불교사원으로 도관(道觀)을 삼고, 도사를 유불(儒佛)보다 더 높이 대접하였다. 도교를 숭상하고 불교를 박해하자 반룡사(盤龍寺)의 승려 보덕(普德)이 백제로 망명했던 기록이 확인된다. 신라에서는 34대 효성왕(737~742) 2년에 당의 사신 형숙(刑璹)이 노자의 『도덕경』을 바쳤고, '견당유학생(遣唐留學生) 출신의 학자들을 중심으로 양생과 방술위주로 수련하는 내단 도교가 형성'되었다.[22] 고려시대에는 왕실의 복덕을 비는 도교문화가 성행하였기 때문에, 도교로써 중요한 국가행사인 팔관회와 함께 초제(醮祭)를 행한 기록이 있다. 특히 예종은 신앙심이 돈독하여 한국 최초의 도관인 복원궁(福源宮)을 건립하기까지 했다. 그 영향으로 도교는 민간신앙과 혼합되어 한층 기복종교의 특징으로 떠오르게 되었다. 성신(星辰)에 대한 신앙, 부적(符籍)의 사용, 경신(庚申)을 지킨 것 등으로 도교가 노장사상 이외에도 불로장생을 하는 방술을 위시해서 오합일(五合日: 혼인하기 좋은 날), 십악대패일(十惡, 大敗日:백사를 모두 꺼리

---

22) 주칠성, 「한국사상의 원형과 외래사상의 전래」, 『율곡정론』 제6호, 2006.2, 106쪽(<삼국유사> 3권, '보장복로 보덕이암'에 수록).
주칠성 외, 『동아시아의 전통철학』, 예문서원, 1998, 101쪽.

나 장사지내는 일만은 꺼리지 않는 날), 천기(天氣)를 먹는 방법, 무덤속의 망상(罔象)을 물리치는 법, 구급(救急), 치약(治藥), 복거(卜居), 치농(治農), 섭생(攝生) 등 본래 토속신앙과도 접합하는 부분이 있었으므로 민간에서는 이를 적극적으로 수용하였던 것이다.23)

조선시대의 통치이념은 유교였다. 15세기에 이르러 조광조(趙光祖: 1482~1519)가 소격서(昭格署)를 폐지하는 상소문을 끈질기게 올리고, 유생들이 조직적으로 합류하면서 마침내 왕은 이를 수용하였다. 이에 따라 일월성신에 제사를 지내는 도교가 외면적으로는 사라졌다. 그러나 오히려 내면적으로는 각 가정에서 천지신명(天地神明), 업신(業神), 성주신(成造神), 조왕신(竈王神) 등을 섬기는 민중의 기층사상으로 더욱 공고하게 자리를 잡았다고 할 수 있다. 성리학을 표방하는 지식인들은 표면적으로는 도교를 이단시하였으나, 내면적으로는 도교의 양생론과 의약에 관심을 가졌다. 한국인의 삶에서 도교는 혼인택일, 이사 방향 등 민간풍속에 깊이 뿌리를 내려 한국의 고유사상과 융합되었다. 이러한 민간 신앙적 요소와 도교사상의 일부분을 불교에서도 이용한다는 점에서 불교의 공(空)사상과 도교의 무(無)사상은 공통점이 있다. 안세고(安世高)와 강승회(康僧會)같은 승려들은 불법을 설명하는 과정에서 원기를 잘 배합하고 음양오행이 조화되도록 하기위해 좌선을 통한 심신의 수양을 주장하였다. 이러한 것은 도교의 수련법과 같은 것이다. 이러한 관점에서 볼 때 '불노이가(佛老二家)는 사상이 서로 유사하다. 불교와 노자의 사상이 공통된 점이 많기에 당의 부혁, 송의 송기 및 주자 같은 사람은 대승불교를 교활한 불자가 도가사상을 빌려 만든 것이라 평하게 된 것이다.'24)

---

23) 산에 들어가서 도깨비를 물리치려면 거울을 등 뒤에 달 것이며, 호랑이의 위협을 당하지 않으려면 '의강(儀康)'을 뇌이어야 한다 등은 모두 도교의 방술에서 나온 것이다(홍만선, 『산림경제』(1권~4권), 민족문화추진회 참조).
24) 오야나기 시게타(小柳司氣太), 김낙필 옮김, 『노장사상과 도교』, 시인사, 1994, 173쪽.

그렇다면 불교와 노장사상의 차이는 무엇일까. '노장은 현세를 논하고 불교는 삼세를 비추어본다는 것이고, 노장은 득실의 문이 남아있지만 불교는 초월한 이치에 득실의 경계를 둔다는 것이다. 노장은 공한 경지에 가지 못했지만 불교는 인연과 내적 지혜가 모두 공적하다.'[25] 불교의 신통력과 도교의 단학수련은 욕심을 줄이고 마음을 비우는 것에서 출발한다. 불교의 인과응보설(因果應報說)과 도교의 선복악화설(善福惡禍說) 이론도 유사한 구조를 가지고 있다. 불교와 도교가 융합된 형태는 불교사찰에서 '칠성각(七星閣)'이라는 누각으로 존재하고 있으며, 민간에서는 '칠성님'이라는 치성 대상이 되어 신적인 존재로 그 흔적이 남아 있다. 민간에서 간절한 소망을 기원할 때 항상 의지하는 칠성님도 그 근원은 도교의 성수신앙(星宿信仰)에서 나왔던 것이다.

음양과 기의 사상은 사실상 도교의 뿌리에 뿌리를 두고 있다.

'도가 하나를 낳고, 하나는 둘을 낳고, 둘은 셋을 낳고, 셋은 만물을 낳는다. 만물은 음을 지고 양을 안으며, 충기로 조화를 이룬다(道生一 一生二 二生三 三生萬物 萬物負陰而抱陽 沖氣以爲和, 『도덕경』 제42장)'고 한 데서 그러한 사실을 짐작할 수 있다. 이러한 관점에서 검토해보면 노자와 역(易)도 습합되었다고 할 수 있다. 역(易)은 양(陽)을 '—'로 표시하고 음(陰)은 '— —'로 표시하고, 노자도 도를 '—'로 혹은 '곡신, 현빈(玄: 검을 현, 牝: 암컷 빈)' 등으로 부른다. 이 빈(牝)은 주역(周易)에서 비롯된 글자로써 여러 문헌에서 주역의 음(陰)으로 의미되고 있다. 또 역(易)은 가득 찬 것을 경계하는데, 노자 또한 유약과 겸허를 숭상한다. 그러므로 노자·장자·주역의 3현(三玄)의 고전을 중심으로 사상을 전개한 왕필과 하안은 노장과 주역의 일치를 제창하기도 하였다.[26]

---

25) 같은 책, 173쪽.
26) 여기서 '하나'는 도(道)인 태극(太極)이 아니라 덕(德)인 기(氣)이다. 그리고 기(氣)는 음과 양의 둘로 펼쳐지는데, 음(陰)은 무명(無名)의 세계로 밤, 양(陽)은 유명(有名)의 세계로 낮을 뜻하기도 한다. 낮에는 모든 사물이 고스란히 제각기 차별적인 모

한편 조선을 건국한 지배층은 유교 우위정책을 지향하였으나 민간에서의 자연숭배와 귀신신앙은 불교의 윤회사상과 서로 유사한 성격을 지녔기 때문에 융합되는 점이 있었다. 유교적인 이념을 고수할 필요가 있었던 정도전(鄭道傳:1342~1398)은 한국인의 정신세계를 지배했던 유교, 불교, 도교의 삼가사상(三家思想)에 대한 기본적인 특질을 설명하면서 유(儒)는 리(理), 불(佛)은 심(心), 도(道)는 기(氣)로 정리하였다. 그중에서 '도가사상은 기(氣)를 가지고 경험 가능한 현상적 존재를 대상으로 하고 현재의 삶에 무게를 두었기 때문에 불가에서 말하는 상(相)을 문제 삼아나가면서 기를 체득하는 방법을 가능하게 하였다.'[27] 따라서 도가 사상은 개인의 길흉화복을 위해서 신을 믿는 즉 기복신앙(祈福信仰)과도 쉽게 접합될 수 있었다.

이를 일제강점기에 적용해서 풀이하자면 일제는 한국인의 민족적 전통들을 이해하고 존중하기는커녕 오히려 야만적, 비과학적이라고 모멸하면서 전통문화를 금지하고 이를 정책에 반영하였다.[28] 그러나 한국의 전

습을 드러내지만, 밤에는 사물은 존재하되 그 차별을 확인할 수 없는 무차별의 세계인 것이다. 그리고 음기와 양기가 서로 어우러져 충기(沖氣)로 펼쳐진다. '둘은 셋으로 펼쳐지고'에서 '셋'은 음기와 양기, 그리고 충기를 가리킨다. 만물은 음을 업고 양을 품고 있는데, 말하자면 해와 달, 낮과 밤처럼 서로 만날 수 없을 것 같은 상대적인 음과 양을 동시에 존재케 하는 것은 바로 조화로운 충기의 힘이라는 것이다.

27) ㉠ 삼가사상(三家思想)에 대한 기본적인 특질의 규명은 조선시대 정도전이 이기심성론(理氣心性論)에서 먼저 파악했으며, 이 글에서도 그의 이론을 따른다.
　㉡ 불가의 상(相)은 지(地), 수(水), 화(火), 풍(風)의 기(氣)가 합하여 형성되는 것으로 색상(色相), 성상(聲相), 모상(貌相), 그리고 욕상(慾相)으로서의 선악관념 등 존재 일체를 의미한다(송항룡, 「도가철학사상의 한국적 전개와 그 추이 – 한국도가철학사 서설」, 『동양학』 10, 1980.10, 210~212쪽 참조).

28) ㉠ 민속놀이는 대중 집회를 금지하는 명목으로 민중들의 집단 민속놀이를 통해 결속하고 민족의 동질성을 강화하는 것을 우려하여 법령으로 금지했다. '창경궁'을 '창경원'으로 격하시키기('민속놀이 금지시키기', 『한국민족문화대백과사전』, 웅진출판사, 1994, 737쪽).
　㉡ 궁궐의 여러 전각을 헐고 그 자리에 조선총독부, 박물관, 미술관을 지었고 지방 사찰의 탑과 부도를 옮겨와 전시했다. 왕이 직접 농사를 짓던 논을 없애고 연못을

통문화는 일제의 계획된 규제에 시달리고 유린을 겪으면서도 오랜 민족적 전통과 종교적인 자생력에 힘입어서 민간전승의 도교와 불교적 신앙과 결합되었고 강인한 생명력으로 살아서 유지될 수 있었던 것이다.

　백석 시인의 작품의식은 한국인의 민중생활에 뿌리를 내린 전통문화, 즉 민족공동체의 집단무의식의 형태로 전해 내려온 민속, 무속의 기복학적인 요소, 의약, 세시풍속 등에서 작품의 모티프를 설정하였고, 이는 노자와 장자를 비롯한 도가사상을 내재적으로 수용하고 있다는 증거라 할 수 있다.

확장해 배를 띄웠으며, 동물원과 식물원을 만들었고 일본에서 수천 그루 '사쿠라'를 옮겨 심어 밤 벚꽃놀이를 했다. 궁궐 '창경궁'이 사냥, 놀이를 한다는 뜻의 '창경원'으로 전락한 것이다(오마이뉴스, 「먹고 마시는 행사에 궁궐 활용 말라」, 2005.6.3).
　ⓒ '일반인의 매장'을 '금지'하기 – 1912년 묘지화장화장장에 관한 규칙을 세웠고 내용은 공동묘지를 설치해 강제로 매장케 하거나 화장을 권하였다(고제희, 『쉽게 하는 풍수공부』, 동학사, 2008.4, 148쪽).

3. 백석 시에 나타난 노장사상과 변용의 실제

1) 풍수론과 백석 시의 심상지리(心象地理)

『장자』<제물(齊物)>편에는 '땅덩어리가 뿜어 올리는 숨을 바람이라고 한다(夫大塊噫氣, 其名爲風)'는 구절이 있다. 호흡은 생명현상의 상징이다. 그래서 '생명체에 드나드는 보이지 않는 것, 즉 생명에너지를 기(氣)라고 불렀다.'[1]

자료에 의하면 춘추전국 시대 사람들이 좋은 기(氣)를 찾을 때 점복(占卜)을 이용했던 흔적들이 보인다. 예를 들면『장자』<칙양(則陽)>편에는 '영공이 죽게 되었을 때, 옛무덤자리에 장사 지내려 하니 그곳은 불길하다는 점괘가 나왔다. 점괘는 모래언덕에 장사지내는 것이 길하다는 것이다(夫靈公也死卜葬於故墓不吉卜葬於沙丘而吉)'는 구절이 있다. 이러한 자료를 바탕으로 생각하면 풍수사상은 중국 고대시대부터 자연을 숭상하는

---

1) 섬동활, 「땅의 기라 무엇인가」, 최창조 외『풍수 그 삶의 지리, 생명의 지리』, 푸른나무, 1993, 114쪽.

원시신앙과 음양사상의 영향아래 자연스레 생겨났다고 할 수 있다.

그 후 풍수 사상은 논리적으로 설명할 이론적 가치체계가 절실히 요구되었고, 곧 이어 한나라 때의 학자 청오자(靑烏子)가 『청오경(靑烏經)』을 만들어 이론적 기초를 세웠으며, 곽박(郭璞: 276~324)에 의해 더욱 체계화되었다. 곽박이 저술한 『금낭경(錦囊經)』에는 음양학설을 근간으로 하여 기감(氣感), 인세(因勢), 평지(平支), 산세(山勢), 사세(四勢), 귀혈(貴穴), 형세(形勢), 취류(取類) 등을 두루 광범하게 참고한 풍수설의 이론적 체계가 통합적으로 담겨 있다. 『금낭경』은 조선왕조에 이르러 음양잡과에 처음으로 등장하였다.

동양전통의 과학과 예술을 논의할 때 기(氣) 사상을 제외하고는 이야기가 성립되지 않았다. 풍수론도 그 이론적 기반은 기론(氣論)에 근원을 두고 있다. 기(氣)에 관한 기원은 대체로 다음과 같다. 자연현상들 중에 아지랑이 안개 연기 등 공중으로 떠오르는 현상을 가리켜서 운기(雲氣)라는 말로 표현한다. 즉 기운을 뜻하는 기(气)는 구름이 피어오르는 모양, 또는 김이 곡선을 그으면서 솟는 모양을 본떠서 문자화한 것이다. 미(米)는 쌀알처럼 작은 낟알을 뜻하므로 기(气)와 미(米)가 합쳐진 기(氣)는 운기 혹은 생명 활동의 근원의 뜻으로 상징적 의미를 함축하게 되었다. 『도덕경』에서 '도는 황홀한 가운데 물(物)이 있고 황홀한 가운데 상(象)이 있으며 깊고 그윽한 가운데 정(精)이 있다(제21장)'고 하였는데, 관자가 이를 발전시켜 정기를 천지만물을 구성하는 미세물질로 보면서 생명까지 정기에서 온 것으로 규정하였다. 이러한 생각은 후대로 내려오면서 만물은 기(氣)로 이루어져 있다는 인식의 흐름으로 나아갔다.[2]

한편 유불도(儒佛道)는 서로 영향을 주고받으면서도 기(氣)를 활용하여 각자의 논리를 수립하였다. 불가는 기(氣)를 큰 바탕으로 해석함으로써 지(地), 수(水), 화(火), 풍(風)의 이른바 4대 기(氣)로 파악하였고, 도가는 『장자』를

---

2) 안규석, 「기에 대한 한의학적 이해」, 『동양철학과 한의학』, 아카넷, 2003, 254쪽.

통하여 '기가 모이면 생겨나고 흩어지면 죽는 것이다(人之生 氣之聚也 聚則爲生 散則爲死,『장자』<지북유(知北遊)>)'는 설명을 통해 '사람의 생사를 기(氣)의 취산(聚散)'으로 보았다. 이 개념 속에는 천지만물의 근원이 무형의 도라는 의미가 포함되어 있다. 그 후 북송의 학자 장재(張載: 1020~1077)가 기(氣)를 태허로 보았다. 장재는 장자의 사상인 '천지만물의 근원인 무형의 도'라는 의미를 기(氣)에다 접목시켜 기(氣)를 중심으로 우주론 인성론 지식론 등 새로운 개념을 도입하여 유가적 세계관을 제시하였다. 그 후 정호(程顥)와 정이(程頤)형제가 기(氣)를 도의 근원으로 이해하였고, 이러한 장재의 사상적 기반을 토대로 주희가 주자학의 사유체계를 집대성하게 된 것이다.

백석의 시는 이러한 기(氣)를 가지고 풍수 지리적 환경과 그 속에 담긴 생활 방식을 형상화 하여 조화정신의 회복을 보여 주었다. 그것은 전통적인 생활 공동체의 정신을 공유하는 방식이며 문화적 소통 방식의 하나라 할 수 있다.

(1) 복거론(卜居論)과 길지(吉地)의 심상

한국인의 전통적 풍수사상에 대한 기록에는 오래 전 신라신대 초승달 닮은 산을 주거지로 정하고자 호공(瓠公)의 집터를 빼앗은 석탈해(昔脫解) 설화가 있다(『삼국유사』제1권, <기이(紀異)>). 그러다가 삼국시대에 중국의 풍수가 유입되면서 한국의 풍수와상호 융합하여 중국과는 달리 한국 풍수의 새로운 방향이 나타나기 시작했다. 고려 태조 왕건(王建: 847~918)은 <훈요십조(訓要十條)>에서 풍수지리의 기능을 강조하였고, 조선시대에는 수도 한양을 결정하는 문제에서부터 풍수지리사상이 중요한 역할을 담당하였다.

풍수지리에 관한 참고자료는『도선비결』,『옥룡자결록』,『남사고결』

등을 손꼽을 수 있다. 이외에 이규경(李圭景: 1788~1856)의 필사본『오주연문장전산고(五洲衍文長箋散稿)』를 비롯하여, 홍만선(洪萬選: 1643~1715)의 『산림경제(山林經濟)』, 유중림(柳重臨)의 『증보산림경제』, 이중환(李重煥: 1690~1752)의 『택리지(擇里志)』 등이 풍수관련 자료로 손꼽힌다. 이와 더불어 개인들이 알고 있던 지식을 총체적으로 정리하여 책으로 발간한 일본인 학자 무라야마 지준(村山智順)의 『조선의 풍수』(1931년)를 들 수 있다.

풍수에서 물형론(物形論)은 사물의 모양에 빗대어 이름을 붙이고, 주위 환경과 어떻게 조화를 이루는지를 살펴 땅의 특성을 파악하고 이에 따라 적절한 쓰임을 찾아주며 인간과 자연의 조화로운 공존에 그 효용가치를 둔다. 우주만물과 삼라만상은 제각기 이치가 있게 마련이고 또한 기(氣)와 형(形)이 있으며 상(像)도 있기 때문에 외형의 물체는 그 형상에 상응한 기상(氣像)과 기운(氣運)이 마땅히 내재해 있다. 한국의 전통지리관은 자연을 살아있는 유기체로 해석하여 생명을 부여하는 작업을 지속하여 왔다.[3]

풍수를 보는 방법으로는 물형론(物形論) 외에도 형기론(形氣論), 이기론(理氣論) 등이 있는데 형기론은 용(龍), 혈(穴), 사(砂), 수(水)에 맞추어 간룡법(看龍法)과 장풍법(藏風法), 그리고 정혈법(定穴法)을 이론적으로 체계화한 것이다. 그리고 이기론은 패철을 가지고 산줄기와 물의 길흉을 판별해 혈을 판단하는 방법이다.[4] 하지만 형기론과 이기론은 전문적인 풍수가가 아니

---

3) 김두규, 『논두렁 밭두렁에도 명당이 있다』, 랜덤하우스, 2006.9, 45쪽.
4) 고제희, 『쉽게 하는 풍수공부』, 동학사, 2008.4, 51~52쪽 참조.
ㄱ 물형론은 산천의 겉모양과 그 안의 정기는 서로 통한다는 전제를 두고, 보거나 잡을 수 없는 지기(地氣)를 구체적인 형상에 비유해 표현한 것이다. 이론적 체계를 갖추지 못한 것이 흠이다. 예를 들면 '금계포란형'에서도 사람에 따라 의견을 달리한다. 어떤 사람은 닭도 새이니 날개에 혈이 있다 하고, 어떤 사람은 알 자리가 명당이라 하고, 어떤 사람은 닭도 먹어야 사니 부리 부분에 생기가 모였다고 하는 것 등이다.
ㄴ 형기론은 간룡법, 장풍법, 정혈법 등으로 나눈다. 간룡법은 상하좌우로 힘차게 꿈틀거리며 뻗어나간 산줄기[용맥]을 찾고, 장풍법은 혈에 응집된 생기가 흩어지지 않도록 주변의 산봉우리가 감싸준 곳을 찾고, 정혈법은 혈이 응결된 장소적 특징을

면 이해하기 어렵다. 일반적으로 풍수에 관한 이야기를 듣는다면 아마도 물형론과 관련된 담론을 가장 많이 듣게 될 것이다.

백석 시인은 자신의 어머니가 몸이 허약한 아들의 수명장수를 기원하기 위하여 강, 바위, 스무나무 등에 비난수를 하는 등 치성에 열심이었으므로 한국의 전통적인 샤머니즘의 환경과 그러한 분위기에 둘러싸여 성장했다고 볼 수 있다.[5] 따라서 시인의 생활의식 내부에는 사람이나 사물 모두를 포용하는 만물감응(萬物感應) 사상이 자리했을 것으로 본다. 백석의 작품 「넘언집 범같은 노큰마니」에서 그 예를 들어보자.

> 황토 마루 수무낡에 얼럭궁덜럭궁 색동헌겊 뜯개조박 뵈짜배기
> 걸리고 오쟁이 끼애리 달리고 소삼은 엄신 같은 딥세기도 열린 국수
> 당고개를   번이고 뒤튀 춤을 뱉고 넘어가면 골안에 아늑히 묵은 녕
> 동이 묵업 기도할 집이 한 채 안기었는데
>
> 집에는 언제나 셴개 같은 게산이가 벅작궁 고아내고 말 같은 개들
> 이 떠들썩 짖어대고 그리고 소거름 내음새 구수한 속에 엇송아지 히
> 물쩍 너들씨는데
>
> 집에는 아배에 삼춘에 오마니에 오마니가 있어서 젖먹이를 마을
> 청눙 그늘밑에 삿갓을 씌워 한종일내 뉘어두고 김을 매려 단녔고 아
> 이들이 큰마누래에 작은마누래에 제 구실을 할 때면 좋아지물본도
> 모르고 행길에 아이 송장이 거적뙈기에 말려나가면 속으로 얼마나
> 부러워하였고 그리고 끼때에는 부뚜막에 바가지를 아이덜 수대로 주

세심하게 살펴 찾는 방법이다.

ⓒ 이기론은 바람과 물의 순환궤도와 양을 패철로 측정해 혈을 찾는 것이다. 나아가 좌향까지 선택하는 방법론이다. 좌향론, 방위론이라고도 하며 별자리모양 주역 음양오행이론 포태법을 도입시킨다.

5) 이동순, 『백석, 내 가슴에 지워지지 않는 이름 ─ 자야여사의 회고』, 창작과비평, 1988년 봄호, 332쪽.

룬히 늘어놓고 밥 한덩이 질게 한술 들여틀여서는 먹였다는 소리를
언제나 두고두고 하는데

　일가들이 모두 범같이 무서워하는 이 노큰마니는 구덕살이같이
욱실욱실하는 손자 증손자를 방구석에 들매나무 회채리를 단으로 쩌
다두고 따리고 싸리갱이에 갓진창을 매여놓고 따리는데

　내가 엄매 등에 업혀가서 상사말같이 항약에 야기를 쓰면 한창 뛰
는 함박꽃을 밑가지채 꺾어주고 종대에 달린 제물배도 가지채 쩌주
고 그리고 그 애끼는 계산이알도 두 손에 쥐어주곤 하는데

　우리 엄매가 나를 가지는 때 이 노큰마니는 어늬 밤 크나큰 범이
한 마리 우리 선산으로 들어오는 꿈을 꾼 것을 우리 엄매가 서울서
시집을 온 것을 그리고 무엇보다도 내가 이 노큰마니의 당조카의 맏
손자로 난 것을 다견하니 알뜰하니 기꺼히 녀기는 것이었다
– 시「넘언집 범같은 노큰마니」 전문

　이 작품은 도합 6연으로 구성되어 있으며 설화적인 언술을 구사하고
있다. '넘언집'은 '산너머 고개넘어의 집'을 의미한다. 작품의 배경은 종조
모(從祖母)가 사는 시골의 집이 위치한 공간이다.
　시작품 제1연에 나오는 '국수당'은 국사당(國師堂)의 방언으로 서낭당이
나 산신당과 같은 개념을 지니면서 마을의 수호신이 머무는 장소이며 질
병이나 재해가 들어오지 못하도록 방어하는 동시에 마을의 안녕을 기원
하는 곳이라 할 수 있다.[6] '국수당 고개'에서 '고개'의 사전적 의미는 '산언

---

[6] 국사당은 원래 조선시대 태조가 한양에 도읍을 정하고 한양의 수호신사(守護神祠)로
　북악신사(北岳神祠)와 함께 남산 꼭대기에 두었던 목멱신사(木覓神祠)의 사당을 가
　리키는 말이다. '국사당(國祀堂)'이라고도 쓰며 후에 무당으로 변하여 일반의 기도장
　으로 사용되었다. 1925년 일본인들이 남산에 조선신궁(朝鮮神宮)을 지을 때 건물을
　헐어 편액(扁額)과 사당의 일부를 인왕산으로 옮겼다. 현재 그 자리에는 남산 팔각정
　이 있다. 지방에도 이와 같은 무속적 기도장이 있었는데, 이를 국사당이라 하였다.

덕을 넘어 다니게 된 비탈진 곳'이다. 따라서 국수당 고개를 '넘어가면'이라는 이야기 시(narrative poem)는 독자들로 하여금 국수당 고개의 길이 오르막 정점에 위치하였음을 암시한다. 원래 '넘어간다'는 말은 '이쪽에서 저쪽으로 높은 곳이나 장벽을 지나서 가다'란 뜻을 지니고 있기 때문이다. 그러므로 이 고개는 직선인 길이 아니라 산에서 기웃하게 구부러진 길의 형태로, 고개를 넘어서면 바로 사람이 안보이는 전형적인 시골의 고개의 형태를 하고 있다.

작품의 제1연에서 '몇 번이고 춤을 퇴퇴 뱉고 넘어가면'이라는 언술에 담긴 의미를 살펴보자. 이러한 표현은 전통시대의 주민들이 제사가 없을 때 서낭당이나 산신당, 또는 국수당 등을 지나면서 침을 뱉거나 돌무더기에 돌을 던져 올리고 지나갔던 비손행위를 의미한다.[7] 이 의식은 고개를 넘어가는 과객들이 그곳에 서려 있는 잡귀들에게서 자신을 안전하게 보호하려는 의례적 행위이다. 사람들이 이러한 행위를 하게 된 것은 그곳을 배회하던 잡신들로부터 자신을 보호하려는 방어기제와 관계가 있다. 따라서 시인의 생활의식 안에는 천지만물에 정령이 있다는 심상이 자리했을 것으로 본다.

시작품 제1연의 마지막 행에서 골 안에 '곬안에 종조모의 집이 아늑히 안기었다'[8]는 언술은 골짜기가 종조모의 집을 품듯이 하고 있는 형상을 설명하고 있다. 물형론(物形論)에서는 이렇게 품은 듯한 지형을 '금계포란형(金鷄抱卵型)'[9]이라 일컫는다. 사물의 모양에 빗대어 이름을 붙이는 이러

---

7) 이러한 풍습은 몽골에서의 '어워'와 유사한 기능을 지니고 있다. 한국의 서낭당에 비견되는 '어워'는 단순한 돌무더기로 길을 가는 나그네들에게 표지역할과 심리적 안정을 주는 장소로 활용되었다. 나그네는 이곳을 지날 때 작은 돌이나 돈, 과자 등을 올리고 돌무더기 주변을 바른 쪽으로 세 바퀴 돌면서 여정의 안녕을 기원한다.

8) '곬안에'의 골(谷)은 골짜기라는 의미로 읽는다.

9) '금계포란형(金鷄抱卵形)'은 닭이 알을 품는 듯한 형상이며 이 형국에서는 많은 자손이 난다고 한다. 산이 강조되는 마을자리로써 폐쇄적인 공간감을 지닌 곳이 되며, 외부와 연결되는 대중교통조차 없는 오지가 된다. 주거지는 산비탈 쪽으로 가급적 올려

한 물형론은 주위 환경과 어떻게 조화를 이루는지를 살펴 땅의 특성을 파악하고 이에 따라 적절한 쓰임을 찾아주며 인간과 자연의 조화로운 공존에 그 효용가치를 둔다. 우주만물, 삼라만상은 제각기 이치가 있게 마련이고 또한 기(氣)와 형(形)이 있으며 상(像)도 있기 때문에 외형의 물체는 그 형상에 상응한 기상(氣像)과 기운(氣運)이 마땅히 내재해 있다. 한국의 전통 지리관은 자연을 살아있는 유기체로 해석하여 생명을 부여하는 작업을 지속하여 왔다.[10]

'금계포란형'의 상징적 측면은 모계중심 사회, 후손을 많이 두는 형국, 문인 입신출세 기원 형국이다. 또한 이 형은 외부세계로부터 방어적 의미와 닭이 울면 산천이 밝아오는 것을 알려 주는 것처럼 곤경에서 벗어날 수 있는 벽사(辟邪)의 기능을 동시에 가진다고 한다.[11] '금계포란형'의 마을 입지유형은 들형, 구릉형, 산형 등이 있는데, 시작품에는 '금계포란형'의 산형형세를 가진 것으로 읽히고 있다. 시에 나타난 언술이 '금계포란형'에 일치하고 있는 부분을 살펴보자.

첫째, 물리적 측면에서 보면 국수당을 넘어가야 한다는 사실에서 이 시의 중심 배경이 산마을이란 점을 알 수 있다. 국수당은 대체적으로 산꼭대기나 중턱, 혹은 언저리에 자리하고 있기 때문이다.

둘째, '아득히 묵은 영동이 무겁기도 한 집이 한 채 안기었는데'라는 언술에서도 나타난다. '아득히 안긴다'는 것은 안기는 대상의 품이 넉넉해서 어머니의 가슴처럼 바람으로부터 안전하게 보호해주는 곳이라는 의미로 통한다. 즉 골(谷) 안에 할머니가 사는 오래된 집이 안기어 있다는 서술은 주위의 산들이 바람을 잘 막아주므로 입지적 조건으로 장풍이 되는 터를 조성해주고 있다는 의미가 된다. 명당의 예를 간단히 들면 어머니가 아기

서 배치된다(강선중, 「금계포란형 국면의 마을공간 구성방법에 관한 연구」, 명지대대학원 건축공학과 박사논문, 2000.6, 54쪽 참조).
10) 김두규, 앞의 책, 45쪽.
11) 강선중, 앞의 글, 35~36쪽.

에게 젖을 물릴 때 어머니의 품이 명당이다.12) 옛 사람들은 이러한 형세에 에너지가 살아 숨쉬며, 왕성한 에너지가 응기된 곳에는 반드시 부귀로움이 있다고 믿어왔다.13)

셋째, 노큰마니가 이 작품에서 문중의 큰 어른으로 형상화되어 있다는 점도 물형론의 그것과 일치하고 있다. 보통 닭은 한꺼번에 13~20개의 알을 품는다. 금계는 일반적으로 스무 개 정도의 알을 낳으므로 제일 가치 있는 닭으로 여겼다.14) 따라서 '금계포란형'은 후손을 많이 두고 가문이 번창함을 상징하는데 노큰마니가 손자 증손자까지 많이 두었다는 점에서 마치 금계와 같은 느낌을 준다.

이 시작품은 제2연과 제5연에서 개, 거위, 송아지가 법석대는 모양으로 떠들어대고, 무리를 지어 왔다갔다 주위를 맴돌며, 거위가 낳은 알과 함박꽃, 배나무에 열매가 달리는 집의 풍경 따위를 묘사하고 있다.

이러한 대목은 노큰마니의 집이 '가축'과 '화초'가 특별히 잘 자라는 생명력이 왕성한 집이라는 의미를 내포한다. 『황제택경(黃帝宅經)』은 풍수지리에서 좋은 기운을 보는 방법으로 오실(五實)을 제시하고 있다. 첫째 택소인다(宅小人多)이다. 이는 집은 작은데 식구가 많은 경우를 가리킨다. 둘째로 대문소내대(大門小內大)이다. 이는 대문은 작고, 집안이 큰 경우를 가리킨다. 셋째 장원완전(牆院完全)이다. 이는 담장이나 집의 울타리가 완비된 경우를 말한다. 넷째로는 택소육축다(宅小六畜多)이다. 이는 집은 작은데 가축이 많은 경우를 지칭한다. 다섯째 택수구동남류(宅水溝東南流)이다. 이는 집에서 나온 물길(하수구나 도랑물)이 동남쪽으로 흐르는 경우15)를 말한다. 이러한 해설방법에 따르면 백석의 시작품에서 노큰마니가 살고 있는 집은 '택소인다'와 '택소육축다'에 해당된다고 할 수 있다. 그리하여 노큰마니가

---

12) 최창조, 앞의 책, 168쪽.
13) 민승만, 『무불통지(無不通知)』, 새글, 1995, 47~49쪽 참조.
14) 무라야마 지쥰(村山智順), 최길성 역, 『조선의 풍수』, 민음사, 1990, 215쪽
15) 황종찬, 「현대주택풍수」, 좋은글, 1997, 42~47쪽.

살고 있는 집은 양기의 좋은 조건을 어느 정도 충족하고 있는 셈이다.

제3연에서는 다른 집 아이들이 죽어나가는데 이 집에서는 세상 돌아가는 형편도 모르고 아이 송장이 거적때기에 말려나가면 부러워하였다고 한다. 죽은 사람을 거적으로 싸서 지내는 장례의식인 거적 장사는 전통시대의 농촌에서 아이들이 죽었을 때 부모들이 치루는 민중적 장의(葬儀)였다.

이러한 풍경은 백석의 또 다른 시작품 「쓸쓸한 길」에서도 나타나고 있다. 거적때기에 말아서 장사를 지내는 계층은 서민계층 아동들이 사망하였을 때 장례를 치루는 일반적인 방식이었다. 하지만 증조모의 집에서는 그러한 흉사가 일어나지 않았던 것으로 보인다. 이러한 점도 독자에게 '노큰마니'의 집이 자손을 많이 두는 길지의 터라고 점을 은연 중에 강조하고 있다.

부뚜막에 아이들 숫자대로 바가지를 줄지어 가지런히 늘어놓았다는 묘사를 두고 '척박하고 빈곤한 상태'로 보는 관점도 있다.[16] 그러나 지난 날의 농촌에서 그 시절은 모두가 가난했고 끼니를 거르는 집들이 많았다. 그러므로 형편없는 음식이라도 먹일 수 있었던 처지는 오히려 중산층에 속하는 경우라 할 수 있겠다. 농사를 지어 꾸려가는 생활은 과거 어디에서나 비슷한 모습으로 닮아 있었다. 유중림(柳重臨)은 『산림경제』에서 다음과 같이 언급하고 있다. 대체로 농가에서 1년 동안 고생해서 얻은 수확이래야 기껏 한 식구가 먹고 입을 정도밖에 안 되었으므로 가족구성원 모두가 노력하고 성실한 마음과 근검절약을 하여야 한다고 주장한다.[17]

자료에 따르면 1910년 식민지조선의 1인당 국민소득은 약 40달러 수준으로 산업시설도 없었고 절대빈곤에 시달리던 상황이었다. 자본 축적률이 낮고 인구의 80~90%는 농업에 종사하는 전통농경사회였으며, 18

---

16) 유성호, 「넘언집 범같은 노큰마니」 해설, 『서정시학』, 2006년 가을호, 238쪽.
　　이숭원, 「백석 시의 난해 시어에 대한 연구」, 『인문논총』, 2001.12, 40쪽.
17) 유중림, 『산림경제』, 솔, 1997, 48쪽. 홍만선(洪萬選)의 『산림경제』를 증보하여 간행한 농사요결서(農事要訣書)로 필사본 16권 12책으로 구성되었다.

세기 이래로 왕권의 무능, 관료의 부패, 국권의 패망, 식민지 경영의 정착 등으로 말미암아 몰락과 붕괴의 길을 치닫고 있었다.[18]

하지만 백석의 시작품 「넘언집 범같은 노큰마니」는 가난한 살림살이를 풍성한 자손과 삶의 철학으로 해소하고 있음을 보여준다. 4연에서 '손자 증손자가 구덕살이 같이 욱실욱실하다'는 것은 손자, 증손자들이 한데 모여 들끓는 모양을 의미한다. '욱실욱실'이라는 표현은 자손들의 생명력이 무척 강하다는 의미가 내포되어 있다. 시적화자가 유년시절 기억 속의 긍정적인 인물을 서술한 것은 '가난해서 아이들에게 부족한 음식을 먹여야 했던 시간'을 강조하는 것이 아니다. 오히려 노큰마니의 부지런함과 성실함을 보여주면서 노큰마니의 집이 어린 아이들이 많이 생산되는, 이른바 생기가 융성한 주택이라는 사실을 알 수 있게 하는 화자의 시적 장치로 보아야 할 것이다. 이 시작품은 다남(多男)의 형상을 이미지화하였다. 시인의 감정을 제어하는 언어적 장치를 통해 작품은 객관적으로 독자에게 전달되고 있다.

제5연에서 증조모는 엄마 등에 업혀서 떼를 쓰는 시적화자에게 한창 피는 함박꽃을 밑가지 채 꺾어 주고, 굵은 중심가지에 달린 배나무 가지도 끊어주며 거위알도 쥐어주고 있다. 물론 이러한 종조모의 행동은 장조카를 특별히 귀하게 여겨서 하는 행동이다.

한편 이러한 표현은 '노큰마니'의 이 집터가 화초와 과일이 잘 되고 거위가 알을 잘 낳는 좋은 장소라는 것을 의미한다. 1914년~1917년대 중조모의 살림도 그 당시 중산층 이상이었다는 사실을 알 수 있게 해주는 대목이기도 하다.

제6연은 시적화자가 종조모의 장조카이기 때문에 대견하고 기쁘게 여기고 있다는 것을 기표화(記表化)하였다. 이상의 논의를 정리하자면 '노큰마니'가 있는 집은 풍수학상으로 대단한 길상지(吉祥地)에 속한다. 백석은

---

18) 이영훈, 「일제, 영구병합 목적 조선근대화에 주력」, <한국일보>, 2004.4.22.

이 집의 터가 양택, 즉 길지(吉地)라는 사실을 암시하고 있다. 독자들은 거위의 벽작꿍하는 소리, 개와 송아지의 히물쩍하는 모양, 욱실욱실한 어린 아이, 주렁주렁한 과일나무, 함박꽃 등의 표현을 통하여 이 집에는 삶의 생기와 윤기가 역동적으로 넘치고 있다는 사실을 암시적으로 알게 된다. 이러한 시적표현은 '넘언집 노른마니'의 집에 하나의 왕기(旺氣)가 넘실대고 있다는 것을 부각시키는 효과를 주기 위한 시적 장치라 할 수 있는 것이다. 이러한 길지를 형상화시킨 또 다른 사례로는 시작품 「창원도(昌原道)」를 손꼽을 수 있다.

솔포기에 숨었다
토기나 꿩을 놀래주고 싶은 山허리의 길은

엎데서 따스하니 손 녹이고 싶은 길이다

개 더리고 호이호이 휘파람 불며
시름 놓고 가고 싶은 길이다

괴나리봇짐 벗고 땃불 놓고 앉어
담배 한 대 피우고 싶은 길이다

승냥이 줄레줄레 달고 가며
덕신덕신 이야기하고 싶은 길이다

더꺼머리총각은 정든 님 업고 오고 싶은 길이다
　　　　　　　　　　　　　　　　－ 시「창원도(昌原道)」 전문

시 「창원도」에 대하여 유재천은 '현실과 철저하게 대립되는 세계'[19]로

---

19) 유재천, 「백석 시 연구」, 『1930년대 민족문학의 인식』, 한길사, 1990, 201쪽.

보았고, 박은미는 '아름다운 삶에 대한 소망'[20]으로 분석하였으며, 박미선은 '당장의 현실과 큰 결부를 가지고 있지 않고 부유하는 듯한 느낌'[21]으로 풀이하였다.

하지만 이 작품을 풍수학적 관점에서 새롭게 바라보면, 작품의 시적 언술은 풍수에서 말하는 특유의 생기(生氣)가 드러내는 매우 독특한 시적 이미지를 느끼게 한다. 우선, 이 시를 읽는 독자들은 '솔포기' '산허리길' '휘파람'이라는 언술에서 고즈넉한 길을 연상하면서도 상쾌하고 포근해지는 기분을 느낄 수 있다. 이 작품에서 가장 생기가 느껴지는 부분은 1행의 '솔포기에 숨었다'는 언술이다.

무엇이 솔포기에 숨었단 말인가? 그것은 바로 '길'이다. 시인은 대뜸 '솔포기에 숨었다'고 언술함으로써 시인이 걷고 있는 '길'이 솔포기가 무성한 곳임을 깨닫게 해주는 장치를 갖추어 놓았다. 사람들은 흔히 큰 나무를 말할 때 '포기'로 말하지 않고 '그루'로 말한다. 시에서 시적화자는 '포기'로 언술하고 있으므로 키가 작은 다복솔이 모여서 자라는 풍경을 이미지화하고 있는 것으로 보인다.

예로부터 한국인은 소나무가 가진 기운을 중요하게 생각하였다. 아기가 태어나면 제일 먼저 대문에 새끼줄로 솔가지를 매달아 나쁜 기운을 막고, 흉년으로 곡식이 귀할 때면 소나무 속껍질을 벗겨서 먹었다. 또한 장독대에는 장맛이 변하지 말라고 새끼를 꼬아 금줄을 치고, 금줄에는 숯과 고추와 소나무가지를 끼워놓았다. 소나무는 한방약재의 재료로도 쓰인다. 소나무 뿌리에서 나오는 '백복령(白茯苓)은 기관지천식, 기관지확장증, 심장천식, 심장판막, 중풍, 위 무력증, 위산과다증 따위에 없어서는 안 될 귀중한 재료'이다.[22]

20) 박은미, 「한국근대문학에 나타난 근대성 연구 – 백석 시를 중심으로」, 『강남어문』 제15집, 2005.2, 195쪽.
21) 박미선, 「백석 시에 나타난 시의식의 변모과정」, 『어문학보』 제26집, 2004.12, 93쪽.

이외에도 '소나무는 선인식(仙人食)으로 프라이팬에 볶아 먹으며, 머리와 하반신을 젊게 한다. 또한 대머리에 소나무 잎을 100개 가량 묶어 뾰족한 쪽으로 머리를 때리면 머리가 잘 자란다. 게다가 신장과 위장, 류머티즘에도 좋다'[23] 소나무의 기운은 이처럼 주위 생물들에게 영적 에너지를 배가시켜 준다. 소나무에는 피톤치드(phytoncide)라는 물질이 함유된 방향성(芳香性) 물질이 있다. 이 피톤치드의 약리작용이나 항균 효과를 이용한 예는 오늘날 일상생활에서도 송편을 찔 때 솔잎을 넣어 저장기간을 늘린다든가 횟집에서 소나무 도마를 사용하는 사례에서도 발견되고 있다.

다시 시작품의 내부로 돌아가 보기로 한다.

소나무는 햇빛을 받아야 크는 양목이다. 따라서 '창원도'에 등장하는 '산허리의 길'은 햇빛이 잘 드는 곳이라는 것을 인지할 수 있다. 풍수학 중 형기론(形氣論)에서 길지(吉地)의 요건은 대체로 다음과 같이 요약된다.

  ○ 땅을 약간 파 보아 흙이 밝고 여러 색깔이 섞여 있어야 한다.
  ○ 꿩이 알을 낳거나 짐승이 새끼를 낳거나 또는 새들이 모여 노는 곳은 좋다.
  ○ 앞산(안산)을 바라보아 사람의 심장에서 눈썹의 높이로 가지런 하다.
  ○ 가까운 곳에 샘이 없고, 거북이 등처럼 편편하고 넓적한 장소가 좋다.
  ○ 아카시아, 잣나무, 억새풀이 없고 소나무, 참나무(떡갈나무)가 있으면 좋다.
  ○ 주위에 큰 바위나 돌들이 없어야 한다.[24]

22) 허 준, 『동의보감입문』, 국일미디어, 1996, 174~182쪽.
23) 신재용, 『알기 쉬운 동의 민간요법』, 국일미디어, 1996, 416쪽.
24) 고제희, 「풍수적 관점에서 바라본 추모공원」, 『환경과 조경』, 2001.10, 특별기획 '추모공원 - Memorial Park' 중에서 참조.

시작품 「창원도」에는 어린 소나무인 솔포기가 있으므로 위의 세 번째 요건을 충족하고 있다. 따라서 이 길은 길지의 요건을 최소한 한 개 이상 충족하고 있는 셈이다. 제2행의 '토기나 꿩을 놀래주고 싶은 산허리의 길'은 독자들에게 이곳이 토끼나 꿩이 평화롭게 지나다니는 땅이라는 것을 인지할 수 있게 한다. 인간과는 달리 동물들은 해로운 기운을 미리 감지하는 능력이 있다. 지진이 일어나기 전이나 태풍이 오기 전 위험을 먼저 알고 피하는 예를 동물에서 볼 수 있는 것이다.[25]

그래서 풍수학에서는 토끼가 새끼를 낳거나 새들이 모여 노는 장소는 좋은 장소로 본다. 특히 '꿩은 명당을 잘 찾는다. 꿩은 본능적으로 생기가 모인 곳을 정확히 찾아낸다. 꿩들이 땅을 파고 배를 비비며 놀거나 털을 뽑아 알을 낳는 장소는 좋은 자리'이다.[26] 또한 '나무꾼이 쉬어가는 곳이라든가, 노루가 머무는 곳, 소나무가 잘 자라는 곳, 고사리가 잘 자라는 곳, 양지바르고 햇볕이 잘 들고 사방이 탁 트인 곳은 길지'로 치고 있다.[27] 따라서 백석이 언술한 창원도 길은 토끼나 꿩이 있다는 점에서 형기론적으로 좋은 위치의 공간이다.

제3행의 '엎데서 따스하니 손 녹히고 싶은 길이다'는 언술은 더욱 길지라는 것을 암시하고 있다. 이곳이 손 녹이고 싶을 만치 따스한 곳으로 이미지화되어 있기 때문이다. 풍수지리학에서 길지는 자연과 인간의 조화가 되는 곳이 으뜸이라고 본다. 길지란 생기가 뭉쳐 따뜻한 기운이 올라

---

25) 지난 20일 일본 후쿠오카에서 발생한 강진의 여파는 한반도까지 뒤흔들었다. 광주시 우치공원 관리사무소 사육사들에 따르면 악어나 뱀등 일부 동물들이 마치 지진을 예감한 것처럼 기이한 행동을 보였다. 평소 먹이를 먹거나 몸을 말리는 경우를 제외하고는 물속에서 코만 내밀고 있던 악어 6마리가 지진 발생 3일전인 18일부터 육상으로 올라와 모여 있었고 아나콘다 등 뱀들도 통나무에 올라가 똬리를 튼 채 꼼짝하지 않았다고 한다(「<겨자씨> 기상청보다 빠른 예보」, <국민일보>, 2005.3.23).

26) 고제희, 『쉽게 하는 풍수공부』, 동학사, 2008, 134쪽.

27) 김상회, 「풍수지리 명당은 장차 개발될 가능성 높은 땅」, <세계일보>, 2009.2.6.

와야 하고, 바람이 잠자는 양지바른 곳[28]을 의미한다. '창원도'는 이 조건에 부합되고 있다.

제4행과 제5행은 '개더리고 호이호이 휘파람 불며 시름 놓고 가고 싶은 길이다'라는 언술을 하여 시적화자의 편안하고도 상쾌한 심리상태를 보여준다. 휘파람소리는 보통 기분이 맑고 유쾌할 때 나온다. 따라서 백석이 걸었던 '창원도' 길은 주위 공기가 부드럽고 인간을 편안하게 하는 기운을 지닌 길이라 할 수 있다. 이러한 길은 풍수학적으로 좋은 장소이다.

좋은 땅은 양질의 에너지가 살아 숨 쉬는 곳이기에 길을 가다가도 저절로 발걸음이 멈추어진다. 즉 좋은 땅을 지나갈 때면 공기가 부드러워 나그네들은 앉아서 쉬기도 하고 담배 한대 피우면서 여유를 부리고 싶어지는 것이다. 이러한 길은 승냥이 이야기를 하며 가도 무섭지 않다. 사람들이 험한 산길을 갈 때면 심신이 괴롭기 때문에 심리적으로 초조해지며 여유도 생기지 않는다. 그런데 풍광이 아름답고 느긋한 길은 정든 님을 등에 업고 가고 싶은 마음이 생길 정도로 포근한 생각이 저절로 생기게 되는 것이다. 이러한 길을 곧 길지라 한다.

백석은 이러한 길지의 장점을 직접 언술하지 않고 독자들이 길지로 느끼게끔 풍수에 좋은 요건인 제재와 결합하는 시적 장치를 사용함으로써 「창원도」를 길상지(吉祥地)로 이미지화하는 방식을 취하고 있는 것이다.

> 舊馬山의 선창에선 좋아하는 사람이 울며 나리는 배에 올라서 오
> 는 물길이 반날
> 갓 나는 고당은 갓갓기도 하다
>
> 바람맛도 짭짤한 물맛도 짭짤한
>
> 전복에 해삼에 도미 가재미의 생선이 좋고

---

28) 고제희, 앞의 책, 134쪽.

파래에 아개미에 호루기의 젓갈이 좋고

새벽녘의 거리엔 쾅쾅 북이 울고
밤새껏 바다에선 뿡뿡 배가 울고

자다가도 일어나 바다로 가고 싶은 곳이다

집집이 아이만한 피도 안 간 대구를 말리는 곳
황화장사 령감이 일본말을 잘도 하는 곳
처녀들은 모두 漁場主한테 시집을 가고 싶어한다는 곳
山너머로 가는 길 돌각담에 갸웃하는 처녀는 錦이라던 이 같고
내가 들은 馬山 客主집의 어린 딸은 蘭이라는 이 같고

蘭이라는 이는 明井골에 산다던데
明井골은 山을 넘어 冬栢나무 푸르른 甘露 같은 물이 솟는 明井샘
이 있는 마을인데
샘터엔 오구작작 물을 긷는 처녀며 새악시들 가운데 내가 좋아하
는 그이가 있을 것만 같고
내가 좋아하는 그이는 푸른 가지 붉게붉게 冬栢꽃 피는 철엔 타관
시집을 갈 것만 같은데
긴 토시 끼고 큰머리 얹고 오불고불 넘엣거리로 가는 女人은 平安
道서 오신 듯한데 冬栢꽃 피는 철이 그 언제요

장수 모신 낡은 사당의 돌층계에 주저앉아서 나는 이 저녁 울
듯 울 듯 閑山島 바다에 뱃사공이 되어가며
녕 낮은 집 담 낮은 집 마당만 높은 집에서 열나흘 달을 업고 손방
아만 찧는 내 사람을 생각한다
                                    ㅡ 시 「통영(統營)」 전문

백석의 시작품 「통영」은 우선 연 형식이 고르지 않는 외형적 특징을 가지고 있다. 고형진은 이 작품을 '연인에 대한 사랑의 열망'이라는 관점으로 보고 있다.29) 이 글에서는 이러한 작품의 주제성을 통영의 지리적 조건 속에서 재해석해 보고자 한다. 작품의 형태에 맞추어 일단 8연으로 보면서 논의에 들어가겠다.

우선 이 작품은 양기풍수가 반영된 언어적 구조물로 볼 수 있다. 그 이유는 통영이 자연발생적으로 형성된 도시가 아니라 계획적 구획에 의해서 건설된 도시이기 때문이다.30) 통영은 여황산(艅艎山)을 진산(鎭山)으로 하고 미륵산(彌勒山)을 조산(朝山)으로 하여 동피랑과 서피랑 및 매일봉과 천함산(天函山)이 좌청룡, 우백호를 이루고 있고, 남쪽에는 강구와 통영만이 수계를 형성하고 있도록 입지하고 있어 풍수사상에 의해 입각하였다고 한다.31) 이 글은 '통영'이 『택리지』의 복거총론(卜居總論)에서 말하는 주

---

29) 고형진, 『백석 시 바로읽기』, 현대문학, 2006, 248쪽.
30) 김재홍, 『통영의 도시성장과 공간구조』, 울산대 출판부, 2004, 14~27쪽.
  조선시대 임진왜란이 일어난 다음해인 선조 12년 이순신의 전라좌수영의 수군은 한산도로 이전하게 되었다. 그 후 정유재란으로 한산진영은 물론 전라좌수영마저 폐허가 되자 선조 36년(1603) 제6대 통제사인 이경준이 통제영을 두룡포(원래는 지금의 정량동 한국전력일대의 포구를 일컬음. 통제영이 옮겨온 뒤부터 통영항을 두룡포라 하였다)로 옮길 것을 정하고 세병관, 백화당, 정해정 등 군영관아를 건설하였으며 이듬해인 선조 37년(1604년)본영을 통영으로 이전하였다. 이경준 통제사는 두룡포기사비문(頭龍浦紀事文)에서 "춘원포는 장선(藏船)에는 편리하나 웅졸(應卒)에는 불편하다. 두룡포는 서쪽은 굴포(掘浦)에 의하고 동쪽에는 견내량을 바라보며, 남쪽으로는 대양으로 통하고, 북쪽으로는 육지에 연결되어 있으며 만이 깊으며 너무 들어가지 않았고 얕으면서도 드러나지 않아 수류의 형승지를 이루고 있다"라고 기술하고 있다.
  이러한 사실은 통영이 자연발생적으로 형성된 도시가 아니라 계획에 의해 건설된 것을 의미하며, 본영의 입지를 지금의 한국전력일대의 두룡포로 하지 않고 통영항으로 정한 것은 전략적·지리적 요인 외에도 풍수지리적 요인이 작용한 것으로 판단된다.
31) 최창조 외, 『풍수 그 삶의 지리 생명의 지리』, 울산대 출판부, 2004, 15~27쪽.
  풍수학에서 진산은 마을을 지켜주는 높은 산, 조산은 마을에서 가장 먼 산, 안산은 마을의 책상역할을 하는 낮은 산을 의미한다.

거지의 선정기준에 부합되고 있다고 생각한다. 그 이유를 하나씩 살펴보면 다음과 같다.

이 시작품은 1연에서부터 6연까지는 양기풍수적 관점에서 '통영'의 장점을 이미지화하고, 7연은 등장인물을 내세워 명정(明井)골로 안내하여 8연으로 가는 연결구실을 취하며, 8연에는 양택론에서 취하는 유형풍수(類形風水)를 형상화하고 있는 것으로 볼 수 있다. 따라서 구체적으로 이 시작품에서 '통영'을 두고 시적화자가 언술한 풍수적 관점을 살펴볼 필요가 있다.

첫째 '통영'이 생리(生利), 즉 생활에 이로움을 지닌 환경이라는 점을 언술하고 있다는 점이다. 기상청 통계에 의하면 '통영 일대는 한해 365일 중 맑은 날이 250일가량으로 한반도에서 가장 날씨가 좋은 지방'이라고 한다. 통영은 수온이 적당하고 한류와 난류까지 교차해 흐르는 지역이서 한국수산업의 보고(寶庫)이다. 이 시작품에서 시인의 언술은 '집집이 아이만한 대구를 말리는 곳'과 '전복 해삼 도미 가재미 호루기 파래 등이 좋다'는 구절을 등장시켜 이곳이 해산물이 풍성한 고장임을 이미지화시키고 풍부한 물자를 반영하면서 생리경제를 형상화하고 있는 것이다.

둘째 산수가 얼마나 뛰어난가를 언술하고 있다는 사실이다.

시작품에서 '동백나무 푸르른 마을'이라는 표현은 마을의 풍부한 서정적 풍경을 반영한다. 명정골은 일정(日井)과 월정(月井)이라는 이름을 지닌 두 개의 우물이 나란히 앉아 있는 지역 일대를 가리키는 마을 이름이다. 두 개의 우물 중에서 일정(日井)은 충무공 향사에만 사용하고 월정(月井)은 민가에서 사용했다고 한다. 음력 이월 초하루부터 스무날 사이에 풍신제(風神祭)를 지내는 날이 되면 사람들은 아침 일찍 샘물을 길어가면서 바로 앞의 충렬사 동백꽃의 정취를 즐길 수 있었다.

이러한 동백꽃은 '해홍화(海紅花)', 혹은 '산다화(山茶花: 애기동백)' 등으로 불리는데 시각적으로 즐거움을 주는 효과가 있으며 관상용으로 적합하다.[32] 또한 동백꽃은 화기가 길고 추위에 잘 견디는 특성이 있어 사철 변하지 않는 효를 상징하며, 꽃잎은 화전으로 이용되기도 하여 미각과 시각을 풍부하게 해주는 성질을 지니고 있다. 그리고 열매는 약용으로 이용되어 아토피성 피부염치료제, 양혈, 지혈, 소종을 치료할 뿐만 아니라 동백의 씨를 압착하면 동백기름을 얻게 해준다. 동백기름은 식물성 천연기름이기 때문에 인간의 몸에 해로움을 주지 않고 머릿결을 윤기를 더하게 하는 성질을 지니고 있다. 오늘날은 화장품원료나 마아가린 제조와 같은 고급 목공예 도료용 수석 광택용의 재료로 쓰인다. 동백나무의 장점은 화기(火氣)가 강한 통영에서 나뭇잎이 불에 강한 가죽질(革質)로 되어 있다는 점이고, 수관이 밀생하여 바람의 이동을 차단하는 데도 능력이 뛰어나다는 점이다.

이렇게 많은 동백꽃의 쓰임새를 두고 시인은 '동백나무 푸르른 감로 같은 물' '붉게 붉게 동백꽃 피는 철엔' '동백꽃 피는 철이 그 언제요'로 변형하면서 행간의 반복을 3번이나 되풀이하여 언술하고 있다. 이러한 기법은 동백꽃이 있는 통영의 풍광이 아름답다는 것을 강조하는 역할을 한다.

정리하자면 시인은 전반부에서 '전복 해삼 도미 가재미 호루기 파래 등이 좋다'와 '밤새도록 바다에선 뿡뿡 배가 울고'라는 구절을 등장시켜 이곳이 이중환의 『택리지』에서 권하는 생리경제(生利經濟)와 편이교통(便易交通)에 합당한 곳임을 암시하고, 후반부에는 '감로같은 물이 솟는 명정골'을 등장시켜 수구(水口), 야세(野勢), 산형(山形), 토색(土色), 수리(水理), 조산조수(朝山朝水)의 여섯 가지 조건 중 수리(水理)에 해당하는 맑은 물이 솟는 괜찮은 곳이라는 시적 언술을 취하고 있다.[33]

---

32) 통영 출신의 시인 김춘수의 시작품에는 애기동백꽃을 지칭하는 '산다화'란 시어가 유난히 많이 등장하는 것을 확인할 수 있다.

33) 이중환, 이민수 역, 「복거총론」, 『택리지』, 평화출판사, 2005, 29쪽.
수구(水口): 물이 흘러들고 나는 모양, 야세(野勢): 해와 달과 별빛이 항상 비치는 들, 산형(山形): 산의 모양이 아담할 것, 토색(土色): 토질이 좋음, 수리(水理): 맑은 물, 조산조수(朝山朝水): 앞산너머의 산인 조산과 앞내 너머의 작은 물줄기라는 뜻이다.

시작품 제13행에 등장하는 '감로'의 사전적 정의는 '천하가 태평할 때에 하늘에서 내린다고 하는 단 이슬'이고, '명정골'은 '우물물이 밝은 고을'이라는 의미이다. 시인은 이와 같은 시적 언술로 좋은 물의 이미지를 부여하여 마을의 물맛이 좋은 것을 상징화시키는 기법을 취하고 있다.

한편 인간은 살아가면서 무심코 보고 지내는 유상(類象)에 따라 성격도 다르게 형성된다고 하며, 이러한 관점을 유형풍수(類形風水)라고 부른다. 그래서 우리의 선조들은 집을 일자형(日字形) 월자형(月字形) 또는 용자형(用字形) 등 좋은 글자 모양으로 만들었다. 지붕모양도 오행(五行)으로 분류하여 왔다. 일반적으로 지붕은 인간에게 심리적인 영향을 끼친다. 예로부터 지붕은 '복이나 상서로운 기운과 악운이 들어오는 공간이며, 죽은 사람의 혼이 드나드는 길목이며, 주술적인 힘을 가진 공간이며, 하늘을 상징하는 공간'[34]으로 중요시 되어 왔던 것이다.

그런 점에서 시인이 바라보고 있는 집에 대해서 유형풍수적 관점에서 풀어볼 수 있겠다.

첫째 '영낮은 집'이란 표현이다. '영'이란 '지붕'이며, 이것은 지붕이 낮다는 것을 의미한다. 따라서 시적화자가 언술한 '영낮은 집'은 나즈막한 기와 지붕 형태를 하였을 것으로 짐작된다. 실제로도 시작품에 등장하는 집은 당시 명정골 396번지에 실재했던 여성 박경련의 집으로 기와였다고 한다.[35]

참고로 풍수지리학상 지붕은 형태에 따라 다섯 가지[36]가 있다. 풍수학

---

34) 김광언,『한국의 집지킴이』, 다락방, 2000, 171~176쪽.
35) 백석의 수필 「편지」에는 '이 낡은 항구의 크나큰 기와집에서 그늘진 풀같이 살아' 온 처녀를 하나 좋아했다고 씌어져 있다. 참조, 이동순 편,『백석시 전집』, 154쪽.
36) 윤재선,『건축과 풍수인테리어』, 일진사, 2007, 136~140쪽 참조.
　지붕 형태는 곧 산의 형태로 비유하는데 다음 다섯 가지로 나눌 수 있다.
　㉠ 금산(金山)형 지붕: 윗부분은 둥글고 아랫부분은 넓게 퍼져 있는 형이며 초가지붕, 돔 지붕 등이 이에 속한다. 사람들을 단결시키는 힘이 있다.
　㉡ 목산(木山)형 지붕: 일본식 주택지붕형태로써 평면 형태가 전체적으로 정사각형에 가깝고, 지붕은 피라미드와 같이 중심 부분이 뾰족하게 올라와 모임지붕의 형태를 이루고 있어 길상으로 본다.

이론에서 초가지붕은 기와지붕에 비해 길상(吉相)으로 본다. 풍수학에서 금산(金山)형으로 보기 때문이다. 초가지붕은 짚 자체가 지니고 있는 보온성 때문에 정서적으로는 포근한 느낌을 주고, 지붕의 물매가 매우 완만하기 때문에 실용적이라 할 수 있다. 예를 들면 초가집의 지붕은 붉은 고추를 말리는 마당구실을 대신하기도 하고, 호박이나 박 덩굴을 올려서 수확을 누리게 하는 터전으로서 기능을 하기도 한다. 게다가 초가지붕의 곡선은 중심이 높고 좌우가 둥글게 펴져 있어 중심에 기운이 모아짐으로써 내부에 생기(生氣)가 밀집하게 된다. 이러한 지붕은 무슨 일이 발생하면 사람들을 위로하거나 서로 걱정하며 하나로 집결하는 기운을 갖고 있다. 따라서 보통 서민들의 생활공간으로 가장 적합하다고 할 수 있다. 한국의 기와지붕은 수산(水山)형으로 부른다. 기와지붕의 중심부분은 낮고 좌우가 높아 대체로 차분하고 안정되어 평화로운 분위기를 이룬다. 그러나 용마루가 수평선보다 아래로 처져 있으므로 중심을 모아주는 힘이 없으므로 집의 기운이 분산된다. 백석 시인은 중심부가 낮은 수산형의 기와지붕을 예사로 지나치지 않고 '영낮은 집'으로 언술함으로써 한국인의 전통적인 풍수관련 지식을 시작품으로 형상화하였다.

둘째 '담 낮은 집'을 언술하여 가상학(家相學)에 맞는 집을 암시하고 있다. '담 낮은 집'이란 언술은 양택에서 집에 비해 담장이 높으면 집이 담에

ⓒ 수산(水山)형 지붕: 한옥 기와 지붕형태이다. 이 형상은 중심이 낮고 좌우가 높아 권력투쟁의식이 강하다. 90년대에 지은 아파트지붕형도 중간 중간 돌출된 엘리베이터실과 물탱크 등이 솟아있어 수산형 지붕에 속한다 하겠다. 이러한 수산형 지붕은 기운이 분산되어 중심에 기운이 모이지 않으므로 흉상이다.

ⓓ 토산(土山)형 지붕: 지붕의 평면이 4각형을 이룬 중국식 주택형태인 형태로써 건물의 중심에 균형을 잡고 있으므로 기운을 안정시키는 효과가 있다. 이 형상의 지붕은 용마루 선이 직선적으로 수평을 이뤄 길게 연결되어 있어 한국의 지붕 곡선과는 달리 처지거나 오그라든 형태가 아니다. 이런 토산형 지붕형은 보수적으로 안정을 추구하는 기운으로 해서 급진적인 발전은 기대하기 힘들다.

ⓔ 화산(火山)형 지붕형: 공격적인 기운이 강하며 뾰족한 형태를 한 교회지붕에서 많이 볼 수 있다.

짓눌리게 되어 기가 통하지 않는다는 풍수의 원칙을 지켜 살아 온 옛 사람들의 주거생활 문화에 초점을 맞춘 것이다. 참고로 양택에서 담이 집에 비해 높으면 음상(陰相)으로 보고 집에 비해 담이 낮으면 양상(陽相)으로 본다.37) 따라서 9행에서 언술한 집은 '지붕이 낮은 집'의 모습을 하고 있고, 담장 역시 지붕에 맞추어 낮게 지어졌으므로 '담 낮은 집'이 되며, 이러한 집은 풍수의 이치와 조화가 이루어진 곳이라 할 수 있다.

셋째 '마당만 높은 집'이라고 언술함으로써 주택이 도로보다 높은 곳에 위치하고 있다는 것을 알리고 있다. 풍수에서는 주변의 땅보다 약간 높은 곳을 길지(吉地)로 친다. 또한 풍수에서 도로는 물길과 동일하게 간주한다. 도로보다 주택이 낮은 곳에 있다면 물이 집안에 차는 형상과 같은 이치이다. 한국인들은 전통적으로 도로를 타고 이동하는 바람, 먼지, 나쁜 공기의 유입을 방지하기 위해서 전저후고(前低後高)의 지형을 선호해왔던 것이다. 풍수에서 마당은 하늘의 기운, 즉 양기를 받는다. 그리고 건물은 땅의 기운, 즉 음기를 받는 것으로 해석한다. 사람이 사는 공간에서 양기는 필수적이다. 따라서 '마당이 높은 집'은 곧 양기를 받는 집이다.

시인은 작품을 읽는 독자들에게 지붕을 강조하고, 이어서 담을 언급한 다음 또 다시 마당으로 관심을 집중시키는 공간이동의 방법을 사용하는데, 이러한 과정을 통하여 독자들은 집 → 담 → 마당에서 드러나는 풍수적 사실의 전개과정을 엿볼 수 있는 것이다. 무릇 살 곳을 잡는 데는 첫째로는 지리가 좋아야 하고, 둘째는 생리(生利)가 있어야 하고, 셋째로는 인심이 좋아야 하고, 넷째로는 아름다운 산과 물이 반드시 갖추어져 있어야 한다.38)

이상의 논의를 정리하자면 시인은 자연풍경과 바다풍경과 거리풍경이 좋다는 언술로 전체적인 분위기를 고조시키면서 이곳 통영이 물자가 풍

---

37) 첫째 담장이 너무 높으면 밖에서 의심한다. 둘째 담장이 너무 낮으면 내부가 다 보인다. 셋째 담장의 높이는 가상과 조화가 되어야 한다(성필국, 『명당과 생활풍수』, 홍신문화사, 1996, 258쪽 참조).
38) 이중환, 앞의 책, 29쪽.

부한 배경이라는 사실을 암시해준다. 말하자면 생리(경제적인 이득)가 좋아야 한다는 첫째 조건을 형상화하고 있는 것이다. 그러다가 차츰 난(蘭)이의 집으로 카메라의 앵글을 옮기면서, 지형적 조건으로 '감로 같은 물이 솟는 명정(明井)샘'을 언술함으로써 물맛이 감미로운 곳이라는 것을 기표화하였다. 더불어 생리(生利)적 조건으로 '집집이 피도 안간 대구'를 말리는 곳이라는 언술을 함으로써 물화(物貨)의 풍부함을 알려주고 있다. 산수조건으로는 '산을 너머'에서의 산, '명정골'에서의 맑은 물, '동백꽃'에서의 뛰어난 경관을 언술함으로써 통영이 양택(陽宅)으로써 갖추어야 할 정서적장점을 풍부하게 지닌 장소임을 시작품으로 이미지화하고 있는 것이다.

시적화자는 독자들에게 '통영'이 양기(陽基)에 적합한 터라는 것을 인지시키면서 '영 낮은 집' '담 낮은 집' '마당만 높은 집'을 두루 갖추어서 묘사하였다. 시인의 이러한 묘사는 '지붕이 낮으면 담도 낮아야 된다'는 풍수이론과 '마당은 도로보다 높아야 한다'는 풍수체험을 강조한 것으로써 '난이'네집의 양택적 조건에 중심적 초점을 맞추고 있는 것으로 이해하여야 한다.

한 十里 더 가면 절간이 있을 듯한 마을이다 낮 기울은 볕이 장글장글하니 따사하다 흙은 젖이 커서 살같이 깨서 아지랑이 낀 속이 안타가운가보다 뒤울안에 복사꽃 핀 집엔 아무도 없나보다 뷔인 집에 꿩이 날어와 다니나 보다 울밖 늙은 들 매낡에 튀튀새 한 불 앉었다 흰 구름 따러가며 딱정벌레 잡다가 연두빛 닢새가 좋아 올라왔나보다 밭머리에도 복사꽃 피였다 새악시도 피였다 새악시 복사꽃이다 복사꽃 새악시다 어데서 송아지 매― 하고 운다 골갯논드렁에서 미나리 밟고 서서 운다 복사나무 아래 가 흙장난하며 놀지 왜 우노 자개밭둑에 엄지 어데 안 가고 누웠다 아릇동리선가 말 웃는 소리 무서운가 아릇동리 망아지 네 소리 무서울라 담모도리 바윗잔등에 다람쥐 해바라기하다 조은다 토끼잠 한잠 자고 나서 세수한다 흰구름 건넌산으로 가는 길에 복사꽃 바라노라 섰다 다람쥐 건넌산 보고 부르는 푸넘이 간지럽다

저기는 그늘 그늘 여기는 챙챙― ― ―
저기는 그늘 그늘 여기는 챙챙― ― ―

― 시 「황일(黃日)」 전문

이동순은 백석의 시작품 「황일」을 조선후기의 서정적 분위기가 감도
는 사설시조의 전통을 이어받은 것으로 해석한다.[39] 이러한 관점은 구조
적 특성을 분석한 내재적 관점이다. 본고는 이 시작품이 독자에게 '길지
지켜가기'라는 효용을 준다는 점에서 효용론적 관점으로 읽는다. 시작품
에서 보이는 공간은 작가가 숨 쉬는 호흡의 공간으로 보이는 동시에 관조
적인 경지에서 바라본다는 것으로 이해될 수 있다. 이 작품의 원문에는
'제칠교춘(題七郊春)'이란 부제가 달려있는데, 이 뜻은 '서울 주변에 나가서
바라본 봄 풍경 7가지'라는 의미를 지닌다.

시 「황일」에 나오는 마을과 시적화자가 본 집은 '볕이 장글장글한'이라
는 언술로 볼 때 집터의 첫째 조건인 따뜻한 햇볕이 들어온다는 점을 충
족하고 있다. 또한 시에 등장하는 '흙은 젓이 커서 살같이 깨서'라는 언술
은 날이 따뜻해져서 흙이 숨 쉬는 것을 이미지화 한 것이다. 이 땅의 모든
살아있는 생명은 흙에서 태어나지 않은 것은 없으며 또한 흙을 떠나서는
살 수가 없다. 흙이 생명의 모태이고 그 바탕인 까닭이다. 흙이 숨을 쉬는
이곳은 좋은 토질을 갖고 있다.

조선 중엽의 대표학자였던 서유구(徐有榘: 1764~1845)의 저서 『임원경제
지(林園經濟志)』에는 생땅을 한두 자가 되게 정방형으로 파서 덩어리가 없
도록 가루로 만든 다음 체로 쳐서, 다시 원상태로 제자리인 구덩이에 힘
을 들이지 않고 메워 놓은 다음, 다음날 아침 메웠던 흙이 가라앉지 않고
있으면 좋지 않고, 흙이 둥그스름하게 솟아 부풀었으면 살아있는 흙이라
고 하였다.[40] 시작품에 등장하는 마을의 흙이 '실같이 깨서' 숨을 쉬고 있

---

39) 이동순, 『잃어버린 문학사의 복원과 현장』, 소명출판, 2005, 222쪽.
40) 서유구, 「험양법(驗陽法) ― 양택길흉론」, 『임원십육지(林苑十六誌)』, 영인본 6권,

다는 시인의 언술은 마을의 살아있는 흙을 강조하는 알레고리로 읽힌다.

주목할 점은 '아지랑이 낀 속'이라고 한 것에 있다. 이 언술은 이곳이 맑은 기운을 있는 곳으로 해석하게 하는 동력으로 작용한다. 일찍이 장자는 '아지랑이와 모래연기는 여러 생물들이 숨 쉴 때 불어내는 기운(野馬也 塵埃也 生物之以息相吹也『장자』<소요유(逍遙遊)>편)'이라 하였다. 즉 야마(野馬)는 수증기가 가물가물 올라가는 것이고, 진애(塵埃)는 모래가 날려 연기처럼 보이는 것을 말한다. 따라서 풍수에서 야마는 맑고 가벼운 기(氣)로, 진애는 탁하고 무거운 기(氣)41)로 통용되고 있다. 즉 아지랑이 낀 곳은 길지이고, 황사가 날리는 곳은 흉지42)에 해당된다 하겠다.

또한 시작품 「황일」에 나오는 마을 안에는 모다 작고도 귀여운 것들, 즉 꿩, 튀튀새, 딱정벌레, 송아지, 말, 다람쥐, 토끼, 망아지 같은 평화스런 동물군(動物群)이 등장한다. 더구나 빈집에는 꿩이 펄펄 날아다닌다. 특히 꿩은 사람을 이롭게 하는 동물이다. 풍수학의 형기론(形氣論)에서 길지의 요건 중 꿩이 알을 낳거나 짐승이 새끼를 낳거나 또는 새들이 모여 노는 곳은 모두 좋은 곳으로 본다. 예로부터 노련한 풍수가들은 동물들이 잠을 자거나 휴식을 취하는 지점을 바로 명당으로 간주하는 경우가 많았다. 인간의 지성이 발달하면 할수록 본능과 직관의 퇴보를 가져왔으며, 동물의 본능과 감각이 인간보다 수백 배 발달되어 있다는 사실을 파악하고 있기 때문이다.

뿐만 아니라 무릉도원의 상징인 복사꽃이 시작품의 주택과 들에 등장

서울대 고서간행회, 1966.

41) 박일봉 역, 『장자』 내편, 육문사, 1990, 28쪽 참조. 야마(野馬)는 아지랑이, 진애(塵埃)는 황사를 가리킨다. 이러한 것을 기초로 하여 사람들은 명당을 찾을 때 아지랑이가 있는 곳을 길지로 알게 되었다.

 * 명당을 찾는 조건: ㉠ 맑은 아지랑이가 솟음, ㉡ 토색이 밝고 광채가 남, ㉢ 바람이 온화함, ㉣ 꿩이나 산토끼, 노루 등의 야생동물이 노는 곳 ㉤ 잔디가 잘 자란다 (덕원, 『명당의 원리』, 정신세계사, 2005, 68쪽 참조).

42) 야마(野馬)는 아지랑이, 진애(塵埃)는 황사를 가리킨다.

하는데, 이 언술은 이 마을사람들이 그만큼 삶의 여유를 지니고 있다는 것을 강조하는 알레고리 역할을 하고 있다. 이중환은 『택리지』에서 말하기를 대개 살 곳을 택할 때에는 지리를 먼저 살펴보고 다음에 생리(生利)를 살피며, 그 다음 인심을 살피고, 산수를 살펴야 한다고 하였다.[43] 정리하자면 시인은 독자들에게 이 마을이 '흙은 젓이 커서 실같이 깨서' '아지랑이 낀 속'이라는 언술을 함으로써 질 좋은 토질에 대한 특장을 이미지화하고 있는 것이다. 뿐만 아니라 꿩이 날아다니는 것을 언술함으로써 이곳이 생기로 충만한 장소임을 암시하며, 복사꽃을 자주 등장시킴으로써 이마을이 여유롭고 아름다운 공간이라고 느끼게 하면서 심리적 안정과 정서적 쾌감을 제공하고 있다. 시인은 독자들에게 시작품 「황일」에 나오는마을을 평화로운 농촌의 그림 같은 풍경을 지켜나가며 그곳에 항상 붙박고 살아가고 싶은 복된 공간으로 여기도록 이미지화하였다.

백석 시인은 이른바 '길지(吉地) 지켜가기'를 통하여 과연 무엇을 지켜가려 하였던가. 길지(吉地), 좋은 땅이란 궁극적으로 제국주의 일본에게 주권을 빼앗기기 이전의 한반도를 의미한다. 시인은 이러한 '길지(吉地)'가 침략적 속성을 지닌 일본에게 수탈과 유린을 당하여 '길지(吉地)' 본래의 고유성을 현저히 손상시켰다는 깊은 우려를 줄곧 표명하고 있다. 일제는 한국인의 민족문화를 말살하는 구체적 정책을 입안하여 그 계획을 실천에 옮겼다. 이것은 모두 한국인의 민족정기를 훼손하려는 의도를 지닌 것이었다. 시인의 촉각은 이를 즉시 간파하였고, 시작품을 통하여 원래 한국인이 지녔던 '길지(吉地)'의 고유성을 회복하고, 이를 보전하며 수호해 나가려는 창작기획과 의도를 지녔던 것이다. 백석 시문학의 상당수 작품들은 바로 이러한 문학적 기획의 실천이었다고 볼 수 있다.

---

43) 이중환, 앞의 책, 180쪽.

(2) 비보론(裨補論)을 통한 주체성 강화

'풍수는 음양오행론(陰陽五行論)을 바탕으로 천문에 속하는 이기와 지리에 속하는 산천형세를 종합적으로 연구하는 하나의 전통학문'[44]으로써, 그 중 양택 풍수는 사람이 흉을 피하고 복을 받는 가장 좋은 터를 잡는데 중요한 사상적 배경이 되었다.

그런데 양기가 서려 있는 터를 선택했다 하여도 그 터에는 몇 가지 결함이 있을 수 있다. 한국인들은 그럴 경우 비보풍수(裨補風水)를 해왔는데 이는 통일신라시대 도선(道詵) 국사의 이론적 토대를 바탕으로 실행되었다. 도선의 저서로는 『도선비기』, 『송악명당기(松岳明堂記)』, 『도선답산가(道詵踏山歌)』, 『삼각산명당기(三角山明堂記)』 등이 있다. 지맥과 비보(裨補)문제를 중요시한 고려는 전국 산천을 보호한다는 명분을 내세워 산천비보도감(山川裨補都監)이라는 관청까지 만들었던 것이다.

백석의 시에 나오는 '가즈랑집'은 닭이나 짐승을 키우지 못하는 집으로, 풍수적으로 그리 길상지에 해당되지는 않는다. 하지만 백석은 장자의 포용하는 세계관을 지향하고 있어 시를 이미지화하는 데 있어서도 일종의 비보적(裨補的) 수용을 하고 있는 것이다.

비보풍수에는 땅의 기운을 보아 음(−)의 성질이 너무 강할 때는 양(＋)의 성질로 보해주고, 양(＋)의 성질이 너무 강할 때는 음(−)의 성질을 채워 넣는 음양론적 원리가 들어있다.

즉 비보진압풍수(裨補鎭壓風水)란 말은 땅의 기운을 보아 부족하거나 지나친 것을 보충하거나 눌러주는 풍수 행위를 의미한다. 여기에는 연못 파기, 나무 심기, 물길 돌리기, 다리 놓기, 이름 고치기, 시장개설, 출입 막기 등 상황에 따라 여러 형태를 취하고 있다.

예를 들면 태종 13년(1413) 6월19일에 서전문(西箭門)을 열었다가 풍수사 최양선이 지맥을 손상한다고 상소하여 임금이 따른 적이 있다. 서전문(西

---

44) 고제희, 앞의 책, 57쪽.

箭門) 즉 대문을 열어놓으면 사람이 많이 지나다니게 되고 결국은 지맥을 손상한다는 논리인데, 이렇게 대문을 닫는 것도 비보풍수의 일종에 속한다.

> 서전문(西箭門)을 열었다. 풍수 학생(風水學生) 최양선(崔楊善)이
> 상서하였다.
> '지리(地理)로 고찰한다면 국도(國都) 장의동(藏義洞) 문과 관광방
> (觀光坊) 동쪽 고갯길은 바로 경복궁(景福宮)의 좌우 팔입니다. 빌건
> 대, 길을 열지 말아서 지맥(地脈)을 온전하게 하소서,'
> 임금이 그대로 따랐다. 정부에 명하여 신문(新門)을 성(城)의 서쪽
> 에 열어서 왕래에 편하게 하였다. 정부에서 이를 상지(相地)하는데,
> 혹자가 안성군(安城君) 이숙번(李叔蕃)의 집 앞에 옛길이 있으니 적
> 당하다고 말하니, 이숙번이 인덕궁(仁德宮)2584) 앞에 소동(小洞)이
> 있으므로 길을 열고 문(門)을 세울 만하다고 말하매, 정부에서 그대
> 로 따랐으니, 이숙번을 꺼려한 것이었다. 각사 종으로써 장의동(藏義
> 洞)에서 소나무를 심으라고 명하였다.45)

이 사례는 비보풍수의 원리를 그대로 적용한 경우이다. 한양을 도읍지로 한 태조는 1396년 도성을 처음 세울 때 4대문과 4소문을 완공하였으나, 1413년(태종 13년)에 풍수지리설에 위배된다고 해서 폐쇄하였던 사실이 있다. 그 대신 약간 남쪽에 서전문을 새로 지어 도성의 출입문으로 사용하였던 것이다. 이외에 숙정문을 닫은 것도 풍수지리적 사상에서 비롯하였다 할 수 있다. 당시 북쪽의 음기가 직접 들어오는 통로인 숙정문을 닫은 것은 한양의 남녀 사이에 풍기문란 풍조가 일어나는 것을 방지하기 위해서였다.

이러한 비보풍수의 구체적 사례는 백석의 시작품 「가즈랑집」에서도 확인할 수 있다.

---

45) <태종 25권>. 태종 13년(1413년) 6월 19일, '서전뮤(西箭門)을 열다'(<태백산사고본> 1책 674쪽).

승냥이가 새끼를 치는 전에는 쇠메 �든 도적이 났다는 가즈랑고개

가즈랑집은 고개 밑의
山너머 마을서 도야지를 잃는 밤 즘생을 쫓는 깽제미 소리가 무서
웁게 들려오는 집
  닭 개 즘생을 못 놓는
  멧도야지와 이웃사춘을 지나는 집

예순이 넘은 아들 없는 가즈랑집 할머니는 중같이 정해서 할머니
가 마을을 가면 긴 담뱃대에 독하다는 막써레기를 대라도 붙이라
고 하며

간밤엔 섬돌 아래 승냥이가 왔었다는 이야기
어느메 山골에선간 곰이 아이를 본다는 이야기

나는 돌나물김치에 백설기를 먹으며
  말의 구신집에 있는 듯이
가즈랑집 할머니
내가 날 때 죽은 누이도 날 때
무명필에 이름을 써서 백지 달어서 구신간시렁의 당즈깨에 넣어
대감님께 수영을 들였다는 가즈랑집 할머니
  언제나 병을 앓을 때면
  신장님 단련이라고 하는 가즈랑집 할머니
  구신의 딸이라고 생각하면 슬퍼졌다

토끼도 살이 오른다는 때 아르대즘퍼리에서 제비꼬리 마타리 쇠
조지 가지취 고비 고사리 두릅순 회순 山나물을 하는 가즈랑집 할머
니를 따르며
  나는 벌써 달디단 물구지우림 둥굴레우림을 생각하고
  아직 멀은 도토리묵 도토리범벅까지도 그리워한다

뒤울안 살구나무 아래서 광살구를 찾다가
살구벼락을 맞고 울다가 웃는 나를 보고
밑구멍에 털이   자나 났나 보자고 한 것은 가즈랑집 할머니다
찰복숭아를 먹다가 씨를 삼키고는 죽는 것만 같어 하로종일 놀지
도 못하고 밥도 안 먹은 것도
가즈랑집에 마을을 가서
당세 먹은 강아지같이 좋아라고 집오래를 설레다가였다
— 시 「가즈랑집」 전문

　백석 시인은 '가즈랑집'에 대한 비보적 풍수의 원리를 시적 언술로 풀어내고 있다. '가즈랑'이라는 곳은 백석이 유소년 시절을 보낸 평안도 정주군 덕언면 내동과 백미동 사이에 있는 고개를 지칭한다.

　이 글에서 '가즈랑집'을 풍수학적 관점으로 보게 되는 이유는 이 시작품의 특징이 대체적으로 서양사상보다는 동양사상을 정면에 내세우고 있으며, 동양사상 중에서도 일종의 응용학문인 풍수학이나 음양학의 색채가 진하게 담겨 있기 때문이다.

　풍수학에서는 땅은 기(氣)를 가진 살아있는 존재로 인식된다. 풍수사상에서 길지(吉地)란 바람을 재우고 물을 얻는 장소이며, 인간이 살기에 가장 편안한 땅을 말한다. 조선중기 유중림의 『산림경제』 <복거조>[46]에 의하면 탑, 무덤, 사찰, 사당, 불량한 무리들의 소굴이 되고 있는 곳 등은 불길한 주거지이다. 양택의 이상적인 조건은 주거지로서의 환경과 조건이 두루 적합하여야 한다.

　이 글에서 가즈랑 할머니의 집터가 가진 특성에 대해 특별히 주목하는 이유가 있다. 풍수학상으로 판단해 볼 때 '가즈랑집'이 인간의 주거환경에 부적절한 조건을 가졌다. 그럼에도 불구하고 시인은 오히려 할머니에 대한 애정을 가득 담아 '가즈랑집'의 집터가 가져다주는 흉지(凶地)로서의 불

---

46) 유중림, 앞의 책, 9쪽.

길함을 애정이 담보된 공간으로 이상화시키고 있기 때문이다.

시인은 '가즈랑집'을 형상화하면서 무당이 거주하는 터전을 보여준다. 귀신과 인간을 매개하는 무당 집터의 요건은 일반 사람들이 사는 집터와 서로 다른 특성을 지닌다고 한다. 요컨대 '사찰, 교회, 사당, 성황당, 무당이 촛불 켜는 자리 등은 일반사람들이 주택지로 사용하면 불길한 것이다.'[47]

시 작품에 형상화 된 '가즈랑집'은 낮고 축축한 진창위에 위치하고 있다.[48] 여기에 나오는 '아르대즘퍼리'는 아래쪽 땅이 질어 질편한 진창으로 된 펄이라는 뜻의 평안도식 지명이다. 보통 양택을 세울 때 이상적인 토지는 단단하고 색깔이 좋아야 한다. 가즈랑집 할머니가 자주 가는 '아르대즘퍼리'의 질편한 펄은 습한 기운이 축적되는 생명력이 부족한 땅으로 일종의 사토(死土)이다. 따라서 이 근처는 인간의 집터로서 부정적인 요소를 많이 지니고 있다고 하겠다. 그러나 백석은 7연의 '뒤울안 살구나무 아래서'라는 언술을 통해 '가즈랑집 할머니'가 비보적 풍수를 실행한 것을 이미지화하고 있다. 무속인 '가즈랑집 할머니'는 땅에 흐르는 좋지 못한 지기(地氣)를 조금이나마 생기 있는 땅으로 바꾸고자 뒤울에 살구나무를 심었던 것이다. 조선중기의 학자 홍만선은 『산림경제』를 통하여 '주택에 있어서, 왼편에 흐르는 물과 오른편에 긴 길과 앞에 못, 뒤에 언덕이 없으면. 동쪽에는 복숭아나무와 버드나무를 심고, 남쪽에는 매화와 대추나무를 심으며, 서쪽에는 치자와 느릅나무를 심고, 북쪽에는 벚나무와 살구나무를 심으면. 또한 청룡(靑龍), 백호(白虎), 주작(朱雀), 현무(玄武)를 대신할 수 있다'[49]고 하였다.

---

47) 민승만, 『무불통지』, 새글, 1995, 468쪽 참조.
48) 이동순, 『백석시전집』, 창작과비평사, 1996.
    이 책 202쪽의 <낱말풀이>에서는 '진창으로 된 뻘'로 풀이하고 있다. 이것을 토대로 본 논문에서는 풍수적 관점으로 해석하고자 한다. '아르대즘퍼리'성질은 '가즈랑집'과 상하관계로도 해석할 수 있고 인접관계로도 해석할 수 있다. 즉 가즈랑집 땅을 팠을 때 저습하다고 볼 수도 있고 가즈랑집이 한쪽은 높고 한쪽은 낮은 곳인데 낮은 곳이 저습하다고도 볼 수 있다.
49) 『산림경제』는 1715년 홍만선에 의해 완성된 4권 4책의 필사본으로 중국의 전적을

이를 다시 정리해 본다면 '가즈랑집'은 인간이 살기에는 부적절한 장소였고, 오히려 소외지대로써 인간과 신을 매개하는 무당만이 살 수 있던 곳이다. 그러나 백석 시인은 살구나무를 심어 주택의 탁기를 완화시키려 했던 '가즈랑집 할머니'의 이른바 비보풍수의 세계를 시작품에 수용하였다. 외딴 곳에 위치한 '가즈랑집'을 사람이 살아있는 공간으로 치환시킨 시인의 시적태도는 조화를 지향하는 정신세계와 관계가 깊다 할 것이다.

山턱 원두막은 뷔었나 불빛이 외롭다
헌겊 심지에 아즈까리 기름의 쪼는 소리가 들리는 듯하다

잠자려 조을던 문허진 城터
반딧불이 난다 파란 魂들 같다
어데서 말 있는 듯이 크다란 山새 한 마리 어두운 골짜기로 난다

헐리다 남은 城門이
한울빛같이 훤하다
날이 밝으면 또 메기수염의 늙은이가 청배를 팔러 올 것이다
　　　　　　　　　　　　　　　　　　 ― 시 「정주성(定州城)」 전문

시 「정주성」의 발표시점은 1935년 8월31일이지만 창작은 8월24일로 되어있다.[50] 즉 시작품 「정주성」의 배경은 여름밤이다. '정주성의 역사적 사실을 간단히 언급하자면 평안북도 남서해 쪽에 위치한 해안도시 정주에 세워진 성으로써 과거 조선시대의 전쟁터라고 할 수 있다.' '정주성'은 1811년 홍경래가 성내의 서장대(西將臺)에서 난군을 직접 지휘한 곳[51]이

참고하고 국내인의 저술을 포함하였으며 직접 견문한 것까지 확대하였다. 복거(卜居), 치농(治農), 치포(治圃), 종수(種樹)와 양화(養花), 양잠(養蠶)과 목축(牧畜) 등은 오랜 시일 동안 준비하여 편집한 성과이다(홍만선, 민족문화추진회 편, 『국역 산림경제』, 1986, 39쪽 참조).
50) 이지나 편, 『원본 백석시집』, 깊은샘, 2006, 15쪽.
51) 홍경래가 지휘한 정주성의 봉기군은 서울에서 파견한 순무영(巡撫營) 군사와 지방

기 때문에 사람들이 많이 죽거나 다친 장소였다.

이러한 정주 출생의 백석 시인은 자신의 고향에 대한 역사적 상식을 환히 알고 있었다. 시작품 2연에서 '반딧불이 난다 파란 혼(魂)들 같다'고 한 것은 전투에서 많은 사람이 죽었던 역사적 사실과 연관이 있다고 간주해도 무방하다.

동양사상의 응용학문인 풍수학은 악한 것을 물리치고 지기(地氣)가 강한 곳을 누른다는 목적으로 사용되어 왔다. 주택지로서 절대 피해야 할 곳은 과거 전쟁터나 감옥 같은 곳이며 집을 지으면 잠자리가 시끄럽고 귀신의 울음소리를 들을 것이다.[52] 따라서 정주성이 있는 자리는 흉(凶)의 이미지를 갖고 있다.

시 「정주성」에 대한 해석은 연구자의 관점에 따라서 다양하게 나타난다.

'훼손된 민족공동체'에 무게중심을 두고 진단하는 사람이 많았다.[53] 김은자는 청배장수 늙은이의 등장에 대해 '정태적인 풍경에 인간적 체취와 동적인 생동감이 부여된다'고 해석하고 있다.[54] 거기에 대한 반론으로 강외석은 '정주성에 나타난 늙은이는 늙은이이기 때문에 생동적이거나 인간적 체취를 풍기기 어렵다'는 입장이다. 또한 청배를 '팔러'는 판다(賣)의 뜻이 아니라 산다(買)의 뜻으로 해석하면서 원두막에서 생산되는 과일은

에서 동원된 관군의 연합 부대에 맞서 전투를 계속하면서 오랫동안 성을 지켰으나, 땅굴을 파 들어가 성을 파괴한 관군에 의해 1812년 4월 19일 모두 진압되었다. 이때 2,983명이 체포되어 여자와 소년을 제외한 1,917명 전원이 일시에 처형되었고, 지도자들은 전사하거나 서울로 압송되어 참수되었다. -「홍경래 란은 왜 실패했을까」, 『문화일보』, 2003. 11. 26.

52) 민승만, 앞의 책, 478쪽.
53) 최승호, 「백석 시의 나그네 의식」, 『한국언어문학』 제62집, 2000.9, 515쪽.
   신범순, 「백석의 공동체적 신화와 유랑의 의미」, 『한국현대시사의 매듭과 혼』, 민지사, 1992, 187쪽.
   금동철, 「훼손된 민족공동체와 그 회복의 꿈 - 백석론」, 『한국현대시인론』, 한국문화사, 2005, 258~259쪽.
54) 김은자, 「백석 시 연구: 고향상실과 비극적 삶의 인식」, 『논문집』 제8집, 한림대학교, 1990. 12, 75~77쪽.

청배일 가능성이 크다고 보고서는 '청배 파는 늙은이'를 무기력하고 삶에 짓눌린 초라한 인물로 생각하는 견해[55]를 보이고 있다. 박은미는 폐허의 장소에 '메기수염늙은이'가 아직 익지 않은 청배를 팔아서 생계를 유지하고 있다는 입장이다.[56]

그러나 이 글에서는 이와 상반되는 견해를 밝히고자 한다.

보통 원두막에서는 청배를 팔지 않는다. 사전적 의미로 보면 과수는 어디까지나 과일나무에 달린 과일이고, 원두(園頭)는 밭에 심어서 가꾸는 오이, 참외 수박 따위를 일컫는 말이다. 우리는 여기에서 백석 시인이 정주성에 등장하는 '청배 파는 늙은이'를 지혜로운 어른으로 보느냐 아니면 초라한 존재로 보는가를 규명해볼 필요가 있다.

시인이 언술한 '원두막'과 '청배'는 농경시대라는 배경을 지닌다. 농경시대에는 노인이 가진 풍부한 경험은 사회를 헤쳐 나가는 원천이었다. 노인이 되기까지 쌓은 경험들은 삶의 지혜에 밑거름이 될 뿐만 아니라 나쁜 상황이 오더라도 대소사를 헤쳐 나가는 능동성을 지니게 된다. 예를 들면 백석의 시 「오금덩이라는 곳」에서도 남자 노친네들의 지혜를 발견할 수가 있다. 한밤중에 여우의 불길한 울음소리가 들리는 밤이면 '팟을 깔이며' 방뇨를 한다는 사실이 그 예이다. '팟을' 뿌리며 방뇨하는 행위 속에는 팟이 주술적으로 흉사를 쫓는다는 사상이 수용되어 있어 있다. 이러한 행위는 이쪽에서 악령을 대적하는 사람의 오줌발이 세서 혈기가 왕성한 것처럼 들리도록 하는 착시 효과를 낼 수가 있는 것이다.[57]

---

55) 강외석, 「일제하의 사회변동과 문학적 대응 – 백석의 시와 소설을 중심으로」, 『배달말』 제26호, 2000.6, 102~103쪽.
56) 박은미, 「1930년대 시에 나타난 가족 모티프 연구 – 백석, 오장환, 박세영을 중심으로」, 건국대 대학원 박사논문, 2003.11, 62쪽.
57) 실제로 젊은 사람일수록 늙은 사람들보다 오줌발이 센 경우의 비율이 높다. 소변줄기는 나이가 들면서 중간에 끊어지거나 가늘어질 확률이 많다. 따라서 팟을 손으로 이리저리 쓸어 모으거나 펴면서 오줌을 누는 행위는 팟을 깔이는 소리와 함께 들려줌으로써 소리가 배가 되어 힘센 사람이 이쪽에 있다는 것을 암시하기 위함이다.

시 「정주성」의 각 연을 구체적으로 분석하는 과정에서 윤병화는 '이질적 제재의 결합 때문에 각 연과의 유기적 응집이 이루어지지 못하고 있다'고 분석하였다.[58]

이 글은 백석이 이미 황폐해버린 정주성이 갖는 음(ㅡ)의 이미지를 완화시키려는 뜻에서 사람들이 들락거리는 '원두막'과 장사하는 이미지를 갖는 '청배파는 늙은이'를 등장시키고 있다고 해석한다. 비보풍수적 관점에서 보면 아주 적절한 유기적 응집을 이루어내고 있다고 할 수 있다. 시작품 「정주성」에서 유기적 응집이 이루어지고 있다는 근거를 분석해보겠다.

먼저 '청배'가 어떤 배인가를 살펴보자, '청배'는 아오리 사과같이 생겼으며, 겉은 파랗지만 속은 일반 배와 같다. 또한 청배는 수확량이 적어 과수원에서 많이 심지 않는다.[59]메기장수 늙은이가 청배를 판지 70여 년이 지난 오늘날, 원예연구소의 노력들이 더해져서 배의 품종이 신고배, 황금배, 만삼길배, 화산배, 영산배, 풍수배, 황금배, 이십세기 신수, 황수 등으로 세분화되고 있다. 이 중에서 신수는 8월 중순, 행수는 9월 상순에 수확한다고 한다. 농경사회에서 '정주성'에 등장하는 '청배파는 늙은이'는 청배를 팔러 다닌다는 점에서 보면 생활력이 있는 셈이다. 또한 '팔러 다닌다'에서 오는 동적인 이미지는 양(＋)의 이미지를 지니고 있다.

본디 귀신들은 음(ㅡ)을 좋아한다. 따라서 악귀들은 보편적으로 양(＋)인 낮보다 음(ㅡ)인 밤을 택하며 어두운 곳 즉 음(ㅡ)이 모인 곳에 머물게 된다. 독자들이 시 「정주성」의 제1연에서 음산하고도 우울한 느낌을 받

또한 노친네들이 있는 영역 안으로 침입자가 못 들어오도록 경계하는 행동인 것이다. 여기에 나이든 노친네들의 지혜가 돋보이고 있다.

58) 윤병화, 「백석의 시적 인식에 관한 연구」, 『청람어문학』 12집, 1994.7, 226쪽.
59) 현재 남아있는 청배나무로는 이성계가 전북 진안 마이산에서 기도한 뒤 그 증표로 마이산 은수사에 심었다고 전해지는 청배나무가 있다. 수령이 500년이 넘고, 그 높이가 18m, 가슴둘레 3m, 가지는 동서남북으로 각기 7~9m 가량으로 천연기념물 제386호로 지정되어 보호를 받고 있다(정구영, 「배나무이야기」, 『산림』, 2007.9, 참조).

는 것은 시인이 정주성의 주위를 언술하면서 음(-)기가 강한 땅이란 것을 이미지화 하고 있기 때문이다.

'산턱 원두막'과 '메기수염 늙은이가 청배를 팔러올 것이다'라는 언술은 물물교환이나 매매의 이미지로 이해하여야 한다. 60년대까지만 해도 시골의 원두막에서는 물물교환의 형태로 보리쌀이나 잡곡과 참외 수박을 바꾸는 형식의 매매가 이루어졌다. 따라서 이 시는 백석이 비보풍수의 일부분을 수용하고 있는 것으로 인식해야 할 듯하다.

이제부터 각 연씩 분석해보기로 한다.

시작품 제1연의 '원두막은 뷔었나 불빛이 외롭다'하는 언술에서 독자들은 원두막이 빌 때와 붐빌 때의 경우 불빛이 어떻게 다른가 하고 의문을 제기하게 된다. 곧 이어 사람이 있으면 불빛에 그림자가 어른거릴 수 있는데 지금은 아무도 없기 때문에 '불빛이 외롭다'는 라는 의미로 이해한다. 따라서 독자들은 낮이나 초저녁 즉 양(+)의 기운이 있을 때 산턱 원두막에서 파는 참외 같은 것을 사거나 또는 휴식을 취하기 위해 사람들이 다녀갔을 것이라는 것을 유추할 것이다.

제2연은 '무너진 성터'와 '파아란 혼들' '어두운 골짜기'가 등장함으로써 황폐한 정주성의 음(陰)과 암(暗)의 기운이 이미지화된다. 시작품「정주성」에서의 이러한 장치는 독자들에게 현재의 모습이 생기 있는 형상이 아니라 풍수학에서 보는 오행의 북방을 의미하는 죽음의 이미지와 불길함을 상징하게 한다.

제3연에서는 '청배 파는 메기수염의 늙은이'가 등장하는데 이 '메기수염의 늙은이'의 등장은 범상한 장치가 아니다. '또'라는 언술이 있기 때문이다 '또'라는 단어는 '같은 짓이 거듭될 때' 사용된다. 따라서 '청배 파는 메기수염의 늙은이'는 날마다 장사하는 사람으로 보아야 할 것이다. 독자들은 '청배를 파는 장사'가 날이 밝으면 이 정주성 앞을 지나다닌다는 것을 인지할 수 있다.

음양학(陰陽學)은 기의 변화와 동정을 음양(-)(+)으로 파악하는 학문으로써 비, 눈, 바람 등의 기후현상, 토양, 수분, 지형, 생태계내의 물질순환 등 모든 자연현상을 기의 작용으로 본다. 일반적으로 음의 기는 귀신들이 좋아하며 밤에 활발해진다. 그러나 날이 새면 음(-)의 기운은 물러가고 양(+)의 기운이 살아난다. 우주 삼라만상은 다 이치가 있게 마련이기 때문에 기가 있고 형이 있으며 상이 있는 것이다.

한국인은 전통적으로 주어진 땅에 허한 부분이 있으면 나무를 심거나 가산(假山)을 만들고 사찰과 탑 등의 입지를 통해 땅의 지기를 인간의 삶과 조화되도록 하는 비보사상으로 인간의 삶을 발전시켜왔다.

정주성 앞은 '홍경래 란' 때 많은 사람들이 다치거나 죽었던 전쟁터이기 때문에 살기(殺氣)가 많은 곳이라 할 수 있다. 이러한 살기, 즉 음(-)의 기운을 완화시키려면 사람들을 많이 다니게 해야 한다. 사람들이 다니면 음(-)의 기운은 완화되고 양(+)의 기운이 돌아오기 때문이다.[60] 정주성에 등장하는 '원두막'과 '메기수염 늙은이'는 물물교환이나 매매를 하는 사람들을 끌어 들이는 장치로 봄이 마땅하다.

원래 한국인의 삶에서 나쁜 기운은 밤을 좋아하고 음(-)의 이미지를 지니고 있으며, 해가 뜨면 음(-)의 기운은 물러감과 동시에 귀신들도 물러가며 양(+)의 기운이 돌아온다고 믿었다.

백석은 '무너진 성터' '파아란 혼들' '어두운 골짜기'에서 보이는 음(-)의 기운을 '날이 밝으면'과 '청배 파는 장사'를 결합시켜 양(+)의 이미지로 바꾸어 놓았다. '청배를 파는 메기수염의 늙은이'의 일상적인 삶의 행

---

60) 예를 들면 전남 영암군 곤이서면 독천리의 독천시장이 같은 예에 속한다. 이 시장은 1929년으로부터 30여 년 전 이곳으로 옮긴 것이다. 용암리에 사는 어떤 사람이 묘지를 설정한 후, 그 덕택으로 자손이 부귀하였으나 묘 앞에 음기가 너무 강하여 왕성한 음기를 푸는 방법을 생각한 끝에 음기는 여기(女氣)이며 여기(女氣)는 남근에 의해 충화되므로 이 묘 앞에 남기가 감돌게 하기로 결정하였다. 그러기 위해서 한 달에 6번씩 많은 남자가 모이는 시장을 개설하는 방법을 택하여 용산리에 있던 시장을 이 묘 앞으로 옮긴 것이라고 한다(무라야마 지쥰(村山智順), 최길성 역,『조선의 풍수』, 민음사, 1990, 88쪽 참조).

위는 폐허가 된 정주성의 을씨년스러운 기운을 완화시키는 비보풍수의
역할을 담당하고 있는 셈이다. 그런 의미에서 '청배를 파는 메기수염의
늙은이'는 순수한 조선의 서민으로 보아도 무방하다.

이 글은 백석이 시「정주성」을 자신의 시문학의 출발로 선택한 이유로
써 다음 두 가지 메시지를 상정할 수 있다.

첫째는 이미 황폐하게 된 곳이라 할지라도 물물교환의 의미가 있는 '원
두막'과 오랜 경험과 지혜를 가지고 살아온 '늙은이'를 등장시켜 음(−) 이
미지의 터를 양(+) 이미지의 터로 치환시키면서 '삶의 생기와 낙천성'을
회복시키고 있다는 점이다.[61]

둘째는 민족적 현실이 '정주성'에 대입된다는 점이다. 1연과 2연에서
갖는 '정주성' 이미지는 1930년대의 한반도의 쇠락한 형상처럼 황폐하였
다. 그러나 3연에서 갖는 양(+) 이미지는 한국인 특유의 끈질긴 생명력
으로 망실되어가던 터전을 주체적으로 회복해 낼 수가 있다는 상징적 위
력을 가지고 있다.

따라서 메기수염의 늙은이의 등장은 한국인의 삶에서 고난을 이기는
지혜로 이용되었던 음양학과 비보풍수적 관점을 수용하고 있다고 하겠
다. 백석이 풍수적 관점을 가지고 흥지와 음지를 시로써 이미지화하면서
도 비보적인 태도로 형상화시킨 작품들은 백석의 다음 시작품에서도 나
타난다.

> 머리 빗기가 싫다면
> 니가 들구 나서
> 머리채를 끄을구 오른다는
> 山이 있었다

---

61) 백석 시의 효과에서 '삶의 생기와 낙천성을 회복한다'는 말은 이동순이 가장 먼저 사
　　용하였다(이동순, 『잃어버린 문학사의 복원과 현장』, 소명출판, 2005, 302쪽 참조).

山너머는

겨드랑이에 짓이 돋아서 장수가 된다는

더꺼머리 총각들이 살아서

색시 처녀들은 잘도 업어간다고 했다

山마루에 서면

멀리 언제나 늘 그물그물

그늘만 친 건넌山에서

벼락을 맞아 바윗돌이 되었다는

큰 땅괭이 한 마리

수염을 뻗치고 건너다보는 것이 무서웠다

그래도 그 쉬영꽃 진달래 빨가니 핀 꽃바위 너머

山 잔등에는 가지취 뻐꾹채 게루기 고사리 山나물판

山나물 냄새 물씬물씬 나는데

나는 복장노루를 따라 뛰었다

— 시 「산(山)」 전문

    인간은 산과 땅과 숲에서 나오는 기운을 호흡하면서 살아간다. 산에서 좋은 기운을 받으려면 산의 뒷면보다 앞면이 유리하다. 산의 앞면과 뒷면은 어떻게 구별하는가. 산이 높은 산을 등지고 안정된 형태로 들판을 향하고 있거나 밝은 기운이 서려 있다면 산의 앞면이라 할 수 있다. 산의 뒷면은 굴곡이 심하고 불안정하며 불규칙적으로 바위가 박혀있거나 어둡고 무서운 기운이 서려 있다. 시작품 제1연에 등장하는 산은 습기가 많은 산을 형상화한 것으로써 산의 뒷면이 되는 셈이다.

    제1연에서 화자는 이름을 밝히지 않은 특정한 산을 이미지화하고 있다. 그 산은 인간에게 좋은 기운을 주는 산이 아니다. 왜냐하면 시 「산」에서 이미지화되고 있는 산은 '머리채를 끄을기 좋은 산'으로 언술하고 있기 때문이다. 산은 기운이 밝고 쨍쨍한 기분이 들면 양(＋)기의 산이고, 가라

앉은 느낌이 들면 음(-)기의 산이라 할 수 있다. 시작품의 제1연에서 '머리채를 끄을기 좋은 산'이란 습기가 많은 산으로 음(-)기의 산에 해당된다. 햇빛이 밝고 쨍쨍한 양(+)기의 산에서는 머리칼이 타버릴 염려가 있지만 기압이 가라앉은 산에서는 금방 불이 꺼지기 때문에 머리칼을 그을리기 좋은 것과도 상통한다. 따라서 제1연의 산은 음기가 강한 산이다.

다음으로 제2연에서 보이는 산은 제1연과는 또 다른 산으로써 풍수지리와 신화가 읽히고 있다. '벼락 맞아 고양이 형상을 한 바위' '색씨들을 보쌈해가는 더꺼머리 총각'들의 장면들이 독자들에게 불안하고 공포감을 느끼게 한다.

겨드랑이에 짖이 돋는다는 말은 겨드랑이에 날개가 돋는다는 의미이다. 한국의 설화에 겨드랑이에 날개가 돋는 장수로는 「아기장수 우투리」의 예가 있다.[62] 왕권 중심의 국가체제에서는 왕권에 도전하는 세력이 될 수 있는 신이한 기운을 타고 난 존재를 그냥 방치하지 않고 특별한 감시를 하게 된다. 말하자면 신이한 기운을 타고 난 사람들은 그들의 힘을 완전하게 인정받기까지 은둔의 삶을 선택할 수밖에 없다. 그들에게는 초월적 능력이 부여되어 있으므로 생활방식은 이성중심이 아닌 행동중심의 에너지를 사용하고, 존재의 무게감을 중요시하며 본능적으로 거친 힘을 확산시키는 특징이 있었다. 따라서 백석의 시작품에서 '색씨 처녀들은 잘도 업어간다'는 언술은 독자들로 하여금 숨어 사는 그들의 투박한 힘과 무질서가 존재하는 곳이라는 것을 느끼게 하는 동시에 이곳은 특별히 좋은 곳이 아니라는 인식을 갖게 한다.

자연과 인간의 관계는 지역과 시간과 성격에 따라 정복, 동화, 귀속, 의존, 조화 등으로 표현되는데 그중에서 한국인의 조상들이 중시한 것은 언제나 조화였다.[63] 풍수학적관점으로 볼 때 벼락 맞은 산은 조화가 깨어졌

---

62) 서정오, 이우경그림, <옛 이야기 보따리10 - 아기장수 우투리>, 보리, 1999.2.10 (중학교 2학년 2학기 국어교과서 참조).

으므로 흉살이 심한 곳으로 본다. 더구나 큰 고양이 한 마리가 수염을
친 것처럼 험한 모양을 가지고 있는 산세는 이를 바라보는 사람들에게 심
리적 불안감을 조성한다. 산에 바위가 고양이 형상을 하고 있는 곳은 악성
에너지인 살기를 띠고 있으므로 흉지(凶地)라 할 수 있다.[64] 예로부터 한국
인들은 험한 바위가 있는 곳은 탁기가 많은 산으로 취급해 왔던 것이다.

그러나 시적화자는 진달래 빨갛게 핀 바위너머라는 언술을 통하여 이
산의 음침한 기운을 밝은 기운으로 변화시키려는 비보적 관점을 수용하
고 있다. 이는 조화를 사랑하는 시인의 자세를 우회적으로 보여주는 사례
가 된다. 또한 시작품에 쓰인 시적 제재는 진달래와 뻐꾹채 같은 양지식
물이다. 여기에서 진달래의 빨간색을 등장시킨 것은 밝은 이미지 효과를
얻기 위한 것으로 본다. 붉은 색은 귀신을 쫓는 색이기 때문이다. 또한 '산
나물 냄새 물씬물씬 나는'과 같은 구절은 산천의 맑은 기운이라는 후각이
미지를 느끼게 해주기 때문에 산의 무서운 형상을 다소나마 완화시키는
역할을 해준다. 시적화자는 설사 무서운 형상을 한 산이라 할지라도 '삶
의 생기와 낙천성을 회복'[65]하기 위해서 만물을 포용하는 정신을 지향하
고 있다 할 것이다.

> 달빛도 거지도 도적개도 모다 즐겁다
> 풍구재도 얼럭소도 쇠드랑볕도 모다 즐겁다

---

63) 최창조, 「한국의 전통적 자연과 인간관」, 『계간 경향』 봄호, 1986, 31쪽.
64) ㉠ 산이 무정하게 등을 돌리거나 험하게 노려보는 형상은 풍수적으로 문제가 있다
(김두규, 『복을 부르는 풍수기행』, 동아사, 2005, 154쪽 참조).
㉡ 구 창원군치는 남방에 우뚝 솟은 큰 바위 때문에 불상사를 야기하므로 이전이
부득이했다(무라야마 지쥰[村山智順], 앞의 책, 531면 참조).
㉢ 조선시대 명산론에는 돌줄이 나타나면 매우 귀한 것으로 여겼다. 그러나 그 생
긴 모양이 둥글거나 반듯해야 한다. 즉 전체모양이 아름다우면 귀한 것으로 여긴
다(김두규, 「'대선주자 빅3' 생가·선영 답사기」, 『신동아』 통권 567호, 2006.12,
192~209쪽 참조).
65) 이동순, 앞의 책, 328쪽.

도적괭이 새끼락이 나고
살진 쪽제비 트는 기지개 길고

홰냥닭은 알을 낳고 소리치고
강아지는 겨를 먹고 오줌 싸고

개들은 게모이고 쌈지거리하고
놓여난 도야지 둥구재벼 오고

송아지 잘도 놀고
까치 보해 짖고

신영길 말이 울고 가고
장돌림 당나귀도 울고 가고

대들보 우에 베틀도 채일도 토리개도 모도들 편안하니
구석구석 후치도 보십도 소시랑도 모도들 편안하니

─ 시 「연잣간」 전문

이 글은 연잣간이 풍수적 관념으로 어떠한 곳으로 인식되는가에 대해 중점적으로 살펴보기로 한다. 땅에서 발생되는 기운은 여러 가지가 있다. 거기에는 대체로 청기(淸氣)와 탁기(濁氣)로 나누어진다. 청기(淸氣)는 사람을 상쾌하게 해주는 유익한 기운이고, 탁기(濁氣)는 사람의 기분을 아래로 갈아 앉게 하는 해로운 기운이다. 땅이 갖고 있는 자력 역시 지기(地氣) 중의 하나이다.

지자기가 안정된 곳은 사람의 건강에 좋고 반면 지자기의 변화가 불규칙한 곳은 사람의 건강에 좋지 못하다. 지자기이외에 산수의 울림, 진동,

소리, 그리고 수맥 등은 땅이 갖고 있는 기운 중의 한 부분이며 이들 기운은 사람의 건강과 깊은 관련을 맺고 있다. 이러한 기운들은 지면의 위치에 따라 지기(地氣)가 다르게 나타나고, 사람의 생리현상도 이 기운에 의하여 서로 다른 반응을 일으킨다.66)

예로부터 한국인의 삶에서 방앗간 근처는 강력한 기가 작용한다고 여겨왔다. '방앗간이 있는 자리는 지동(地動)을 일으키고 이 지동은 지맥을 끊어버리기 때문에 주변에 방앗간이 있으면 가세가 일지 못한다'67)고 한 기록을 볼 수 있다.

즉 연잣간은 길지(吉地)가 아닌 장소인 것이다.

그러면 인용 된 시작품은 '연잣간'을 어떤 모양으로 이미지화하고 있으며 시인의 정신세계는 무엇을 추구하는지 시를 통해 하나씩 분석해보기로 한다.

제1연에서는 '모두 즐겁다'라고 언술되어 있다.

시작품에서 주목할 부분은 '달빛도 거지도 도적개도 풍구재도 얼럭소도 쇠드랑볕도 즐겁다'고 한 언술이다. 시인이 '연잣간'을 즐거운 풍경으로 설정한 현상학적 이유는 방안간이나 '연잣간'은 양식을 마련하는 장소이고, 그 주변은 풍부한 곡식을 볼 수 있으며, 그 인근은 구수한 등겨의 내음이 풍겨나는 곳이기 때문에 시인이 이를 자연스럽게 즐겁고 편안한 곳으로 이미지화 한 개연성이 있다. 그러나 풍수에서는 '연잣간'을 좋은 곳으로 생각지 않는다.

백석의 시「마을은 맨천 구신이 돼서」에서 '연자간 앞을 지나는데 연잣간에는 연자망구신'이라고 언술하였다. 이러한 언술은 먼 옛날부터 연자

---

66) 박시익,「풍수지리, 어떻게 볼 것인가?」,『오마이뉴스』, 2002.9.26.
67) 『고려사』에 의하면 최충헌의 옆집에 약을 조달하는 관서가 있었는데, 밤낮으로 약을 찧는 소리가 자신의 집으로 통하는 지맥을 끊는다고 하여 그 관서를 다른 곳으로 옮겼다(백영흠, 안옥희,『한국 주거역사와 문화』, 기문당, 2003.3, 92쪽 참조).

간에는 '연잣간'을 다스리는 구신이 있다고 사람들이 믿어왔던 것에서 비롯된다.

다시 이 작품의 내부로 들어가 보자.

'연잣간' 근처에 사는 동물들은 움직이면서 원시적 생명력을 분출하는 모습을 보이고 있다. 인용 시 '연잣간'은 기지개를 켜는 족제비, 새끼발톱이 돋아난 고양이, 서로 싸우는 동네 개, 홰를 치는 닭, 오줌을 싸는 강아지, 달아나다가 잡혀오는 돼지, 뻔질나게 우짖는 까치, 새신랑을 태우고 연잣간 앞을 지나가는 말, 장에 오고 가는 당나귀 등이 등장한다.

그런데 주목할 것은 시 「연잣간」은 '신영길'이라는 잔치를 소도구로 사용하고 '족제비'를 배치함으로써 즐거운 이미지를 배가시키는 방법을 수용하고 있다는 점이다. '신영길'은 잔칫날을 연상시키고, 족제비는 풍수에서 '이로운 동물'을 상징시킨다. '신영길'과 '이로운 동물'이 서로 잘 맞물려 편안하고 만족스러운데 대한 이미지 상승효과(相乘效果)를 불러일으키고 있는 것이다.

한 집안의 살림을 보호하거나 밝혀 주는 수호신으로 업이라는 말이 있었고, 업에는 업구렁이, 업두꺼비, 업족제비 등이 있어왔다. 이 가운데서 족제비는 경제적으로도 가치가 높다. 족제비의 꼬리털은 황모필이라고 하여 붓의 재료로서 인기가 있고, 모피로서도 가치가 좋다. 또한 족제비는 농작물에 피해를 주는 쥐를 잡아먹기에 이로운 동물로 인식되고 있다.

유중림의 『산림경제』에는 '쥐나 족제비가 와서 굴을 파면 그 집은 반드시 길할 징조'[68]라고 기록되어 있는데 족제비에 얽힌 명당 설화로는 선교장 (船橋莊)[69] 등에 얽힌 설화가 존재한다. 독자들은 백석의 다른 시 「외가집」에

---

68) 유중림, 『산림경제』 민족문화추진회 편, 솔, 182~183쪽.
69) 조선왕조 효령대군 11세손인 이내번에 의해 지어져 10대에 걸쳐 300여 년 동안 이어온 조선후기 전형적인 사대부 저택으로 현재 120칸의 저택이다. 무려 50m 길이의 일자형 행랑채, 집 뒤의 600년 된 소나무, 집 앞에 있는 활래정(活來亭)과 홍련, 그리고 집 옆에 있는 경포대의 풍광을 종합하면 '관동제일저택'이다. 원래 충주에

서도 '복족제비들이 씨굴씨굴 모여서는 쨩쨩 쨩쨩 쇳스럽게 울어대고'라는 묘사에서 외갓집의 무서운 기분을 족제비가 다소나마 완화시켜주는 것을 기억하고 있을 것이다.

「연잣간」이 있는 땅은 길지가 아니다. 그러나 이 시작품은 '족제비'를 등장시켜 '연잣간'의 나쁜 기운을 완화시키는 효과를 보여줌과 동시에 '신영길'이라는 언술과 '즐겁다'를 되풀이함으로써 즐거운 날의 풍경을 부각시킨다.

시작품에서 시적화자는 '즐겁다' '즐겁다'라는 말을 되풀이함으로써 독자 모두가 정말 즐거워지는 일종의 주술적 효과를 사용하고 있다. 인용 작품의 장점은, 생각하는 대로 이루어지는 관념을 도우는 이러한 언어적 주술장치로 인해 사물에 대한 따스한 긍정과 덕(德)을 지향하는 백석의 시정신이 빛을 발휘하고 있다는 점이다.

정리하자면 시인은 연잣간을 '연잣간 → 즐거운 곳'이라는 설정 하에 두고 22종의 생물과 무생물에게 '모도들 편안하니'라는 형용사형 어미를 사용하여 7연의 결구에 배치하는 방법을 취하였다. 이러한 언술은 모두가 편안하기를 바라는 일종의 언어주술적 장치라고 할 수 있다. 말하자면 시인이 취하는 비보풍수의 세계인 셈이다. 이 시작품은 시인이 간절하게 기원했던 '모도들 편안하니'라는 어미로써 소망의 심정을 담고, 살찐 족제비를 등장시킴으로써 종래 연잣간이 갖고 있는 풍수상의 단점을 다소나마 완화시키는 방법을 취하였다.

여기서 우리는 조화와 포용정신 및 민족적 주체성을 강화시키려던 백

살던 이내번이 강릉으로 이사를 와 처음 자리 잡은 곳은 경포대 쪽이었다 한다. 가세가 늘어 좀 더 넓은 터를 물색하던 중, 집 주위에 족제비가 나타나기 시작하더니, 어느 날 무리를 지어 서북쪽으로 이동하였다. 이에 따라가 보니 지금의 선교장 부근 숲으로 흩어져 사라져 버렸다 한다. 지세를 살핀 이내번이 명당임을 알고, 하늘이 자기에게 내려준 땅이라 여겨 집터로 정했다 한다. 집터를 정한 후 나날이 재산이 불자 이를 족제비 덕분이라 여겨 마을 뒷산에 먹이를 갖다 두곤 했다는데, 그 풍습이 최근까지도 이어져 왔다고 전한다.

석의 시정신을 다시금 확인할 수 있다. 백석 시인은 한국의 전통적 풍수론 가운데 중요한 이론 중 하나인 비보론(裨補論)이 담고 있는 원리를 시작품에서 실현하려 하였다. 이러한 노력은 민족의 주체성 강화라는 시인의 고뇌에 의한 시적 추구와 그 맥이 닿아 있다.

비보론의 시적 실천을 통하여 백석 시인은 독자들에게 무엇을 알리고자 했던가.

단점을 지닌 땅은 주변 상황과 환경에 따라 그 부족한 부분을 적절히 채워주어야 한다는 풍수적 원리를 일깨우고자 하였다. 앞에서 우리가 살펴본 시작품 「가즈랑집」, 「연잣간」, 「산」, 「정주성」 등에서 확인할 수 있었던 것은 자연환경이 인간의 보편적 삶과 욕망에 부합되지 않을 때 지덕(地德)을 살리려고 애쓰며 살아갔던 사람들의 자세와 의지였다. 백석 시인은 자신과 환경을 둘러싸고 있는 부정적 기운(식민지적 근대의 모순과 부조리까지도 포함된)에 대처하는 삶의 지혜와 방법 등을 1930년대 식민지 조선의 독자들(피압박 민중)에게 제공해 주었다고 할 수 있다.

(3) 반길반흉(半吉半凶)과 피세지(避世地)의 시적지리(詩的地理)

인간이 살아가는 삶의 장소에는 그 여건과 환경이 지닌 특성에 따라 이른바 반길반흉(半吉半凶)한 공간이 있다. 속세의 번잡함을 벗어나 숨어서 살기에 적합한 피세지(避世地)의 공간도 반길반흉(半吉半凶)의 공간에 해당된다. 피세지는 인간이 질병을 치료하거나, 정신수양, 혹은 국가적 재난이 발생했을 때 환란을 피하기에 알맞은 장소이다. 백석의 시작품에는 반길반흉, 또는 피세지로서의 풍수적 특성을 담고 있는 경우가 적지 않게 발견된다. 이제 그 구체적 작품을 사례로 들면서 분석 검토해보기로 하자.

돌각담에 머루송이 깜하니 익고
자갈밭에 아즈까리알이 쏟아지는

잠풍하니 볕바른 골짝이다
나는 이 골짝에서 한겨울을 날려고 집을 한 채 구하였다
집이   집 되지 않는 골안은
모두 터앝에 김장감이 퍼지고
뜨락에 잡곡낟가리가 쌓여서
어니 세월에 뷔일 듯한 집은 뵈이지 않었다
나는 자꼬 골안으로 깊이 들어갔다

골이 다한 산대 밑에 자그마한 돌능와집이 한채 있어서
이 집 남길동 닶 안주인은 겨울이면 집을 내고
산을 돌아 거리로 나려간다는 말을 하는데
해바른 마당에는 꿀벌이 스무나문 통 있었다

낮 기울은 날을 햇볕 장글장글한 툇마루에 걸어앉어서
지난 여름 도락구를 타고 長津땅에 가서 꿀을 치고 돌아왔다는 이
벌들을 바라보며 나는
날이 어서 추워져서 쑥국화꽃도 시들고
이 바즈런한 백성들도 다 제 집으로 들은 뒤에
이 골안으로 올 것을 생각하였다
                                        － 시 「산곡(山谷)」 전문

　　시작품 「산곡」은 백석 시인이 '함주시초(咸州詩抄)'라는 연작시의 묶음으
로 발표한 것이다. 따라서 '산곡(山谷)'은 함경남도 함주군 어느 산골짜기로
추정된다. 지도를 보면 '함주(咸州)'는 서쪽으로 평안남도 영원군, 남서쪽으
로 정평군, 북쪽으로 영광군에 접해있고 영광군 위로는 장진군이 있으며,
남동쪽으로는 동해에 면한다. 함흥시와 흥남시가 함주군에 둘러싸여 있다.
　　시인이 「산곡」을 제1연에서 언술하고 있는 장소는 '잠풍하니 볕바른
골짝이다'에 나타난 바와 같이 항상 부드럽고 온화한 바람이 있고 골짜기
볕이 따뜻하게 비치는 곳이다.

예로부터 좋은 집의 조건은 우선 햇볕이 잘 들어야 하고, 그 다음 바람을 재울 수 있어야 했다. 독자들은 '볕바른 골짝'이라는 시적화자의 언술에서 이곳이 볕이 잘 든 따스한 곳이라는 이미지를 받는다. 그러나 '자갈밭'이라는 언술은 이곳의 땅이 투박한 곳임을 알게 한다.

제2연에서 시인은 '터앞에 김장감이 퍼지고' '뜨락에 잡곡낟가리가 쌓여서'라는 언술을 함으로써 이곳이 밭곡식을 경작할 수 있는 곳이라는 것을 전경화하였다.

제3연에 '돌능와집'이 나오는데 이 돌능와집은 어떠한 집을 말하는가를 알아볼 필요가 있다. '돌능와집'은 지붕에 기와 대신에 점판암을 사용하여 지은 집을 말하며, 두께1㎝, 폭40~50㎝, 또는 그보다 조금 작게 잘라서 기와 대신에 지붕을 이어놓은 것이며, '돌능에집', '돌느에집', '돌너와집'으로 부르기도 한다.[70] 점판암은 얇게 쪼개지며 약간 푸른색 계통의 돌로써 청석이라고도 불리는 돌로써 결이 가늘고 물을 거의 흡수하지 않고 얇게 벗겨지는 성질을 지니고 있다. 점판암을 사용한 '돌능와집'은 지붕에 올려놓은 청석의 무게와 균형을 맞추기 위해서 굵은 기둥과 서까래를 사용하기 때문에 비교적 튼튼하다.

조선왕조 후기에 목재의 부족으로 나무를 마음대로 베지 못하도록 나라에서 금지하자 서민들은 점판암을 이용하여 지붕을 만들어 살게 되었으며, 이렇게 지붕에 청석 판을 사용한 집을 '천년능애'라 불렀다.

돌너와는 지붕을 이을 때 견고하여 밟아도 깨지지 않아 살아가는 데는 천연재료로써 비바람에 강하고 습기가 차지 않고 이끼가 생기지 않으며 내구성이 좋다.[71]

---

70) 강영복, 「충청북도 보은지방 옥천 누층군 지역의 돌너와집」, 『문화역사지리』 통권 32호, 2007, 20쪽.

71) 충청도와 강원도지역에서는 돌기와집 또는 돌능에집, 돌느에집, 돌너와집 등으로 부르기도 한다. 충북, 보은군 회북면의 회인고을에 점판암으로 된 담장이 더러 남아있으며 '돌너와집'도 볼 수 있다. 현재 강원도 정선군 신월 2리, 유평리 등에도 돌

일본인 학자 이와츠키 요시유키(岩槻善之)는 한국의 민가를 분류하면서 함경도를 북선형(北鮮型)이라 하고 그 특징을 전자형(田字型)으로 구분을 하였다. 장보웅은 함경남북도와 평안북도 압록강 연안지 강원도 동부태백산맥 소백산맥에 위치했던 양 경사지를 해설하면서 집의 형태를 산지형(山地型) 민가라 하고 일본인 학자와 마찬가지로 전자형(田字型)으로 구분하고 있다.72)

중요한 것은 이 전자형의 돌능와집이 돌을 재료로 함으로써 지붕의 유형이 급하지 않은 물매의 완만한 모습을 하게 되어 유형론으로 보면 금형 지붕에 속한다는 점이다.

참고로 '지붕의 생기의 구조는 형상에 따라 발산되는 기운이 다르게 나타나게 되는데 ㅡ<ㄱ<ㄷ<ㅁ<ㅇ의 순서대로 기(氣)의 정도가 차이를 보인다. 즉 평면이 ㅁ, ㅇ에 가까운 건물은 고급 건물에 해당되어 그 기운이 고급스러운 반면 평면이 ㅡ, ㄱ, ㄷ자의 건물의 기운은 고급에 해당하지 않는다.'73)

너와집이 남아있다.
72) 장보웅,『한국의 민가 연구』, 보진재출판사, 1981, 52~60쪽.
　ⓐ 장보웅의 분류－산지형 민가, 평야형 민가, 도서형 민가로 분류하였다.
　산지형 민가는 함경남북도 평안북도의 압록강 연안 산지, 강원도 동부, 태백산맥 소백산맥의 양 경사면에 분포 되어 있다. 평면은 혹한의 겨울을 지내기 편리하게 전자형(田字型)인 가옥구조형태를 하고 있다. 평야형 민가는 한반도 남서부 평야지대이다. 민가의 평면은 일자형(一字形), ㄴ자형, ㅁ자형, ㄷ자형, 二자형 등이 있다. 도서형 민가는 제주도형 민가가 여기에 속한다.
　ⓑ 이와츠키 요시유키(岩槻善之)의 분류－북선형, 경성형, 중선형, 서선형, 남선형으로 분류하였다.
　북선형은 평면이 전자형(田字型)이며 작은 농가에서는 외양간과 정지를 함께 설치한다(함경남북도).
　경성형은 평면이 ㄴ자형으로 굽고 일자형을 피한다. 대청이 있다(서울 중심).
　중선형은 평면이 경성형과 비슷하다(경기도와 충청이북).
　서선형은 방은 일열로 되고 전체가 일자형으로 되어있다. 대청은 설치하지 않는다(평안남북도).
　남선형은 일자형이고 대청은 반드시 설치한다(제주도).

유형론에서 '초가집'이나 '너와집'처럼 금형의 지붕을 한 집에서 생활하는 사람들은 생활에 적응하는 능력이 강하며, 성실하고 부지런하여 생산적인 활동을 하는 것으로 보고 있다. 따라서 시인은 '돌능와집'에 사는 안주인이 생활력을 지닌 것으로 이미지화하였고, 이러한 성실성을 시인은 '꿀벌이 스무나문 통'으로 형상화하고 있다.

한편 백석의 시작품 「산곡」 제3연에서 '골이 다한 산대 밑에 있는' 집이라는 언술은 산언덕 아래라는 뜻이다. 집이 '산곡'에 입지할 경우 요풍(凹風)의 영향을 받는다고 한다.

토지는 각각 유(類)로써 사람을 낳는다. 그러므로 산기(山氣)가 성하면 남자가 많고, 택기(澤氣)가 성하면 여자가 많고, 장기(障氣)가 성하면 벙어리가 많고, 풍기(風氣)가 성하면 귀머거리가 많으며, 임기가 성하면 허리가 굽어지고 등이 높아지는 등 병이 많고, 목기가성하면 꼽추가 많다. 또 강변에 사는 사람은 그 지기에 의해서 발에 부종이 있는 사람이 많고, 바위산 근처에 사는 사람은 힘센 사람이 많고, 험조한 지역에 사는 사람은 혹이 있는 사람이 많다. 서기(暑氣)가 강한 곳에서는 단명한 사람이 많고, 한기(寒氣)가 강한 곳에서는 장수한 사람이 많으며, 곡기(谷氣)의 지역에서는 절름발이와 앉은뱅이가 많고, 구기(丘氣)의 지역에서는 새가슴이 많다. 평야의 주민에게 어진 이가 많고 구릉주민에는 탐욕한 자가 많다. 이들은 모두 그 기를 본떠서 그 유에 응하기 때문이다.[74]

'돌능와집' 안주인은 지난여름 트럭을 타고 함경남도에서 가장 북쪽에 위치한 장진 땅에서 벌을 치고 왔다. 게다가 또 겨울이면 집을 내고 거리

73) 강상구, 「원형, 돔 구조 건축물 생명에너지 결집 강해」, 쉽게 보는 풍수이야기, <경상일보>, 2005.7.18.
74) 오노자와 세이치(小野澤精一) 외, 전경일 역, 『기의 사상 – 중국에 있어서의 자연관과 인간관의 전개』, 원광대 출판부, 1987, 172쪽.

로 내려간다고 한다. 이러한 사실로 추정해볼 때 시인은 돌능와집 주인이 자주 거처를 이동한다는 것을 독자들에게 인지시키고 있다. 더불어 시인은 독자들에게 '햇빛 장글장글한 툇마루'라는 언술을 함으로써 시적화자가 말하고 있는 집이 햇볕이 잘 드는 조건을 가진 집이라는 것을 알 수 있도록 하였다. 그러나 '겨울이면 집을 내고'라는 언술을 함으로써 이 집의 외적환경이 겨울나기가 쉽지 않은 곳임을 알려주고 있다.

산악지방에서 경제적 능력이 부족했던 서민들은 좋은 집터를 선택하기가 무척 어렵다. 그래도 악조건 속에서 살아가려면 여러 방법을 모색하지 않을 수 없다. 골짜기지역의 곡기(谷氣)는 장기간 거주하는 사람에게 좋지 못한 영향을 준다. 남색의 저고리 깃동을 단 안주인의 생활방식, 즉 이동하는 삶의 방식은 이러한 골짜기의 곡기(谷氣)가 체내에 흡수되는 것을 완화시키고 있다. 백석시인은 반흉반길(半凶半吉)의 지역에서 살아가는 사람의 슬기로운 삶을 보여 주었다.

> 산골집은 대들보도 기둥도 문살도 자작나무다
> 밤이면 캥캥 여우가 우는 山도 자작나무다
> 그 맛있는 메밀국수를 삶는 장작도 자작나무다
> 그리고 甘露같이 단샘이 솟는 박우물도 자작나무다
> 山너머는 平安道땅도 뵈인다는 이 山골은 온통 자작나무다
>
> ─ 시 「백화(白樺)」 전문

시작품 「백화(白樺)」의 주제는 모두 자작나무라는 공통점을 갖는다.

예를 들면 산골집 → 자작나무, 산 → 자작나무, 장작 → 자작나무, 박우물 → 자작나무, 산골 → 자작나무에서처럼 중간 운에 모두 특수조사 '도', 종결부에 어미 '다'를 반복적으로 사용하여 일정한 리듬으로 발전시키고 있다. 이와 같은 형태는 자작나무를 진술하는 의미구조가 단순한 나열의 차원을 넘어 주제를 향해 의미를 심화 확대하는 역할을 담당한다.

자작나무는 한반도의 강원 이북 지역, 백두산 일대에 자생하고 있는 나무로써 사람들에게 수액을 내어준다. 자작나무 수액은 건위, 이뇨, 식욕촉진, 신경안정, 위장병 등에 효과가 있다고 해서 '약수'의 기능을 하는 민간요법의 음용수로 널리 애용되어 왔다. 목재는 단단하고 치밀하여 농기구 및 목 조각을 만드는 데 사용되고 있다. 자작나무 가지로 팔, 다리, 어깨를 두드리면 혈액순환이 좋아진다고 한다.

예로부터 동양적인 자연관은 '생태계를 파괴하여 환경을 마음대로 조절하여 지배하는 것이 아니라 적절한 환경 속으로 찾아 들어가는 것이며 비보(裨補)라는 인위적 행위도 항상 자연과 조화를 이루는 상호보족적인 방향에서 행하여왔다. 비보의 가장 큰 역할은 환경과 균형을 이루어 경관적인 가치와 심리적인 안전감을 주게 되는데 있을 것이다.'[75] 시작품 「백화」에 등장하는 산골집이나 박우물은 인간이 환경에 잘 맞추어 살아가는 지혜를 담고 있다. 그 땅에 있는 환경을 최대한 이용하는 것이다. 이러한 관점에서 정리해 볼 때 백석의 시 「백화」는 인간과 자연의 조화를 갈구하면서 비보풍수와 보족의 정신을 이용한 옛 사람들의 지혜와 정서를 읊은 시작품이라 할 수 있다.

일반적으로 피세지(避世地)는 중앙의 행정력이 미치지 못하는 깊숙한 산골에 위치하므로 생리(生利)의 조건이 극도로 열악할 수밖에 없다. 시인은 이러한 피세지에서 살아가던 식민지조선의 민중적 삶의 방식들을 그림처럼 담아내어 보여주었다. 백석 시인은 시 「산곡」과 「백화」처럼 작품에 등장하는 산골집이나 박우물, 자작나무숲 이미지 등을 통하여 인간이 열악한 환경에 스스로 순응하면서 살아가는 삶의 지혜를 보여주려 하였다. 즉 식민지근대의 모진 후유증과 파괴를 피하여 은일적(隱逸的) 자세로 살아갈 수밖에 없었던 1930년대 중후반 궁벽한 농촌(산촌) 사회의 풍경을 실감나게 보여주었다 할 수 있다.

---

75) 강길부, 「풍수지리설의 현대적 의미」, 『정신문화』 1983년 봄호, 한국정신문화연구원, 163쪽.

2) 민간 의료관의 시적 수용

(1) 양생론(養生論)

노자의 『도덕경』이나 『장자』에는 주로 양생법과 질병의 원리와 치료법 등과 연관된 한의학적 이론의 기초가 존재한다. 예를 들면 '마음을 비우고 배를 채우며 뜻을 약하게 하고 뼈를 튼튼하게 한다(虛其心 實其腹, 弱其志 强其骨, 『도덕경』 제3장)'라는 말에서는 양생법을, '몸을 고달프게 하면 쓰러진다. 정신을 써서 그치지 않으면 괴롭고, 괴로우면 기운이 다한다(形勢而不休則弊 精用而不已則勞, 勞則竭, 『장자』<각의(刻意)>편)'에서는 질병의 원리를 환기시키고 있다. 또한 '고요하고 침묵하면 병을 고칠 수 있다(精然可以補病, 『장자』, <외물(外物)>편)'에서는 치료의 방법을 묘사하고 있다. '노자가 한의학 이론형성에 끼친 영향은 이러한 사상적 경향에서 명확히 나타난다.'[76)

『황제내경(皇帝內徑)』은 도교에서 가장 중요하게 여기는 고전 중의 하나이며 동양의학서 가운데 가장 오래된 자료로 평가된다. 이 책은 『노자』를 근원으로 하는 170여 곳의 사상적 이론을 토대로 발전시킨 것이다. 우주의 본원인 기(氣)와 음양오행을 바탕으로 하여 인체를 설명하고 있을 뿐만 아니라 양생, 섭생, 진단치료를 위시하여 진한시대의 천문학, 역법, 기상학, 지리학 등 다양한 부분까지 접목시켜 놓고 있어 의학서 이상의 의미를 지닌다. 『황제내경』이 한반도에 알려진 시기는 서기 561년 고구려 평원왕 3년 중국 오나라의 지청(知聽)이 『황제내경』과 약서(藥書)와 침구명당도(鍼灸明堂圖) 등 164권의 책을 전하면서부터이다. 지청(知聽)은 고구려에서 1년 동안 머물러 있으며 의학서적 164권을 고구려에 전한 후 서기 562년에 일본으로 건너가 일본에 귀화하여 거기서 여생을 보냈다.

---

76) 박석준, 「한의학이론 형성기의 사상적 흐름에 대하여-노장과 황노지학의 대비를 중심으로」, 『동양철학과 한의학』, 아카넷, 2003, 34~35쪽.

한국의 전통적 의료관과 그 역사적 흐름에 대해 살펴보면 다음과 같다.

신라시대는 신문왕 12년에 의학교를 설치하여 의사를 전문적으로 양성하였고, 통일신라시대에는 효소왕 원년에 의학을 두고 박사 2인에게 학생을 양성하게 하였다. 고려시대에는 왕건이 혜민국을 두어 의료사업을 활발하게 진행하였는데, 문종 때에는 중앙에 대의감(大醫監), 상약국(尙藥局), 사선서(司膳署)를 설치하였는가 하면 인종 때에는 의업에 관한 과거제도를 확충하였다. 시험과목은 소문(素問), 갑을경(甲乙經), 명당경(明堂經), 침경(鍼經), 난경(難經), 구경(灸經) 등으로 구성되어 있었다.

고려시대 의학자로는 이상로(李商老: 1123~1197), 설경성(薛景成: 1237~1313)을 꼽을 수 있는데, 저서는 『어의촬요(御醫撮要)』, 『진맥도결(診脈圖訣)』, 『향약구급방(鄕藥救急方)』 등이 있다. 조선왕조는 개국 초기부터 의업에 정통한 자를 시험으로 선발하였다. 태종 때는 각 도의 학교에 의학을 두게 하였고, 세종 때는 일종의 의학고시제도인 잡과를 뽑는 시기를 연 4회로 지정하였다. 조선시대 양생과 관련한 서적들로는 김시습의 『잡저(雜著)』, 정북창의 『용호결(龍虎訣)』, 한무외의 『해동전도록』, 이수광의 『지봉유설』 등을 들 수 있겠다.

이 밖에 '장생(長生)'의 도를 의학적 관점에서 연구한 성과로는 허준(許浚: 1546~1615)의 『동의보감(東醫寶鑑)』과 서유구(徐有榘: 1764~1845)의 『보양지(保養志)』 등이 있다.[77] 또한 도교의 경전에는 '무릇 약을 복용할 때는 산(蒜), 석류(石榴), 저간(豬肝), 견육(犬肉) 따위를 먹어서는 안 된다'[78] 등의 금기가 있으며, 이러한 금기는 지금도 한약을 복용할 때 유익한 참고가 되기도 한다.

원래 한의학은 정식적인 처방 외에도 구전되어온 민간의 비방이 많으

---

77) 왕 필, 임채우 옮김, 『왕필의 노자』, 예문서원, 1997, 27~28쪽.
78) 산(蒜)은 달래, 석류(石榴)는 과일로서의 석류, 저간(豬肝)은 돼지의 간, 견육(犬肉)은 개고기를 말한다(김낙필, 『노장사상과 도교』, 시인사, 1994, 316쪽 참조).

며, '대수롭지 않게 여기던 초목이나 열매, 꽃, 낙엽 등이 사람의 아픔을 제거하고 병을 낫게 해주고 위급에서 구해주는 예가 많았다.'[79)]

노장사상에서 '고요함이 조급함을 이기고 차디참이 뜨거움을 물리친다(靜勝躁 寒勝熱 淸靜爲天下正, 『도덕경』 제45장)'는 구절은 『황제내경』에서 '차가운 기운을 혈을 상하게 하고 더우면서 마른기운은 찬 기운을 이긴다(寒傷血 燥勝寒, 「금궤진언론편(金匱眞言論編)」)'와 같이 변용되어 나타나고 있다.[80)]

노장사상에서 발전한 『황제내경』은 음양의 기본철학을 바탕으로 하였으며, 외부의 사기에 대해 적대적으로 해결하기보다 비적대적인 해결의 방법을 모색하고 있다. 이를테면 열이 나면 곧 바로 해열을 시키기보다 땀을 더 내게 하는 한법(汗法)을 사용하여 외사를 내보낸다.[81)] 인간의 몸은 인체 내에 음(-)이 넘치면 음(-)에 해당되는 몸속이 차가워진다. 그러나 음(-)이 부족하면 체내에 미열이 발생한다. 반대로 인체에 양(+)이 넘치면 양(+)에 해당되는 몸의 겉으로 열이 나고, 부족하면 체외가 차가워진다. 이처럼 음양(-)(+)의 평형이 깨어지면 신체에 변화가 오게 되고 병이 든다.

> 사람이 너무 기뻐하면 양에 치우치게 되고, 너무 성내면 음에 치우치게 된다.
> 음과 양이 아울러 치우치면 네 계절이 고르지 못하고 추위나 더위가 조화를 이루지 못한다. 뿐만 아니라 도리어 사람의 몸을 해치기까지 한다.
> (人大喜邪 毗於陽 大怒邪 毗於陰 陰陽並毗 四時不至 寒暑之和不成 其反傷人之形乎, 『장자』 <재유(在宥)>편)

---

79) 허 준, 김봉제·박인규 감수, 『동의보감입문』, 국일미디어, 1996, 193쪽.
80) 김교빈·박석준, 『동양철학과 한의학』, 아카넷, 2003, 35쪽.
81) 같은 책, 161쪽.

사람들은 원래 원기가 없을 때 음양(−)(＋)의 균형을 맞추고 궁극적인 조화를 지향하기 위해서 탕약을 복용하였다. 백석의 시에 나온 '탕약(湯藥)'이란 약탕관에 달여서 먹는 약을 말한다. '탕약'으로 병을 치료하려면 세 가지 정성이 필요하다. 즉 좋은 약재를 구하는 정성, 약재를 달이는 정성, 달여진 약을 먹는 정성을 말한다. 다음 시작품은 이러한 문화적 정서를 수용하고 있다. 시작품「탕약」의 내부구조로 들어가 보기로 한다.

> 눈이 오는데
> 토방에서는 질화로 우에 곱돌탕관에 약이 끓는다
> 삼에 숙변에 목단에 백복령에 산약에 택사의 몸을 보한다는 六味
> 湯이다
> 약탕관에서는 김이 오르며 달큼한 구수한 향기로운 내음새가 나고
> 약이 끓는 소리는 삐삐 즐거웁기도 하다
>
> 그리고 다 달인 약을 하이얀 약사발에 밭어놓은 것은
> 아득하니 깜하야 萬年 적이 들은 듯한데
> 나는 두 손으로 고히 약그릇을 들고 이 약을 내인 사람들을 생각하노라면
> 내 마음은 끝없이 고요하고 또 맑어진다
>
> — 시「탕약(湯藥)」 전문

'눈이 오는데'라는 언술은 독자들에게 겨울이라는 것을 인지시킨다. 한국인은 예로부터 일반적으로 겨울에 '탕약'을 먹으면서 몸을 보해왔다. 농경사회에서 겨울에 탕약을 먹는 이유는 봄이나 가을에는 약을 달일 시간이 없을 만큼 바쁠 뿐만 아니라 여름에는 더워서 땀으로 약효가 다 나갈 수 있고, 또한 약이 쉬이 변질될 수 있다고 생각하기 때문이다.

예로부터 사람들은 약 달이는 도구로 도자기나 찰흙으로 만든 도기가 가장 좋은 것으로 여겨왔다. 반면에 철이나 구리 알루미늄 등으로 만든

용기는 화학작용으로 인해서 색깔을 변하게 하거나 인체에 유해한 성분을 만들 수 있기 때문에 피해왔다. 시에 등장하고 있는 '탕약'은 '곱돌탕관'을 사용하고 있으므로 한국인의 서민적 전통정서에 부합하고 있다. 한편 '질화로'는 질흙으로 구워 만든 화로이고, 질흙은 쑥돌, 차돌, 조면암 들이 풍화(風化)되어 생긴 흙으로써 자기를 만드는 재료로 쓰인다. 시인은 '눈 내리는 날' '토방' '질화로' '곱돌탕관' 등을 시적 장치로 사용하여 옛날부터 이어져온 한약을 달이는 문화에 대한 정취를 살려내고 있다. '탕약'은 의사가 환자에게 직접 달여 주는 것이 아니라 반드시 그것을 달이는 가족의 정성이 깃든 손을 매개로 해야만 얻어질 수가 있는 것이다.

보통 육미탕(六味湯)은 기(氣)를 보하는데 사용되며, 사물탕은 혈(血)을 보할 때 쓰인다. 시작품의 표제로 등장하는 탕약은 시적화자의 기를 보호하기 위하여 달이는 약으로 읽힌다. 일반적으로 기를 보하는 약(인삼, 황기, 백출, 백봉령, 오미자 등)을 달이면 맑고, 혈을 보하는 약(지황, 당귀, 작약, 천궁, 구기자, 하수오 등)은 달이면 탁해진다고 한다.

인용 시「탕약」은 김이 오르는 탕약의 향기로운 냄새를 이미지화하고 있다. 김이 나기 시작한다는 것은 약을 앉히고 물을 넣었다는 의미이다. 약을 달일 때 사용하는 물의 양은 물이 손등에 올라 올 정도 약 2cm 정도가 좋다. '삐삐'라는 언술은 약물이 끓는다는 것이다. 약을 달이는 불의 조절은 가열하는 때와 달이는 때를 달리한다. 일반적으로 가열할 때는 센 불을 의미하는 무화(武火)로 하고, 달일 때는 약한 불을 뜻하는 문화(文火)로 달인다. 시의 4행과 5행은 약을 달일 때 나는 냄새와 달일 때 생기는 소리를 시작품에 적극 수용하고 있으므로, 후각과 청각의 이미지를 재치 있게 사용한 셈이다.

또한 인용 시「탕약」에는 약을 먹는 사람의 정성과 감동이 담겨있다. 제6행에서 '하이얀 약사발에 받아 놓은' 한약은 제7행에서 '아득하니 깜아야 만년 옛적이 들은 적하다'로 '까만 한약'을 이미지화하고 있는데, 이 속에는 한약을 달여 먹는 전통에 대한 시인의 감동이 들어있으며, 약초로 약을 만들어 먹었던 선조들의 지혜에 대한 감사의 마음이 있는 것이다. 게다가 제10행에서 '마음이 맑아진다'고 언술함으로써 하이얀 약사발에서 오는 깨끗한 이미지와 육미탕 특유의 맑은 이미지(육미탕은 맑고, 사물탕은 탁하다)와 시인의 감동이 하나의 시너지효과로 확장되고 있다.

그러면 백석 시인은 왜 이러한 양생법(養生法)을 굳이 자신의 시작품에서 형상화해야만 했던가. 시인의 진실은 한국인의 서민적 풍속과 생활사에서 의미 있는 귀중한 옛 문화를 일깨우는 것이다. 즉 백석 시인의 문학적 대응은 한국인의 풍습과 끈질긴 생명력의 정체를 주체적 의지로 형상화함으로써 민족적 자각을 불러일으키게 하는 방법이었다. 그 결과 백석의 작품은 후세사람들에게 한국인 고유의 삶의 원형을 고구할 수 있게 해주는 영향을 지니고 있다. 우리는 일제강점기라는 민족주체성 상실의 시대에 이처럼 성과적인 수확을 쌓을 수 있었던 백석을 높이 평가해야만 할 것이다.

나는 北關에 혼자 앓아 누어서
어느 아침 醫員을 뵈이었다.
醫員은 如來 같은 상을 하고 關公의 수염을 드리워서
먼   적 어늬 나라 신선 같은데
새끼손톱 길게 돋은 손을 내어
묵묵하니 한참 맥을 짚드니
문득 물어 故鄕이 어데냐 한다
平安道 定州라는 곳이라 한즉
그러면 아무개氏 故鄕이란다.
그러면 아무개氏 ㄹ 아느냐 한즉
醫員은 빙긋이 웃음을 띠고
莫逆之間이라며 수염을 쓸다
나는 아버지로 섬기는 이라 한즉
醫員은 또 다시 넌즈시 웃고
말없이 팔을 잡어 맥을 보는데

손길은 따스하고 부드러워

故鄕도 아버지도 아버지의 친구도 다 있었다.

- 시「고향(故鄕)」전문

서양의학은 인체를 부분 부분으로 나누어서 국소적 질환에 대처하는 약물을 분석하고 추출하여 신체질환을 개별적으로 치료하는 방법을 사용한다. 그러나 그것으로 고칠 수 없는 심인성 질환은 환자 스스로 마음을 수양하지 않고는 잘 낫지 않는다. 의사는 환자의 몸속에서 일어난 병리적 변화를 치료하는 것도 중요하지만 환자의 마음까지도 함께 치료해야 옳은 것이다.

그런데 동양의학은 인체의 부분 부분도 전체의 관점에서 총체적으로 본다. 그 쉬운 예가 침이라 할 수 있다. 한의학은 머리가 아픈데 맥을 짚고 손과 발에 침을 놓는 것이 특징이다.

인용 시에서 시적화자는 함경도 지방에서 혼자 앓고 있다가 마침내 지역의 의원을 찾아간다. 작품을 읽어보면 한의사의 진단 방법 즉 문진(問診 - 질문을 하여 진단하는 것), 망진(望診 - 혈색과 동태를 통하여 진단하는 것), 문진(聞診 - 환자의 목소리나 냄새로 진단하는 것), 절진(切診 - 진맥과 복진 등을 통한 진단하는 것)의 과정이 다 나와 있다.

좋은 의원이 되는 조건은 의술(醫術)과 인술(仁術)이 겸비되어 있어야 한다. 그러기 위해서 의사는 미묘한 점까지 주의 깊게 관찰하지 않으면 안된다. 의사는 환자의 체질이 풍(風), 한(寒), 습(濕), 서(暑), 조(燥), 화(火)의 성질 중 어떤 것에 가까운지 구별할 수 있어야 병의 진단을 내릴 수 있는 것이다. 백석의 시작품「탕약」은 의사가 시적화자에게 '고향이 어데냐'고 묻는 문진(問診)의 현상을 독자에게 먼저 보여준다. 의사는 이렇게 물음으로써 환자의 대답(말, 호흡, 기침소리의 고저장단과 강약 등)을 통하여 병을 진단하는데 참고로 삼는다. 여기에서 주목할 것은 의사가 고향이 어데냐고 물었고, 시적화자가 '평안도 정주라는 곳'이라고 답하였다는 점과 의사가

'아무개 씨 고향'이라고 하자 또 '그러면 아무개 씨를 아느냐'고 되물었다는 점이다. 의사는 환자의 반응에 의해 환자의 정기가 충족한지 쇠퇴하였는지 알 수 있다. 이렇게 의사가 환자의 목소리를 통하여 판단하는 것을 문진(聞診)이라 하고, 의사가 환자의 정신 상태와 정서변화를 살피는 것을 망진(望診)이라 한다. 시적화자는 또렷하게 의사의 묻는 말에 답을 하고 있다. 따라서 인용 시는 망진(望診)과 문진(聞診)이 잘 이루어지는 것을 형상화시키고 있는 것으로 읽힌다. 또한 '말없이 팔을 잡어 맥을' 본다는 것을 이미지화하여 절진(切診)의 방법을 묘사하였다. 인용 시「고향」은 한의사의 네 가지 진단법을 시적 수용했다는데 그 의의가 있다 할 것이다.

환자의 마음을 편하게 하여 병을 낫게 하는 의사를 심의(心醫)라 한다. 주지하는 바와 같이 타지에서 병에 걸리면 누구나 마음이 고독하고 우울해진다. 시적화자는 어느 날 앓다가 찾아뵈었던 의원에게 진맥을 짚으면서 의원이 자신이 아버지로 섬기는 이와 친한 친구지간임을 알았다. 의원의 인상이 여래처럼 온화하고 관공의 수염을 드리우고 있다는 언술에서 의원은 친화력을 지녔고 환자를 존중하며 신뢰와 교감을 중시하는 품격을 갖춘 셈이라 할 수 있다.

의원의 역할은 언제나 환자가 진실한 감정으로 의사를 대하도록 할 수 있어야 한다. 시작품에서 의원은 부드러운 손길로 맥을 보며 빙긋이 웃는 표정으로 환자와 친절하게 대화함으로써 환자와 소통하고 있다. 의사가 지성적으로 접근하는 상담방식은 환자의 마음의 문을 열지 못하게 하는 한계가 있는 것이다. 시인은 '편안하지 못하고 즐겁지 않은 것은 덕이 아니다(夫不恬不愉 非德也 非德也而可長久者 天下無之,『장자』<재유(在宥)>편)'는 말이 환자와 의사 사이에도 존재하는 것임을 보여주었다.

자신과 소통할 수 있는 의사를 만날 때 환자의 병은 상호의존성과 시너지효과를 지니면서 치유효과가 증가한다. 시적화자가 의원을 고향으로 인식하리만치 의원은 환자와 정신적인 교감을 이루면서 소통에 성공하고 있다고 하겠다.

시인은 예전부터 내려온 우리의 한의학의 치료과정을 보여줌과 동시에 진맥을 하면서 환자가 편안하도록 고향을 묻는 것을 형상화하였다. 시인은 환자에게 꼭 필요한 의사의 자질을 형상화시킴으로써 의사에 대한 환자의 태도가 치료에 기여함을 보여주는데 성공하고 있는 것이다. 백석의 시작품「고향」은 의사에 대한 환자의 신뢰가 치료에 기여한다는 것을 확실히 보여주고 있다는 점에서 성공한 작품이다.

(2) 무의역(巫醫役)과 민간요법

조선왕조의 특성은 억불숭유(抑佛崇儒) 정책을 국시로 하는 나라였다. 지배계층이나 양반들은 자기 땅을 노비나 소작인에게 맡기고 사서삼경 읽기, 시 짓기, 활쏘기 등에 주력하면서 그 어떤 생산적 활동에도 종사하지 않았다. 따라서 유교적 질서에서 소외된 상민이나 천민들은 농사를 짓고 마을 뒷산에서 땔감을 하면서 살아야 했다. 그들의 어머니와 아내들은 부패한 양반들이나 탐관오리들의 전횡으로 곤란할 때마다 민간신앙에 의지하여 현실적인 억압과 고통을 이겨냈던 것이다. 여인들은 성황당에 가서 남편이나 아들의 무병과 출세를 기원하거나, 무당을 불러 액막이굿을 하는 등으로 공을 들었다. 나라에서 엄격하게 막았지만 도리어 조선의 성종이 병이 들었을 때 할머니였던 정희대비가 무녀를 시켜 성균관 벽송정에서 굿판을 벌이다가 유생들의 반발을 초래한 일도 있었다.

무속(巫俗)을 하는 날은 음식을 많이 차리게 되고 또 그 음식은 모두 나누어 먹어야 효험이 있다는 속설이 있었으므로 온 마을 사람들이 참여하였다. 그 결과 무(巫)의식은 서민들의 삶에 즐거움과 여유를 주었고, 마을의 공동체적 화합을 가져오게 되었다. 신(神)에게 발복(發福)을 기원하고 재앙을 물리치는 행사를 할 때 이 귀신과 가까이할 수 있는 사람은 무당이었는데, 이 무당의 힘을 빌릴 수 없을 때에는 집안의 부녀자가 대신 담당했다. 무녀들이 받드는 귀신들은 주로 산, 물, 계곡, 나무, 돌 등 곳곳에 존재한다.

『장자』<달생(達生)>편에는 서북방아래와 또 물, 언덕, 산, 들, 늪 등에도 귀신이 있다고 한다.[82] 조선 초기에 김시습은 『금오신화(金鰲新話)』에서 귀신의 종류를 다음과 같이 분류하였다.

귀신이 사는 장소	산	물	계곡	나무	돌
귀신의 명칭	소(魈)	역(魊)	용망상 (龍芒象)	기망량 (夔魍魎)	기망량 (夔魍魎)

〈도표 1〉 귀신이 사는 장소와 명칭

김시습이 자신의 저술을 통하여 귀신이 사는 장소를 밝힌 것은 우리의 선조들이 예로부터 산, 물, 계곡, 나무, 돌 등에서 치성을 드려 왔기 때문이다. 즉 단군신화에서 웅녀가 태백산 신단수(나무)아래에서 주원(呪願)하여 단군을 잉태한 일, 신라 원성왕이 북천신(北川神 - 물)에게 제사를 드려 왕위에 등극한 일[83] 등은 지금까지도 민족의 신화로 전승되고 있다. 이는 천존, 일월성신, 칠성, 불사 등 천신계통들이 기도드리는 사람의 정성에 감응한 사례라 할 수 있다. 또한 기자(祈子) 신앙의 대상인 인왕산 선바위(돌)는 기둥처럼 솟아 있는데 지금도 기자와 자손의 번영을 위하여 치성을 드리는 사람들로 붐빈다. 근간에도 계룡산에 가면 산봉우리(산)와 골짜기 구석구석에서 예배소, 암자 또는 기도원을 차려 놓고 기도를 하거나 치성을 드리고 있는 데서 그 풍습이 남아 있음을 알 수 있다.

주원문화(呪願文化)는 한국인의 DNA 속에서 하나의 집단무의식과 그

---

82) 西北方下之者 則 泆陽處之 水有罔象 丘有峷 山有夔 野有彷徨 澤有委蛇(김달진 역, 『장자』, 『김달진전집4』, 문학동네, 1999, 266~273쪽 참조).

83) ㉠ 熊女者無與爲婚 故每於壇樹下 祝願有孕 雄乃假化而婚之 孕生子 號曰檀君王儉 (단군신화, 『삼국유사』제1권 <고조선>).

ㄴ 王曰上有周 何居上位 阿飱曰 淸密祀北川可矣 從之 未幾 宣德王崩 國人欲奉周 爲王 將迎入宮 家在北川 忽川漲不得渡 王先入宮卽位 上宰之徒衆 皆來附之 排賀新 登之主(『삼국유사』제2권 奇異, <원성왕대>).

표상으로 배달되어 오는 것으로 결코 소멸되지 않는 저층(底層)을 지니고 있음을 알게 된다. 그리하여 주원문화는 한국인의 역사와 문화의 나이테에 해당된다 할 것이다.

귀신의 특성	만물을 해침	만물을 괴롭힘	만물에 붙어 삼	만물을 유혹함
귀신의 이름	여(厲) – 제사를 받지 못하는 귀신	마(魔) – 악한 짓을 하는 영적존재	요(妖) – 요사스런 마귀	매(魅) – 도깨비

〈도표 2〉 귀신의 특성

이러한 관점에서 볼 때 귀신은 대체로 해로우나 도깨비의 일부 중에서 때로는 사람에게 이로운 귀신도 있는 것으로 확인된다. 백석 시인은 바로 이러한 한국인의 귀신을 소재로 하여 흥미로운 시작품으로 엮어내었다.

> 나는 이 마을에 태어나기가 잘못이다
> 마을은 맨천 구신이 돼서
> 나는 무서워 오력을 펼 수 없다
> 자 방안에는 성주님
> 나는 성주님이 무서워 토방으로 나오면 토방에는 디운구신
> 나는 무서워 부엌으로 들어가면 부엌에는 부뜨막에 조앙님
> 나는 뛰쳐나와 얼른 고방으로 숨어 버리면 고방에는 또 시렁에 데
> 석님
> 나는 이번에는 굴통 모퉁이로 달아가는데 굴통에는 굴대장군
> 얼혼이 나서 뒤울안으로 가면 뒤울안에는 곱새녕 아래 털능구신
> 나는 이제는 할 수 없이 대문을 열고 나가려는데
> 대문간에는 근력 세인 수문장
> 나는 겨우 대문을 빠쳐나 바깥으로 나와서
> 밭 마당귀 연자간 앞을 지나가는데 연자간에는 또 연자당구신

나는 고만 디겁을 하여 큰 행길로 나서서
마음 놓고 화리서리 걸어가다 보니 아아 말 마라 내 발뒤에는 오나
가나 묻어 다니는 달걀구신
마을은 온데간데 구신이 돼서 나는아무데도 갈 수 없다
　　　　　　　　　- 시「마을은 맨천 구신이 돼서」전문

　백석의 시작품에서 귀신의 대상에는 사람 신뿐만 아니라 자연계의 모든 생물과 무생물에 영혼이 있다고 보는 정령신앙(精靈信仰)이 포함되어 있다. 예를 들면 성주님, 디운구신, 조앙신, 데석님, 굴대장군, 털능구신, 연자당구신, 수문장 등인데, 옛 사람들은 이러한 신들을 잘못 건드리면 노여움을 입어 재앙을 당한다고 믿었다.

　이 작품에서 성주님은 집의 건물을 수호하며, 대주(大主)의 수호신으로서 가신(家神) 가운데 맨 윗자리를 차지한다. 성주를 모시는 것은 낙성이나 이사한 후이다. 성주를 모시는 형태는 단지에 모시는 형태와 한지에 모시는 형태 두 가지가 있다. 성주단지에는 햅쌀을 넣고, 한지로 모시는 경우에는 가옥의 정중앙 대들보 위나 상기둥의 윗부분에 한지를 접어 실타래로 묶어서 모신다. 주로 남자 주인이 대주가 되어 성주신과 밀접한 관계를 가지게 된다. 디운구신은 지운(地運), 즉 땅의 운수를 맡아보는 귀신이다.

　조앙님, 즉 조왕신(竈王神)은 부엌에 있으면서 불과 물을 주관하는 신이기 때문에 이사를 갈 때에 불을 꺼트리지 않고 가지고 가는 풍습이 있어 왔으며, 동시에 가족의 안녕을 기원할 때는 부뚜막에 정화수를 떠놓고 조왕신에게 빌어 왔다. 조왕신은 원래『장자』에서 그 유래를 찾아볼 수 있다. 장자는 귀신이 어디에 있나하면 '진흙구덩이에는 '리'가 살고, 부엌에 '결'이 있고 거름 속에는 '뇌정'이 산다(沈有履 竈有髻 戶內之煩壤 雷霆處之 東北方之下者 倍阿鮭蠪躍之 西北方之下者 則泆陽處之,『장자』<달생(達生)>편)'[84]고 하였다. 한국의 조상들이 부뚜막을 소중히 여기는 풍습

---

84) 리(履)와 결(髻)과 뇌정(雷霆), 그리고 倍阿(배아)와 해룡(鮭蠪)과 일양(泆陽)은 모

은 이러한 사상이 전해져서 된 것이다. 부엌의 귀신인 조왕신을 숭상하는 의식은 현재에도 호남 지방에 남아 있는데, 부뚜막 정면 벽의 복판에 흙으로 조그맣게 대를 만들고 그 위에 조왕 중발을 올려 놓고 정화수를 떠 놓는 습속이 남아 있다. 데석님은 집안사람들의 수명, 곡물, 의류 및 화복에 관한 일을 맡아보는 신이고, 굴대장군은 굴뚝을 지키는 신이며, 털능구신은 대추나무에 있다는 귀신이고, 연자당구신은 연자간을 관장하는 귀신이다. 가신 신앙은 집안의 구석구석마다 신이 존재하며, 이 가신이 집안을 보살펴 준다고 믿는 신앙을 의미한다. 한국인의 조상들은 이 가신에게 정기적으로, 또는 필요할 때마다 의례를 행하며 의지해왔다.

한국의 풍속사에는 나례의식(儺禮儀式)이라고 하여 음력 섣달그믐날 밤에 민가와 궁중에서 마귀와 사신(邪神)을 쫓아낸다는 뜻으로 이러한 의식을 즐겨 행하였던 관습이 있었다. 나례의식은 원래 중국에서 들어온 의식으로『고려사(高麗史)』에 의하면 1040년 세밑에 나례의식을 행하였다는 기록이 보인다. 고려와 조선은 해마다 나례희(儺禮戲)를 국가적인 행사로 열었다. 조선시대에 와서 나례의식은 악귀를 쫓아내는 일 외에도 칙사의 대접, 왕의 행차, 등에 광대의 노래와 춤을 곁들인 오락으로 변용되기도 했다.85)

나례희는 재앙을 가져오는 잡귀를 몰아내는 일종의 굿이다. 그러다가 차츰 잡귀와 귀신에 대한 개념이 정의되었다. 조선후기의 학자 이익(李瀷: 1681~1763)은『성호사설(星湖僿說)』에서 '귀신은 형체는 소멸되어도 기운은 남아 있고, 사람이 정성들이는 것도 기운으로 작용하는 것이니, 사생(死生)이 비록 다르더라도 기운은 통하지 않는 곳이 없다.'고 기록하였다.

두 귀신의 이름이다(『장자』, 앞의 책, 266쪽 참조).
85) 대궐 뜰에서 나례(儺禮)를 베푸니, 임금이 이를 구경하여 야밤중[夜分]까지 이르렀다(『조선왕조실록』, 세종 22년 12월 27일, <태백산사고본> 29책 91권 19장).
명정전(明政殿)에 납시어 나례(儺禮)를 관람하고, 또 처용무를 관람하였다(『조선왕조실록』, 연산군일기, 10년 12월 30일, <태백산사고본> 15책 56권 33장).

김시습은『금오신화』에서 귀신을 가지고 '귀(鬼)는 음(陰)의 영(靈)이고 신(神)은 양(陽)의 영(靈)이며 그 차이는 조화(造化)에서 오고, 이기(二氣)의 양 능(良能)'이라고 해석했다.

예로부터 신에게 드리는 제사는 음력날짜에 행하였다. 제사를 음력날 짜에 한 것은 음(－)을 북돋아줌으로써 양(＋)이 융성한다는 관념 때문이 다. 즉, 음(－)의 날에 제사지내면 산사람에게 복이 온다는 생각에서였다. 한국의 역법은 1895년(고종 32년) 태양력을 채용하기 전까지 태음력을 사 용해왔으며 지금도 농어촌에는 음력을 중심으로 세시풍속을 행하고 있는 것이다. 예를 들면 각 가정의 안택(安宅) 행사, 마을의 동제, 풍년을 원하는 예축(豫祝)과 연점 행사 등의 공동촌락제적 행사가 있는데 이 행사는 음력 중심으로 되어 있다.86)

조선은 유교를 건국이념으로 하고 있었기 때문에 표면적으로는 불교 탄압과 무당에 대해 격렬한 배척을 하였다. 그러나 내면적으로는 민중과 여성사회에서 불교와 무당과 도교문화가 착종되어 있었다. 예를 들면 조 신(朝臣)들이 무당의 도성외(都城外) 축출, 승려의 도성출입금지에 대하여 빈번하게 상소를 올렸으나 오히려 궁중의 권력층의 부인들은 자신의 집 안에 질병이 생기면 무당의 굿에 의지하였던 것이다. 궁중을 드나들던 무 녀들에 의해서 이러한 일들이 소문나게 되면서 무속신앙은 더욱 민중 속 으로 파고 들어가게 되었다. 또한 관청에서도 가뭄이 들면 무당을 불러 기우제를 치렀고, 마을의 재앙이 들면 무당을 불러 기양제(祈禳祭)를 집행 하였다.87) 따라서 무속은 아쉬울 때마다 찾는 하나의 종교문화 현상으로 정착되어 있었다 하겠다.

한편 1894년 갑오개혁(甲午改革)은 서양의 근대체제를 중시하게 되고 그

---

86) 이두현 외,『한국민속학개설』, 일조각, 1983, 138~139쪽.
87) 근래 경산에 송충이 점차 성해졌기에 기양제를 거행하였다.「以近來京山松蟲漸熾 設行祈禳祭」,『조선왕조실록』<태백산사고본>, 숙종 28년 6월 2일(임자) 편 참 조. 기양제(祈禳祭)란 재앙이 물러가라고 비는 제사를 뜻한다.

이면에는 일본의 정치적 힘이 작용하고 있었다. 고종은 1897년 10월 12일 문무백관을 거느리고 나아가 황제즉위식을 거행하면서 음력 대신 양력을 사용하도록 하고 과거제를 없애는 대신 새로운 관리 등용법 등을 제정했다. 서양의 새로운 근대적인 체제로 개혁한 일은 재래의 뿌리 깊이 박힌 봉건사회의 조직과 제도가 붕괴되는 촉진제가 되었다.

일본제국주의가 적극성을 띠고 거침없이 침투하는 현상은 한국인의 민족의식 기층에 흘러 내려오던 서민문화 중 민속문화의 소멸로 연결되었다. 백석이 고향에서 보았던 어린 시절의 풍경들은 오랜 옛날부터 조상들이 행해온 무의역(巫醫役)의 경험들이었다. 시에서 등장하는 집단무의식으로 전승되고 있는 속신과 민담의 영향으로 남아 있는 토속적인 세계는 일제식민통치 정책 아래에서 민족 고유의 것을 지키고 구축하려는 시인의 의도된 기획이었다.

갈부던 같은 藥水터의 山거리엔 나무그릇과 다래나무지팽이가 많다

山너머 十五里서 나무뒝치 차고 싸리신 신고 山비에 촉촉이 젖어서 藥물을 받으러 오는 두멧 아이들도 있다

아랫마을에서는 애기무당이 작두를 타며 굿을 하는 때가 많다
— 시 「삼방(三防) 전문

백석의 시에는 무당이 자주 등장한다.

과거 우리 선조들이 병을 치료하는 방법으로 진맥을 짚는 의원을 찾아가기보다는 무당을 불러 비손을 하는 것으로 치료로 택한 사람들이 많았다. 병의 원인을 잡귀가 붙은 탓으로 돌렸기 때문이다. 무당이 가장 흔하게 치료할 수 있는 주술의 사례는 무(巫)의식이었다. 일종의 축귀의식(逐鬼儀式)이라고 할 수 있겠다. 그런데 칠성굿거리와 신장거리등은 도교와 관

런이 있다. '삼태와 북두칠성은 항상 머리위에서 사람의 죄를 기록하여 그 기와 산을 관장한다고 믿고 있다(又有三台北斗神君 在人頭上 錄人罪惡 奪其紀山, 『도교경전』, <태상감응편>)'[88]에서 알 수 있듯이 중국 고 대신앙을 도교에서 수용하였던 것이다.

조선의 유교정치가 철저히 남성위주였으므로 서민 부녀 층들은 산중 불교나 무속에 의지하여야 했다. 무당들은 문명의 혜택이 없는 지역에서 는 반자로프(D. Banzaroff)가 말한 샤먼의 3가지 기능, 즉 사제자역, 무의역 (巫醫役), 점복예언자 역을 다할 수밖에 없었다.[89]

백석의 시작품 「삼방」에서는 '애기무당이 작두를 타며'라는 언술이 나 온다. 보통 사람들은 작두위에서 상처 하나 없이 뛰거나 춤을 출 수가 없 다. 애기무당이 작두를 타는 것은 신과 무당이 하나가 되기 때문에 신령 님의 영험력을 극대화한다. 맨발로 작두날을 타고 누른다는 것은 부정한 기운과 해로운 기운을 눌러 억제시킨다는 상징적인 의미가 있다. 무속은 다신다영교(多神多靈敎)로써 애기무당이 작두를 타는 것도 일종의 굿에 해 당한다 할 것이다.

시 「삼방」에서 시적화자는 '아비가 다래먹고 앓는가보다'라고 했다. 이 산지에는 다래나무 지팡이가 많아서 그렇게 추측할 수 있다. 다래는 원래 소변불리, 황달, 부종, 상처, 연주창 등에 약으로 쓰인다. 그러나 비위가 허한 사람은 다래를 주의해야하며 가려움증, 발진, 헛배부름, 구토, 설사 의 부작용이 있을 때는 먹는 것을 끊어야 한다. 작품에서 애기작두를 타 는 무당은 자신의 신이한 기운이 잡귀에게 겁을 줌으로써 다래 먹고 아픈 아비의 잡귀 기운을 쫓아내는 역할을 하고 있는 것이다.

---

88) 오야나기 시게타(小柳司氣太), 김낙필 옮김, 『노장사상과 도교』, 시인사, 1994, 327쪽.
89) 이두현 외, 『한국민속학개설』, 일조각, 1983, 140쪽.

2007년도 7월 8일자 미국의 시사저널지 <뉴욕타임즈(NewYork Times)>
에서 '한국의 샤머니즘은 크리스챤 전도사와 일제강점기를 통하여 지하
공간으로 숨었고 악마로 불리어졌으며, 한국전쟁 후 군사정권 때 마을로
부터 내쫓겨 탄압을 받기도 했지만 오늘날에는 무속인으로 지정하여 문
화제로 보호받고 있으며, 한국의 샤머니즘 사상이 첨단기술로 부활하였
다'고 소개될 만큼 한국의 샤머니즘과 무당의 존재는 국제적으로 부각되
고 있다. 우리는 이 시작품을 통하여 '한국의 샤머니즘은 어떤 것도 거부
하지 않고 모든 것을 받아들여 다른 종교와 사회적 변화에 끊임없이 타협
하는 거대한 종교의 용광로'라는 <뉴욕타임즈>의 보도내용을 새롭게
음미해볼 필요가 있는 것이다.

하나의 예를 들자면 호남지방에는 지금도 현전하는 주술의식이 있다.
정월 열나흘 날 저녁에 부모들이 그해 자식의 신수가 나쁘다고 하면 개울
에서 오쟁이에 모래를 파 넣어 사람들이 개울을 건너다닐 수 있게 징검다
리를 놓고 돈 쌀 등을 차려 놓고 거리제를 지내는 것을 말한다. 이른바 강
을 건너도록 도와주는 도강공덕(渡江功德)으로 액막이를 하고자 한 셈이다.

한편 모든 한국인들은 집안에 망자(亡者)가 생겼을 때 저승사자를 잘 대
접하여 망자의 저승길이 편하도록 사자 상, 즉 밥과 술, 짚신, 지전 등을
모두 셋씩 차리는 풍속을 보며 성장하였다. 객지에서 죽은 사람의 혼령인
객귀는 원귀(冤鬼)가 되어 떠돌아다니면서, 아무에게나 붙어 여러 가지 재
앙을 가져온다하여 모두가 꺼리는 귀신이 되었고, 이러한 귀신 중에 여귀
(癘鬼)가 있다.

지금 60대가 된 사람들은 할머니들이 갑자기 아플 때는 객귀의 범접 때
문이라고 생각하여 객귀물림을 하는 것을 보며 자랐다. 객귀물림의 의식
은 조밥과 나물반찬을 바가지에 담아 내다놓고 그것을 먹고 빨리 먼 곳으
로 가라고 큰소리를 치면서 칼로 위협하고 칼을 던져 그 끝이 바깥을 향
하면 객귀가 나간 것으로 간주하였던 행위이다.

어스름저녁 국수당 돌각담의 스무나무가지에 녀귀의 탱을 걸고
나물매 갖추어놓고 비난수를 하는 젊은 새악시들
ㅡ ㅡ ㅡ 잘먹고 가라 서리서리 물러가라 네 소원 풀었으니 다시 침
노 말아라

　

벌개 녘에서 바리깨를 뚜드리는 쇳소리가 나면
누가 눈을 앓어서 부증이 나서 찰거마리를 부르는 것이다
마을에서는 피성한 눈 에 저린 팔다리에 거마리를 붙인다.
여우가 우는 밤이면
잠없는 노친네들은 일어나 팥을 깔이며 방뇨를 한다
여우가 주둥이를 향하고 우는 집에서는 다음날 으례히 흉사가 있
다는 것은 얼마나 무서운 일인가

ㅡ 시 「오금덩이라는 곳」 전문

'국수당 돌각담의 스무나무가지'라는 언술은 토속적 세계를 이미지화
하고 있다. 스무나무는 느릅나무과에 딸린 갈잎 큰키나무로써 키가 20미
터 가량 되는 나무이다. 예로부터 이 스무나무는 이정표나 정자목(亭子木)
의 구실을 했으며, 노거수가 된 시무나무를 향해 백일기도를 하면 득남을
한다는 기자신앙의 대상으로 신목의 역할을 했다.

　육조시대 도교는 천지, 산천, 북두칠성, 큰 산이나 개울 등에 제사를 지
내고 빌 때 중어, 녹포, 유(油), 미(米) 류를 바치고 제주가 수판을 잡고 신을
향하여 신이라고 칭하면서 고두재배(叩頭再拜)하며 은혜와 복을 구하는 의
식이 있었다.90) '녀귀의 탱을 걸고 나물매 갖추어놓고 비난수를 하는' 행
위는 결과를 모방함으로써 동일한 효과를 얻는 일종의 유비적 주술행위
인데 오랜 세월을 거쳐서 무당에게 전이되었다.

　한편 옛 선조들은 외부로부터 오는 악귀를 물리치기 위해 마을에 수호
신을 모셨다. 주로 산 아랫자락에 서낭당을 만들었고 그렇지 않으면 중턱

---

90) 오야나기 시게타(小柳司氣太), 앞의 책, 277쪽.

허한 곳에 산신당을 만들거나 아니면 산위 쪽에 국수당을 만들었던 것이다. 서낭당에는 큰 돌무더기가 있고 옆에는 신수(神樹)가 있는데, 이 신수(神樹)의 가지에 매단 오색천은 서낭당 신에게 드리는 예단이라는 뜻이고, 또 환자가 입던 옷을 매달아 놓는 것에는 병을 거두어가라는 퇴병(退病)의 기원이 담겨 있다. 이러한 주술의식은 한국인의 전통적인 삶 속에 무의식적으로 파고들어 마을신앙의 생활습속으로 자리 잡게 되었던 것이다.

다시 시작품의 내부로 돌아가 보자.

백석의 시작품「오금덩이라는 곳」은 도합 3연으로 되어 있다. 제1연은 축귀(逐鬼)행위가 모티프가 되고, 제2연은 대체의학인 거머리요법을 보여준다. 거머리요법은 사혈(瀉血) 요법으로써 몸의 어느 부위를 거머리에 물리게 하여 거머리 독이 병을 치료하게 하는 원리를 말한다.

제1연의 축귀행위를 상세히 분석하면 1행과 2행은 젊은 새악씨들이 벽사제액(辟邪除厄)을 하는 의식을 전경화하고 있다. '녀귀'는 제사를 받지 못하는 배고픈 귀신이다. 집안의 대소사를 맡아서 처리하는 부녀자들이 '녀귀'에게 나물밥을 한상차려서 주면서 비는 이 장면은 해코지하지 말아달라는 인간의 주술의식과 관계가 깊다. 시인은 옛 여인들의 민간신앙인 액막이의식을 시행하여 병을 내쫓는 의식을 보여주고 있다.

제2연의 첫 행은 뻘건 이끼가 덮인 늪지 근처에서 바리깨의 뚜껑을 열었다 닫는 행동을 형상화하였다. 바리깨는 놋쇠로 만들어진 주발의 뚜껑이다. 주지하는 바와 같이 거머리는 습지에 산다. '벌개 녘'에서 놋쇠로 만든 밥그릇 뚜껑을 두드리는 것은 놋쇠냄새를 싫어하는 예민한 감각 기관을 가진 찰거머리의 성질을 이용하여 잡는 것을 이미지화한 것으로 보인다.

제2연의 2행과 3행은 민간에서 실행하고 있던 거머리를 통한 사혈요법(瀉血療法)의 일종이다. 지금도 대체의학(代替醫學)을 중요시 여기는 한의사 중에는 거머리요법을 실행하고 있다.『동의보감』에는 '검어리'라는 옛 이름으로 나와 있으며 한약명은 '수질(水蛭)'이라고 한다. 거머리요법은 일정량의 피를 거머리가 흡수하게 함으로써 거머리가 물고 있는 당시 침샘으로부터 분비되는 히루딘(hirudin)과 다양한 생리활성물질에 의해 효과가 나타난다.[91] 거머리에 포함된 이 물질은 혈관을 확장시키고 혈액의 응고를 막는 작용을 하는 것으로 알려져 있다. 산채로 사용하지 않을 때는 바싹 말려서 사용하기도 한다.

제3연의 1행과 2행에서 여우가 우는 밤이면 노친네들이 팥을 뿌리며 오줌을 누는 것은 오줌소리와 팥을 뿌리는 소리가 합쳐져서 악귀에게 아주 혈기왕성한 소리를 들리게 하는 이중효과를 주기 위해서이다. 원래 노인의 오줌발은 세지 않다. 팥을 뿌리면서 오줌을 누는 행위는 팥이 지닌 붉은 색(+)기운을 활용하는 벽사의식(辟邪儀式)과 관계가 깊다. 팥이 땅에 떨어지는 소리가 오줌소리와 섞이면 오줌발의 세기가 배가 되어 들리게 된다. 노친의 오줌이 왕성한 양기를 가진 것처럼 착종현상을 일으키는 동시에 다른 침입자에게 자기 영역권에 들어오지 말라는 일종의 시위효과를 줄 수 있는 것이다.

이처럼 오줌은 자기영역을 표시하는 수단이 되기도 하고 힘을 과시하는 매개가 되기도 한다. 예를 들면 호랑이는 자기영역을 알릴 때 산천이 무너지는 듯한 포효소리를 내고는 자기영역권의 중요 경계선 표시를 오줌과 똥으로 한다. 오소리 같은 동물은 똥으로 자기영역을 표시하고 풀이나 나무 같은 곳에 오줌을 묻혀서 경계선을 표시한다. 아프리카에서는 수컷 하마들도 똥오줌으로 영역다툼을 벌인다고 한다.[92]

앞의 인용 시에서 보는 바와 같이 병이나 다른 침입자를 다루는 옛 사람들의 행동은 먼 조상 때부터 오랫동안 경험해오면서 터득한 생활의 지혜에서 나온 것이다. 우리의 혈관 속에 흐르는 피는 옛것을 체험하며 살

---

91) 김철중, 「구더기, 거머리… '난치병 해결사' 귀한 몸」, <조선일보>, 2007.11.20.
92) S. E. 굿맨, H. 엘우드, 김신혜 역, 『오줌의 진실』, 파랑새, 2008. 28면 및 최재천, 『인간과 동물』, 궁리, 2008, 139쪽 등을 참조함.

아온 선조들의 유전형질을 다 기억하고 있다. 따라서 '오금덩이'라는 마을에 사는 사람들의 행동이 전혀 낯설지가 않다.

백석의 시작품 「오금덩이라는 곳」에 나오는 사람들의 삶의 모습은 무속과 민속으로 바탕을 이루었던 1920~1930년대 한국인 조상들의 모습이다. 귀신의 해코지를 완화시키기 위한 수단으로 '비난수를 하는 젊은 새악시들'의 모습은 지금도 계룡산에서 치성 들이는 무속인으로 그 흔적이 남아 있고, 놋쇠의 성질을 이용해 '찰거머리를 부르는' 행위는 오늘날 요리상식에서 넓적한 그릇에 물을 붓고 미나리와 놋수저(또는 동전)를 함께 넣어 미나리 속에 든 거머리를 분리하는 가르침으로 남아 있다. 또한 '눈가에 부증이 나서 찰거머리를 붙이는' 행동은 오늘날 한의사와 정형외과 의사들이 거머리를 이용한 면역질환 치료와 접합수술의 뒷마무리에 응용하고 있다.93) 이 시작품은 서민문화에 깊숙이 들어와 있는, 제삿밥을 먹지 못해 해꼬지하는 귀신에게 '나물매를 갖춰놓고 비는 주술행위'와 '눈부증을 앓을 때 대처하는 옛 선조들의 민간요법' 그리고 '여우가 울면 흉사가 일어난다는 믿음에서 비롯된 축귀행위'를 형상화함으로써 유년기에 있었던 전통 민속생활의 체험에 탄력적인 힘을 배가시키고 있다.

신(神)과 인간이 관계를 맺는 경우는 두 가지를 들 수 있는데, 하나는 신

---

93) 「2008 글로벌의료서비스대상 한동하한의원」, <동아일보>, 2008.4.7. 참조. - 한 원장은 거머리의 면역억제기전을 연구하여 석 · 박사 학위를 받았는데, 이후 수년 동안 살아있는 의료용 거머리를 치료에 활용하고 있다. 거머리요법이 효과적인 주된 적응 질환은 버거씨병(폐색성 혈전성 혈관염), 당뇨병성 궤양(당뇨발), 혈관염에 의한 피부궤양, 하지정맥류의 자각증상, 제반 관절염(골관절염, 류마티스 관절염), 피부종기, 화농성 여드름, 만성두통 등이다.
「구더기 · 거머리가 사람을 살린다」, <부산일보>, 2008.1.25. 참조 - 정형외과의 수부외과 전문의들이 손가락 접합 수술을 한 후 뒷마무리를 위해 구원투수로 등판시키는 것이 거머리라고 할 수 있다. 거머리 요법을 10~15일간 매일 하면 손가락 혈액순환이 이뤄지고 그 사이 새로운 정맥이 생겨나 접합수술 성공률이 올라간다. 거머리의 침샘에는 국소 마취물질이 있어 물어도 아프지 않으며 혈관 확장을 도와주는 것으로 알려져 있다.

(神)이 어떤 계시를 함으로써 인간이 잘못을 깨닫게 하는 경우와 또 하나는 인간이 도움을 받기 위해 신(神)을 청하는 경우이다. 이때 무당은 신(神)계와 인간계를 연결해주는 매개자 역할을 맡는다. 지금도 충남 은산의 별신제나 남해안 별신제 그리고 서해안의 별신제 등은 중요무형문화제로 지정되어 있으며 무당이 주재하고 있다.

일제치하에서도 유구한 역사적 전승을 통해서 내려온 무속은 민중에게 생활감정이나 종교욕구, 예술적 욕구 등에 이르기까지 다각적인 면에서 적합한 종교문화현상이 되어 있었다.

이 글은 비평가 백철에 의해 '백석이 그 지방적인 토속적인 것에 집착하여 특수한 일 경지를 개척하였고 그것으로 성공한 사람' 또는 '눌박(訥朴)한 민속담을 듣고 소박한 시골 풍경화를 보고 구수한 흙냄새를 맡을 수 있다'[94]라고 언급한 견해에 공감한다. 인용 시에는 지나간 삶의 생생한 모습과 삶의 지혜에 대한 회상적 묘사가 들어 있다. 시인은 주관적 감정을 직접적으로 투영하지 않고 객관적으로 서술하는 중립적 입장을 보이고 있으나 독자들은 토속생활에 대한 자료 보존이라는 시인의 지향성을 느낄 수 있는 것이다. 이러한 토속적 서술기호는 고향의 향토적 서정에 많은 부문 기여하고 있다.

시작품 「고야(古夜)」에는 민족의 보편적 정서가 나타나 있다는 점에서 보는 이의 마음에 직접적인 공감을 불러일으킨다.

아배는 타관 가서 오지 않고 山비탈 외따른 집에 엄매와 나와 단둘
이서 누가 죽이는 듯이 무서운 밤 집뒤로는 어늬 山골짜기에서 소를
잡어먹는 노나리꾼들이 도적놈들같이 쿵쿵거리며 다닌다

날기멍석을 쳐간다는 닭보는 할미를 차 굴린다는 땅아래 고래 같
은 기와집에는 언제나 니차떡에 청밀에 은금보화가 그득하다는 외발

---

94) 백 철,『조선신문학사조사』현대편, 백양당, 1949, 18쪽.

가진 조마구 뒷山 어늬메도 조마구네 나라가 있어서 오줌누러 깨는 재밤 머리맡의 문살에 대인 유리창으로 조마구 군병의 새까만 대가리 새까만 눈알이 들여다보는 때 나는 이불속에 자즈러붙어 숨도 쉬지 못한다

또 이러한 밤 같은 때 시집갈 처녀 막내고무가 고개너머 큰집으로 치장감을 가지고 와서 엄매와 둘이 소기름에 쌍심지의 불을 밝히고 밤이 들도록 바느질을 하는 밤 같은 때 나는 아릇목의 삿귀를 들고 쇠든밤을 내여 다람쥐처럼 밝어먹고 은행여름을 인두불에 구어도 먹고 그러다는 이불 우에서 광대넘이를 뒤이고 또 누어 굴면서 엄매에게 웃목에 두른 평풍의 새빨간 천두의 이야기를 듣기도 하고 고무더러는 밝는 날 멀리는 못 난다는 뫼추라기를 잡어달라고 조르기도 하고

내일같이 명절날인 밤은 부엌에 쩨듯하니 불이 밝고 솥뚜껑이 놀으며 구수한 내음새 곰국이 무르끓고 방안에서는 일가집 할머니가 와서 마을의 소문을 펴며 조개송편에 달송편에 죈두기송편에 떡을 빚는 곁에서 나는 밤소 팥소 설탕 든 콩가루소를 먹으며 설탕 든 콩가루소가 가장 맛있다고 생각한다

나는 얼마나 반죽을 주므르며 흰가루손이 되여 떡을 빚고 싶은지 모른다

섯달에 냅일날이 들어서 냅일날 밤에 눈이 오면 이 밤엔 쌔하얀 할미귀신의 눈귀신도 냅일눈을 받노라 못 난다는 말을 든든히 녀기며 엄매와 나는 앙궁 우에 떡돌 우에 곱새담 우에 함지에 버치며 대냥푼을 놓고 치성이나 드리듯이 정한 마음으로 냅일눈 약눈을 받는다

이 눈세기물을 냅일물이라고 제주병에 진상항아리에 채워두고는 해를 묵여가며 고뿔이 와도 배앓이를 해도 갑피기를 앓어도 먹을 물이다

— 시 「고야(古夜)」 전문

백석의 시 「고야(古夜)」는 제1연은 치안이 완비되지 않는 공간에서 밀도살꾼들이 쿵쿵거리며 활동하는 모습을 청각화 과정을 통해 나타내고

있고, 제2연에서는 밤의 어둠과 '조마구'라는 기이한 난쟁이설화 때문에 유년의 화자가 위축된 상태를 묘사하며, 바느질하는 처녀고모 곁 이불 위에서 온몸으로 앞으로 굴리는 놀이를 형상화한다. 제3연에서는 명절 안날 곰국을 끓이고 마을할머니가 소문을 물고 오고 갖가지 송편을 만들던 모습을 이미지화하고, 제4연에서는 할머니귀신도 귀중히 여기는 넙일눈의 가치에 집중하는 성향을 보인다. 넙일은 납일(臘日)을 의미하며, 이날에 내린 눈은 치약(治藥)과 치병(治病)의 구실을 하는 것으로『장자』가 살았던 시대에 이미 귀중한 날로 인식하였으며, 또 한국의 민속학 자료에도 기록되어 있다.

> 납제에는 내장과 발톱까지 붙어있는 소를 제물로 쓰는데 먹지 못하
> 는 것을 떼어버릴 수도 있지만 그렇다고 떼어버리면 안 되는 것이다.
> (臘者之有膍胲 可散而不可散也,『장자』<경상초(庚桑楚)>편)95)

납제는 매년 말 신(神)에게 제사지내는 날이다. 중국에서는 동지 후 3번째 술(戌)일 종묘사직에 드리는 큰 제사를 말하며, 고려 때는 그렇게 정해오다가 조선시대에 와서 한반도가 있는 동방은 목(木)에 속한다고 해서 삼합이 되는 미(未)일을 납일로 삼았다. 국가에서는 새나 짐승을 잡아 공물로 바치고 민가에서도 간혹 신(神)에게 제사를 지내기도 했다. 납일날 눈의 효험에 대해서는 조선 숙종 때의 실학자 홍만선이 저술한『산림경제』와 현대의 민속학 자료인『한국민속학개설』(이두현 외)에 다음과 같이 기록되어 있다.

> ◦ 곡식 종자가 혹시 습기에 상하거나 쭈글쭈글하면 벌레가 생기
>   니, 눈 녹은 물에 담가야한다.

---

95) 소의 먹지 못하는 부분을 떼어버리면 완전한 희생이 되지 않기 때문에 이를 통째로 사용해야 한다(『장자』, 앞의 책, 345쪽 참조).

○ 눈(雪)은 오곡의 정기다. 겨울철에 큰 항아리를 땅속 온화한데에 묻어 얼지 않도록 하였다가 섣달이 되면 눈을 거두어 담고서 두텁게 덮어 빗물이 들어가지 않도록 하되, 낙종할 때에 종자를 그 속에 담갔다가 건져내어 말리면 벼가 추위를 잘 견디고 탐스럽게 자라며 수확도 배가 난다.

○ 납설수를 날마다 자리에 뿌려주면 벼룩과 이를 제거할 수 있다.

○ 열병이 났을 때 지룡의 즙을 먹이거나 납설수를 먹인다.

○ 臘일에 온 눈으로 약을 지으면 좀이 안 난다고 한다.

백석의 시작품 「고야」는 한국인 조상들의 지혜로 전해져 내려온 납일물의 효능을 말하고 있는 것으로 보인다. 옛 선조들은 납일수의 효능을 알고 있었다. 과학적으로 살펴보아도 납일물에는 중수소(重水素)가 많이 결합되어 있다. 이 작품에는 납일물의 효력을 들며 '배앓이를 하거나 설사증세가 있을 때 먹는다'고 했는데 이것은 과학적으로도 증명된다.

즉, 인간이 건강할 때에는 혈액 속에 요소와 암모니아가 생기며 탈수작용에 의해서 수분이 결핍되면 구아니진이 생성된다. 설사는 장(腸) 안에 들어온 유독물을 몸 밖으로 배설시키기 위한 반사작용의 결과라 할 수 있다. 설사를 할 때는 물을 충분히 마시게 되고 충분한 수분은 구아니진 독소를 희석시키는 역할을 한다.

물중에서도 맑은 물이라고 일컬어지는 납설수는 눈이 녹은 물이다. 동지가 지난 뒤 셋째 술일(戌日)인 납일에 받은 눈은 중수소가 풍부하다. 이 눈(雪)은 비가 찬 기운을 받아 뭉쳐서 된 것이며 하늘과 땅 사이의 정기를 받아 꽃같이 생긴 육각수로 이루어졌다.

허준의 『동의보감』 <논수품(論水品)>에 나오는 물의 종류와 용도 해설에서 납설수는 '성질이 차고 맛이 달며 독이 없다. 감기, 폐렴, 급성열병, 음주 후의 신열, 황달을 다스리며 일체의 독을 없애주며 이 물로 눈을 씻으면 눈의 피로가 가신다.'고 기록하고 있다. 인체의 세포가 가장 좋아하는 물은 이른바 육각형 고리구조의 물이라고 한다. 눈 녹은 물은 생체 분자에 직접 붙어서 생체 분자를 보호하는 역할 큰 역할을 하는 셈이다. 여기에 한국인들의 지혜가 담겨 있다고 본다.

그리하여 백석의 시 「고야」는 감기기운이 있을 때와 배앓이나 이질중세로 설사를 할 때 잘 듣는 납설수를 귀중히 여기는 한국인의 과학적 지혜와 문화적 속성을 보여주면서 그 가치를 후세 사람들에게 인식시키고 있는 것이다. 시적화자는 민간요법을 숭상하는 한국인들이 전통적으로 만물과 소통하며 살아가는 원형적 삶의 모습을 실감나게 복원시켰다. 백석의 시에 나타나는 민간의학 요법에는 한민족이 수세기동안 쌓아온 자연과 사회에 대한 의학정보가 담겨 있다. 따라서 이러한 민간의학 요법의 보존은 인류가 경험한 의학지식을 보존하는 것과 같다. 오늘날 우리들은 민간요법이 사라지지 않도록 관심을 갖고 연구하는 자세가 필요하다 하겠다.

봄철날 한종일내 노곤하니 벌불 장난을 한 날 밤이면 으례히 싸개동당을 지나는데 잘망하니 누어 싸는 오줌이 넓적다리를 흐르는 따끈따끈한 맛 자리에 펑하니 괴이는 척척한 맛

첫여름 이른 저녁을 해치우고 인간들이 모두 터앞에 나와서 물외포기에 당콩포기에 오줌에 주는 때 터앞에 밭마당에 샛길에 떠도는 오줌의 매캐한 재릿한 내음새

긴긴 겨울밤 인간들이 모두 한잠이 들은 재밤중에 나 혼자 일어나서 머리맡 쥐발 같은 새끼오강에 한없이 누는 잘 매럽던 오줌의 사르룽 쪼로록 하는 소리

그리고 또 엄매의 말엔 내가 아직 굳은 밥을 모르던 때 살갗 퍼런 막내고모가 잘도 받어 세수를 하였다는 내 오줌빛은 이슬같이 샛말갛기도 샛맑았다는 것이다

— 시 「동뇨부(童尿賦)」 전문

「동뇨부(童尿賦)」는 오줌에 대한 노래이다. 시인은 전체 4연으로 작품을 구성하고 있다. 제1연에는 오줌싸개이었을 때 오줌의 촉감을, 제2연에서는 터밭에 오줌 누기를 실행할 때 느끼던 오줌의 후각을, 제3연은 오강에 오줌을 눌 때 들리던 오줌의 청각을, 제4연은 민간사이에 전승향약이 되고 있던 오줌의 가치를 각각 이미지화하였다.

제2연에서 '물외포기에 당콩포기에 오줌을 준다'는 것은 오줌을 거름으로 사용함으로써 '물외'나 '당콩'이 잘 커나가도록 돕는 인간과 자연의 조화정신이 나타나 있다. 소변은 몸속에 있는 암모니아가 요소(尿素)로 바뀌어 배출되는데, 이 요소(尿素)에는 바로 질소가 포함되어 있다. 식물이 자라는데 필요한 성분에 탄소, 수소, 산소, 질소가 있으며, 이 질소가 포함된 소변이 땅으로 흡수되면 그 안에 있는 박테리아라든가 미생물이 식물에 흡수하게 도와준다. 이 연은 오줌이 거름으로 사용되는 현상을 이미지화하고 있는 것이다.

제3연은 긴긴 겨울밤 사람들이 모두 잠든 한밤중에 시적화자가 혼자 일어나서 오줌을 누는 행동을 '사르릉' '쪼로록'이라는 청각영상에 호소하여 미감을 자아내고 있다. 사람의 몸은 여름이 되면 더운 기운에 의해 체온상승이 일어나며, 땀이 배출됨으로써 36.5도의 체온을 유지한다. 그러나 겨울이 되면 추운 기운으로 말미암아 땀이 적어지며, 수액이 방광으로 흘러가게 됨으로써 오줌의 양이 증가하게 된다. 시적화자는 겨울밤 이렇게 오줌이 많이 나오게 되는 생리 현상을 '한없이 누는' '잘 매럽던'이라는 표현으로 독자의 공감을 확보하였다.

제4연은 갓난애의 오줌이 민간향약으로써 효과가 있는 것을 형상화하고 있다. 여기에서 '내가 아직 굳은 밥을 모르던 때'라는 언술은 밥을 먹기 전의 갓난애 시절을 의미한다. 노자는 갓난애를 다음과 같이 설명하였다.

뼈는 약하고 근육은 부드럽지만 쥐는 힘은 단단하고, 아직 암수의
교합(交合)은 모르지만 어린아이의 고추가 서는 것은, 정기가 극치에
이르러 있기 때문이다. 종일을 울어도 목이 쉬지 않는 것은 조화가
극에 달했기 때문이다.

> (骨弱筋柔而握固 未知牝牡之合而脧作 精之至也 終日號而不嗄
>
> 和之至也,『도덕경』제55장)

노자는 갓난애 시절이 덕과 정기가 최고의 상태를 지닌 것으로 보았다.
생기(生氣)가 오를 때 차(茶)잎을 채취하는 것이나, 덕과 정기가 깨끗한
어린아이의 오줌을 받아 사용하는 것은 모두 그 정기를 나누어 받는데 의
미가 있다 하겠다.

그런데 기록에 의하면 조선 중기 실용후생(實用厚生)의 학풍을 일으킨
실학자 홍만선의『산림경제 의학입문』편에 오줌의 의학적 가치가 이렇
게 나타나 있다.

> 원기가 허하여 담궐에 걸려 정신을 잃고 의식을 잃으면 계란 노른
> 자 3개를 아이오줌에 타서 먹여도 모두 소생한다.[96]

오줌에 들어있는 요소는 노화억제와 보습효과가 뛰어나다고 한다. 이
것은 과학적인 분석이지만, 백석의 시작품「동뇨부」는 근거가 있는 민간
요법을 나타내었다. 시「동뇨부」는 오랜 세월 동안 이어져 내려온 한국인
의 민간요법을 막내고모의 행위를 시적 소도구로 이용하여 시작품으로
노래함으로써 한국인에게 전승되고 있는 민간요법 중 하나를 전승시켰다
할 것이다.

백석은 시「동뇨부」를 통하여 처녀들의 얼굴을 희게 만드는 민간 속설
이 지니는 효과를 막내고모의 체험을 통하여 형상화시켰으며, 자신과 가

---

96) 홍만선, 민족문화추진회 편,『산림경제』II – I 구급편, 19쪽.

장 친했던 막내 고모의 행위를 통하여 각인되어 있던 기억속의 이야기를 소박한 수사법으로 독자들에게 적절하게 환기시켰다. 시인의 시는 한국인의 혈관 속에 이어져 온 농경사회를 살아낸 유전형질을 깨치고 민족의 습관을 되돌아보게끔 하는 형식으로 성찰하는 효과를 지닌다.

　백석의 시가 여러 시인들에게 공감을 얻는 것은 나라를 빼앗긴 시대를 배경으로 잃어버린 모국어와 사라져가거나 사라질 것 같은 민족혼을 깨닫게 하는 장치를 사용하여 조화정신을 살리고 잠시나마 삶을 안락하게 해주었던 힘에 있다고 할 수 있다.

4. 민중공동체의 시적형상과 노장사상

1) 민중적 생활형상과 민족정체성의 구현

불을 끈 방안에 횃대의 하이얀 옷이 멀리 추울 것같이
개方位로 말방울 소리가 들려온다

門을 열다 머루빛 밤한울에
송이버슷의 내음새가 났다

　　　　　　　　　　　　　　　　－ 시 「머루밤」 전문

　백석의 시작품 「머루밤」은 한국인의 민족적 정체성과 그 근본을 잘 드
러내고 있다. 작품의 제1연은 '횃대의 하이얀 옷'을 통하여 한민족이 좋아
하는 색이 흰색이라는 사실을 알려준다. 한국인은 예로부터 백의민족(白
衣民族)으로 불려졌다. 예를 들면 고종 3~5년 사이에 한반도를 수차례 여
행했던 오페르트는 '조선 사람의 옷 빛 색깔은 남자나 여자나 대개가 다
희다'고 기록 등에 잘 나타나 있다. 비숍 여사도 조선인의 흰옷을 현성축
일(顯聖祝日)의 예수의 옷에 비유한 바 있다.[1] 시작품 제1연의 주된 특징은

---

1) Ernest Oppert, 한우근 역, 『Reisen Nach Korea(『조선기행』)』, 일조각, 1974, 90~92쪽.

'횃대의 하이얀 옷'을 통하여 시각을, '말방울소리'를 통하여 청각을, '개방위'를 통하여 방위감각을 환기시키고 있다는 점이다.

그 중에서도 방위의식은 장자가 말한 '하늘에는 육극과 오상이 있는데 제왕으로서 그 도리를 따르면 천하는 잘 다스려질 것이요, 그것을 거스르면 천하는 어지러워질 것이다(天有六極五常 帝王順之則治,逆之則凶,『장자』<천운(天運)>편)'[2]라는 의미와 관련이 있다. 그것은 곧 '하늘에는 해와 달과 별의 운행이 있고, 땅에는 사람이 사는 방위가 있다. 내 어디 가서 죽고 사는 이치를 찾아야 하는가(天有曆數 地有人據 吾惡乎求之,『장자』<우언(寓言)>편)'란 뜻으로 이어진다.

그렇다면 '개방위'는 무엇을 의미하는가. '개방위'는 한국인의 전통적 방위의식과 연결된 십이지(十二支) 의식을 나타낸다고 할 수 있다. 십이지란 흔히 말하는 자(子: 쥐), 축(丑: 소), 인(寅: 호랑이), 묘(卯: 토끼), 진(辰: 용), 사(巳: 뱀), 오(午: 말), 미(未: 양), 신(申: 원숭이), 유(酉: 닭), 술(戌: 개), 해(亥: 돼지) 등 열두 가지 방위와 관련된다. 이 동물들은 천문을 볼 때엔 시간과 방위를 상징하며, 역법으로는 운명과 길흉을 예지하는 비결(秘訣)로 작용하며, 일상생활에서는 수호신의 역할을 담당한다.[3]

여기서 다음의 방위표를 통해 구체적으로 작품을 살펴보자.

'개' 방위는 서북방향이고 시간적으로는 오후 7시를 의미한다. 따라서 '개 방위로 말방울 소리가 들려온다'는 '서북방향으로 말방울 소리가 들려온다'의 의미가 되는 것이다.

E.B.비숍, 이인화 옮김, 「한국과 그 이웃나라들」, 살림, 1994, 393쪽.

2) 육극은 사방(동서남북)과 상하를 의미하는 우주이다. 또한 오상(五常)은 목(木), 화(火), 토(土), 금(金), 수(水)를 말한다(김달진, 같은 책, 191쪽 참조).

3) 천진기,『운명을 읽는 열두 동물』, 서울대 출판부, 2008.

방위	북	북동	동북	동	동남	남동	남	남서	서남	서	서북	북서
시간	밤 11시 ~ 1시	밤 1시 ~ 3시	새벽 3시 ~ 5시	새벽 5시 ~ 7시	아침 7시 ~ 9시	오전 9시 ~ 11시	낮 11시 ~ 1시	낮 1시 ~ 3시	오후 3시 ~ 5시	오후 5시 ~ 7시	오후 7시 ~ 9시	오후 9시 ~ 11시
십이지	자	축	인	묘	진	사	오	미	신	유	술	해
동물	쥐	소	호랑이	토끼	용	뱀	말	양	원숭이	닭	개	돼지

〈도표 3〉 십이간지에 따른 한국인의 방위표

한민족은 일찍이 통일신라시대부터 중국을 통해 십이간지(十二干支)에 따른 방위개념을 도입하였다. 십이지는 처음에 방위신의 성격으로 무덤 안에 부장품이 되었으나 점차 수호신 성격으로 변화하여 둘레석에 신장 상으로 그려졌다. 지금도 신라 김유신(金庾信) 장군의 무덤에는 십이지신 상(十二支神像)이 조각되어 있는 것을 볼 수 있다. 십이지 의식은 절에서 석 탑 석등 부도 등 불교조형물에 그대로 활용된다. 부산의 기장에 있는 사 찰 해동용궁사(海東龍宮寺) 입구에는 십이지신상이 늘어서 있는 것을 볼 수 있다. 불교건축물에 새겨진 십이지신상은 다른 나라에서는 볼 수 없는 한 국적인 특징이다.

백석의 시작품 제2연은 '머루빛 밤하늘'을 통해 시각적 감각을 환기시 키고, '송이버섯냄새'를 통하여 후각적 감각을 환기시키고 있다.

이상의 논의를 정리해보면, 시작품 「머루밤」은 시각, 촉각, 청각, 후각 이미지를 통해 한국인이 가장 좋아하는 흰색과 방위를 상징하는 십이지 의식을 수용한 작품이라 하겠다. 이러한 십이지의식은 통일신라시대 중 국에서 전래된 이후 불교와 민간신앙에 결합되면서 민간의 생활철학으로 정착된 것으로 볼 수 있다.

모든 문학작품은 자연과 인생의 많은 부분을 풍부하게 반영한다. 시는 문학의 소재들을 조직하는 방법과 원리까지도 자연에서 배워온다. 이 시 작품이 한국인의 정신세계인 십이지 신앙을 '개방위'라는 언술로 묘사하여 서북을 가리키고 있는 것은 직접적으로 감정을 드러내기보다는 객관적인 민간인의 방위의식을 보여주기 위해서였다. 따라서 「머루밤」은 한국적인 것을 찾아냄과 동시에 한국인의 민족적 정체성을 방위에 대한 관념을 통해 보여주고 있는 것이다.

> 차디찬 아침인데
> 妙香山行 乘合自動車는 텅하니 비어서
> 나이 어린 게집아이 하나가 오른다
> 옛말속같이 진진초록 새 저고리를 입고
> 손잔등이 밭고랑처럼 몹시도 터졌다
> 게집아이는 慈城으로 간다고 하는데
> 慈城은 예서 三百五十里 妙香山 百五十里
> 妙香山 어디메서 삼촌이 산다고 한다
> 쌔하얗게 얼은 自動車 유리창 밖에
> 內地人 駐在所長 같은 어른과 어린아이 둘이 내임을 낸다
> 게집아이는 운다 느끼며 운다
> 텅 비인 車안 한구석에서 어느 한 사람도 눈을 씻는다
> 게집아이는 몇해고 內地人 駐在所長 집에서
> 밥을 짓고 걸레를 치고 아이보개를 하면서
> 이렇게 추운 아침에도 손이 꽁꽁 얼어서
> 찬물에 걸레를 쳤을 것이다.
>
> ― 시 「팔원(八院)」 전문

백석의 시작품 「팔원」은 행이나 연의 구별이 없이 '묘향산행 승합자동차' 속에서 일어나는 상황과 차창 밖의 현상을 애상적 정서로 묘사하고

있다. '팔원(八院)'은 묘향산(妙香山)이 가까운 평안북도 영변군 팔원면(八院 面)을 가리킨다. 이 작품의 부제로 표시된 '서행시초(三)'을 통해서 유추해 볼 때, 시인이 관서지방을 여행하면서 취재한 풍경을 시 작품으로 다룬 연작형태 중 그 세 번째 작품이다.

이 작품은 몹시 추운 겨울날 이른 아침 '나이 어린 계집아이'가 시골버 스에 오르는 모습을 담담한 어조로 술회하는 장면에서 시작된다. 이 '나 이 어린 계집아이'는 진한 초록 색 저고리를 받쳐 입었지만 손잔등이 밭 고랑처럼 터져있다. 작가의 이러한 언술은 '나이 어린 계집아이'에게 있었 던 힘들고 고달팠던 삶의 세월들을 포착하고 결정화(結晶化)한 것으로써 일제파시즘의 각종 수탈과 유린 및 횡포를 상징화 하고 있는 것으로 보인 다. 시작품 「팔원」에서는 자성(慈城)이 여기서 삼백오십 리라고만 소개하 고 있으며, 묘향산 어딘가에 삼촌이 살지만 그 또한 불분명하게 그려져 있다. 시인은 계집아이가 가는 목표지점에서 어떠한 일을 하게 될 지 확 실히 보여주지 않는다. 이러한 세계는 일제강점기를 배경으로 한국인의 가족공동체가 해체되고 고향이 무참하게 상실된 현황을 암시적으로 보여 주는 것이라 할 수 있다.

일제식민지 파시즘은 '용기 있고 과감해서 많은 부하를 거느렸으나 이것 은 이른바 하덕(勇悍果敢 聚衆率兵 此下德也, 『장자』 <도척(盜拓)>편)'[4] 의 냉혹한 기류가 지배하던 시대였던 것이다. '나이 어린 계집아이'는 어 릴 때 고향을 떠났고 이제는 고향마저 잃어버렸다. 그 고향을 잃어버렸기 에 '나이 어린 계집아이'가 우는 것은 자신의 고달픈 신세를 생각하는 울 음이라 할 수 있다. 또한 텅 빈 차 한구석에서 '어느 한사람도 함께 눈을 씻는 광경은 일제식민지 파시즘의 억압 하에서 희생당하는 피지배민중

---

4) 천하에는 세 가지 덕이 있는데, 태어나면서 부터 키가 크고 아름다워 노소, 귀천이 보고서 모두 기뻐하면 이는 상덕(上德)이고, 지혜는 천지를 연결하고, 재능은 만물 을 잘 분별하면 이는 중덕(中德)이며, 용기가 있고 판단력이 풍부하여 많은 부하를 거느릴 수 있으면 이는 하덕(下德)이라 한다(장자 제29편 <도척>편 참조).

계층의 동류 의식이자 시인의 내면이라 할 수 있겠다.

이 시작품에서 삼촌이 사는 곳은 '백오십리', 그리고 자성은 여기서 '삼백오십 리'라는 표현을 하고 있으나 정확하게 삼촌이 어디에 사는지 불분명하기 때문에 그저 '묘향산 어드메서'란 표현을 하고 있다. 팔원에서 자성으로 가야 하는 계집아이를 등장시킴으로써 고향마저 해체되는 시대를 은근히 표상하고 있는 것이다.

> 旅人宿이라도 국수집이다
> 메밀가루포대가 그득하니 쌓인 웃간은 들믄들믄 더웁기도 하다
> 나는 낡은 국수분틀과 그즈런히 나가 누어서
> 구석에 데굴데굴하는 木枕들을 베여보며
> 이 山골에 들어와서 이 木枕들에 새까마니 때를 올리고간 사람들
> 을 생각한다
> 그 사람들의 얼골과 生業과 마음들을 생각해본다
> ― 시「산숙(山宿)」전문

시「산숙(山宿)」은 백석이 유랑의 과정 중에서 숙박하게 된 낡고 허름한 여관에서 방안의 메밀가루 포대와 때 묻은 목침을 보고 현실에 대한 묘사를 하고 있다. 특히 시「산숙(山宿)」에 등장하는 시적 소재는 1930년대 당시의 사회경제적 현상을 알 수 있는 지표를 담아내고 있다.

메밀은 생장기간이 짧고 척박한 환경에서도 잘 자라는 터라 식민통치로 인한 경제난이 가중되던 시절, 주린 배를 채워주던 구황작물 중의 한 가지였다. 메밀은 메마른 땅에도 잘 적응하는데다가 병충해까지 적은 편이라 서늘하고 습한 기후에 잘 맞는, 주로 강원도와 함경도 등지의 한반도 산간지역의 사람들이 많이 재배하였다. 또한 생장이 매우 빨라서 씨를 뿌린 지 10~12주면 무르익기 때문에 농부들은 먼저 재배한 작물이 흉작인 경우 비상작물로 메밀을 선호하여 심었던 것이다.

그러므로 시「산숙」에서 보이는 '메밀가루 포대'를 통하여 우리는 이 시작품이 쓰여진 1930년대 당시 식민지조선의 농촌지역 농민들의 삶과 열악했던 식량사정을 어느 정도 헤아려볼 수 있다. 우선 1920년경에 시작된 식민지경영자들의 이른바 '산미증산계획(産米增産計劃)'을 살펴보자,

> 산미증산계획에 의해 조선이 일본의 중요한 식량공급지로 되고 매년 일본으로 가져가는 쌀이 증가했다. 조선농민은 생산하면 생산한 만큼, **소작료 등의 수탈강화, 수탈한 쌀의 일본으로의 수출**에 의해 그 쌀을 먹어보지도 못하고 그 대신 **일본이 만주에서 수입한 기장 피 등의 잡곡을 주식**으로 했다. 더욱이 1930년대에 들어서면 그러한 잡곡을 살 수 없을 정도로 조선민중의 궁핍화가 진행되었다. 또 산미증산계획에 의해 수리 관계 사업이 진행되었지만 이 사업에 투자된 일본자본의 원금과 이자를 지불하기위해 조선농민은 수리조합에 강제적으로 가입되어 과거에 없던 수리조합비의 부담으로 더욱 쪼들리면서 몰락해갔다.[5] – 강조표시는 인용자

시작품의 소재로 등장하는 목침(木枕)은 아무런 장식 없이 나무를 토막내어 만든 베개의 일종이다. 이름 모를 사람들이 베고 묻혀 놓았을 새카만 때를 보며 이곳을 거쳐 간 사람들과 같이 '질박함으로 욕심 없는(見素 抱樸 少私寡欲,『도덕경』 제19장)' 마음을 시인도 공유하고 있다는 것이 이 시의 메세지이다. 목침에 때를 묻히고 떠난 그들은 광산촌의 노동시장으로 흘러들거나 만주로 생활의 터전을 찾아 떠돌아다니는 서민들로서 모두가 열악한 식민지 상황 속의 피지배민중이었다.

시「산숙」이 제작된 시기는 '천지가 어질지 않아서 만물을 하찮은 것으로 보고, 성인이 어질지 않아서 백성을 하찮게 본다(天地不仁 以萬物 爲 芻狗, 聖人不仁 以百姓 爲芻狗,『도덕경』 제5장)'는 시대였던 것이다. 이 시는 모두 6행으로 되어 있는데, 1행은 여인숙 겸 국수집을 배경으로 하

---

5) 조선연구회 엮음, 조성을 역,『한국의 역사』, 한울, 1985, 208~209쪽.

고 있으며, 2행에서 4행까지는 여인숙 내부의 정경을 나타내고, 5행과 6행은 시적화자의 내면을 보여준다. 그 내면이란 이 집을 거쳐 간 사람들이 가지고 있던 유사한 삶의 굴레와 그 공유감이다. 시인은 공동체적 삶의 양식이 파편화되면서 사람들이 덧입히고 지나간 때 묻은 목침 위에 서려있는 사연을 느낀다. 또한 그 공유감은 가혹했던 삶의 시련 속에서도 시대적 황폐성을 넉넉히 견디어내는 힘이 되고 있는 것이다.

> 초생달이 귀신불같이 무서운 山골거리에선
> 처마끝에 종이등의 불을 밝히고
> 쩌락쩌락 떡을친다
> 감자떡이다
> 이젠 캄캄한 밤과 개울물 소리만이다
>
> — 시 「향악(饗樂)」 전문

백석의 시 「향악(饗樂)」은 전통의 보존에 대한 가치와 향토적인 정서에 촛점을 두고 산골사람들이 재래적 삶의 방식으로 음식을 준비하는 모양을 형상화한 것이다. '향악'이란 원래 잔치를 준비하는 음악이라는 의미인데, 여기서는 떡치는 소리와 개울물소리를 향악으로 비유하고 있다.

떡은 만드는 방법에 따라 '찌는 떡', '빚는 떡', '지지는 떡', '치는 떡'이 있는데, '찌는 떡'은 쌀이나 찹쌀을 물에 불렸다가 건져, 가루로 만들어 시루에 안치고 김을 쐬어 수증기로 쪄내는 떡을 말한다. '빚는 떡'은 쌀가루나 찹쌀가루 등을 더운 물로 익반죽하여 손으로 빚어 고물을 묻히거나 속을 넣는 떡이다. '지지는 떡'은 찹쌀가루를 익반죽하여 모양을 만들어 기름에 지지는 떡이고, '치는 떡'은 곡물을 그대로 치거나 가루로 내어 찐 다음 절구나 안반에 놓고 매우 쳐서 만드는 떡이다. 이 작품에 나오는 '감자떡'은 수분이 적은 감자를 골라 솥에 넣어 찐 다음 찐 감자를 꺼내어 절구에 넣고 오랫동안 쳐내 고물을 묻힌 떡이다. 절구에 치댈 때 반드시 소금을 넣고 치대야만 찰기가 나며, 찰기가 난다해서 '감자찰떡'이라고도 부른다. '쩌락쩌락'은 찰진 소리를 나타내는 실감나는 의성어이다. 감자떡은 고물이 없을 때, 절구에 친 것만으로도 먹을 수 있다.

시 「향악」에서는 두개의 빛과 두개의 소리가 시의 중심을 이룬다. 두 개의 불빛이란 초생달빛과 종이 등에서 나오는 불빛이다. 그리고 두 개의 소리는 떡치는 소리와 개울물소리이다. 1930년대 전기가 들어오지 않는 농촌과 산촌에서는 주로 호롱불을 사용하였다. 호롱불 심지의 재료는 솜, 삼실, 한지 등이었으나 바람이 불면 잘 꺼지는 경우가 많았다. 사람들은 바람을 막기 위해 한지로 된 상자를 만들어 종지 불을 둘러싸서 사용했는데 이것을 '종이등'이라 한다.

이 시작품에서 '첨아 끝에 종이등의 불을 밝히고'라는 언술은 종이등을 처마 가까운 곳에 걸어두었던 서민적 삶의 정경을 이미지화한 것이다. 백석은 '종이등'을 시적 장치로 이용함으로써 귀신불의 음(−)의 이미지를 종이등불의 양(＋)의 이미지로 바꾸었다.

감자떡을 만들 때에는 떡을 치는 소리로 인해 사람이 활동하고 있는 양(＋)의 이미지를 가진다. 그러다가 감자떡을 치는 소리가 멎고, 캄캄한 밤에 개울물소리만 흘러가고 있으면 이내 적막감만 흐르는데 이러한 상황은 음(−)의 이미지를 지닌다.

초승달은 초저녁에만 나왔다가 금방 기우는 달이므로, 시작품의 배경은 초저녁이라 할 수 있다. '향악'은 '무명의 소박함을 쓰면 욕심이 없어질 것이요, 욕심내지 않음으로써 고요하니 천하가 저절로 안정될 것이다(無名之樸 亦將不欲, 不欲以靜 天下將自定, 『도덕경』 제37장)'[6]는 정신이 감추어져 있다. 예전에는 감자떡이 구황식품이었다. 초저녁에 소박한 음식을 만들어 먹고사는 '향악'의 세계는 무욕의 세계를 객관화한 정신이 들어 있는 것이다.

---

6) 왕 필, 임채우 옮김, 『왕필의 노자』, 예문서원, 1997, 148쪽.

또한 '쩌락쩌락' 같은 언술은 떡메 치는 소리를 청각적으로 이미지화하여 미감을 자아내게 하고 있다. 이 시는 전체적인 감각을 '초생달'과 '종이등' 같은 시각적 이미지와 '떡치는 소리' 그리고 '개울물 소리'같은 청각적 이미지로 형상화시키고 있다. 이러한 기법은 1913년에 에즈라 파운드(Ezra Pound)가 선언한 영미 이미지즘운동의 경향과 그 흡수에 대한 반영으로 보인다. 인용 시 「향악(饗樂)」에서 사용된 기법은 초저녁이라는 시간적 배경아래서 떡메 치는 공간적 사실을 인상적 사상(寫像)으로 포착해낸 것이다.

> 토방에 승냥이같은 강아지가 앉은 집
> 부엌으론 무럭무럭 하이얀 김이 난다
> 자정도 훨씬 지났는데
> 닭을 잡고 모밀국수를 누른다고 한다
> 어늬 山옆에선 캥캥 여우가 운다
>
> — 시 「야반(夜半)」 전문

예로부터 한국인은 산골이나 농촌에서 잔치를 준비하거나 정성들이는 음식을 만들어야 했을 경우에는 야반(夜半), 즉 자정이 넘은 깊은 밤중에 일을 해야만 했다. 그 이유는 낮에는 일손이 귀할 뿐만 아니라, 일본순사의 눈에 띠는 것을 몹시 두려워했기 때문이다. 일제는 틈만 나면 온갖 구실로 양곡과 물자를 약탈해가기 때문에 식민지시대 피지배민중들은 조용한 밤에 은밀히 음식을 만들어 먹었다.

시작품 「야반」에서 '자정이 훨씬 지났는데 닭을 잡고 메밀국수를 눌은다'는 것은 만물이 편안하게 잠든 밤에 무언가를 함으로써 목적하는 바를 이루어가는 것이고, 더불어 이것은 일본순사의 눈에 띠지 않게 하려는 은밀하고도 조심스런 행동이라 할 수 있다. 여기서는 '편안함은 지키기 쉽고, 시작하지 않은 일은 처리하기 쉬우며, 연약한 것은 끊기 쉽고 미세한 것은 흩어버리기 쉽다. 그러므로 있기 전에 처리하고 어지럽기 전에 다스려야 한다(其安易持 其未兆易謀 其脆易判 其微易散 爲之於未有 治之於未亂, 『도덕경』제64장)'는 노자의 철학을 떠올릴 수 있다. 인용 시는 일제 파시즘이 지배하던 그 험난한 시기에 한국인은 말할 수 없이 나약한 존재이고, 보잘 것 없는 가련한 존재였다는 점과 이른바 감시자였던 순사의 눈에 띠지 않도록 항상 조심해서 살아야 했던 삶의 질곡(桎梏)을 잘 드러내고 있다.

시 「야반」의 내부로 들어가면 방에 들어가는 문 앞에 다소 높고 편평한 상태로 다져진 흙바닥(봉당)에 강아지가 앉아있다. 부엌에서 나는 하이얀 김은 음식을 만들 때 나오는 것이다. 화자는 독자들에게 외형적으로는 닭을 잡고 메밀국수를 누르는 것을 알리고 있지만, 내면적으로는 음식의 냄새를 맡은 여우가 호시탐탐 기회를 노리는 것을 알리고 있다. 이는 한국인이 살았던 위기적 삶의 실태를 제시하면서 일제의 수탈을 은근히 암시하고 있는 대목으로 읽히기도 한다.

이렇게 하여 시 「야반」은 대상과의 객관적 거리를 엄정히 유지하고 있음에도 불구하고 시작품 속에서는 은폐된 서민의 삶을 읽을 수 있다. 시대적 상황이 여우로 표상된 일제와 그 앞잡이들이 농촌지역 민중적 삶의 야반(夜半) 정경 뒤의 후면에 배치되어 있는 것으로 읽어낼 수도 있을 것이다. 이른바 이미지의 중첩기법에 의해 생산된 시적 텍스트이므로 의미구조상으로 보아서 하나의 열린 텍스트로서 독자들에게 분명하게 다가오고 있는 것이다.

(1) 삶의 제의(祭儀)와 공동체

> 신살구를 잘도 먹드니 눈오는 아츰
> 나어린 안해는 첫아들을 낳었다

人家 멀은 山중에
까치는 배나무에서 즞는다

컴컴한 부엌에서는 늙은 홀아비의 시아부지가 미역국을 끓인다
그 마을의 외따른 집에서도 산국을 끓인다

− 시「적경(寂境)」전문

시「적경(寂境)」에서 보이는 시인의 문학적 의도와 메시지가 무엇인지 우선 분석해 보기로 하자, 우선 제1연은 아기가 태중에 있다가 처음으로 세상에 나왔다고 한다. 시적화자는 아기가 나온 시기를 '눈 오는 아침'이라고 언술하고 있다. 아침의 사전적 의미는 '날이 새어서 아침밥을 먹을 때까지'이다. 겨울의 해 뜨는 시각은 자료를 찾아보면 보통 7시 20분이 넘는다. 따라서 시작품에 나타난 '눈 오는 아침'은 눈 오는 겨울철의 어느 아침 7시~9시 사이로 추정할 수 있겠다. 아침 7시~9시는 십이지로 말하면 진(辰)시이다.

진시(辰時)는 용들이 날면서 강우(降雨)의 준비를 하는 때를 의미한다. 용은 물을 관장하는 수신으로서 비나 바람을 일으키거나 몰고 다닌다. 또한 용은 나라를 지키는 호국신의 역할을 하며, 제왕(임금)과 왕권을 상징하고 있다. 따라서 '눈 오는 아침'이라는 설정은 예사로운 장치가 아니다. 즉 시인의 의도적인 장치라 할 것이다.

이와 더불어 백석은 한국인의 삶 중에서 출산문화(出産文化)를 언술함으로써 전통사회에서 살아가는 한국인만의 지혜를 전승하고 있다. 또한 인가가 먼 또 다른 외딴집에서도 미역국을 끓이는 것을 묘사하고 있는 것은 시대적 아픔을 노출시키려는 작가의 시적 전략이다.

「적경」이라는 표제는 지금 가장 '고요한 경계에 와 있다'라는 의미를 암시하고 있다.

지극한 음(陰)은 숙숙해서 차고, 지극한 양(陽)은 혁혁해서 뜨거운 것이다. 숙숙(*엄숙, 공경, 정중)한 것은 하늘에서 나오고 그 혁혁한 것은 땅에서 나는 것이니, 이 양자는 서로 사귀어 화(和)를 이루어 거기에서 비로소 만물이 일어나는 것이다. 혹 거기에는 어떤 무엇이 있어서 주장하는 듯하지만, 그 모양은 볼 수 없는 것이다. 네 계절의 옮김을 따라 추위와 더위는 끝없이 바뀌고 일월의 돌아감과 함께 밤낮의 구별이 생기는 것이니, 날이 바뀌고 달로 변해서 조화의 활동은 끊임이 없지만 그 공은 볼 수 없는 것이다.

(至陰肅肅 至陽赫赫 肅肅出乎天 赫赫發乎地

兩者交通成和而物生焉 或爲之紀而莫 見其形消息滿虛,

一晦一明, 日改月化 日有所爲 而莫見其功, 『장자』

<전자방(田子方」>편)[7]

장자에 의하면 고요에서 음이 생하는데 고요가 지극하면 다시 움직인다고 한다. 즉 음이 지극하면 양이 생긴다는 뜻으로 「적경」은 음극생양(陰極生陽)의 진리를 내포하고 있다.

시 「적경」에 나타나는 메시지를 정리하면 다음 네 가지로 축약된다. 첫째, 시적화자가 언술한 '눈 오는 겨울아침'이라는 화두 뒤에 숨어 있는 의미는 지금은 지극한 음(陰)의 상태라는 것으로 해석된다. 이것은 계절의 의미도 그러하지만 민족의 상황을 의미하기도 한다. 둘째는 한국인들의 출산문화를 이미지화하고 있다는 점이다. 셋째는 아무리 말살하려 해도 핏줄은 이어지고 있다는 겨레의 핏줄 이어가기 의식이 표출되고 있는 것으로 볼 수 있다. 넷째는 까치가 짓는 것을 앞날에 다가올 좋은 징조로 생각하는 한국인의 해석문화와 함께 애조사상(愛鳥思想)을 고취하는 민족정서를 들 수 있다. 다섯째는 아기의 아버지가 없이 아이를 낳은 새댁과 홀시아버지가 산국을 끓이는 데서 볼 수 있는 일제가 끼친 피폐한 시대적 상황을 보여주고 있다.

---

7)『장자』, 앞의 책, 300쪽.

이러한 시적 기법은 일제로부터 야기된 식민지적 문제 상황을 암시한다. 한편 여기에 등장하는 산모와 홀시아버지는 한국인이란 점에서 강력한 생명력을 보여주기도 한다. 일제의 핍박에도 불구하고 이 가정에서 건강한 사내아기를 낳았다는 것과 다른 외딴집에서도 산후 미역국을 끓인다는 것은 민족번식에 성공하고 있다는 것을 암시하는 장치로 볼 수 있다.

우리는 시작품 「적경」을 통하여 일제가 한국인의 민족문화를 말살하려하는 데서 오는 외피적 현상에도 불구하고 내면적으로는 겨레의 문화와 핏줄이 쉽사리 끊어질 수 없다는 백석 시의 메시지를 확인할 수 있는 것이다.

> 박을 삶는 집
> 할아버지와 손자가 오른 지붕 우에 한울빛이 진초록이다
> 우물의 물이 쓸 것만 같다
>
> 마을에서는 삼굿을 하는 날
> 건너마을서 사람이 물에 빠져 죽었다는 소문이 왔다
>
> 노란 싸릿잎이 한불 깔린 토방에 햇 방석을 깔고
> 나는 호박떡을 맛있게도 먹었다
>
> 어치라는 山새는 벌배 먹어 고흡다는 골에서 돌배 먹고 알픈 배
> 를 아이들은 딸배 먹고 나았다고 하였다
>
> — 시 「여우난곬」 전문

이 작품의 표제인 「여우난곬」은 여우가 나온 골짜기라는 의미를 지니고 있다. 한국인의 전통과 민속에는 자연을 배경으로 하거나 자연과의 친화력을 주된 배경으로 한다. 사람들은 밤나무가 많으면 '밤나무골', 봉수대가 있었으면 '봉숫골' 등으로 부르는 것도 이와 관련된다. '여우난곬'이

라는 이 제목도 누구나 알 수 있는 전통적인 명명법(命名法)을 독자들에게 인지시키고 있다.

「여우난곬」에서 중요한 언어는 '박', '할아버지와 손자가 오른 지붕', '우물' 등이다. 이러한 언어를 시의 전면에 등장시킨 이유는 한민족이 살아온 정체성 복원에 대한 시인의 열망 때문이 아닌가 한다. 시작품에 등장한 박은 박과에 속하는 덩굴성 한해살이풀로써 섬유질이 많으며 몸의 열을 내리게 하는 찬 성질을 지니고 있다.

한국인들은 삼국시대부터 박을 심어 보충식량으로 사용해 왔다. 만성 기근일 때를 대비하여 지방에 따라 덜 익은 박은 길게 오려서 박고지를 해먹거나 나물로 지져 먹기도 하고, 또 탕국에 넣기도 하였다. 잘 여문 박은 속을 파내고 삶아 낸 다음 박 껍질로 바가지를 그릇의 대용이나 악기의 일종인 생황(笙簧)의 바탕으로 사용해 오고 있다.

이 시작품에 나오는 박은 음식물로서의 용도가 아니라 바가지를 만들기 위해 박을 삶는 것으로 읽는다. 제1연의 제3행에서 우물물이 쓸 것만 같다고 했기 때문이다. 우물물이 쓸 것만 같은 언술에는 바가지 만들기라는 고된 작업이 함축되어 있다. 박이 열린 지붕에 올라가서 박을 따는 일에도 규칙이 있다고 한다. 그것은 박의 꽃이 있었던 부분을 큰 바늘로 찔러보고 바늘이 쉽게 들어가는 것은 건드리지 않고 단단해서 바늘이 들어가지 않는 것만을 골라내야 하는 것 등이다. 그런데 초가지붕은 짚이 지닌 미끄러움으로 해서 사람의 발을 잘 미끄러지게 하는 성질을 지니고 있으므로 지붕에 올라간 사람은 그러한 부분도 조심해야 했다. 한국의 전래 풍습에 '여자는 지붕에 올라가지 않는 금기가 있었으니'[8] 자연히 할아버지나 손자가 지붕에 올라가게 된 것으로 보인다.

한편 바가지의 용도로 볼 때 '마른 바가지'는 쌀이나 잡곡을 퍼거나 담

---

8) 여자가 용마루를 타넘으면 재수 없다(최래옥, 『한국민간속신어사전』, 집문당, 1995, 15~310쪽 참조).

을 때 사용하고, '젖은 바가지'는 물이나 간장을 뜰 때 사용했으며, 이외에도 바가지는 밥이나 반찬을 담는 때 사용하기도 했다. 농경사회에서는 두레행사가 많으므로 두레에 참석한 사람의 점심을 담으려면 많은 그릇이 필요했고, 바가지는 그러한 그릇의 대용이 될 수 있었다.

시작품에는 '우물이 쓸 것만 같다'란 표현 속에는 지붕에서 단단히 여문 박을 골라내어 땅에 내리는 작업, 톱을 사용하여 반으로 타야 하는 작업, 박 속을 긁어내고 밖의 표피도 긁어내어 가마솥에 삶는 과정, 햇빛에 말리는 과정 등이 구체적으로 포함되어 있다. 그러한 과정을 겪어가며 만든 바가지로 우물물을 떠먹는다고 생각하면 입맛이 쓸 것이라는 의미로 읽히고 있다. 시작품에 등장하는 '박', '할아버지와 손자가 오른 지붕', '우물' 따위의 언술에는 이처럼 바가지를 만들기까지 삶의 원형을 환기하는 정서가 담겨 있는 것이다.

제2연에 나오는 '삼굿'은 삼을 쪄서 껍질을 벗기는 일을 말한다. 삼은 대마를 말하는 데 삼과의 한해살이 식물로서 온대지방과 열대지방에서 3~6m까지 자란다. 한국인들은 주로 섬유를 얻을 목적으로 삼을 재배하였고, 삼베를 얻기 위해서 여러 차례 수고로움을 감내해야 했다. 삼굿의 처음 절차는 대마를 수확하여 끄트머리에 붙은 잎을 떼어 내어내는 절차를 거친다. 그 다음 마을의 장정들이 참여하여 한데 묶어 멍석이나 가마니를 몇 겹으로 덮은 다음 물을 끼얹어 삼굿에서 대여섯 시간 동안 푹 삶아낸다. 금방 쪄낸 삼은 뜨거우므로 시원한 냇물에 담가 식힌다. 이런 수고는 하루 만에 끝나지 않는 집도 있었기 때문에 삼나무를 재배하는 집이 많은 동네는 이십 여일 이상 삼굿을 벌여야 했다.

삶은 대마를 충분히 식힌 다음 동네 아낙네들이 하나하나 껍질을 벗겨낸다. 하얗게 껍질이 벗긴 삼대는 '겨릅대'라 불렀다. 아낙네들이 벗긴 삼 껍질은 줄에 널어 말리고 말린 삼 껍질의 얇은 바깥 껍질을 다시 벗겨내어 가닥가닥 잘게 쪼개고, 가늘게 쪼갠 껍질을 다시 이어 실을 엮어 길게 만들었다. 벗겨진 껍질을 햇볕에 말리는 풍경은 60년대까지도 7월경이면 도로 어느 곳에서나 쉽게 볼 수 있는 농촌풍경이었다. 이 벗겨진 삼베껍질을 물레를 이용해 실을 감아 삼베 틀에 엮어 옷감을 짜면 삼베옷이 되는 것이다. '삼굿'이라는 단어의 내면에는 여름옷의 재료인 마(麻), 즉 삼베를 얻는다는 점에서 '중요한 행사'라는 함의가 담겨있는 것이다.

시작품의 제1연에서는 현재형을 사용하고 있고, 제2연에서는 전언(傳言)의 형식을 취하는 형태로 되어 있다. 2연의 전언에서 시적화자의 내면이 드러나지 않은 것은 두 가지로 읽힌다. 하나는 이웃마을에서 '누가 죽었다'라는 소문에 호들갑스러워하기보다 지금 이 마을에서 하는 삼굿이 더 중요하다는 의미를 갖는다는 것으로 풀이한다. 이러한 태도는 '옛 지인들은 먼저 자신의 준비가 마련된 뒤에야 남의 일을 생각했다(古之至人先存諸己而後存諸人,『장자』<인간세(人間世)>편)'는 가르침과 같다. 삼굿에서 나오는 삼실로 짠 삼베는 성글고 바람이 잘 통하기 때문에 여름철 이불과 옷, 그리고 수의나 상복의 재료로 사용되었던 것이다.

그 다음은 '그가 어쩌다가 이 세상에 온 것은 때가 되었기 때문이요, 그가 세상을 떠난 것도 운명에 따른 것이다(適來夫子時也 適去夫子順也,『장자』<양생주(養生主)>편)'라고 보는 죽음과 삶에 초연한 장자의 사상이 내면화되어 있기 때문이라는 풀이가 가능 하다. 삶과 죽음의 변천이란 것은 봄, 가을과 여름, 겨울의 사철이 운행하는 것과 같다고 생각할 수 있는 것이다.

제3연은 햇츩방석을 깔고 호박떡을 먹는 아이들의 평화로운 풍경이 있다. '노란싸리 잎과 토방과 햇츩방석과 호박떡은 모두 황토색 계열로 이루어져 밝고 평화롭고 토속적이다'[9] 시인은 여우난골에 사는 사람들은 모두가 흙과 어울리면서 자연의 원리에 순응하며 살아가는 소박한 사람들로 그리고 있다.

---

9) 고형진,『백석 시 바로읽기』, 현대문학, 2006, 85쪽.

4연에는 어치라는 산새가 '벌배'를 먹고, 아이들은 '딸배'와 '돌배'를 먹는 것으로 묘사하고 있으니, 여기에는 '벌배'와 '딸배'와 '돌배'가 가진 ㄹ음의 상쾌함이 마치 새소리처럼 리듬감 있게 나타나 있다.

시인의 시정신은 한결같이 한 겨레의 민족성을 지켜내기 위해 전통적 가치가 닿아있다. 시「삼굿」에 나타난 공동체적 정신은 근대화로 상징되는 일제식민지 통치에 대한 거부의 정신을 보여주었다. 백석의 시는 한국인의 민족적 정체성을 밝혀주면서 주체적 민족문화를 보존하는 성과를 이루어내고 있다는 점만으로도 그 정신을 높이 평가해야 한다.

거적장사 하나 山뒷옆 비탈을 오른다
아 — 따르는 사람도 없이 쓸쓸한 쓸쓸한 길이다
山까마귀만 울며 날고
도적갠가 개 하나 어정어정 따러간다
이스라치전이 드나 머루전이 드나
수리취 땅버들의 하이얀 복이 서러웁다
뚜물같이 흐린 날 東風이 설렌다

— 시「쓸쓸한 길」 전문

백석의 시작품「쓸쓸한 길」에서 죽음을 보는 시인의 관점은 어떠한가?

원래 한민족은 장례의식에서 3개의 깃발을 준비했다. 3개의 깃발이란 글을 쓰지 않은 흰 무명이나 삼베를 기다란 대나무에 매달아 기(旗)로 만들어 만장의 행렬을 알리는 공포(攻布)와 망자의 본관과 관직이 적힌 명정(銘旌)과 고인을 추모하는 글을 적은 만장(輓章)이다. 그런데 '쓸쓸한 날'에서 백석이 보는 죽음은 격식을 갖추고 치르는 장례행사가 아니다. 시작품에 나오는 장사는 행렬이 없이 하늘에선 산까마귀가 따르고 땅위에선 도적개만 따러간다. 죽은 사람에게 아무런 의미를 부여하지 않고 거적에 말은 시신을 처리하기위해 비탈길을 오른 사람의 모습만 이미지화되고 있다.

죽음을 장사지내는 격식은 대개 세 가지로 구분된다. 즉 아무런 의미를 부여하지 않고 동물의 죽음처럼 가볍게 처리하는 경우와 사자(死者)의 역할을 기대하여 높이려는 형식을 갖추는 경우와 사자를 두렵게 보아 되도록 빨리 이승과 분리시키려고 하는 경우이다.[10] 옛날에는 아이들이 죽으면 거적에 둘둘 말아 처리했다. 이러한 내용은 백석의 또 다른 시「넘언집 범같은 노큰마니」에서도 나타나 있다.

한편 이 작품에는 아버지가 아들의 죽음에 대한『장자』<지북유(知北遊)>편에 나타나고 있는 정신이 반영되어 있다.

> 사람이 하늘과 땅 사이에 살고 있는 것은 마치 날쌘 말이 틈 앞을 지나가는 것처럼 잠깐이다. 무수히 왕성하게 세상에 났다가 소리도 없이 세상을 떠나는 것이다. 한 번 변화해서 나고 다시 변화해서 죽는 것이니, 생물도 이것을 슬퍼하고 사람도 이것을 아파한다.
>
> (人生天地之間 若白駒之過郤 忽然而已 注然勃燃然 莫不出焉 油然漻然 莫不入焉 已化而生 又化而死 生物哀之人類悲之,『장자』
> <지북유(知北遊)>편)

시작품에 그려진 아이의 죽음이 특별히 슬픈 것은 '이스라치더냐 머루전이더냐'는 '앵두가 많이 있는 곳일까 머루가 많이 있는 곳일까'로 읽히기 때문이다. 예로부터 넝쿨이 많은 곳은 풍수지리상 좋지 않은 곳으로 전해져 왔다. 이북에서는 자식이 죽는 것은 불효라고 생각해 장례를 대충 치르고 24시간만 지나면 곧장 매장하였던 풍습을 가지고 있었다. 평안도의 맹산, 영원, 순천에서는 아이의 시체를 볕 잘 드는 동남향에 매장하면 다른 아이들도 죽는다는 속설이 있었던 것이다.[11]

---

10) 미국의 인류학자 A. W. Malefijt은 그의 저서『종교와 문화(Religion and Culture)』에서 이러한 의례를 각각 사자의례(cult of the dead)와 조상숭배(ancestor worship) 등으로 구분하여 사용하고 있다.
11) 김호년,『한국의 명당』, 동학사, 1989, 220쪽.

수리취와 땅버들의 솜털만이 흰 색으로 부각되고 있는 이러한 표현은 화자의 내면화된 정서가 투영된 것이다. 장자 <지북유>편에 의하면 사람의 삶은 잠깐이고, 어린아이가 살았던 시간은 더욱 더 찰나적인 순간이라 할 수 있다. 때문에 시인은 장례의 격식도 없고 매장할 곳의 지기(地氣)도 살필 수 없는 아버지의 슬픈 처지를 '뚜물같이 흐린 날'같은 자연의 풍경으로 이미지화할 수밖에 없는 것이다.

백석 시인은 '뚜물같이 흐린날'이라는 언술을 통해서 거적으로 감싼 아이의 가엾은 죽음에 대한 슬픔을 상징함과 동시에 향토적인 정서를 투영하는 시적자세를 보여주었다. 시인은 아이의 죽음에 대한 정밀한 응시를 통해서 한국인의 서민적 생활과 죽음의 빛깔을 제시하고 있다.

(2) 의식주와 민족의 생활상

명절날 나는 엄매 아배 따라 우리집 개는 나를 따라 진할머니 진할아버지가 있는 큰집으로 가면

얼굴에 별자국이 솜솜 난 말수와 같이 눈도 껌벅거리는 하로에 베한 필을 짠다는 벌 하나 건너 집엔 복숭아나무가 많은 新里 고무 고무의 딸 李女 작은 李女

열여섯에 四十이 넘은 홀아비의 後妻가 된 포족족하니 성이 잘 나는 살빛이 매감탕 같은 입술과 젖꼭지는 더 까만 예수쟁이 마을 가까이 사는 土山 고무 고무의 딸 承女 아들 承동이

六十里라고 해서 파랗게 뵈이는 山을 넘어 있다는 해변에서 과부가 된 코끝이 빨간 언제나 흰옷이 정하든 말끝에 설게 눈물을 짤 때가 많은 큰골 고무 고무의 딸 洪女 아들 洪동이 작은洪동이

배나무접을 잘하는 주정을 하면 토방돌을 뽑는 오리치를 잘 놓는 면 섬에 반디젓 담그러 가기를 좋아하는 삼춘 삼춘엄매 사춘누이 사춘동생들

이 그득히들 할머니 할아버지가 안간에들 모여서 방안에서는 새
옷의 내음새가 나고
또 인절미 송구떡 콩가루차떡의 내음새도 나고 끼때의 두부와 콩
나물과 운 잔디와 고사리와 도야지비계는 모두 선득선득하니 찬
것들이다

저녁술을 놓은 아이들은 외양간섶 밭마당에 달린 배나무 동산에
서 쥐잡이를 하고 숨굴막질을 하고 꼬리잡이를 하고 가마 타고 시집
가는 놀음 말 타고 장가가는 놀음을 하고 이렇게 밤이 어둡도록 북적
하니 논다
밤이 깊어가는 집안엔 엄매는 엄매들끼리 아르간에서들 웃고 이
야기하고 아이들은 아이들끼리 웃간 한 방을 잡고 조아질하고 쌈방
이 굴리고 바리깨돌림하고 호박떼기하고 제비손이구손이하고 이렇
게 화디의 사기방등에 심지를 번이나 돋구고 홍게닭이 번이나
울어서 졸음이 오면 아룻목싸움 자리싸움을 하며 히드득거리다 잠이
든다 그래서는 문창에 텅납새의 그림자가 치는 아츰 시누이 동세들
이 육적하니 홍성거리는 부엌으론 샛문틈으로 장지문틈으로 무이징
게국을 끓이는 맛있는 내음새가 올라오도록 잔다.
　　　　　　　　　　　　　　　－ 시 「여우난골族」 전문

　백석의 시작품 「여우난골족」에서는 오로지 이야기체 시 창작 방법론
을 적극적으로 활용하고 있다. 이야기체 시는 사건의 열거와 사건들 사이
에 관계설정 그리고 이들의 제시방법을 중시하는 서사체 양식12)의 시이
다. 이 이야기체는 명절을 맞아 대가족제도가 주는 공동체적 삶의 모습을
마치 영화 속 풍경처럼 공간을 이동해가며 생생하게 형상화해 낼 수 있는
기법이기도 하다.
　이 글에서는 이 시작품의 분석과 논의를 보다 확실하게 하기위해서 우
선 백석의 친족 구성에 대하여 살펴보고자 한다.

12) 김영철, 『한국현대시의 좌표』, 건국대 출판부, 2000, 269쪽.

백석의 조부는 백종지로 조모 조씨와의 사이에서 4남 4녀를 두었다. 장남 백시병이 1870년생으로 이운보와 결혼했으나 1895년 26세의 젊은 나이에 사망하고 부인까지도 보름 뒤에 남편 뒤를 따랐다. 차남은 백석의 부친인 백시박이며, 3남 백시삼은 1885년에 태어나 최진하와 결혼해 4남 2녀를 두었다. 4남은 백시성으로 1889년에 태어나 부인인 전주이씨와 결혼하였으나 1911년 부부가 자손 없이 사망하였다. 조부 백종지의 장녀(백석의 고모)는 1876년에 태어나 산 하나 건너 해변가인 정주군 덕언면 중봉동에 사는 홍정표에게 시집갔으나, 1907년 남편이 31세의 나이로 요절하여 평생 과부로 살았다. 차녀는 얼굴이 곰보이며 말조차 더듬는 결함을 지녔고, 신리의 이인칙에게 시집가서 2녀를 두었다. 3녀는 영변 마을 근처 토산에 사는 50이 넘은 승두현에게 후처로 시집을 갔으며, 4녀는 김채호에게 시집을 갔다. 그녀는 어린 시절 백석과 추억이 많은 고모였다. 결혼하여 4남 2녀를 두었다.13)

시작품 「여우난골족」에서 시적화자는 시골의 명절날 큰집에 모이는 친족구성원의 모습을 친할머니 친할아버지를 중심으로 그 특징과 삶의 과정을 이미지화하고 있다.14)

제1연에서 시적화자는 명절날 어머니 아버지를 따라 친할머니 친할아버지가 계시는 큰집에 나들이 가는 정겨운 모습을 그리고 있다. 여기에서 명절날 직계가족이나 친족들을 만나는 이유는 종가와 장손이 주관하는 차례에 참석하고 조상숭배를 재생산하며 오랫동안 못 뵈었던 집안의 어른에게 인사를 드린다는 의미가 담겨 있다. 명절은 차례를 지내는 곳을 중심으로 서로 만나서 정담을 나누고, 친족 간의 유대와 정감을 다지는

---

13) 김영익, 「백석 시문학 연구」, 충남대대학원 박사논문, 1999, 15쪽.
14) 원본에는 진할머니 진할아버지라고 되어있으나, 이지나 편 『백석시집』에서는 진할머니와 진할아버지를 친할아버지 친할머니로 주석을 달아놓았다. 필자도 이 견해에 동의하는 바이다.

행사이다. 이것은 한국인들이 수 천 년 동안 이어져 온 풍속이었다.

　제2연은 흩어져있던 사람들의 성격과 인물의 내력과 특징적 자질을 언술하는 것으로 인물이 지닌 정체성의 정수를 함축하고 있다. 예를 들면 '말할 때마다 눈을 껌벅거리는신리(新里) 고무'와 '살빛이 매감탕 같은 입술과 젖꼭지는 더 까만 토산(土山) 고무', 또 '말끝에 눈물을 짤 때가 많은 큰골 고무', '주정을 하면 토방 돌을 뽑는 삼촌' 등과 같은 묘사로 인물형을 두드러지게 구분하고 있는 것이다.

　백석 시인의 조부는 4남 4녀를 낳았는데, 이 가운데 백석의 부친은 둘째 아들이다. 이 작품에 등장하는 신리 고모, 토산 고모, 큰골 고모 등과 고종사촌들인 이녀(李女), 작은 이녀(李女), 승녀(承女), 승(承)동이, 홍녀(洪女), 홍(洪)동이 등은 모두 실재했던 인물들이다.

　이녀와 작은 이녀는 백석의 둘째 고모부 이인칙의 두 딸이다. 승녀와 승동이는 백석의 셋째 고모부였던 승두현의 자녀들이다. 홍녀와 홍동이는 백석의 큰 고모부였던 홍정표의 자녀들이다. 삼촌, 삼촌엄매, 사촌동생들에 대한 이야기도 등장하는데, 삼촌은 백부 백시병(요절), 셋째 삼촌 백시삼, 넷째 삼촌 백시성 등이다. 삼촌엄매는 평안도 지역에서 숙모를 지칭하는 말이다. 위의 내용을 통해 짐작해볼 수 있는 백석의 사촌들은 인용 시에 등장하지 않은 막내 고모의 아이 4남 2녀를 합해서 19명 내외로 추정된다.

　제3연에서는 명절날 안 칸에 모인 사람들의 설빔에서 느껴지는 새 옷 냄새와 명절음식의 후각적 이미지를 묘사하고 있다. 새 옷을 입었다는 것은 명절을 맞아 몸과 마음을 새롭게 한다는 정신이 들어 있다. 독자들은 이 시작품이 명절을 묘사한 것이기는 하나 '인절미와 송구떡 그리고 콩가루 찰떡, 선듯선듯한 도야지 비게'라고 언술하는 대목에서 설날임을 당장 알아차리게 된다.

　제4연은 저녁을 먹은 후에 벌이는 어린이들의 바깥놀이 문화를 묘사하고, 밤이 깊어가도록 아랫칸에서 어른들은 어른들끼리 웃고 떠들며, 아이들은 아이들대로 조아질, 쌈방이굴리기, 바리깨돌림, 호박떼기, 제비손이구손이 등을 열거하며 함께 어우러지는 한국 아동들의 전통적인 유희(놀이문화)를 소개하고 있다.

시인은 이 작품에서도 노장사상에 바탕을 둔 시적 언술을 표출하고 있는 것으로 보인다. 즉 아버지와 어머니 그리고 나와 개 이렇게 같이 큰집에 가는 풍경은 큰집이 도(道)와 덕(德)이 있는 집이라는 의식이 내재되어 있는 것으로 읽힌다. 그렇게 읽히는 이유는 다음과 같다.

첫째 명절날 '진할아버지가 있는 큰집'은 많은 형제들이 모이는 흥겹고 화기애애한 장소로 읽혀진다는 점이다. 집주인의 인심이 야박하거나 인색한 집에는 친척들이 모여들지 않는다고 한다. 이러한 전제하에 이 글에서는 시작품에서 할아버지 할머니 집에 모이는 사람들을 헤아려 볼 수 있겠다.

제1연에서는 아버지, 어머니, 나 셋이 등장한다. 제2연에서는 신리 고모와 신리 고모의 딸 2명 등 3명, 제3연에서는 토산 고모와 그 자녀 등 도합 3명, 제4연에서는 큰골 고모와 그 집의 자녀인 세 남매 등 도합 4명, 제5연에는 삼촌과 삼촌마누라(숙모)와 그들의 자녀 등 10여 명이 함께 포괄적인 언술로 이미지화되어 있다. 등장인물로 헤아려볼 때, 이 시작품에는 도합 스무 명이 넘는 인물이 등장하는 것으로 추정된다.

'진할아버지가 있는 큰집'은 이렇게 많은 일가친척들이 북적거리는 장소를 제공하고 있는 것이다. 따라서 이 작품은 노자의 '도가 낳은 덕으로써 그것을 기르고 만물은 형체가 있게 하고 세력을 주어 성장하게 한다(道生之 德畜之 物形之 勢成之, 『도덕경』 제51장)'는 정신이 시작품으로 형상화되어 있는 것이다.

둘째 인절미, 송구떡, 콩가루찰떡, 두부, 고사리, 도야지 고기 등은 큰집에서 제공하는 것이라는 점에서 사람들에게 베푸는 덕(德)의 정신을 읽을 수 있다. 명절날, 많은 인원이 같이 먹을 식사를 준비하자면, 모이는 집에서는 먹을 것을 풍성히 준비해야만 하는데, 여기에는 물질뿐만 아니라 노동력까지 들어간다. 『장자』<덕충부(德充符)>편을 보면 덕이 없는 곳에는 사람도 동물도 모여들지 않는다는 것을 서술하고 있다.

> 저는 언젠가 초나라에 사자로 간 적이 있는데 돼지 새끼가 죽은 어미돼지 젖을 빨려고 하는 것을 봤습니다. 얼마 후 돼지 새끼들이 놀라 모두 죽은 어미돼지를 버리고 달아났습니다. 죽은 어미 돼지가 젖을 잘 먹여주지 않았기 때문입니다. 즉, 살아있던, 전의 어미돼지와 달랐기 때문입니다. 이에서 살펴보면 그 어미돼지를 사랑하는 것은 **그 어미돼지의 몸이 아니라 그 몸을 움직이게 하는 근본적인 덕을 사랑하고 있는 것입니다.**
>
> (丘也嘗使於楚矣 適見㹠子食於其死母者 少焉眴若皆棄之而走
> 不見己焉爾 不得類焉爾所愛其母者非愛其形也愛使其形者也,
> 『장자』<덕충부>편) – 강조표시는 인용자

따라서 '진할아버지가 있는 큰집'은 도를 알고 덕을 지니고 있는 집인 것이다. 그런데 그 당시 한민족의 명절은 이 작품에 나타난 풍경처럼 서로가 비슷한 양상이었다. 따라서 여기에는 한민족이 도와 덕을 지니고 있는 민족이라는 함의가 들어 있다고 하겠다.

셋째 인용 시의 풍경 속에는 밤이 깊어 갈 동안 엄마는 엄마들끼리 웃고 이야기하고, 아이들은 아이들끼리 어울려 놀이문화를 즐기는 화기애애한 이미지가 담겨 있다. 많은 사람이 모이면 아주 사소한 일로도 언쟁이 일어날 수 있고, 아이들을 가르친다는 명목으로 꾸중을 하는 일들이 일어날 수도 있다. 그런데 이 시작품은 풍성하면서도 즐겁고 흥거운 기억을 서술하고 있다. 즉 이 집에 모인 어른들 중 그 누구도 아이들이 뛰노는 것에 대해 지나치게 간섭하거나 지배하려는 모습이 보이지 않는다.

'진할아버지가 있는 큰집'은 어른들이 단지 예악에만 편중하지 않음으로써 집안 분위기를 한층 즐겁고 화기애애하게 만들고 있다. 그리하여 시 작품 「여우난골족」에 등장하는 '큰집'은 큰소리로 아이들을 가르치기보다는 어울려 맘껏 뛰놀게 함으로써 덕을 실천하고 있는 것이다. 장자도 이러한 경우를 말한 바 있다.

중심이 순수하고 참되어 정에 돌아가는 것을 악(樂)이라 하며, 용체를 마음대로 움직여 스스로 절도에 맞는 것을 예(禮)라 한다. 그런데 예악만 치우쳐 행하려 한다면 천하가 어지러워질 것이다. 그 까닭은 남을 바로잡으려고 해서 자기의 덕을 어둡게 하면 그 덕은 물(物)을 덮을 수 없을 것이니

(中純實而反乎情樂也 信行容體而順乎文禮也 禮樂徧行
則天下亂矣 彼正而蒙己德 德則不冒,冒則 物必失其性也,『장자』
<선성(繕性)>편)

백석 시인은 이처럼 '도(道)는 그것을 낳지만 있지는 않고 그렇게 만들지만 자랑하지 않고, 성장시키지만 지배하지 않는다(生而不有 爲而不恃 長而不宰,『도덕경』 제51장)'는 정신을 '진할아버지가 있는 큰집'을 통해서 보여주었다. 뿐만 아니라 일제의 민족문화 말살정책에 의해 없어질지도 모르는 한국인 아동들의 전통적 놀이문화인 조아질, 쌈방이 굴리기, 바리깨돌림, 호박떼기, 제비손이구손이 등을 흥미롭게 소개함과 동시에 전통가족제도와 가족 간의 사랑을 새삼 확인시켜 주고 있는 것이다.

마을에서는 세불 김을 다 매고 들에서
개장취념을 서너 번 하고 나면
백중 좋은 날이 슬그머니 오는데
백중날에는 새악시들이
생모시치마 천진퇴치마의 물팩치기 껑추렁한 치마에
쇠주퇴적삼 항라적삼의 자지고름이 기드렁한 적삼에

한끝나게 상나들이옷을 있는 대로 다 내입고
머리는 다리를 서너 켜레씩 들어서
시뻘건 꼬둘채댕기를 삐뚜룩하니 해꽂고
네날백이 따배기신을 맨발에 바꿔 신고
고개를   이라도 넘어서 약물터로 가는데
무썩무썩 더운 날에도 벌 길에는
건들건들 씨언한 바람이 불어오고
허리에 찬 남갑사 주머니에는 오랜만에 돈푼이 들어 즈벅이고
광지보에서 나온 은장두에 바늘집에 원앙에 바둑에
번들번들하는 노리개는 스르럭스르럭 소리가 나고
고개를   이라도 넘어서 약물터로 오면
약물터엔 사람들이 백재일치듯 하였는데
붕가집에서 온 사람들도 만나 반가워하고
깨죽이며 문주며 섶자락 앞에 송구떡을 사서 권하거니 먹거니 하고
그러다는 백중 물을 내는 소내기를 함뿍 맞고
호주를하니 젖어서 달아나는데
이번에는 꿈에도 못 잊는 붕가집에 가는 것이다
붕가집을 가면서도 七月 그믐 초가을을 할 때까지
평안하니 집살이를 할 것을 생각하고
애끼는 옷을 다 적시어도 비는 씨원만 하다고 생각한다

— 시 「七月백중」 전문

　백석의 시작품 「칠월백중」은 행구분이 따로 없이 하나의 연으로 되어 있다. '칠월백중'의 기원은 두 가지 설이 있는데, 그 중 농촌의 음력 7월은 바쁜 농번기이긴 하지만 한편으로는 가을 추수를 하기 전이라서 '백중'이라는 속절(俗節)을 두었다는 설과 또 하나는 불가에서 중들이 우란분회(盂蘭盆會)를 열어 여러 가지 음식을 장만하고 이를 부처님께 공양하며, 조상의 영전에도 바쳤다는 설이다.

　시작품 제1행에서 '세불 김을 다 매고'라는 언술은 세 번 김을 매기까지

많은 노동력이 들어갔다는 의미를 함축하고 있다. 인용 시 '백중'은 농촌 생활에서 농사짓기의 피로를 잠깐 해소시켜준다는 점에서 노자의 적덕원리(積德原理)가 깊이 스며있는 날이다.

농촌공동체 문화에서 그 구성원들의 삶은 '두레'에 있으며, '두레'는 한국사회에서 힘든 노동을 함께 하는 공동 노동 풍습을 의미한다. 농촌에는 7월초가 되면 '두레'를 하여 논을 매는데, 논매는 일을 지방에 따라서 '지심 맨다'라고도 하고, 최초의 논매기는 '아이논매기', 두 번째 논매기는 '두벌논매기', 세 번째 논매기를 '세벌논매기'라 부르는데, 이때가 시작품의 '세불 김을 다매고'에 해당되는 시기이다.

논매기가 끝난 시기에 칠월 백중은 잠시 허리를 펼 수 있는 날이다. 농가에서는 이 날 지주들이 머슴과 일꾼들에게 농사일을 잠깐 멈추게 하고, 지역에 따라 농신제(農神祭)를 지내기도 했다. 또한 농민들은 잔치와 놀이판을 벌여 노동의 지루함을 씻고 더위로 인해 쇠약해지는 건강을 회복하고자 하였다. 이러한 행사 속에는 자연의 도리에 복종하고 순응하면서 살아온 농사꾼에게도 반드시 휴식이 필요하다는 옛 어른들의 지혜가 담겨 있는데, 그것은 노자와 장자에게서 나온 것이다.

백석의 인용 시 「백중」에는 '사람을 다스리고 하늘을 섬기는 것을 비유하는 데 농사짓기보다 더 나을 것이 없다. 농사짓기는 일찍 자연의 도리에 복종한다(治人事天 莫若嗇,夫唯嗇 是謂早服,『도덕경』 제59장)'는 노자의 정신이 생생하게 살아 있다.

머슴과 일꾼들에게 잠깐 쉬게 하는 데서 출발한 풍속인 '백중'은 농사일에 지친 고달픈 몸을 쉬게 하고 개장국을 먹여 생기를 회복시킨다는 데서 그 의미를 갖는다. 이 풍속은 '옛 말씀에 몸을 고달프게 하여 쉬지 않으면 쓰러지고, 정신을 서서 그치지 않으면 괴로울 것이요, 괴로우면 기운이 다한다(故曰 形勢而 不休則弊 精用而不已則勞 勞則竭,『장자』 <각의(刻意)>편)'는 이치에 바탕을 둔 좋은 풍속이라 할 수 있다.

‘백중’은 시작품에 등장하는 새악시들을 노동에서 해방시키는 날이기도 하다. 이에 따라 새악시들이 ‘고개를 몇 번이나 넘어서 약물터로 가는 곳’의 그곳은 축제 공간으로써 모처럼 여유를 맘껏 즐기는 곳이 된다. ‘약물터엔 사람들이 백재일치듯’ 하였다는 것은 흰옷을 입거나 가진 사람이 한곳에 많이 모인 모습을 이미지화한 것이다. 약물터에 모인 사람들은 폭포 물을 맞으며 더위를 씻고 맛있는 깨죽이나 송구떡을 먹으면서 피로를 해소하는 것이다.

시작품에서는 ‘네날배기’ ‘따배기’ ‘문주’ ‘백재일치듯’ ‘봉가집’ 등 평북지방의 방언과 민속언어를 사용하면서, 백중이 다가옴 → 백중날 옷차림 → 백중날 머리차림 → 백중날 신발차림 → 백중날 노리개장식 → 약물터의 풍경 → 약물터에서 먹는 음식 → 폭포를 맞는 풍경 등으로 민속체험을 마치 카메라의 앵글이 이동해가듯이 구체적으로 영상화시키고 있다. 이러한 백중놀이는 농민들로 하여금 힘든 농촌의 노동생활을 잠시 잊고 휴식을 취하게 해주는 자연의 도리, 즉 도(道)를 수용한 놀이이다.

그리하여 백석의 시「백중」은 한국인이 잃어버린 원형질의 세계라고 할 수 있으며, 농촌공동체 문화의 흔적을 재현하여 풍속을 맛보게 하는 중요한 작품으로 부각된다.

　　五代나 나린다는 크나큰 집 다 찌그러진 들지고방 어득시근한 구석에서 쌀독과 말쿠지와 숫돌과 신뚝과 그리고　적과 또 열두 데석님과 친하니 살으면서

　　한 해에　번 매연지난 먼 조상들의 최방등 제사에는 컴컴한 고방 구석을 나와서 대멀머리에 외얏맹건을 지르터 맨 늙은 제관의 손에 정갈히 몸을 씻고 교의 우에 모신 신주 앞에 환한 촛불 밑에 피나무 소담한 제상 위에 떡 보탕 식혜 산적 나물 지짐 반봉 과일들을 공손하니 받들고 먼 후손들의 공경스러운 절과 잔을 굽어보고 또 애끓는

통곡과 축을 귀애하고 그리고 합문 뒤에는 흠향 오는 구신들과 호호
히 접하는 것

　구신과 사람과 넋과 목숨과 있는 것과 없는 것과 한줌 흙과 한점
살과 먼　조상과 먼 훗자손의 거룩한 아득한 슬픔을 담는 것

　내 손자의 손자와 손자와 나와 할아버지와 할아버지의 할아버지
와 할아버지의 할아버지의 할아버지와······ 水原白氏 定州白村의 힘
세고 꿋꿋하나 어질고 정많은 호랑이 같은 곰 같은 소 같은 피의 비
같은 밤 같은 달 같은 슬픔을 담는 것 아 슬픔을 담는 것
－시「목구(木具)」전문

백석의 시작품 「목구」는 수원백씨 집안의 제사풍습을 노래한 것이다.
백석의 할아버지가 4남 4녀를 두었으나 장남과 4남은 결혼하여 자손 없
이 사망하였으므로 2남인 백석의 아버지가 제사를 지내게 되었다. 시작
품에 나오는 '최방등제사'는 평북 정주 지방의 토속적인 제례의식으로 차
손(次孫)이 맡아서 모시게 되는 5대째부터의 제사이다.
　한국인의 제사와 그 효시는 하늘에 제사를 지내는 형식으로 부여(夫餘)
의 영고(迎鼓)와 고구려의 동맹(東盟), 동예(東濊)의 무천(舞天) 등이 기록에 남
아 있다. 사가(私家)의 제사는 고려 공민왕시대 정몽주의 '제례규범'에 의
하면 3품관 이상은 증조부모, 6품관 이상은 조부모까지, 7품 이하의 벼슬
아치와 평민은 부모만을 가묘(家廟)를 세워 제사지내게 했으나, 조선시대
에 이르러 『주자가례(朱子家禮)』의 정신에 근거를 두어 4대조까지를 봉사
(奉祀)하게 했다.
　제사는 오늘날에도 조상과 후손을 정신적으로 연결시켜 주는 통로가
된다. 조상의 기일이 되면 제주(祭主)는 몸과 마음을 정갈히 하고 정성을
다해 제수(祭需)를 준비한다. 이것은 신을 영접하기 위한 준비단계이다. 그
일반적인 차례는 다음과 같다.

영신(迎神)→강신(降神)→참신(參神)→진찬(進饌)→초헌(初獻)→
독축(讀祝)→아헌(亞獻)→종헌(終獻)→첨작(添酌)→삽시정저(揷匙
正箸)→합문(闔門)→개문(開門)→헌다(獻茶)→철시복반(撤匙復飯)
→사신(辭神)→음복(飮福)

위의 절차에서 보여주는 제례의식은 형식을 중히 여기는 일반가정에
서 흔히 볼 수 있는 한국의 전통적인 풍습이다.

'목구(木具)'는 나무로 만든 제기를 말한다.

시작품의 제1연을 보면 목구를 두는 장소에 대해 그 이미지를 형상화
하고 있다. 제기는 함부로 밖에 나오지 않는다. 늘 일정한 곳에 보관된다.
그리고 그 보관하는 장소는 고방으로 항시 고정된다.

제2연은 한 해에 여러 차례 지내는 최방등 제사(평북 정주지방의 제사
풍속으로 5대째부터 차손이 제사지내는 것)의 제사과정과 제사의 절차를
묘사하고 있다.

제3연에서 제기는 조상과 자손을 연결시키는 교량의 역할을 하고 있는
것으로 이미지화된다. 목구위에 제사 음식을 놓고 조상과 후손의 정신적
소통을 하는 것이다.

제4연에서 중심이 되는 것은 혈통이다. 평안도 백촌에 사는 백씨마을
은 종족의 혈통을 면면히 이어왔다. 백씨 혈통의 유구한 내력이 과거에서
현재, 현재에서 미래로 이어지는 영원한 시간과 함께 이른바 혈족공동체
의 제사라는 의식을 통해 드러나고 있는 것이다.

우리가 눈여겨보아야 할 부분은 제2연이다. '정갈히 몸을 씻고' '공손하
게 받들고'로 언술하고 있는 부분이다. 이러한 언술은 제사를 지낼 때에
는 정성이 담겨 있어야 한다는 것을 상징하는 것이다. 이러한 사상은 『장
자』<인간세>편에서 이미 확인한 바 있다.

마찬가지로 제사 때에는 이마가 흰 소, 코가 째진 돼지, 그리고 치질을 앓는 사람은 제물로 바칠 수 없다. 제사장인 무축이 무용함을 알고 상서롭게 여기지 않기 때문이다.

(故解之以牛之白顙者 與豚之亢鼻者 與人有痔病者 不可以適河
此皆巫祝以知之矣 所以爲不祥也,『장자』<인간세>편)

위 시는 외형상으로는 '목구'라는 제기를 통하여 먼 옛 조상에서부터 먼 옛 후손을 이어 주는 것으로 표현하고 있지만 내면적으로는 당대의 슬픈 현실을 짚어내고 있다 하겠다. 이 시작품을 구조화하면 조상 → 목구(가족사의 매개물) → 후손의 경로가 된다. 따라서 실제로는 5대 후손까지 연결되고 있는 셈이다. 시에 드러난 언술을 해석해보면 '나'를 중심으로 5대 후손과 7대 조상까지 연결되고 있다.

내손자의 손자(나→아들→손자→증손→현손)
나와 할아버지(나→아버지→할아버지(조부))
할아버지의 할아버지(조부→증조부→고조부)
할아버지의 할아버지의 할아버지(조부→증조부→고조부→현조부→6대조)

이와 더불어 제기의 영적 친화력도 다음과 같이 시각적으로 일목요연하게 정리됨을 확인할 수 있다.

6대조(할아버지의 할아버지의 할아버지)
⇑
현조부(玄祖父)5대조 또는
고조부(高祖父)<할아버지의 할아버지>
⇑
증조부(曾祖父)

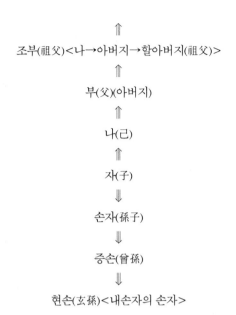

조부(祖父)＜나→아버지→할아버지(祖父)＞

⇑

부(父)(아버지)

⇑

나(己)

⇑

자(子)

⇓

손자(孫子)

⇓

증손(曾孫)

⇓

현손(玄孫)＜내손자의 손자＞

　여기에서 '손자의 손자', 즉 '5세손'을 일컫는 말인 '현손'은 고손이라는
의미와 같으나, 손자에게 높다는 뜻인 '높을 고(高)'자를 쓸 수 없어 사용하
는 낱말이기도 하다. 시작품에서 외형적으로는 할아버지의 할아버지, 또
그 할아버지의 할아버지의 할아버지란 언술로 백씨 조상을 이미지화하고
있으나 독자해석이라는 측면에서는 호랑이, 곰, 소 등 상징물에 나타나는
한국인의 원형적 조상으로도 읽을 수 있다.

　시인은 힘세고 꿋꿋하나 어진 한민족에게 밀어닥친 망국민(亡國民)의 한
(恨)을 '목구(木具)'라는 장치를 빌려 제사 의식과 함께 '피의 비 같은 밤'이
라는 비통한 언술로 보여주고 있다. 삶의 극한으로 내몰린 시대적 처지를
이미지화하고 있는 것이다. 한편 이 시는 노자의 『도덕경』에 나오는 '자
손들이 그치지 않고 솔선해서 제사를 모신다'는 사상이 들어 있다. '자손
(子孫) 제사불철(祭祀不輟)'의 본문은 이러하다.

잘 세운 것은 뽑히지 않고, 잘 껴안은 것은 이탈하지 않아 자손들이 그치지 않고 솔선해서 제사를 모신다. 이것(道)을 몸소 닦으니 그 덕은 참될 것이고, 그렇게 가정을 잘 다스려 그 덕이 바로 넘쳐나고, 그렇게 고을을 다스려 그 덕은 더 길어질 것이고, 그렇게 나라를 다스려 그 덕은 풍요롭게 될 것이다.

(善建者 不拔 善抱者 不脫 子孫祭祀 不輟 修之於身 其德乃眞
修之於家 其德乃餘 修之於鄕 其德乃長 修之於國 其德乃豊
修之於天下 其德乃普,『도덕경』제54장)

즉 백석의 시「목구」는 조상을 받들어 모시는 예에 관하여 언술한 것으로써 후손이 덕을 닦는 일을 멈추지 않는다는 사상이 들어있으며, 망국민의 비애를 목구를 통하여 되씹어보게 하는 작용을 하고 있다.

山골에서는 집터를 츠고 달궤를 닦고
보름달 아래서 노루고기를 먹었다

― 시「노루」전문15)

백석의 시작품「노루」는 집터 다지기 행사를 이미지화한 것이다. 단지 두 행으로 시형의 전문이 완성된 이 작품에는 한국인이 집터를 골라서 땅을 다지는 삶의 과정이 들어있다. 여기에는 노자와 장자가 그리던 이상형의 세계가 그대로 나타나있다는 점에서 중요한 의미를 지닌다. 그리고 시작품「노루」의 세계는 바로 노자와 장자가 지향했던 세계이다.

나라가 작고 백성이 적어야 한다. 많은 백성들로 하여금 순박하게 하면 많은 기물이 있어도 사용하지 않을 것이다. 백성들로 하여금 죽음을 무겁게 여기게 한다면 살고 있는 곳에 머물고 멀리 옮겨가지 않

---

15) 백석은「노루」란 제목으로 두 편의 시작품을 남겼다. 연작시 형태로 쓴 <함주시초(咸州詩抄)> 4편에는 같은 제목의 또 다른「노루」가 실려 있다.

을 것이다. 비록 배와 수레가 있어도 타지 않고 갑옷과 무기가 있어도 전진하지 않을 것이다. 백성들로 하여금 노끈을 매듭지어 글자 대신 쓰던 시대로 돌아가게 할 수 있을 것이다. 맛이 없어도 음식을 달게 먹고 남루해도 옷을 아름답게 여기고 허름해도 집을 편안히 여기고 순박해도 즐길 것이다. 그러면 이웃 나라가 바라다 보이고 개와 닭의 소리가 서로 들을 수 있을 만큼 가까이 있어도 죽을 때까지 왕래하는 일이 없을 것이다. 자연이 주는 음식을 달게 먹고 남루해도 옷을 아름답게 여기고 허름해도 집을 편안히 여기고 순박해도 즐길 것이다.

(小國寡民 使有什佰之器 而不用 使民重死 以不遠徙 雖有舟車
無所乘之 雖有甲兵 無所陳之 使民復結繩而用之 甘其食 美其服
安其居 樂其俗 隣國相望 鷄犬之音相聞 民至老死 不相往來,
『도덕경』 제80장)

또한 『장자』는 신농씨 때를 예로 들면서 '신농(神農)의 세상에는 누우면 편안하고 일어나면 흐뭇했다. 백성들은 그 어미는 알지만 그 아비는 알지 못했고, 고라니나 사슴과 어울려 살며, 밭을 갈아 밥을 먹고, 베를 짜서 옷을 입고, 서로 해칠 마음이 없었다. 이것이 도덕이 가장 융성했던 시대이다(神農之世 臥則居居 起則于于 民知其母 不知其父 與麋鹿共處 耕而食 織而衣 無有相害之心 此至德之隆也, 『장자』<도척>편)'라고 하였다. 여기서 '그 어미는 알지만 그 아비는 알지 못한다'는 대목은 남성혈통중심인 혼인제도가 없었던 중국의 고대 모계사회를 그대로 반영한 것이다.

다시 백석의 시작품 「노루」의 내부로 돌아가서 집짓기에 대한 시적 언술을 분석·검토해보기로 한다. 예로부터 한국인들은 주택을 직접 지었으며, 집을 지을 때는 마당보다 높은 것을 원칙으로 하였다. 건축주는 집터가 결정되면 지관이 정한 일시(日時)에 지신(地神)에게 고사(告祀)를 지냈다.[16]

지관이 택하는 길일은 홍만선의 『산림경제(山林經濟)』에서 그 구체적 기

16) 장보웅, 『한국의 민가 연구』, 보진재출판사, 1981, 36쪽.

록을 찾아볼 수 있다. 천은상길일(天恩上吉日)인 갑자일, 을축일, 병인일, 정묘일, 무진일, 기묘일, 경진일, 신사일, 임오일, 계미일, 기유일, 경술일, 신해일, 임자일, 계축일, 대명상길일(大明上吉日)인 신미일, 임신일, 계유일, 정축일, 기묘일, 임오일, 갑신일, 정해일, 임진일, 을미일, 임인일, 갑진일, 을사일, 병오일, 기유일, 경술일, 신해일, 천롱일(天聾日)인 병인일, 무진일, 병자일, 병신일, 경자일, 임신일, 병진일, 천상천하 대공망일(天上天下 大空亡日)인 임진일, 임인일, 임자일, 갑술일, 갑신일, 갑오일, 계미일과 대한(大寒) 후 10일 입춘(立春) 전(前) 5일 등이 집짓기의 좋은 날이다.17)

'보름달 아래서 노루고기를 먹었다'는 말은 집짓는 순서를 알면 쉽게 이해가 가능하다. 텃제는 집주인이 술상을 준비한 후 토지를 주관하는 지신에게 음식을 차려 고사를 지내는 의식을 말한다. 의식 후 집주인이 술을 사방에 뿌린 후면 동네 사람들은 술을 한 순배 마시고 가래질과 지게질로 흙을 모아 터를 돋우고 가래질로 평평하게 고르고 달구를 이용하여 밤새도록 터를 다지게 된다. 그 다음 닦여진 터에 주춧돌을 놓는데, 주춧돌이 들어가는 자리를 다지는 도구로 목달구, 쇠달구, 돌달구 등을 사용한다. 사람들은 가운데 구멍이 뚫린 '호박들'이나 '나무 절구통' 등을 동아줄로 묶어 높이 들었다 놓았다 하는 동작을 반복하여 다진다.

'지신이 제멋대로 움직이지 못하도록 관념적으로 밟아 누르는 풍물 굿을 하는 것이 지신밟기 전통이라면, 현실적으로 땅이 쉽게 허물어지거나 토대가 내려앉지 않도록 단단하게 다지는 공동 작업이 땅 다지기 문화'18)인 것이다. 흙을 단단히 다지지 않으면 기둥과 대들보와 기왓장 벽체 등의 무게로 인하여 주춧돌마다 경사가 달라져서 집이 기울어지기도 하고 무너지기도 한다. 따라서 터를 다질 때는 대체로 한 지점을 일흔 번에서

---

17) 홍만선, 『산림경제』, 민족문화추진회편, 1989, 200~201쪽.
18) 임재해, 「땅 다지기 소리 들으면서, 표 다지기 슬기도 본받아야」, <매일신문>, 2001.12.14.

여든 번 정도 달구질해야 제대로 다져지며, 지반이 약한 곳은 자갈을 넣어가며 달구질을 한다. 장정 4~5인이 잘 다진 후에야 다진 위에 주춧돌을 놓고 기둥을 세운다.

집터 고르는 작업이 지나면 개공제(開工祭)를 지내지만 텃고사를 지냈을 경우는 생략한다.19) 그런데 이 시작품에서는 텃고사를 생략하고 개공제를 지낸 후 노루고기를 먹었던 것으로 표현하고 있다.

사람들은 낮에는 농경 일을 해야만 했으므로 주로 밤늦게까지 터를 닦을 수밖에 없었다. 길일과 겹치는 달밤에 터다지기를 하면 횃불을 들지 않아도 좋았기 때문에 사람들은 주로 달 있는 밤을 이용하여왔다. 집터다지기 행사에 등장하는 제물은 첫째는 술이 있어야 하고 그 다음은 돼지나 노루고기를 바쳐야 했다. 술과 고기를 놓는다는 것은 신에게 정성을 드린다는 뜻이다.

첫 술잔을 드리는 사람은 대개 집주인이나 고사제의 주인공격인 사람이 된다. 백석의 시작품 「노루」는 이러한 민가의 일반적 관습을 이미지화하였다. 이 작품에는 무교의 제의양식이나 종교적 관념을 지닌 전승문화가 들어 있다. 오늘날 우리가 각종 건축행사의 기공식에서 노루 대신에 돼지머리를 놓고 술을 따르는 문화 또한 수복과 안녕을 구가하며 치성을 드리는 민속신앙의 전통과 같은 맥락에서 해석된다.

2) 달관의 시정신과 운명론의 서정적 형상화

'운명론'에 대하여서 공자는 '지천명(知天命)'이라는 말로 하늘 뜻의 존재를 인정하였고, 맹자는 자신의 도리를 다함으로써 정명(正命)을 한다고 논하였으며, 불가는 현재의 십이연기법(十二緣起法)에 의해 쌓인 업보에 의해

---

19) 장보웅, 앞의 책, 39쪽.

서 운명이 정해진다는 논리를 펴고 있다.'[20] 장자 또한 명(命)의 존재를 지적하고 있다.

'굶주림과 목마름, 추위와 더위, 또 곤궁한 운수가 트이지 않는 것은 이 모두 천지의 끝없는 운행이요 만물변화의 표현이다. 이 말은 이런 운행변화와 함께 변화하여 가기만하면 된다는 것을 뜻한다(飢渴寒暑 窮桎不行 天地之行也 運物之泄也 言與之偕逝之謂也,『장자』<산목(山木)>편)'고 한 문장과, '궁한 것도 명이 있는 줄 알고 통하는 것도 때가 있음을 알아서 큰 어려움에 다다라도 두려워하지 않는 것은 성인의 용기이다(知窮之有 名 知通之有時 臨大難而不懼者 聖人之勇也,『장자』<추수(秋水)>편)'라고 한 구절에서도 명(命)의 존재를 확인할 수 있다.

그 후 후한의 사상가 왕충이 별에 따라 사람이 받는 기운이 달라진다는 정명(正命), 수명(隨命), 조명(遭命)의 견해를 주장하였다.[21] 이러한 왕충의 주장은 천체로부터 받는 음양오행의 기(氣)에 의해서 운명이 결정된다는 점에서 명리학(命理學) 이론의 체계에 영향을 끼쳤다.

중국에서 발생한 명리학의 계보를 살펴보면 대체로 다음과 같다.

전국시대 – 귀곡자, 한대 – 동중서, 왕충, 삼국시대 – 제갈공명, 관로, 진대 – 포박자, 곽박, 남북조 – 위령, 도홍경, 당대 – 원천강, 이허중(당사주 지음), 오대 – 서자평(사주의 네 기둥을 세우고 일간(日干)을 위주로 감명하

---

20) 이서행,「명리학의 연원과 이론체계에 관한 연구」, 한국정신문화연구원 한국학대학원 박사논문, 2002, 62~82쪽.
21) 왕 충,『論衡(논형)』권2, 명의편(命義篇) 참조.
   정명(正命)은 태어나면서 품수한 길한 운명이다. 타고난 골상이 좋기 때문에 좋은 행실을 통해 복을 구하지 않아도 길함이 저절로 이르므로 정명이라 한다. **수명(隨 命)**이란 애써 행실을 닦음으로써 복에 이르거나 자기의 욕정대로 방종해서 화가 이르는 것이다. 이를 수명이라 한다. **조명(遭命)**은 선을 행하였는데도 나쁜 결과를 얻고 뜻밖에 우연히 화를 당한다. 그러므로 조명이라 한다.
   (正命 謂本稟之自得吉也 性然骨善 故不假操行以求福而吉自至 故曰正命 隨命者 戮 力操行而吉福至 縱情施欲而凶禍到 故曰隨命 遭命者 行善得惡 非所冀望 逢遭於而 得凶禍 故曰遭命)

는 자평학(子平學)이론 정립함). 송대 − 서대승, 명대 − 장남(명리정종),[22] 청대 − 심효첨(자평진전),[23] 임철초(적천수천미), 근대 − 서낙오, 위천리.

　운명학은 천문학과 점성학에서 출발하였고, 인간에게 영향을 주는 천체는 해, 달, 목성, 화성, 토성, 금성, 수성 등이다. 운명은 음양오행이 조화되어 있고 행운이 조화로워야 순탄하다고 한다. 조화란 말 속에는 자기의 생년월일과 다가오는 행운이 목화토금수의 기운 중에서 어느 한편으로 치우치지 않고 골고루 섞여있어야 한다는 뜻이 있다.

　보통 사주명리학(四周命理學)이라면 미신으로 치부하는 수가 많다. 그러나 사주명리학은 조선시대만 해도 중요한 정신이자 삶의 철학이었다. 예를 들면 세종 임금도 세자의 배필을 정하는데 사주를 활용했다는 기록이 있다. 『조선왕조실록』에 '유순도(庚順道)와 더불어 세자의 배필을 점쳐서 알려라'고 하였던 기록이 그것이다.[24] 뿐만 아니라 조선의 사대부와 양반들은 며느리를 간택할 때 반드시 신부의 사주를 보고 그 성질을 유추하여 상황에 부합한 신부를 구했다.

　이 단계에서 우리는 백석 시인의 살았던 삶을 명리학적 관점에서 관찰

---

22) 사주(四柱)에는 6신이라 하여 비견(比肩), 겁재(劫財), 식신(食神), 상관(傷官), 관살(官煞), 인수(印綬), 재(財) 등이 있는데, 이것들을 중심으로 운명을 짐작할 수 있다고 한다.

23) 심효첨의 이론을 요약하면 다음과 같다. 순용(順用)의 격국(格局)과 역용(逆用)의 격국이 있는데 순용은 ㉠ 정관격(正官格) ㉡ 정인격(正印格) ㉢ 식신격(食神格) ㉣ 재격(財格)으로 이에 해당되는 격국을 생조(生助)하거나 설기(洩氣)시켜 상생의 구도가 되어야 길하다는 것이다. 역용의 격국은 ㉠칠 살격(七殺格) ㉡ 상관격(傷官格) ㉢ 편인격(偏印格) ㉣ 양인격(羊刃格)으로 격국을 이룬 오행을 극하는 오행의 글자가 포진되어야 성격을 논할 수 있다는 것이다. 일간(日干)은 결국 용신법(用神法)으로 명식(命式)의 그릇을 짐작하고, 후대의 서낙오(徐樂吾)식 억부용신법(抑扶用神法)으로는 운의 희기(喜氣)를 판단하는 식이다.

24) 경연에 나아갔다. 임금이 대제학 변계량(卞季良)을 불러서 명하기를 '유순도(庚順道)와 더불어 세자의 배필을 점쳐서 알려라' 하였다. 계량이 약간 사주의 운명을 볼 줄 알았고, 순도는 비록 유학에 종사하는 자이나 순전히 음양 술수와 의술로 진출한 자였다(『조선왕조실록』, 세종 7년 3월 29일, <태백산사고본> 9책 27권 36장).

하고 분석해 보고자 한다. 이러한 관찰과 분석을 통하여 백석 시인의 운명이 지니고 있는 특성을 새롭게 점검해보면서 동시에 시인의 명리학적 경과가 보여주는 내용과 그 윤곽이 작품세계에 미친 영향까지 이해할 수 있는 유익한 근거가 될 수 있으리라는 기대를 갖는다. 먼저 백석 시인이 지닌 운명관에 대한 내적 울림의 근거를 일단 주목해보기로 한다.

백석의 생일은 1912년 7월 1일이다. 이날은 만세력을 찾아 음력으로 풀이하면 임자년 5월17일로써 년주는 임자, 월주는 병오, 일주는 무인일이 된다. 임자생의 남성이므로 대운은 순운(順運)의 방향으로 흐르게 되어 정미, 무신, 기유, 경술, 신해, 임자, 계축, 갑인, 을묘의 순(順)으로 흘러간다. 표를 만들어 보면 다음과 같다.

■ 간지(干支)로 본 백석의 생애

임자(壬子)년, 병오(丙午)월, 무인(戊寅)일생
년→편재(水), 정재(水)
월→편인(火), 인수(火)
일→무(土), 편관(木)
정미(2세), 무신(12세), 기유(22세), 경술(32세),
신해(42세), 임자(52세), 계축(62세), 갑인(72세), 을묘(82세)

구분	천간	지지	지장간	12운	신살	공망 辛, 酉
생년(년주)	임(壬) 편재 (偏財)	자(子) 정재 (正財)	임(壬) 계(癸)	태(胎)		
생월(월주)	병(丙) 편인 (偏印)	오(午) 인수 (印綬)	병(丙) 기(己) 정(丁)	제왕(帝王)	천주귀신, 장성, 양인	
생일(일주)	무(戊)	인(寅) 편관 (偏官)	무(戊) 병(丙) 갑(甲)	장생(長生)		

〈도표 4〉 백석 시인의 사주(四柱)

백석의 일주는 5월의 무(戊) 토(土)이다. 자료해석에 의하면 이러한 일주는 '한여름에 불(火)이 조(燥)하고 열(熱)하니, 먼저 임수(水)를 써서 화(火)의 기운을 제하고 갑(甲)목(木)을 취하여 무(戊) 토(土)를 소토'해주면 좋다고 한다.25)

보통 사람들은 10년마다 운세가 바뀐다고 하는데 백석의 운세는 그의 생애를 통하여 2세 → 12세 → 22세 → 32세 → 42세 → 52세 → 62세 → 72세 → 82세마다 10년 주기로 운세가 크게 바뀌어왔던 것으로 추정된다. 년주는 쥐띠에 해당하므로 자귀성(子貴星), 월주는 음력 5월이므로 진간성(辰奸星), 일주는 무인(戊寅)일로써 신고성(申孤星)이 붙어 있다.26)

시인의 성향은 월지에 인수라는 별로 분석한다. 인수성은 학문을 상징하는데 이 별을 가진 사람은 넓은 지식과 온화한 마음과 명예를 존중하는 성질을 갖고 있으므로 직업적성은 교육직종에 가장 부합된다고 한다. 또한 인수성은 홀로 사색하는 시간을 귀중히 여기는 기질이다. 그러므로 교육 이외에는 예술적 활동에 가장 적합하다는 특성을 지닌다. 백석 시인은 문학을 전공하였으므로 명리학적 성향에 맞게 자신의 삶을 살아간 것으로 보인다.

이렇게 풀이해 볼 때, 만상의 지극한 평화와 융합, 화해를 지향했던 백석 시인의 어질고 인자했던 기질과 성품은 인수성의 영향을 받은 것으로 정리할 수 있다. 그런데 편인성이 같이 있기 때문에 한 가지 직업을 꾸준히 지켜가지 못하는 결점을 동시에 지니고 있는 것이다. 실제로 백석 시

---

25) 김우제, 『사주통서』, 한림원, 1986, 248쪽 참조.
26) 유덕선 역, 『손자사주병법』, 세종출판공사, 1988, 13~267쪽.
　　년천귀(年天貴)의 특징은 유귀총명(有貴聰明), 만인앙시(萬人仰視), 배궁불리(配宮不利) 등이다. 월천간(月天奸)의 특징은 다재다능(多才多能), 중년위액(中年多厄), 배궁유우(配宮有憂), 약무처액(若無妻厄), 친궁수심(親宮愁心) 등이다, 일신고(日申孤)의 특징은 육친무덕(六親無德), 일신고단(一身苦單), 이거객향(移居客鄉), 평생고독(平生孤獨) 등으로 해석된다. 전체적인 운세는 천강(天罡)으로 작은 고기가 변하여 큰 용이 되는 형국이다. 손자는 병법에 능통했던 대가이면서 동시에 천기와 역학에도 크게 회통한 현인이었다. 사주병법은 손자의 인사부문에 대한 가르침이다.

인은 언론사 기자, 교사를 역임하였고, 만주시절에는 소작인, 국경지역의 세관원, 측량보조원 등등 여러 험난한 직업을 전전하며 심지어는 유랑생활도 했던 것으로 확인된다.

백석 시인의 재산 운은 월주의 숙명성(宿命星)으로 간주된다. 월주는 편인과 인수의 조합이므로 본업과 부업이 뒤죽박죽이 되어서 재산이 집중되지 않고 일시에 사라질 운명을 지니고 있다.[27] 더구나 일주가 신고성(辛孤星)으로 고독을 상징하는 별이 자리를 잡고 있으니 부부 운은 외롭고 쓸쓸한 운세를 의미한다. 실제로 명리학에서의 판단처럼 백석의 삶은 평생 고단하였고, 가족이산의 고독과 아픔을 겪었으며, 분단 이후에도 궁벽한 산촌으로 숙청되는 신산(辛酸)한 생애를 보내었다.

시인의 사주는 임수(水)를 먼저 취하여야 한다는 이론을 응용하기가 쉽다. 그러나 인수인 불(火)과 재성인 물(水)이 팽팽하게 대결할 때에는 통관신인 관성목(木)을 용신으로 해야 한다. 따라서 갑(甲)이 들어오는 해는 운이 좋은 해이다. 여기서 주목할 것은 72세 되는 해부터 10년간 대운이 돌아온다는 점이다. 72세부터 대운이 들어오는 갑인해이고, 그 해는 1984년부터 1994년까지인 셈이며, 이 때 길운이 발하여 시인의 명예는 최고에 달하게 되는 것이다.

실제로 백석과 관련된 학계의 동향과 성과를 살펴보면 1984년 고형진이 백석의 시를 집중적으로 다룬 『백석시연구』로써 백석 시인의 시어와 세계를 조명하였으며, 그 다음해에 김명인이 백석의 시세계와 높은 가치성을 재조명하는 논문을 발표하였다. 1987년에는 이동순이 해방 이후 최초로 백석의 시작품을 모아서 정리한 『백석시전집』(창작과비평사)을 발간하여 학계와 언론의 큰 주목을 받았으며 백석 시인을 민족문학사에 자연스럽게 복원시키는 계기를 마련하였다. 1988년에는 서울올림픽을 앞두고 납월재북 문화예술인들의 정치적 금지와 속박에서 풀려나는 해금(解禁)의 감격을 누리게 되었다.[28] 백석이 지닌 운명론적 관점에서 검토해 볼

---

27) 오창학 편, 『십간십이지 초인생 비법』, 대아출판사, 1986, 311쪽.

때 이러한 자료들의 편찬과 발간은 마땅히 이루어져야할 시점에 이루어진 당연한 성과들이다.

백석과 그의 시작품은 오늘날 한국의 시인들이 가장 많은 영향을 받은 시인으로 손꼽힐 뿐 아니라, 국문학 연구자들이 가장 선호하는 연구테마로서 각광을 받고 있다.[29] 그리하여 이 글은 이러한 사실을 근거로 하여 백석의 사주와 운명론의 근사치를 발견하고 확인할 수 있는 것이다.

(1) 소박과 고적(孤寂)의 정신 및 운명론의 시적 형상

가난한 내가
아름다운 나타샤를 사랑해서
오늘밤은 푹푹 눈이 나린다

나타샤를 사랑은 하고
눈은 푹푹 날리고
나는 혼자 쓸쓸히 앉어 燒酒를 마신다
燒酒를 마시며 생각한다
나타샤와 나는
눈이 푹푹 쌓이는 밤 흰당나귀 타고
산골로 가자 출출이 우는 깊은 산골로가 마가리에 살자

눈은 푹푹 나리고

---

28) 백석 시인과 그의 모든 문학작품은 남한사회에서 월북시인으로 간주되어 1988년 해금되기까지 분단 43년 동안 그 유통이 금지되어 있었다. 백석 시인의 경우 자신의 고향 평북 정주에서 분단을 맞이하였으므로 정확한 분류를 하자면 월북시인이 아니라 재북시인(在北詩人)이 맞다. 참고로 최두석이 1982년에 김영랑 정지용 이상 백석을 함께 다루었다. 그러나 학계에서는 백석 시인만을 단독으로 집중 조명하였다는 점에서 고형진의 논문을 최초의 논문으로 받아들이고 있다.

29) 신준봉, 「꼭꼭 숨었던 백석 시 '머리카락' 찾았다」, <중앙일보>, 2009.3.16, 문화면. 이 기사에서는 '지금은 백석의 시대. 김소월, 윤동주 등을 제치고 국문학 석·박사 전공자들이 가장 많이 연구한다'라고 하였다.

나는 나타샤를 생각하고

나타샤가 아니 올 리 없다

언제 벌써 내 속에 고조곤히 와 이야기한다

산골로 가는 것은 세상한테 지는 것이 아니다

세상 같은 건 더러워 버리는 것이다

눈은 푹푹 나리고

아름다운 나타샤는 나를 사랑하고

어데서 흰당나귀도 오늘밤이 좋아서 응앙응앙 울을 것이다

　　　　　　　　　－ 시「나와 나타샤와 흰당나귀」전문

「나와 나타샤와 흰당나귀」는 백석 시의 내적 울림이 잘 나타난 시이다. 이 작품은 의식의 흐름에 의한 기법을 사용하여 낭만적으로 보이나, 독자들에게는 시적화자가 운명을 뛰어넘지 못하고 있음을 인식시킨다. 시적화자는 나타샤로 대입되는 자야와의 사랑이 이해받지 못하는 세상의 규율과 이해가 싫어서 도피를 꿈꾸고 있는 것으로 보인다. 그러나 막상 도피를 실행에 옮기지는 못한다. 소주(燒酒)를 마시는 그 공간 상상 속에서만 존재하고 있다. 텍스트가 현재＋미래, 현실＋상상의 구조로 되어 있는 것에서도 이를 확인할 수 있다. 즉 시작품「나와 나타샤와 흰 당나귀」는 현실의 공간과 초현실의 세계를 자유롭게 넘나들며 몽환적 기법으로 시적자아의 내적인 정황을 보여준다. 이 시작품에 등장하는 흰 눈, 밤, 오두막집, 뱁새, 소주, 흰 당나귀는 시인의 낭만적 감성과 어우러져 사랑의 체험이 없는 독자라 할지라도 자연스럽게 감성지수를 상승시키고 있다.

백석에게는 규제받는 사랑의 대상에 향하여 세상의 이해를 뛰어넘는 능동성이 보이지 않는다. 수동적 연애를 할 수밖에 없는 시인의 감정이 낙하된 지점은 고작 상상 속의 풍경일 뿐이다. 여기에서 주목되는 시어는 '마가리(오두막집)'와 '출출이(뱁새)' 등이다. 깊은 산골의 '마가리'라는 언술은 세상에서 은둔을 하고 싶을 때 생각하는 장소로써 도시생활을 뿌리치고 전원생

활을 하며 자연의 섭리대로 살아가고 싶다는 의미가 내포되어 있다.

즉 '학문을 버리면 근심이 없을 것(絶學無憂, 『도덕경』 제20장)'이기에 모든 것을 버리고 산으로 들어가고 싶다는 의식이 있는 것이다. 시적자아 속에는 실행으로 옮길 수 없는 상상 속의 갈구와 사랑에 대한 시인의 양가(兩價)감정이 존재한다. 하나는 '다른 사람이 두려워하면 나도 두려워하지 않을 수 없다(人之所畏 不可不畏, 『도덕경』 제20장)'는 의식이고, 다른 하나는 '세상 같은 건 더러워서 버리는 것이다'의 구절처럼 시인이 맞이한 사랑의 형태에 대한 '타자의 시선'을 벗어나고픈 감정이라고 할 수 있다. 또한 '세상 같은 것은 더러워 버리는 것이다'는 의식의 흐름은 시인의 사주에 있는 신고성(申孤星)과 무관하지 않다. 바로 이점에서 인용 작품에는 우주적 원리로서의 운명론이 들어 있고, 소박과 고적(孤寂)을 중요시했던 시인의 철학이 스며있다고 하겠다.

그런데 백석 시인이 사랑했던 여인들은 순종적이고 가정적인 여성상이 아니다. 남존여비사상이 점철되던 시대에 남성적 요소가 강한 성질을 지닌 여성들이었다. 융(C.G. Jung, 1875~1961)은 '아들이 어머니에게 무의식적으로 투사하는 요소를 모성 이마고'라고 설명하였는데, 이 주장에 따르면 백석은 어머니의 이마고(imago)로부터 아니무스(animus)적 여성상에 익숙해왔다고 할 수 있다.30) 그러기 때문에 그 자신이 발견한 사랑이 어려운 상황일수록 소극적으로 움츠러드는 심리를 나타내게 된다.

백석은 자신이 지닌 운명관 때문에 작품에서까지 소극적 사랑을 전개하였다.31)

---

30) 박미선, 「백석 시에 나타난 시의식의 변모과정」, 『어문학보』, 2004, 6쪽.
  아니무스(animus)는 여성이 지니는 무의식적인 남성적 요소로써 심리학자 C. 융이 명명한 용어이다.
31) 日本 山口新聞, 2009.3.23, 5쪽(地球人間模樣@ love), '白は 二人の 愛を テーマに 「海」や「私と ナターシャと 白いロバ」などの 作品を 書いた, 白の 兩親は 妓生との 生活を 許さず 白を 故郷に 呼び 强制的に 結婚式を 擧げ させた, しかし, 白は すぐ 逃亡し 金の 元に 戻った, 白は 金に 二人で 誰も 知らない 中國の 東北地方

이 시작품에서 시인은 한 여성을 그리워하면서 그 감정과 정서를 고백하듯이 보여주고 있다. 그러나 시인에게는 규제받는 사랑의 대상에 대해서 세상의 가치관을 뛰어넘으려는 능동성이 없다. 백석이 운명을 극복하는 능동적인 생각을 하지 못하는 이유는 백석의 의식 밑바닥에 갈아 앉아 있는 운명론에 대한 순응 때문이 아닌가 한다. 백석 시인은 이러한 자신의 운명을 알고 있었다고 할 수 있다. 바로 다음 시에서 그 내적 울림이 나타나고 있기 때문이다.

오늘 저녁 이 좁다란 방의 흰 바람벽에
어쩐지 쓸쓸한 것만이 오고 간다
이 흰 바람벽에
희미한 十五燭 전등이 지치운 불빛을 내어던지고
때글은 다 낡은 무명샤쯔가 어두운 그림자를 쉬이고
그리고 또 달디단 따끈한 감주나 한잔 먹고 싶다고 생각하는 내 가
지가지 외로운 생각이 헤매인다
그런데 이것은 또 어인 일인가
이 흰 바람벽에
내 가난한 늙은 어머니가 있다
내 가난한 늙은 어머니가

で 暮らそうと 誘つたが 金は これを 拒んだ, 豊かな 生活に 慣れた金に, 生活能力のない詩人との極寒の中國での生活は不可能だっ た, しかし, 解放, そして朝鮮戰爭を經ての南北分斷により, 二人は再び会うことはなかった,(「南北分斷 別の人生」－詩人と 妓生の 悲戀 (コリア)': 백석은 연인 '자야'와의 사랑을 테마로 「바다」와 「나와 나탸샤와 흰 당나귀」 등의 시작품을 썼다. 백석의 양친은 기생과의 생활을 허락하지 않고 아들을 고향에 데려가 강제적으로 결혼식을 올리게 했다. 그러나 백석은 곧 빠져나와 '자야'의 집으로 돌아왔다. 백석은 두 사람이 아무도 알지 못하는 중국의 동북지방으로 가서 살자고 했으나, '자야'는 이를 거절했다. 풍족한 생활습관에 젖은 '자야'에게는 생활능력이 없는 시인과 극한의 중국으로 가서 생활한다는 것이 사실상 불가능한 일이었던 것이다. 그러나 해방에 이어 한국전쟁이 끝난 뒤 남북이 영구히 분단되면서 두 사람은 다시 만날 수 없었다(해석은 필자).

이렇게 시퍼러둥둥하니 추운 날인데 차디찬 물에 손은 담그고 무
이며 배추를 씻고 있다
　또 내 사랑하는 사람이 있다
　내 사랑하는 어여쁜 사람이
　어늬 먼 앞대 조용한 개포가의 나즈막한 집에서
　그의 지아비와 마조 앉어 대구국을 끓여놓고 저녁을 먹는다
　벌서 어린것도 생겨서 옆에 끼고 저녁을 먹는다
　그런데 또 이즈막하야 어늬 사이엔가
　이 흰 바람벽엔
　내 쓸쓸한 얼골을 쳐다보며
　이러한 글자들이 지나간다
　－－－나는 이 세상에서 가난하고 외롭고 높고 쓸쓸하니 살어가
도록 태어났다
　그리고 이 세상을 살어가는데
　내 가슴은 너무도 많이 뜨거운 것으로 호젓한 것으로 사랑으로 슬
픔으로 가득찬다
　그리고 이번에는 나를 위로하는 듯이 나를 울력하는 듯이
　눈질을 하며 주먹질을 하며 이런 글자들이 지나간다
　－－－하눌이 이 세상을 내일 적에 그가 가장 귀해하고 사랑하는
것들은 모두
　가난하고 외롭고 높고 쓸쓸하니 그리고 언제나 넘치는 사랑과 슬
픔 속에 살도록 만드신 것이다
　초생달과 바구지꽃과 짝새와 당나귀가 그러하듯이
　그리고 또 '프랑시쓰 쨈'과 陶淵明과 '라이넬 마리아 릴케'가 그러
하듯이

－ 시 「흰 바람벽이 있어」 전문

　최두석은 '그에게 있어 고향상실은 운명적인 것이다. 내가 이 세상에서
가난하고 외롭고 높고 쓸쓸하니 살아가도록 태어났다는 말은 일종의 운명
론적 세계관의 표명이며 운명론적 인식의 표현이다'[32]라고 정리하였다.

백석의 이 시작품은 『장자』의 <대종사(大宗師)>편을 시작품의 밑그림으로 응용하고 있는 것으로 보인다. <대종사>편에는 '하늘은 빠뜨림 없이 덮어 주고 땅은 빠짐없이 실어주니, 저 하늘과 땅이 하필 나만을 가난하게 하였겠는가, 나를 가난하게 만든 것이 무엇인가 하고 애써 생각해 보지만 전혀 알 수가 없다. 그런데도 이런 막바지에 몰린 것은 운명이다(天無私覆 地無私載 天地豈私貧我哉 求其爲之者而不得也 然而至此極者命也夫,『장자』<대종사>편)'고 나타나 있다. 이것은 시적화자가 '나는 이 세상에서 가난하고 외롭고 높고 쓸쓸하니 살어 가도록 태어났다'고 고백하고 있는 것과 동일한 성질이다.

명리학상으로 볼 때 백석의 경우 일주에 '고(孤)'가 붙어있기 때문에 외로운 운명을 타고난 사주이다. 시작품에서 시인은 사랑하는 여인들과도 자주 이별을 하면서 슬픔으로 가득차지만 운명이라고 체념하고 있다. 하늘이 시인을 이 세상에 태어나게 할 적에 받은 사주의 원리처럼 백석은 일찍 배우자를 만나면 별로 이롭지 못하다. 그러나 귀인의 기운을 타고 있어 총명하다.

『도덕경』 제72장에는 '처신을 좁게 하지 말고, 삶을 싫어하지 말아야 한다. 성인은 자신을 알면서도 자신을 드러내지 않으며, 자기를 소중히 하면서도 스스로를 구하게 하지 않는다. 그러므로 자기를 드러내며 귀하게 하기를 버리고, 자기를 살펴 알고 자기를 소중히 하기를 취한다(無狹其所居 無厭其所生 夫唯不厭 是以不厭 是以聖人 自知不自見 自愛不自貴 故去彼取此,『도덕경』 제72장)'는 구절이 있다. 시적화자는 자신을 드러내지 않고 살면서 소중한 삶을 살다 간 프랑시스 잼과 도연명과 릴케처럼 영혼이 아름다운 사람이 되겠다는 의지를 되새기면서 다짐하고 있다고 본다.

---

32) 최두석, 「백석의 시세계와 창작의 방법」,『한국 리얼리즘 작가연구』, 문학과지성사, 1988, 317쪽.

어느 사이에 나는 아내도 없고, 또,

아내와 같이 살던 집도 없어지고,

그리고 살뜰한 부모며 동생들과도 멀리 떨어져서,

그 어느 바람 세인 쓸쓸한 거리 끝에 헤매이었다.

바로 날도 저물어서,

바람은 더욱 세게 불고, 추위는 점점 더해 오는데,

나는 어느 목수네 집 헌 삿을 깐,

한 방에 들어서 쥔을 붙이었다.

이리하여 나는 이 습내 나는 춥고, 누긋한 방에서,

낮이나 밤이나 나는 나 혼자도 너무 많은 것 같이 생각하며,

딜옹배기에 북덕불이라도 담겨 오면,

이것을 안고 손을 쬐며 재 우에 뜻없이 글자를 쓰기도 하며,

또 문밖에 나가디두 않구 자리에 누워서,

머리에 손깍지벼개를 하고 굴기도 하면서,

나는 내 슬픔이며 어리석음이며를 소처럼 연하여 쌔김질하는 것
이었다.

내 가슴이 꽉 메어 올 적이며,

내 눈에 뜨거운 것이 핑 괴일 적이며,

또 내 스스로 화끈 낯이 붉도록 부끄러울 적이며,

나는 내 슬픔과 어리석음에 눌리어 죽을 수밖에 없는 것을 느끼는
것이었다.

그러나 잠시 뒤에 나는 고개를 들어,

허연 문창을 바라보든가 또 눈을 떠서 높은 턴정을 쳐다보는 것인데,

이때 나는 내 뜻이며 힘으로, 나를 이끌어 가는 것이 힘든 일인 것
을 생각하고,

이것들보다 더 크고, 높은 것이 있어서, 나를 마음대로 굴려 가는
것을 생각하는 것인데,

이렇게 하여 여러 날이 지나는 동안에,

내 어지러운 마음에는 슬픔이며, 한탄이며, 가라앉을 것은 차츰 앙
금이 되어 가라앉고,

외로운 생각만이 드는 때쯤 해서는,

더러 나줏손에 쌀랑쌀랑 싸락눈이 와서 문창을 치기도 하는 때도
있는데,
　나는 이런 저녁에는 화로를 더욱 다가 끼며, 무릎을 꿇어 보며,
　어니 먼 산 뒷옆에 바우섶에 따로 외로이 서서,
　어두워 오는데 하이야니 눈을 맞을, 그 마른 잎새에는,
　쌀랑쌀랑 소리도 나며 눈을 맞을,
　그 드물다는 굳고 정한 갈매나무라는 나무를 생각하는 것이었다.
　　　－ 시「남신의주 유동 박시봉방(南新義州 柳洞 朴氏逢方)」전문

　백석의 시에 대해 운명론적 관점으로 논의한 것은 유종호가 처음이다.
그는 이 작품에서 '무력한 인간의 의지를 깨닫고 운명의 힘에 항복한 시
인이 체념을 배우고 암벽에 외로이 서서 눈을 맞고 있는 굳고 정한 갈매
나무처럼 살기를 다짐하는' 것으로 해석하였다.[33] 장도준은 이 시를 해석
하면서 어떠한 시련 속에서도 고고한 자세로 살겠다는 극복의 미학으로
보았다.[34] 이 시작품의 근원에 접근하는 관점은 사색어의 발견과 마음의
발견을 통해 자신의 현재 상황을 극복하려하는 관점에서 접근할 수도 있
다.[35] 그렇다면 백석이 과연 자기의 운명을 어떠한 것으로 풀이하고 있었
는가 하는 의문이 생길 수 있다. 이 글은 이러한 운명론적 측면에 대하여
살펴보기로 한다.

　시에 등장하는 갈매나무는 골짜기 개울가에서 자라고, 높이는 2미터
가량 가시가 돋고 늦봄에 꽃이 피며 나무껍질과 열매는 물감이나 약재로
사용한다고 한다. 따라서 갈매나무는 사람에게 이로운 나무이다.

　제1행부터 제8행까지는 시적화자가 처해있는 상황을 언술하고 있다.
시적화자의 언술에는 남의 집에 갈대를 엮어 만든 자리를 깔아 세입자의

---

33) 유종호,「한국의 페시미즘」,『비순수의 선언』, 신구문화사, 1962, 103~106쪽.
34) 장도준,「백석 시의 화자와 표현기법」,『한국현대시의 전통과 새로움』, 새미, 1998,
　　278쪽.
35) 류순태,「백석 시에 나타난 고향의식의 아이러니 연구」,『한중 인문학연구』제12
　　집, 2004, 90쪽.

처지로 살고 있다는 사실과, 게다가 겨울이고 날도 저물어 바람까지 세차게 부는 추운 날씨란 정황이 담겨 있다.

제9행부터 제15행까지는 자신의 삶을 성찰하고 있다. 제16행부터 제19행까지는 성찰하면서 회한과 자기연민과 후회로 범벅이 되는 자기반성의 시간이 표출된다. 여기에는 '내 슬픔과 어리석음에 눌리어 죽을 수밖에 없는 것'이라는 언술에서 나타나듯이 극한상황이 담겨있는 것이다. 그런데 '도(道)'의 이치는 '허(虛)'의 지극함에 이르면 다시 일어서는 원리가 있다. 시적화자는 '공허하게 함이 극에 달하고 고요함을 지킴이 짙어지면, 만물은 서로 아울러 생동한다(致虛極 守靜篤 萬物竝作,『도덕경』제16장)'는 이치적 상황 속에 있는 것이다.

제20행부터는 시적화자가 운명을 생각해보는 시간을 갖는다. 시인은 '내 뜻이며 힘으로, 나를 이끌어 가는 것이 힘든 일인 것'을 생각한다. 여기에서 시인이 언술한 '이것들보다 더 크고, 높은 것이 있어서, 나를 마음대로 굴려 가는 것을 생각하는 것'은 천명이라 할 수 있다. 이것은 장자에 있는 '하늘은 빠뜨림 없이 덮어 주고 땅은 빠짐없이 실어주니, 저 하늘과 땅이 하필 나만을 가난하게 하였겠는가. 나를 가난하게 만든 것이 무엇인가 하고 애써 생각해 보지만 전혀 알 수가 없다. 그런데도 이런 막바지에 몰린 것은 운명이다(天無私覆 地無私載 天地豈私貧我哉 求其爲之者而不得也 然而至此極者 命也夫,『장자』<대종사>편)'와 같은 진리인 것이다.

이와 같이 백석 시인은 시「흰 바람벽이 있어」에 있어서도 운명론적 관점을 수용하고 있으며, 쓸쓸하고 외로운 자신의 존재를 '드물고 굳고 정한 갈매나무'로 대입시켜 놓았다. 이 시작품은 해방시기에 집필한 백석의 마지막 작품으로 친구 허준에 의해 1948년 10월『학풍(學風)』지를 통해 발표되었다. 시작품의 제목을 풀이하자면 '남신의주 유동에 위치한 박시봉이라는 사람의 집에서'라는 뜻이다. '방(方)'은 주로 편지를 보낼 때 피봉에 수신자 이름을 쓰면서 세대주 이름 아래에 '아무개 방(方)'이라고 붙여서,

수신자가 세대주의 집에 거처하고 있음을 구체적으로 명시할 때 쓰인다.

이 시작품은 소중한 것을 모두 잃어버린 시적화자의 슬프고도 기막힌 처지를 고백하고 있으면서 운명의 힘을 깨닫는 것으로 되어 있다. 자기가 자기를 이끌어가는 것이 힘든 일이지마는 '더 크고, 높은 것이 있어서, 나를 마음대로 굴려 가는 것'이 운명이라고 해석하고 있는 것이다. 이 글에서는 이 작품에서 보이는 백석의 운명에 대한 시각을 '운명에 대한 항복'이라기보다는 고향을 떠나 타향으로 떠돌아다니는 이거객향(移居客鄕), 즉 평생토록 고독한 운명임을 깨달은 데서 오는 자기성찰로 보고자 한다.

백석 시인은 배우자 궁에 이른바 천고(天孤)가 들어 있다. 천고가 들어있는 사람은 육친무덕(六親無德), 일신고단(一身苦單), 성패다단(成敗多端), 허다풍상(許多風霜), 생이사별(生離死別), 누차파경(累次破鏡) 등의 매우 곤고한 삶의 국면을 지니고 있다.[36] 인용 시는 가정적으로 소박하게 살며, 문학행위를 통해 자신을 승화시키겠다는 백석시인의 의식지향이 실감나게 다가온다. 말하자면 절망에서 빠져나오는 유연함이 바로 이 시작품을 이해하는 핵심적 포인트이자 미학인 것이다.

(2) 유약(柔弱)과 겸허의 서정성

> 北關에 계집은 튼튼하다
> 北關에 계집은 아름답다
> 아름답고 튼튼한 계집은 있어서
> 흰 저고리에 붉은 깃동을 달아
> 검정치마에 받처입은 것은
> 나의 꼭 하나 즐거운 꿈이였드니
> 어늬 아츰 계집은
> 머리에 무거운 동이를 이고

---

36) 손자,『손자사주병법』, 세종출판공사, 1988, 140쪽.

손에 어린것의 손을 끌고
가파러운 언덕길을
숨이 차서 올라갔다
나는 한종일 서러웠다

－ 시 「절망(絶望)」 전문

이 작품에서도 백석의 운명론적 성격은 잘 드러나고 있다. 북관에서 보는 여인의 모습은 매우 싱싱하고 아름답다. 시적화자는 날마다 그 여성을 눈으로 보는 즐거운 비밀이 있었다. 붉은 깃동을 단 흰 저고리에 검정치마를 입은 계집의 튼튼하고 아름다운 모습은 시인에게 일종의 꿈을 부여한다. 그 꿈은 튼튼하고 아름다운 젊은 여인의 외형을 보는 즐거움으로 지속되는 것이다. 하지만 그의 꿈은 깨어진다. 시적화자는 어느 날 아침 그 여인이 물동이를 이고 어린애의 손을 끌고 가는 모습을 보게 된 것이다.

여기에는 장자의 '인간의 모습이라는 것은 천변만화하여 참으로 제한이 없는 것이어서 변화하여 사라지는 한순간의 기쁨은 영구한 즐거움이 아니므로 이야기할 만한 것이 못된다(若人之形者 萬化而未始有極也 其爲樂可勝計邪, 『장자』<대종사>편)'는 큰 진리가 들어있다.

아름답고 튼튼한 여성이었던 시적 대상이 머리에 무거운 동이를 이고, 어린 것의 손을 끌고 가파른 언덕길을 숨차게 올라가는 모습은 이미 여성적 아름다움과는 거리가 먼, 억척스런 생활력을 지닌 여성상일 뿐이다.

건강한 남자가 가질 수 있었던 아름다움을 보는 즐거움이 깨지는 감정을 나타낸 정서를 「절망」이라는 표제를 달고 나타내었다고 할 수 있겠다. 여기에서 시적화자가 자신의 꿈을 실현하기위해서 시적 대상에게 어떤 행동을 적극적으로 하지 않았던 것은 천고(天孤)성을 지니고 있는 자신의 운명적 암시를 알고 있는 데서 오는 잠재의식의 소산일 수 있다. 눈여겨 볼 것은 시적화자가 눈으로 보기만 하고 적극적으로 나서지 않는 유약함이다.

이 시가 의운이 있는 것은 고필픈 중에서도 아름답고 싱싱한 여인을 밀

리서 훔쳐보는 세계에 몰입하는 정경과 그 정경을 빠져나오는 연결고리
에서 그 세계가 자기가 취할 수 있는 세계가 아니라는 시인의 자아 속에
예술적 안목과 미적 정서가 내재되어있기 때문이다.

밖은 봄철날 따디기의 누굿하니 푹석한 밤이다
거리에는 사람두 많이 나서 흥성흥성 할 것이다
어쩐지 이 사람들과 친하니 싸단니고 싶은 밤이다
그렇건만 나는 하이얀 자리우에서 마른 팔뚝의
샛파란 핏대를 바라보며 나는 가난한 아버지를 가진 것과
내가 오래 그려오든 처녀가 시집을 간 것과
그렇게도 살틀하든 동무가 나를 버린 일을 생각한다
또 내가 아는 그 몸이 성하고 돈도 있는 사람들이
즐거이 술을 먹으러 다닐 것과
내 손에는 新刊書 하나도 없는 것과
그리고 그 '아서라 世上事'라도 들을
류성기도 없는 것을 생각한다

그리고 이러한 생각이 내 눈가를 내 가슴가를 뜨겁게 하는것도 생
각한다
— 시「내가 생각하는 것은」전문

백석은 유년기에는 어머니의 세력권 안에서 자아를 형성할 수 있었다.
그러나 일본유학까지 다녀온 백석은 빛바랜 전통과 아버지의 부권상실에
서 빚어진 나약함에 의해 소극적이고, 섬세하고, 여성편향적 성격을 형성
하게 되었던 것 같다.[37]
시작품「내가 생각하는 것은」에서 시적자아는 따스한 봄밤이지만 세
상에 대한 슬픔을 느끼고 있다. 시적 자아가 지닌 슬픔의 요소는 결여, 혹

---

37) 박미선,「백석 시에 나타난 시의식의 변모과정」,『어문학보』제26집, 2004, 82쪽
참조.

은 결핍이다. 거리에는 돈 있는 사람들이 즐거이 술을 마시러 다닌다. 그렇지만 자기는 거리의 분위기에 휩싸이지 못한다. 하이얀 자리위에서 실핏줄이 드러나는 메마른 팔뚝을 보며 애초부터 가난한 아버지를 가지고 태어난 것, 사모하던 처녀의 결혼, 사랑하는 친구의 배신, 신간서 하나 사볼 수 없고 당시 근대문명의 첨단적 상징처럼 여겨지던 유성기(留聲機) 한 대를 살 돈조차 없는 몹시 곤궁한 처지에 있는 자기에 대해 연민을 느끼고 있다. 시적화자는 가난하나 착하고 남에게 폐 끼치는 일을 하지 않으며, 친구에게 고통과 상처를 받았으면서도 절대로 미워하거나 불평하지 않는다. 오히려 내면으로 침잠함으로써 자신의 상황을 성찰한다.

'자기 자신에 대한 성찰은 그것이 어떤 반대되는 것에 제한 당하게 된다는 전제조건에 의해서만 가능하며 우리는 스스로가 일상의 삶에서 유한한 존재라고 느끼고 있기 때문에 성찰은 직관이 아니라 절대적으로 조직화된 사고이며 하나의 깨달음'[38]이다. '내 눈가를 내 가슴가를 뜨겁게 하는 것'의 언술 속에는 결핍 속에 침잠해 들어가서 자아를 성찰하고 자아콤플렉스에 쌓인 자신의 삶을 되새겨보려는 의지가 반영되어 있다. 이러한 의지는 작가에게 잠재해있던 페이소스적인 태도를 보여준다. 이 시에는 '외면하고 살아가는 자아와 이를 관찰하여 조소할 수 있는 이중의 자아가 내재한다. 그러므로 자아를 비꼬는 또 하나의 자아가 감추어져있어 자신의 어리석은 행위를 비웃는 내적 아이러니를 보여주는 것'이다.[39]

그리하여 백석 시인은 「내가 이렇게 외면하고」와 같은 시작품으로 시의식의 발전을 나타내 보여주는데 '내가'라는 언어를 사용하는 시점에서 보이는 아니마적인 정서는 자신을 성찰하여 고립된 자아 속에서 획득한 일종의 문채(文彩), 즉 언어적 무늬라 할 수 있겠다. 이러한 의식의 흐름 기법은 화자의 내면을 기술하는 경우에 쓰인다.

한편 이 시작품은 노자에서 말하는 삼보정신(三寶精神), 즉 자애로움, 검

---

38) 발터 벤야민, 박설호 역,『베를린의 유년시절』, 솔, 1988, 166쪽.
39) 김준오,『가면의 해석학』, 이우출판사, 1986, 241쪽.

소, 다투지 않음40) 중 두 개가 수용되어 있다. 하나는 '살틀하든 동무가 나를 벌인 일'에도 혼자만 연민으로 삭히는 것을 다룬 언술로서 '다투지 않는 정신'이 바로 그것이다. 나머지 하나는'이 사람들과 친하니 싸단니고 싶은 밤'이지만 집에만 있다는 언술 그리고 '그—아스라 世上事—라도 들을 류성기도 없는 것'이라는 시적 언술에는 자신의 욕망을 절제하는 시인의 검약함이 드러나고 있는 것이다.

　　　내가 이렇게 외면하고 거리를 걸어가는 것은 잠풍 날씨가 너무나
좋은 탓이고
　　　가난한 동무가 새 구두를 신고 지나간 탓이고 언제나 꼭 같은 넥타
이를 매고 고흔 사람을 사랑하는 탓이다

　　　내가 이렇게 외면하고 거리를 걸어가는 것은 또 내 많지 못한 월급
이 얼마나 고마운 탓이고
　　　이렇게 젊은 나이로 코밑수염도 길러보는 탓이고 그리고 어늬 가
난한 집 부엌으로 달재 생선을 진장에 꼿꼿이 지진 것은 맛도 있다는
말이 자꼬 들려오는탓이다

　　　　　　　　　　　　　　　　　　　—시「내가 이렇게 외면하고」전문

이 작품은 시적자아를 향해 심경을 토로하는 독백체로써 독자에게 강한 연민의 감정을 유도하는 동시에 인간을 성찰하게 하는 힘이 있다. 가난한 생활을 하면서도 편안한 마음으로 모든 것에 고마워하는 안빈낙도의 자세가 독자에게 성숙된 이해를 불러일으키는 것이다. '이렇게 외면하고 거리를 걸어가는 것'이란 대목은 '시인이 자신의 행복한 기분을 오래 유지하기 위해서'로 읽힌다. 시인이 다른 사물을 보거나 타인을 만나면

---

40) 노자의 삼보사상은 '나에게 세 가지 보물이 있으니 그것을 지녀 간직한다. 하나는 자애로움이고, 둘은 검약함이며, 셋은 다투지 않는 것이다. 즉 감히 천하 앞에 나서지 않는 것이다(我有三寶 持而保之 一曰慈 二曰儉 三曰不敢爲天下先,『도덕경』제 67장).

관점의 이동으로 도리어 기분이 흐트러질 수도 있기 때문이다.

그 행복한 기분은 여섯 가지 '탓이다'로 요약할 수 있다. '탓이다'는 '덕택이다'로도 치환될 수 있는 내용들이다. 그러면 시작품에 나타난 여섯 가지 내용을 분석해보자.

첫째는 날씨가 '잠풍 날씨'인 덕택이다. 잠풍이란 말은 바람이 잔잔하게 부는 날씨로 '나뭇가지의 끝이 살랑살랑 흔들리는(之調調之刁刁, 『장자』<제물>편)' 날씨를 뜻한다.[41]

둘째는 가난한 친구가 새 구두를 신고 지나가는 것을 보았는데, 이는 가난한 친구의 만족감이 이심전심으로 전해져서 기분이 즐거운 덕택이라 하겠다. 가난한 친구의 새 구두에 기뻐하는 시인의 마음에는 '사람과 더불어 화합하는 것을 인락이라 한다(與人和者 謂之人樂, 『장자』<천도(天道)>편)'는 정신이 들어 있는 것이다.

셋째는 시인의 겉치레는 소박하지만 마음속은 고운 사람을 사랑하는 마음으로 꽉 채워져 있는데, 이것은 고운 사람을 가진 덕택으로 읽힌다.

넷째는 월급이 나오는 직장이 있는 덕택이다.

다섯째는 하고 싶었던 콧수염을 길러보는 덕택이다.

여섯째는 가난한집에서 달재생선을 지진 것은 맛있다는 말이 들려오는 덕택이다.

이상의 내용은 시적화자가 물(物)의 관점에서 사물을 대하는 것이 아니라 도(道)의 관점에서 사물을 보는 것으로 정리할 수 있다. 그러기 때문에 일상속의 생활에서도 작은 행복을 느끼게 되는 것이다.

노장사상의 관련으로 보자면 백석의 이 시작품에는 지족불욕(知足不辱)의 정신이 구현되고 있는 셈이다. 이를테면 '내 많지 못한 월급이 얼마나 고마운 탓이고'라는 언술에서는 작은 월급일망정 감사하게 느끼는 시인

---

41) '之調調之刁刁(지조조조지조조)'에서 '조조(調調)'의 의미는 나뭇가지들이 가볍게 흔들리는 모양을 가리킨다. 이와 더불어 '조조(刁刁)'는 나뭇가지의 끝이 경쾌하게 흔들리는 모양을 의미한다.

의 겸허가 들어 있고, '잠풍날씨가 너무나 좋은 탓이고'에는 날씨에 감사하는 시인의 덕이 내재해 있다.

이러한 태도는 노자의 '그러므로 만족할 줄 아는 만족은 항상 풍족하다(故知足之足 常足矣,『도덕경』제46장)'는 정신에 해당한다고 하겠다.

3) 도(道)의 일상적 추구와 그 실현방식

민족 전체가 제국주의 통치자들로부터 모질고 강력한 압박을 당하던 시기에 한 개인이 창작으로 이러한 분위기에 대응한다는 것은 결코 쉬운 일이 아니다. 실제로 일제는 전국에 신사(神社)를 세우고 한국인들로 하여금 매일 정오에 신사를 참배토록 하고, 거기서 황국신민서사(皇國臣民誓詞)를 선서하도록 하였다. 또한 초등학교 아동들에게 우리성과 이름을 일본식으로 바꾸게 하고, 평상시에도 일본어 사용을 강제하였다. 예를 들면 아동들에게 매달 일정량의 패(牌)를 나누어 주고, 한국어를 사용할 때마다 그 패(牌)를 한국어를 사용한 학생에게 주도록 하였으며, 교사는 패(牌)를 받은 만큼 점수를 빼게 하는 등 상호감시를 하였던 것이다. 뿐만 아니라 문화공작상의 필요와 종이 부족 등의 이유를 들어 한글신문인 <동아일보>와 <조선일보>, 잡지 <신동아>를 폐간시켰다.42)

이러한 상황에서 문학인들이 취할 수 있는 태도는 그 선택의 폭이 그리 넓지 않다. 문학인의 선택은 식민지 정책에 묵시적 동조를 하면서 더욱 적극적으로 친일의 논리를 수용하는 방법, 혹은 별도의 가능성을 찾아서 새로운 창작방법론을 구하는 방법, 아니면 저항하거나 절필하는 방법 등이었다. 이에 대하여 김재용은 저항 작가들에 대한 세 가지 저항의 유형

---

42) 초등학교 사회과 6~1학기 교재, 교육인적자원부, 대한교과서주식회사, 2007, 118쪽.
「제사 지낼 건지 말건지, 판단은 후대들 몫이야－종부」, <주간매일>, 2009.8.27, 39쪽.
「조선 1940년 폐간의 진실은」, <오마이뉴스>, 2004.10.9.

을 '침묵', '우회적 글쓰기', '망명' 등으로 제시하고 있다.[43] 이 중에서 백석 시인은 위기에 대응하는 하나의 우회적 방식으로 노장적 관점을 시 창작에 수용했다고 할 수 있겠다. 백석 시인의 지향은 고요한 것을 좋아하고 욕망을 줄여 소박함으로써 시비를 피하는 이른바 노장적 세계를 그리는 것이었다. 그리하여 백석 시인은 우선 노자의 도(道)에서 확고한 방법론을 찾았던 것이다.

이제 백석 시의 내면으로 들어가 보기로 하자.

> 아카시아들이 언제 흰 두레방석을 깔었나
> 어데서 물쿤 개비린내가 온다
>
> — 시「비」전문

위 작품은 모두 31자로 이루어진 소품이지만 이 속에는 노자의 도(道) 사상이 내면화되어 있다. 시인은 시작품의 제1행에서 아카시아 꽃이 떨어져 있는 광경을 그리면서 장소와 배경을 시각적 이미지(visual image)로 처리하였다. 제2행에서 비가 막 내리기 시작할 때 흔히 풍겨나는 어떤 냄새를 후각적 이미지(olfactory image)로 처리하였다. 이러한 방법으로 시인은 비오는 날, 혹은 비오기 직전의 전형적인 분위기를 그려내고 있다. 시작품에서의 이미지는 '감각을 통해 사물인식의 토대를 마련하고, 생활경험을 증대시키거나 심미적 효과를 증대시켜 그 의미기능을 담당하게 한다.'[44]

1행의 두레방석(도레방석)은 멍석의 일종으로써 짚이나 부들 따위로 커다랗고 둥글게 만든 방석이다. 한국인들은 곡식을 건조시킬 때 이 멍석을 사용하고, 또한 이것은 어디에나 펴기만 하면 앉을 수 있는 자리라는 개념으로 사용해왔다. 여기서는 아카시아 나무아래 아카시아 꽃잎들이 겹겹이 쌓여 일종의 방석 형태로 떨어져있는 광경을 보여준다. 이 시작품은

---

43) 김재용,『협력과 저항』, 소명출판사, 2004, 187쪽.
44) 문덕수・신상철,『문학일반의 이해』, 시문학사, 1992, 155쪽.

아카시아 꽃잎이 '흰 두레방석'으로 치환되면서 일종의 시적인 물화(物化) 과정을 실감나게 보여준다. '흰 두레방석'을 간 것이 '비' 때문이었는지, 아카시아 꽃잎의 현상 때문이었는지는 확인할 수 없다. 다만 외형적으로 이 시는 일단 상(像)이라는 이미지로 처리하고 있지만, 실은 변화 속의 상이 작품에 내재하고 있음을 암시하고 있는 것이다. 그리하여 백석의 시작품 「비」는 노자사상의 일단을 부분적으로 수용하고 있는 것으로 보인다.

시작품에서 노자의 정신이 이미지화된 구체적 사례를 하나씩 정리해 보자.

첫째, 떨어져 있는 아카시아 꽃잎에는 '사람들이 싫어하는 낮은 곳에 위치한다(處衆人之所惡, 『도덕경』 제8장)'라는 도의 정신을 느끼게 한다. 시작품에 나오는 아카시아 꽃은 나무 위나 지붕 위나 우마차 같은 곳에 떨어져 있는 것이 아니다. 땅에 떨어져서 '흰 두레방석' 형태를 유지하고 있는 것이다. 여기에는 아카시아가 떨어지면서도 자신을 희생해서 희고도 둥근 방석 형태를 유지함으로써 시인의 정취를 돋우고, 사람의 시각을 즐겁게 한다는 의미를 지니고 있다. 또한 시인은 아카시아 꽃을 사람이 깔고 앉는 용도인 '방석'이라는 위치의 낮은 곳에 둠으로써 아카시아 꽃이 지닌 덕(德)을 암시하고 있는 것이다. 아카시아 꽃은 '높은 덕은 덕 같지 않아 덕이 있다(上德不德 是以有德, 『도덕경』 제38장)'고 한 노자의 관점을 실행하고 있다. 다시 정리하자면 아카시아 꽃은 '자연스럽게 살지 겉보기로 살지 않는(處其實不居其華, 『도덕경』 제38장)' 것이다.

둘째, 이 시작품은 『장자』 <제물론(齊物論)>의 호접지몽(胡蝶之夢)을 연상시키고 있다. 물화(物化)란 사물의 끊임없는 변천을 말한다. 아카시아가 '흰 두레방석'으로 변화하는 것은 기(氣)의 움직임이다. 본질의 세계가 큰 기의 덩어리라면. 어떤 것이 물건으로 되는 순간, 그 속에 들어가는 기는 개체적인 기가 된다. 이처럼 기는 늘 움직인다. 이것이 되고 저것이 된다. 말하자면 아카시아 꽃과 흰 두레방석은 물아일체(物我一體)이다. 참된 도를 깨달은 사람들은 대자연의 변화를 소요유(逍遙遊)하면서 살아갈 수 있는 것이다.

시작품의 제2행에서 '개비린내'는 독자 반응에 따라 그 해석이 다양하다. 박덕규는 '개비린내'를 바닷물이 드나드는 때의 갯비린내로 읽고, '아카시아 꽃들이 만발한 숲길에서 곧 쏟아질 것만 같은 '비' 냄새로 예감하는 때의 표현'으로 판단한다. 그러나 고형진은 '비 맞은 개에서 나는 특유의 비릿한 냄새'로 해석하고 '비 내리는 마을의 대기의 정취'에 무게를 두고 풀이하고 있다. 또한 이숭원은 '비가 내릴 때 흔히 나는 비릿한 냄새'로 설명한다.[45]

이 글은 '어디서 물큰 개비린내가 온다'에서 '개비린내'의 '개'는 사전적 의미인 '동물이라는 개념을 가진 개'로 읽고자 한다. 1933년 <조선어학회(朝鮮語學會)>가 한글맞춤법체계를 통일하였고, 백석 시인은 이 규범을 그대로 따르고 있음을 확인할 수 있기 때문이다. '개'를 바닷물이 드나드는 때의 비린내로 읽으려면 맞춤법이 우선 '갯비린내'가 되어야 하고, 비가 내릴 때의 비릿한 냄새로 읽으려면 '개'가 지닌 의미 즉 '강, 내에 바닷물이 드나드는 곳'이라고 풀이한 국어사전을 수정해야 한다.

『원본 백석시집』에 의하면 백석은 'ㅅ'이 나와야 할 부분에서 반드시 '사이시옷'을 사용하고 있음을 확인한다. 그 예를 몇 가지 들면 다음과 같다.

쇠ㅅ소리   - 「오금덩이라는 곤」, 98쪽
뒤ㅅ다리   - 「하답(下畓)」, 64쪽
새ㅅ군들   - 「추일산조(秋日山朝)」, 74쪽
산뒤ㅅ   - 「쓸쓸한 길」, 83쪽
비ㅅ방울   - 「산비」, 82쪽
해ㅅ볕   - 「산곡(山谷)」, 132쪽

---

45) 박덕규, 「7월의 여유: 비…백석」, <조선일보>, 2000.7.27.
  고형진, 『백석 시 바로읽기』, 현대문학, 2006, 175~176쪽.

퇴ㅅ마루 　－「산곡(山谷)」, 132쪽

연자ㅅ간 　－「연자ㅅ간」, 118쪽

　독자들은 백석 시인이 『한글맞춤법통일안』(1933)의 사이시옷을 첨가하는 원칙[46]을 고수하였음을 알 수 있다. 그래서 이 글은 '갯비린내'가 아닌 '개의 비린내'로 읽을 수밖에 없는 것이다.

　한편 『문심조룡(文心雕龍)』 <은수(隱秀)>편에는 '문장에서 정화(精華)라 할 만한 것들에는 수(秀)와 은(隱)이 있으며 은(隱)은 함축성을 가리키며 뒷맛이 깊어 씹을 만하다. 감추어진 것은 곧바로 드러내지는 않는다. 독자 스스로가 체득하도록 하는 바, 이것이 은(隱)이다. 수(秀)란 작품 안에서 가장 두드러진 부분을 말한다[47]'라고 전하고 있다.

　이를 참고로 하면 시작품의 첫 행에서 '아카시아'가 '흰 두레방석'을 깐 언술에 감추어진 은(隱)뒤에는 덕(德)의 정신이 함축되어 있다. 또한 '개비린내'가 온다고 한 것은 비의 감각적 이미지를 확장시키는 기법이다. 여기서 중요한 것은 '개비린내'라는 후각적 이미지(olfactory image)를 사용함으로써 비가 올 때의 감각을 환기시켰다는 점이다. 비가 오기 직전의 낮은 기압에서 공기 중 습도가 높아지면 후각이 예민해진다.

　'비'에서 '개비린내'가 나는 현상은 '스스로 나타내지 않기 때문에 분명

---

46) 사이시옷은 다음 경우에 받쳐서 적는다.

　㉠ 순우리말로 된 합성어로서 앞말이 모음으로 끝난 경우－예) 나룻배, 나뭇가지, 냇가, 아랫집 등.

　㉡ 순우리말과 한자어로 된 합성어로서 앞말이 모음으로 끝난 경우－예) 머릿방, 자릿세, 햇수, 제삿날 등.

　㉢ 다음 한자어는 사이시옷을 적는다.－예) 곳간(庫間), 셋방(貰房), 숫자(數字), 찻간(車間), 툇간(退間), 횟수(回數). 북한의 경우 1954년에 사이시옷을 폐지하고 해당음절의 오른쪽위에 (')을 붙여 사이시옷을 대신하였다가 1966년에 특수한 경우를 제외하고 폐지하였다. 백석의 시작품 「비」는 1935년 작품이므로 그 당시 맞춤법에 철저히 따랐음을 알 수 있다(조오현 외, 『남북한 언어의 이해』, 역락, 2002, 109~110쪽 참조).

47) 유 협, 『문심조룡』, 민음사, 2002, 469~476쪽.

히 드러나고, 스스로 옳다고 주장하지 않기에 더욱 인정받는다(不自見故明, 不子是故彰,『도덕경』제22장)'의 진리와 상통한다. 작가는 '개비린내'라고 언술함으로써 '비'라는 사물의 본질을 선명하게 내보이고 있으므로 이 행은 수(秀)에 해당된다고 할 수 있는 것이다. 시작품의 은밀한 정취는 언어를 절제하면서 인간의 심성을 가라앉게 해주고, 풍경 안에서 진리를 갖게 하는 통찰의 기능을 갖고 있다.

> 어진 사람이 많은 나라에 와서
> 어진 사람의 줏을 어진 사람의 마음을 배워서
> 수박씨 닦은 것을 호박씨 닦은 것을 입으로 앞니빨로 밝는다
>
> 수박씨 호박씨를 입에 넣는 마음은
> 참으로 철없고 어리석고 게으른 마음이나
> 이것은 또 참으로 밝고 그윽하고 깊고 무거운 마음이라
> 이 마음 안에 아득하니 오랜 세월이 아득하니 오랜 지혜가 또 아득하니 오랜 人情이 깃들인 것이다
> 泰山의 구름도 黃河의 물도 옛님군의 땅과 나무의 덕도 이 마음 안에 아득하니 뵈이는 것이다
>
> 이 적고 가부엽고 갤족한 희고 까만 씨가
> 조용하니 또 도고하니 손에서 입으로 입에서 손으로 오르나리는 때
> 벌에 우는 새소리도 듣고 싶고 거문고도 한 곡조 듣고 싶고 한 五千말 남기고 函谷關도 넘어가고 싶고
> 기쁨이 마음에 뜨는 때는 희고 까만 씨를 앞니로 까서 잔나비가 되고
> 근심이 마음에 앉는 때는 희고 까만 씨를 혀끝에 물어 까막까치가 되고
>
> 어진 사람이 많은 나라에서는
> 五斗米를 버리고 버드나무 아래로 돌아온 사람도

그　차개에 수박씨 닦은 것은 호박씨 닦은 것은 있었을 것이다
　나물 먹고 물 마시고 팔벼개하고 누웠든 사람도
　그 머리맡에 수박씨 닦은 것은 호박씨 닦은 것은 있었을 것이다
- 시「수박씨 호박씨」 전문

　백석의 시작품「수박씨 호박씨」는 노장의 사상 중 무위설파(無爲說破)를
담은 것으로 읽힌다. 서구 자본주의가 자연을 개발하는 관점이라면 노장
사상의 관점은 자연의 본성에 순응하는 무위로 돌아가자는 데 있다. 노자
는 '탐욕이 없고 고요하면 천하가 평안하다(淸靜爲天下正,『도덕경』 제
45장)'는 진리를 설파하였다. 이 시작품에서 노자의 무위를 수용하고 있
다는 관점이 어떻게 해서 나왔는가를 살펴보기로 하자.
　이 작품의 제1연에서 언술하고 있는 어진 사람이란 노자, 도연명, 공자
등을 의미한다. 왜냐하면 제3연에서 '오천(五千)말'을 남기고 '함곡관(函谷
關)'을 넘어가고 싶다는 것은 노자[48]의 행동이고, 4연에서 '오두미(五斗米)'
를 버리고 버드나무 아래로 돌아온 사람은 '도연명'이며, '나물먹고 물마
시고 팔베개하고 자더라도 즐거움 역시 그 안에 있다(飯蔬食飯水 曲肱而
枕之 樂亦在其中)'라고 한 사람은 공자이기 때문이다. 따라서 제1연에 나
오는 등장인물의 공통점은 '만족할 줄 아는 만족은 항상 풍족하다(知足之
足 常足矣,『도덕경』 제46편)'는 진리에 뜻을 둔 사람이라고 할 수 있다.
　'지혜로운 사람은 물을 좋아하고 어진 사람은 산을 좋아한다(知者樂水

---

48) 노자는 주나라가 쇠망해가는 것을 보고는 그곳을 떠나 진(秦)으로 들어가는 길목
　인 함곡관(函谷關)에 이르렀다. 관문지기 윤희(尹喜)가 노자에게 책을 하나 써달라
　고 간청했다. 이에 노자는 5,000언(言)으로 이루어진 상하편으로 구성된 저서, 즉『도
　덕경(道德經)』을 남겼다. 함곡관은 중국 허난성[河南省] 북서부에 있어 동쪽의 중
　원(中原)으로부터 서쪽의 관중(關中[陝西])으로 통하는 관문(關門)이다. 이곳은 동
　서 8km에 걸친 황토층(黃土層)의 깊은 골짜기로 되어 있어 양안(兩岸)이 깎아지른
　듯 솟아 있고, 벼랑 위의 수목이 햇빛을 차단하기 때문에 낮에도 어두우며, 그 모양
　이 함(函)처럼 깊이 깎아 세워져 있어 이러한 이름이 생겼다고 한다(김학주,『노자
　와 도가사상』, 명문당, 1998, 27쪽 참조).

仁者樂山, 『논어』, <옹야(雍也)>편'이라고 한 공자의 말, '꿩은 열 걸음을 옮겨야 먹이를 쪼을 수 있고, 백 걸음을 옮겨야 겨우 목을 축일 수 있다. 그래도 우리 안에서 양육되기를 바라지 않는다(澤雉十步一啄 百步一飮 不蘄畜乎樊中, 『장자』 <양생주(養生主)>편'고 한 장자의 말, '연못의 물고기 놀던 못 생각하듯, 남쪽 들녘 한 쪽을 개간하여 본성대로 살려고 전원에 돌아왔네(池魚思故淵 開荒南野際 守拙歸園田, 「귀전원거(歸田園居)」'라고 읊은 도연명의 시구는 모두 자연적인 생활의 만족을 통하여 나온 말이다.

이러한 성현들이 많은 중국에서 시적화자는 성현들이 했던 행동을 생각하며 성현들의 마음을 배워 윤기 나게 볶은 호박씨와 수박씨를 밝아먹는다. 여기에서 시인은 중국인이 즐겨먹는 간식문화의 독특한 일면을 음미하고 있는 것이다.

중국 서민들이 즐겨먹는 간식에는 수박씨, 해바라기씨, 호박씨 등이 있다. 이러한 씨앗들을 꽈즈(瓜子)라 하는데 수박씨는 시꽈즈(西瓜子)로 표현하고, 호박씨는 난꽈즈(南瓜子)로 나타낸다. 백석의 시작품 「수박씨 호박씨」의 제1연에는 중국의 생활문화에 대한 체험 그리고 충격의 정서가 들어 있다 하겠다.

제2연에서 시적화자는 수박씨, 호박씨를 입에 넣으면서 두 개의 상반된 감정을 느끼고 있다. 하나는 '참으로 철없고 어리석고 게으른 마음이나'라는 언술인데, 여기에는 호박씨, 수박씨를 먹고 껍질을 아무데나 뱉어내면서도 부끄럽게 생각하지 않는 그들의 문화를 보는 관찰자의 신기함이 들어 있다. 또 하나는 '참으로 밝고 그윽하고 깊고 무거운 마음'이라는 시적 언술로써, 그들의 생활문화에서 묻어나는 지혜를 일컫는 것으로 보인다. 즉 볶은 씨앗을 쉴 새 없이 앞니로 까고 때로는 혀끝으로 물기도 하는 문화는 소박한 모습을 지니고 있다. 사람들은 세련된 매너를 추구하는 자리에서는 긴장하기 쉽다. 그러나 소박한 문화는 사람을 편안하게 하고, 쉽게 말문이 트여지고, 서로 인정을 나누게 되는 장점을 지니고 있는 것이다.

제3연에서 수박씨를 먹는 중국인들의 모습을 보면서 시적화자는 새소리도 듣고 싶고 거문고도 한 곡조 뜯고 싶고 함곡관도 넘어 가고 싶다고 한다. 이것은 노자의 무위자연(無爲自然) 철학의 영향을 받은 것으로 읽힌다. '새소리'와 '거문고'와 '함곡관'은 모두 은자(隱者)의 삶으로 상징되기 때문이다. '함곡관'은 노자가 진(秦)으로 들어가던 길목에 위치하여 있고, 이 '함곡관'에서 관문지기였던 윤희(尹喜)가 노자에게 책을 써 달라고 했으며, 그에 대한 답으로 노자가 5000언(言)으로 이루어진 상하편의 『도덕경』을 남겼던 매우 상징적인 공간이다. 시인은 수박씨를 먹는 중국인들의 모습이 기쁠 때는 잔나비같이 재빠르고, 근심이 있을 때는 까치처럼 혀끝으로 물어 먹는 모양을 형상화함으로써 격식을 차리지 않는 소박한 음식문화를 소개하고 있다.

제4연은 도연명도 이러한 방법으로 수박씨, 호박씨를 까먹는 옆 주머니를 차고 있었을 터이고, 공자도 마찬가지 방법으로 옆 주머니를 차고 있었을 것이라고 상상한다. 오래전부터 내려온 수박씨를 까먹는 행동과 풍속, 여기에는 '백성으로 하여금 다시 자연으로 돌아가 살게 하고, 자연의 음식을 달게 먹게 하며, 자연이 주는 옷을 아름답게 여기며, 자연이 주는 삶에서 편안하게 기거하여, 자연의 풍속을 즐기게 한다(使民復結繩而用之 甘其食 美其服 安其居 樂其俗,『도덕경』제80장)'는 노자의 정신이 수용되고 있다.

자연을 찬양한 사람은 이른바 오두미를 위해 향리의 소인에게 허리를 굽힐 수 없어서 그날로 사직하고 집으로 돌아와 귀거래사를 쓴 도연명, 그리고 거친 밥을 먹고 물마시고 팔베개하고 누워서도 한량없이 마음이 평온했던 공자이다. 이들은 다 같이 무위무욕(無爲無慾)을 찬양했다. 시인은 이러한 정신적 가치를 수박씨 호박씨란 매개물을 통하여 이미지화하고 있는 것이다. 음식의 등급으로 볼 때 수박씨와 호박씨는 보잘것없는 음식에 불과하다. 뿐만 아니라 수박씨와 호박씨를 입안에 넣고 까먹고 씨를 내뱉는 모양은 껍질이 많이 나온다는 점에서 기품있는 식사예절의 모습은 아니다.

따라서 이 시작품은 겉치레보다 실속이 중요시되고 있는 모습을 포착한 것으로 보인다. 즉 '오미(五味)는 사람의 입을 버려놓는다(五味 令人口爽, 『도덕경』 제12장)' '그러므로 성인은 겉치레로 놀아나지 않고 속을 차린다(是以聖人 爲腹不爲目 故去彼取此, 『도덕경』 제12장)'는 도의 정신을 수용하고 있다 할 것이다.

근대화로 표상되는 서구문화는 교양과 매너 등의 표현을 통해 페르소나(persona)를 보여주며, 자신을 타인에게 전시하기 위한 문화적 위신을 중요시 한다. 그렇다면 수박씨, 호박씨를 앞니로 까고 혀끝으로 무는 중국인의 생활문화는 남들의 시선을 전혀 의식하지 않는 본성의 욕구에 충실한 것이라 할 수 있다.

(1) 지족불욕(知足不辱)의 구현

'있는 그대로를 드러내고 소박함을 껴안아라. 사사로움을 적게 하고 욕심을 적게 하라(見素抱樸 少私寡欲, 『도덕경』 제19장)' 이것은 노자가 줄곧 강조하는 최대의 생활지표이다. 다음 시작품에는 그러한 노자사상을 형상화시킨 백석 시인의 시적 지향이 담겨 있다.

> 낡은 나조반에 흰밥도 가재미도 나도 나와 앉어서
> 쓸쓸한 저녁을 맞는다
>
> 흰밥과 가재미와 나는
> 우리들은 그 무슨 이야기라도 다 할 것 같다

우리들은 서로 미덥고 정답고 그리고 서로 좋구나

우리들은 맑은 물밑 해정한 모래톱에서 하구 긴 날을 모래알만 헤
이며 잔뼈가 굵은 탓이다
바람 좋은 한벌판에서 물닭이 소리를 들으며 단이슬 먹고 나이 들
은 탓이다
외따른 산골에서 소리개소리 배우며 다람쥐 동무하고 자라난 탓
이다

우리는 모두 욕심이 없어 희여졌다
착하디 착해서 세팥은 가시 하나 손아귀 하나 없다
너무나 정갈해서 이렇게 파리했다

우리들은 가난해도 서럽지 않다
우리들은 외로워할 까닭도 없다
그리고 누구하나 부럽지도 않다

흰밥과 가재미와 나는
우리들이 같이 있으면
세상 같은 건 밖에 나도 좋을 것 같다

― 시 「선우사(膳友辭)」 전문

이 시작품은 도합 6연으로 되어 있고, 「선우사(膳友辭)」라는 제목의 의
미처럼 서로 잘 어울리는 밥반찬에 대한 글이다. '선(膳)'에는 '반찬'의 뜻
과 '선물을 드리다'라는 뜻 두 가지가 있으므로 '반찬 친구인 가재미와 나
와 흰밥에 대한 글'이라는 의미로 읽을 수 있다.

제1연은 쓸쓸한 저녁을 맞아 쌀밥과 가자미를 앞에 놓은 풍경을 하고
있다. 제2연은 '흰밥'과 '가재미'와 '나'는 서로 '미덥고' '정답고' '좋은' 우
리라고 말한다. 그 이유는 제3연에 나온다. 시작품은 제3연에서 해산물과

사람과 밥, 이들이 왜 좋은 친구인지 이유를 말해놓았다. 먼저 환경적 배경을 보면 이들은 각각 바다 산골 벌판의 맑고 조용한 환경에서 자라났다는 공통점을 지녔다. 또한 바다에서도 제일 아래 자리인 모래톱에 사는 가재미의 겸허함, 벌판에서 바람소리만 듣고 사는 벼의 소박함, 산골에서 다람쥐하고 살며 사치를 모르고 자란 시적화자의 검소함 등은 공명과 이욕(利慾)을 멀리한 생활방식이요 노자가 추구하던 생활방식이라고 할 수 있다.

제4연에서는 외형적으로 모두 희다는 점을 공통점으로 언급한다. 즉 가자미의 배는 하얀 색깔이다. 방앗간에서 정제한 쌀로 지은 쌀밥도 희다. 또한 시적화자의 살갗도 희다.[49]

제5연에서 이들의 공통점은 서럽지도 외롭지도 부럽지도 않다는 것이다. 이들이 가난해도 서럽지 않다는 것은 욕심이 없다는 것이고, 외로워할 까닭이 없다는 것은 자랄 적부터 외진 곳에서 자랐기에 이미 체질화되어 있다는 것이다. 누구나 부럽지도 않다는 것은 그럼에도 불구하고 모든 것에 지족(知足)하고 살았기 때문이다.

시작품에 나타난 시적화자의 삶은 '만족할 줄 모르는 것보다 더 불행한 것은 없고, 남의 것을 얻고자 하는 것보다 더 큰 더러움은 없으므로 만족할 줄 아는 만족은 항상 풍족하다(禍莫大於不知足 咎莫大於欲得 故知足之足常足矣, 『도덕경』 제46장)'에서 말하는 삶을 행하고 살았다. 행동을 심하게 하지 않고, 사치하지도 않으며, 남을 업신여기지도 않았으니 '심하게 하는 짓을 버리고, 사치하는 짓을 버리며, 교만한 짓을 버리는(聖人去甚 去奢去泰, 『도덕경』 제29장)' 삼거사상(三去思想)의 삶을 살았던 것이다.

제6연에서 '세상 같은 건 밖에 나도 좋을 것 같다'라는 말은 세 존재는 각

---

49) 몽골에서는 한민족의 전통적 기호와 마찬가지로 흰색을 선호하고 경건하게 인식하는 풍습이 있다. 몽골의 설을 '차강사르'라고 하는데, 이때 '차강'이란 말은 흰색이란 뜻이며, '사르'는 한국인의 설과 그 의미가 동일하다. 설이란 말의 어원과도 일정한 연관을 가진 것으로 보인다.

각 맑은 환경을 가진 환경에서 살았고, 정갈하고 파리하다는 공통점이 있어 서로가 통하므로 속세의 기준 같은 것은 잊어도 좋다는 것으로 읽힌다.

白狗屯의 눈 녹이는 밭 가운데 땅 풀리는 밭 가운데
촌부자 老王하고 같이 서서
밭최뚝에 즘부러진 땅버들의 버들개지 피어나는 데서
볕은 장글장글 따사롭고 바람은 솔솔 보드라운데
나는 땅임자 老王한테 석상디기 밭을 얻는다

老王은 집에 말과 나귀며 오리에 닭도 우을거리고
고방엔 그득히 감자에 콩곡석도 들여 쌓이고
老王은 채매도 힘이 들고 하루종일 百鈴鳥 소리나 들으려고
밭을 오늘 나한테 주는 것이고
나는 이젠 귀치 않은 測量도 文書도 싫증이 나고
낮에는 마음놓고 낮잠도 한잠 자고 싶어서
아전 노릇을 그만두고 밭을 老王한테 얻는 것이다

날은 챙챙 좋기도 좋은데
눈도 녹으며 술렁거리고 버들도 잎트며 수선거리고
저 한쪽 마을에는 마돝에 닭 개 즘생도 들떠들고
또 아이어른 행길에 뜨락에 사람도 웅성웅성 홍성거려
나는 가슴이 이 무슨 흥에 벅차오며
이 봄에는 이 밭에 감자 강냉이 수박에 오이며 당콩에 마눌과 파도
심그리라 생각한다

수박이 열면 수박을 먹으며 팔며
감자가 앉으면 감자를 먹으며 팔며
까막까치나 두더지 돝벌기가 와서 먹으면 먹는 대로 두어두고
도적이 조금 걷어가도 걷어가는 대로 두어두고
아, 老王, 나는 이렇게 생각하노라
나는 老王을 보고 웃어 말한다

이리하여 老王은 밭을 주어 마음이 한가하고
나는 밭을 얻어 마음이 편안하고
디펔디펔 눈을 밟으며 터벅터벅 흙도 덮으며
사물사물 해볕은 목덜미에 간지로워서
老王은 팔장을 끼고 이랑을 걸어
나는 뒷짐을 지고 고랑을 걸어
밭을 나와 밭뚝을 돌아 도랑을 건너 행길을 돌아
지붕에 바람벽에 울바주에 볕살 쇠리쇠리한 마을을 가르치며
老王은 나귀를 타고 앞에 가고
나는 노새를 타고 뒤에 따르고
마을끝 蟲王廟에 蟲王을 찾아뵈려 가는 길이다
土神廟에 土神도 찾아뵈려 가는 길이다

　　　　　　　　　　　　　　　　　　　− 시 「귀농(歸農)」 전문

　백석의 시작품 「귀농(歸農)」은 이른 봄 백구둔(白狗屯)이라는 지명을 가
진 중국 동북지역의 어느 농촌마을에서 향촌의 부자인 라오왕(老王)에게
밭을 도지로 얻는 정경을 이미지화한 것이다. 중국인의 생활풍습에서는
친한 사람을 부를 때 연장자를 성씨 앞에 '老−라오'자를 붙이고 아랫사
람에게는 '小−샤오'자를 붙인다.[50) 석(石)의 사전적 의미는 섬이며, 한 섬
은 두 가마니 분량이다. '밭 석상지기'는 '밭 석섬지기'이므로 도합 곡식
여섯 가마니의 분량인 셈이다.
　다시 시작품의 내부로 들어가 분석해보기로 하자.
　제1연은 시적화자가 땅버들의 버들가지 피어나는 때, 중국의 신경(현재
의 장춘) 근처의 한 농촌마을인 백구둔(白狗屯)에서 자기보다 연상이고 성이

---

50) 시작품 「귀농」에 나타나는 '노왕(老王)'은 왕씨 성을 가진 사람으로서 시적화자보
　다 나이가 많은 사람을 지칭하는 말이다. 중국에서 쓰이는 사회호칭어 가운데 성,
　이름, 성명에 따른 분류를 살펴보면 다음과 같다. ㉠ 성 + 명 ㉡ 성명 + 동지(同志)
　㉢ 성명 + 선생(先生) ㉣ 성명 + 여사(女士) ㉤ 성명 + (小姐) ㉥ 老 + 성→老王, 老
　李, 老張 ㉦ 小 + 성→小陳, 小崔, 小鄭 ㉧ 大 + 성→大李, 大于 ㉨ 성 + 老→郭老,
　董老, 徐老 ㉩ 이름 + 동지(同志)→恩來同志, 小平同志.

왕(王)씨인 촌부자에게 밭곡식 여섯 가마니 분량의 수확을 할 수 있는 밭을 빌리는 풍경을 형상화하고 있다.

제2연은 남에게 소속되어 몸과 마음이 부자연스러운 아전 노릇을 그만두고, 자연으로 돌아가서 낮잠도 한잠씩 자면서 흙과 더불어 살겠다는 시인의 모습이 보인다. 이 모습은 이천 오백여년 전 향리의 소인에게 머리를 굽힐 수 없어 전원에 퇴거하여 농경생활을 한 도연명과 닮아 있다. 시인이 '측량'과 '문서'가 싫증이 나서 노왕한테 밭을 얻는다는 언술 속에는 상하종속 관계의 인위적 질서에 지쳐 자연으로 돌아간다는 암시가 들어 있는 것이다.

제3연은 농경생활에 대한 낭만적 기대와 함께 농사를 지으며 바라보는 물상(物像)들에게 시적화자가 따스한 시선을 보내고 있다. '눈도 녹으며 술렁거리고 버들이 잎 트며 수선거리면'과 '저쪽 마을에서 닭이나 개 같은 짐승이 들떠들고, 아이나 어른은 웅성웅성거릴 것을 생각하니 흥이 벅차온다'는 표현 등이 그것이다. 이 봄에 감자, 강냉이, 수박, 오이, 땅콩 마늘, 파를 심을 것을 생각하는 시적화자에게는 살아있는 자연과 사람과 동물들이 다 정겨운 것이다.

제4연은 일체의 욕구를 극소화시킴으로써 시비(是非), 피아(彼我)를 구별함 없이 자연의 덕에 따라 사는 삶을 본받아야 한다고 주장한 노자의 진리가 고스란히 나타나고 있다. 왜냐하면 '까막까치와 두더지, 혹은 돗벌레가 먹어도' '도적이 조금 걷어가도' 그대로 두겠다고 생각한 언술에서 소유욕을 버린 시인을 볼 수 있기 때문이다. 이렇게 욕심을 비우는 자세는 노장적 사유로부터 출발한 무위자연과 소유자제가 나타난 것으로 볼수 있다. 이것은 '만족함을 알면 욕되지 않고, 그칠 줄 알면 위태롭지 않으며, 오래 갈 수가 있다(知足不辱 知止不殆 可以長久, 『도덕경』제44장)'의 노장사상과 접합된 것이라 할 수 있다.

제5연은 시적화자가 벌레를 모시는 충왕묘(虫王廟)와 토지신(土地神)을 모시는 사당묘(土神廟)를 찾아보는 모습을 그리고 있다. 이러한 모습은 사람뿐만 아니라 동물, 식물, 나아가서는 무생물까지 모두 기를 가지고 있다는 시인의 철학과도 연결된다. 시적화자는 무생물인 흙과도 서로 교감이 가능하다고 보고 있는 것이다.

앞에서의 논의를 정리하자면 백석의 시 「귀농」은 노자의 『도덕경』 제19장의 경우처럼 외면적으로나 내면적으로나 순진소박하게 살며 사심과 욕심을 적게 하려는 모습이 형상화되어 있다고 하겠다.[51] 노장사상은 인간이 자연과 일체를 이룸으로써 최고선에 도달하고자 하는 데 있다. 예치주의(禮治主義) 사상에 대한 거부, 생명의 중시, 자연과 영적인 교감, 겸손, 부드러움 등을 근본으로 하는 노장사상은 풍수설과 상호 복합적인 체계를 형성함으로써 한국인의 관행적 규범이 되었다.

백석 시인은 자신의 시 창작을 통하여 노장사상에 바탕을 둔 도가적 지족정신(知足精神)의 구현을 시도하였다. 이러한 시인의 노력은 민족공동체의 삶과 그 공간성을 확장시키려는 독자적 추구였다. 뿐만 아니라 인간이 자연과 완전한 일체를 이룸으로써 현실의 고통을 잊고 최고선에 도달할 수 있다는 가능성을 열어두고자 했던 것이다.

(2) 만물제동(萬物齊同)의 확장

　　새끼오리도 헌신짝도 소똥도 갓신창도 개니빠디도 너울쪽도 짚검
　　불도 가락잎도 머리카락도 헌겊조각도 막대꼬치도 기와장도 닭의
　　도 개터럭도 타는 모닥불

---

51) 성스러움을 끊고 슬기로움을 버리면 사람들의 이익이 백배가 될 것이다. 인자함을 끊고 의로움을 버리면 사람들이 모두 효자가 될 것이다. 기교를 끊고 이익을 버리면 도적이 있어도 없게 된다. 이 세 가지로써 삶의 문화를 삼으니 부족하다. 그러므로 저마다 무리들로 하여금 수수함을 알게 하고 자연을 따르게 하며 욕심을 줄인다 (絶聖棄智 民利百倍 絶仁棄義 民復孝慈 絶巧棄利 盜賊無有 此三者 以爲文不足 故令有所屬 見素抱樸 少私寡欲).

재당도 초시도 門長늙은이도 더부살이 아이도 새사위도 갓사둔도
나그네도 주인도 할아버지도 손자도 붓장사도 땜쟁이도 큰개도 강아
지도 모두 모닥불을 쪼인다

모닥불은 어려서 우리 할아버지가 어미아비 없는 서러운 아이로
불상하니도 몽둥발이가 된 슬픈 역사가 있다

- 시「모닥불」전문

백석의 대표작이라 할 수 있는 시작품「모닥불」의 제1연을 보면 불을
태우는 과정에서 모든 사물이 화합하면서 조화를 이루고 있는데, 이에는
계급을 절제하는 평등사상이 들어있다. 제1연은 모닥불의 재료인 잡동사
니, 즉 상품가치가 없는 것들이 어우러져 태워내는 불의 힘을 확대시키고
있다. 현실에서는 상품의 논리가 존재한다. 그런데 상품 가치를 우위에
두는 사고만 횡행한다면, 한정된 자원 속에서 경쟁으로 치닫는 사회가 될
것이다. 인간이 보기에 비록 쓸모없이 보이는 것이라 하더라도 우주는 다
이유가 있어서 그 존재들을 품에 안고 있다.

장자는 <인간세(人間世)>편에서 '사람은 모두 유용(有用)의 용(用)만을 알
고 무용(無用)의 용을 모른다(人皆知有用之用 而莫知無用之用也,『장자』
<인간세>편)'는 의미로 무용지용(無用之用)의 의미를 강조하였다. '무용
지용'이라는 말은 원래 쓸모없는 일이 사실상 어떤 방면에서는 쓸모 있음
을 가리킨다. 이처럼 동양의 전통적인 자연관은 천지만물을 유기체로 본
다. 세상의 모든 물질은 그 본질상 생명을 가지며 영혼을 가지고 있는 것
으로 생각하고 있는 것이다.

백석의 시작품「모닥불」에는 사람들이 평소에 쓸모없다고 생각한 것
들, 즉 '새끼오리' '헌신짝' '소똥' '갓신창' '개니빠디' '너울쪽' '짚검불' '가
랑잎' '머리카락' '헝겊조각' '막대꼬치' '기왓장' '닭의 짗' '개터럭' 등이 작
품의 표면에서 중요도구로서 등장하고 있다. 주목할 점은 이 하찮은 소도

구적 성격의 개체들이 서로 어울리고 뭉쳐서 하나가 되어 따뜻한 세력을 조성하고 모닥불을 피워내고 있다는 점이다. 여기에서 우리는 미미한 존재까지 사랑하는 시인의식이 개입이 되고 있는 것을 알 수 있다. 모닥불에 등장하는 모든 물상은 대자연의 일부이고 사람만큼 가치가 있으며, 물(物)은 근본에 있어서 같기 때문에 더불어 살아가야 하는 것임을 시인은 말하고 있는 것이다.

제2연의 '모두 모닥불을 쪼인다'라는 시적 언술은 독자들에게 '모닥불'이 등장하는 계절이 겨울임을 짐작하게 한다. 추운 겨울날 따스한 것이 품어내는 불에는 살아 있는 모든 것들을 한데 불러 모을 수 있다는 대통합의 진리가 담겨 있다.

> 만물은 원래 그러한 바가 있고 또 원래 옳은 바가 있어서, 그렇지 않은 사물이 없고 옳지 않은 사물이 없는 것이다. 그러므로 큰 기둥이나 작은 나무 꼬챙이나 추하게 못난이나 아름다운 서시나 저 넓은 것이나 기이한 것이나, 변덕스러운 것이나 괴상한 것이나 간에, 도는 그 모든 것을 서로 하나로 통하게 하는 것이다.
>
> (物固有所然 物固有所可 無物不然 無物不可 故爲是擧莛與楹 厲與西施 恢恑憰怪 道通爲一, 『장자』<제물론>편)

모닥불에 반영된 도(道)의 세계는 신분을 막론하고, 차별을 두지 않고 서로 하나로 통하는 세계이다.

시작품에서 '재당'은 한집안의 최고어른인 재당을 말하며, '문장'은 문중에서 항렬과 나이가 제일 위인 사람인 문장(門長)을 의미한다. '초시'는 서울과 지방에서 과거의 첫 시험에 급제한 사람이나 한문을 어느 정도 깨우쳐서 유식한 사람의 통칭이던 초시(初試)를 일컫던 말이다. 이 시작품에서 모닥불을 쬐고 있는 사람들에게서는 신분의 서열이 존재하지 않는다. 이 공간은 한 집안의 최고어른이나 과거의 첫 시험에 급제한 사람인 '초시'나 항렬과 나이가 제일 위인 사람이나 가장 천한 계급인 팔천(八賤) 중에 속하는 '땜장이'나 남의 집에서 먹고 자면서 일을 거들어주는 아이나 신분적 차별이 없다. 모닥불을 쬐고 있는 사람들은 노자가 지향하는 자연사회의 중요한 조건인 신분계급이 철폐되는 모습을 연출하고 있는 것이다.

조선시대의 계급제도는 16세기 이후부터 지배계층으로는 양반과 중인, 피지배계층으로는 상민과 천민의 네 가지 신분으로 분화되어 있었다. 또한 직업에 있어서도 사농공상(士農工商)이 있었으며, 사노비, 광대, 무당, 백정, 승려, 기생, 상여꾼, 공장(工匠) 따위를 이른바 팔천(八賤)으로 불렀다. 갑오개혁 이후 1894년 6월 22일 고종은 사농공상의 전통적 분업체제를 선언했으나 오랜 기득권과 고정관념은 그 후로도 사실상 지속되고 있었던 것이다.

시작품에서 사(士)의 의미를 지닌 초시와 공(工)의 의미를 지닌 땜장이와 상(商)의 의미를 가진 붓장사와 농(農)의 의미를 가진 사람들이 다 같이 모닥불을 쬐고 있다. 조선왕조 주민들의 절대다수였던 상민(常民)은 농업 및 상공업 등 생산 활동에 종사하며 조세 및 군역 등 의무를 졌던 사람들이다. 백석 시인은 모닥불에 나타나는 사람들을 문장늙은이 ↔ 더부살이, 붓장사 ↔ 땜장이, 나그네 ↔ 주인, 할아버지 ↔ 손자 등으로 대비하여 언술하고, 이를 한 공간에 묶음으로써 공자와 맹자 철학의 중심가치인 인의예지(仁義禮智) 등 사회에서 필요한 질서와 형식을 버리고 오로지 평등주의적 태도를 수용하였다.

제3연의 '모닥불' 속에는 두 개의 이야기가 존재한다. 하나는 시적화자의 할아버지가 어머니 아버지를 일찍 잃고 아무도 돌보아주는 이 없이 서러운 아이로 자랐다는 이야기와 또 다른 하나는 추운 겨울날 '모닥불' 때문에 '몽둥발이'가 되었다는 이야기이다. 할아버지가 '몽둥발이'가 된 것은 추위를 피해 '모닥불' 옆에서 자다가 화상을 입었을 경우 일 수도 있고, 그렇지 않으면 동상에 걸린 발을 '모닥불'에 가까이 녹임으로써 혈관과 신경조직에 무리가 온 경우일 수도 있다. 3연의 '어미아비 없는 서러운 아이'는 2연에 나오는 어릴 적 불우했던 '더부살이 아이'와 동일인물로 읽혀지는데, 마지막 행에 '슬픈 역사'를 강조함으로써 '모닥불'에 발가락을 상실한 채 가혹한 시간을 살아 낸 할아버지의 내력을 부각시키는 효과를 낳는다. 그러기에 시 「모닥불」은 가난하고 소외된 사람들에게 짙은 페이소스와 정신적 유대감을 불러일으키고 있다 할 것이다.

> 촌에서 온 아이여
> 촌에서 어제밤에 乘合自動車를 타고 온 아이여
> 이렇게 추운데 웃동에 무슨 두룽이 같은 것을 하나 걸치고 아랫두리는 쪽 발가벗은 아이여
> 뽈다구에는 징기징기 양광이를 그리고 머리칼이 놀한 아이여
> 힘을 쓸랴고 벌써부터 두 다리가 푸둥푸둥하니 살이 찐 아이여
> 너는 오늘 아츰 무엇에 놀라서 우는구나
> 분명코 무슨 거즛되고 쓸데없는 것에 놀라서
> 그것이 네 맑고 참된 마음에 분해서 우는구나
> 이 집에 있는 다른 많은 아이들이
> 모도들 욕심 사납게 지게굳게 일부러 청을 돋혀서
> 어린아이들 치고는 너무나 큰소리로 너무나 튀겁많은 소리로 울어대는데
> 너만은 타고난 그 외마디소리로 스스로웁게 삼가면서 우는구나
> 네 소리는 조금 썩심하니 쉬인 듯도 하다
> 네 소리에 내 마음은 반듯히 밝어오고 또 호끈히 더워오고 그리고 즐거워온다
> 나는 너를 껴안어 올려서 네 머리를 쓰다듬고 힘껏 네 적은 손을 쥐고 흔들고 싶다
> 네 소리에 나는 촌 농사집의 저녁을 짓는 때
> 나주볕이 가득 드리운 밝은 방안에 혼자 앉어서
> 실꾸리며 바늘끼을 기기고 쓰렁쓰렁 누는 아이를 생각한다

또 녀름날 낮 기운 때 어른들이 모두 벌에 나가고 텅 뷔인 집 토방
에서
  햇강아지의 쌀랑대는 성화를 받어가며 닭의똥을 주어먹는 아이를
생각한다
  촌에서 와서 오늘 아츰 무엇이 분해서 우는 아이여
  너는 분명히 하늘이 사랑하는 詩人이나 농사꾼이 될 것이로다
                                    － 시「촌에서 온 아이」전문

  시적화자는 '촌에서 온 아이'를 자애로운 시선으로 보고 있다. 승합차
를 타고 온 아이는 얼굴에 먹 검정이 그려져 있고 모발은 가느다랗고 노
랗다. 이 아이는 농촌 출생임에 분명하다. 그런데 이 아이는 스스로 남이
들을세라 울음을 속으로 삼키면서 울고 있다. 아이의 입장에서 보면 억울
하고 분한 무엇인가가 있다.『장자』에 의하면 인간의 시비(是非)에는 절대
적 기준이 없다고 한다. 이것은 선입견에 따라서 영향을 받기에 상대적이
기 때문이다. 어떤 생명이든 살아있는 가치는 똑같다.

  모든 사물은 저것 아닌 것이 없고 이것 아닌 것도 없다. 저편에서
  보면 보이지 않지만 자기가 보면 안다. 그러므로 저것은 이것에서 나
  오고 이것은 저것으로부터 말미암는다는 말이 있으니, 이는 곧 저것
  과 이것은 서로 잇달아 생긴다는 뜻이다. 그러나 잇달아 생기자 잇달
  아 죽고, 잇달아 죽자 잇달아 생기며, 옳음이 있자 옳지 않음이 있고,
  옳지 않음이 있자 곧 옳음이 있으며, 옳음은 그래서 옳다가 그래서
  그르고, 그래서 그르다가 그래서 옳게 되는 것이다.
        (物無非彼 物無非是 自彼則不見 自知則知之 故曰彼出於是
      是亦因彼 彼是方生之說也 雖然 方生方死 方死方生 方可方不可
    方不可方可 因是因非 因非因是 是以聖人不由 而照之於天 亦因是也,
                                    『장자』＜제물론＞편)

따라서 이 아이가 옳은지, 이 아이를 울게 한 그 무엇이 옳은지는 모른다. 어찌 보면 만물의 이치는 같다. 이것이 옳다고 보면 저것이 그르고 저것이 옳다고 보면 이것이 그르다. '물(物)은 서로 다른 가치관에서 보면 한 몸 속에 간과 쓸개처럼 더없이 가까운 것도 서쪽의 초나라와 동쪽의 월(越)나라처럼 몹시 떨어져 있는 것으로 생각할 수 있다. 물(物)은 그 근본에 있어서 같다는 점에서 생각하면 만물(萬物)은 모두 같다(自其異者視之 肝膽楚越也 自其同者視之 萬物皆一也,『장자』<덕충부(德充符)>편).'

인용 시에서 시적화자는 '옳다'와 '그르다'의 눈으로 아이를 보는 것이 아니다. 아이의 우는 모습이 맑고 참된 모습이 보여서 마음에서 지워지지 않는 것이다. '촌에서 온 아이'가 나중에 커서 사랑하는 시인이나 농사꾼이 된다고 하는 것은 이 아이의 우는 모습에서 맑고 순박한 기운을 느꼈기 때문이며, 강아지의 성화를 달래며 닭똥을 주워 먹는 데서 무욕을 감지했기 때문이라 할 수 있다.

이상의 논의를 요약 정리하자면, 백석 시인은 노장사상에 근원을 두었던 만물제동(萬物齊動) 정신의 확장을 통해 내면적 주체성을 확보해 갔다. 앞에서 인용했던 백석의 시「모닥불」과「촌에서 온 아이」에서 등장하는 '개니빠디' '개터럭' 등의 완강한 평안도식 방언구사와 '닭의 똥을 주워 먹는 아이'를 따뜻한 시인의 품으로 끌어안고 사랑하는 시적 언술의 대조적 국면을 우리는 주목해야만 한다. 거기서는 자연과의 융화, 고통에 시달리는 동족간의 따뜻한 교류와 연민, 그리고 영기(靈氣)와 정신적으로 교감할 수 있는 융합의 정신을 담아내고 있었던 것이다.

백석 시인은 왜 이러한 도가풍의 만물제동 정신의 추구에 그토록 힘을 쏟았던 것일까.

그것은 일본의 성급한 식민지적 근대화 욕망, 그리고 그 욕망을 절제하지 못하고 무한정으로 분출해내었던 수탈과 유린을 지켜보면서 이른바 근대적 물질문명의 이면에 감추어진 인간성 파괴와 그 심각한 부작용을 읽어내었기 때문이다.

5. 맺는말

　지금까지 우리는 백석이 1930년대 중후반이라는 시대의식을 어떻게 형상화하고 있었는가를 중심에 두고, 그의 시세계에 나타난 정서와 특수한 성격을 노장사상의 수용이라는 관점에서 고찰하였다.

　노장사상은 마음을 비우고 겸허, 겸손, 싸움을 피하는 삶, 자애, 그리고 화려한 생활 즉, 귀(貴)·부(富)·현(顯: 권세)·엄(嚴)·명(名)·이(利)를 취하지 않는 것, 소국과민(小國寡民), 도(道)와 덕(德)을 지향하는 정신으로 요약된다. 일반적으로 인간이 지닌 물욕은 자기 자신을 망각하는 힘을 지녔다. 즉 인간이 지닌 소유욕, 사치욕, 명예욕, 지배욕 같은 것은 인간성을 파괴하는 가공할 힘을 가지고 있다. 인간은 자신의 물욕을 성취하기 위해서 계속 노력하게 된다. 이 욕망이 성취를 이루고 나면 더 높은 목표를 추구하게 되고, 반드시 자랑하는 마음이 생기며, 그에 따라 사정이 변하면 남과 싸우는 고통을 수반하기도 한다. 문제는 욕망의 성취 이면에는 결국 상대보다도 우월해야 하므로 타자에 대한 파괴행위로 이어진다는 점이다. 인간이 가지고 있는 이러한 물욕을 자율적으로 통제하기 위해서는 자연으로 돌아가 마음을 고요하게 비우는 과정이 필요하다. 결국 이런 마음에는 나쁜 기운도 덮칠 수가 없어 자연의 덕에 합할 수 있는 것이다.

이러한 노장사상을 문학 쪽에서 어떻게 받아들였는가를 살펴볼 때, 중국 옛 시인으로는 먼저 이백(李白: 701~762)을 들 수 있겠다. 그는 시「산중문답(山中問答)」에서 '날더러 산에는 왜 사느냐 묻기에, 웃기만 하고 아무 대답 아니 했지. 복사꽃잎 아득히 물에 흘러가나니, 여기는 별천지라 인간세상 아니라네'(問余何事棲碧山 笑而不答心自閒 桃花流水杳然去 別有天地非人間)라는 언술을 통하여 시적화자가 세속과 완전히 결별하고 자연에 동화되고 있음을 나타내고 있다. 이백은 이 시를 통하여 '대개 허정, 염담, 적막, 무위는 만물의 근본이다'(夫虛靜恬淡寂漠無爲者 萬物之本也, 『장자』<천도>편)의 정신을 나타냄과 동시에 이른바 '천도(天道)'의 세계를 실현하면서 인생에 대한 한과 세월에 대한 시름을 잊고 유유자적(悠悠自適)하는 삶을 노래하였다.

중국의 근대문학에서 노장사상의 일부를 수용한 대표적인 작가는 루쉰(魯迅)이다. 그는 자신의 초기작품 『광인일기(狂人日記)』(1918)에서 '부모가 병이 나면 자식으로서는 살을 한 점 떼어 삶아 대접해야 좋은 사람'이라는 언술을 통하여 그는 불합리한 유교의 인위적인 '효'사상과 '예교'에 대한 폐단을 지적하고 어린이의 잃어버린 인권을 옹호하였다.

이것은 '예악으로써 손발을 굽혀 꺾어 천하 사람의 겉모습을 바꾸고 인의를 높이 내세워 천하 사람의 마음을 위로하는 것은 사람의 본성을 잃어버리는 것이다(屈折禮樂 呴兪仁義 以慰天下天下之心者 此失其當然也,『장자』<마제(馬蹄)>편)'에 나오는 관점과 같은 것이다. 루쉰은『광인일기(狂人日記)』에서 유교와 예교의 정신으로 포장된 '효도'가 가족 구성원 중에서 '서열이 가장 낮은 사람을 잡아먹는다'는 뜻을 미화하고 조장한 것으로 보았다는 점에서 '반유교주의'적 노장사상을 수용하였다 할 수 있다.

한국의 경우에는 조선시대의 자연을 주제로 한 시조들 중에서 목전의 현실에 눈을 감고 달관하는 노장사상이 나타나고 있다. 예를 들면 윤선도는「오우가(五友歌)」에서 물(水), 돌(石), 솔(松), 대(竹), 달(月)을 소재로 하여 그 자연물의 특성을 자신의 자연애(自然愛)와 관조를 담아 묘사하였다. 여기서 물은 '최고의 선은 물과 같다(上善若水, 『도덕경』 제8장)'의 그 물이며, 솔은 '땅으로부터 목숨을 받은 것 중엔 소나무와 잣나무가 홀로 바르고 겨울이건 여름이건 푸르다(受命於地 松柏獨夜正 在冬夏靑靑, 『장자』 <덕충부>편)'에 나오는 진리이다.

윤선도 문학의 특징은 임금을 향한 사랑이라는 목적주의를 취하지 않고 현실을 달관하여 우리에게 미감을 일으키게 하였다는 데 있다. 또한 이현보는 「어부가」에서 혼탁한 세속을 벗어나 자연 속에 기거하는 데서 만족을 얻는 사상을 수용하였다. 이현보는 향리에 은퇴하였다가 명종의 부름을 받았으나 응하지 않았다. '연잎에 밥을 싸고 버들가지에 고기 끼워'와 '일생의 시름을 잊고 너를 좇아 놀리라'의 언술은 유유자적하게 사는 어부의 삶을 그리고 있는데 이 「어부가」는 '그러므로 만족할 줄 아는 만족은 항상 풍족하다(故知足之足常足矣)'는 『도덕경』 제46장의 사상이 자연스럽게 이입된 것이라 할 수 있다.

그렇다면 노장사상이 식민지시대 문학사에서는 어떤 형태의 작품으로 설정되었고, 유지되었던가를 살펴볼 필요가 있다. 그러기 위해서는 무엇보다도 먼저 식민지시대라는 특수한 상황을 염두에 두어야 한다. 당시 뜻있는 문학인들은 저항의 방식으로 '절필, 침묵, 우회적 글쓰기'를 할 수밖에 없었기 때문이다.[1]

사실 일제는 1938년 2월 <조선육군특별지원병령>, 같은 해 3월의 <조선교육령>, 7월의 <국민정신총동원운동>, 1939년 5월에는 이른바 '내선일체(內鮮一體)'를 내세우면서 조선의 민족사와 민족정신을 말살하고자 하였다. 따라서 시대적 절망을 피하기 위해서 많은 시인들이 탈속(脫俗)의 경지에 들고자 하였으며, 작품의 성격은 도가적 풍류와 은일(隱逸)과 소요유(逍遙遊)의 경향으로 나타났다.

---

1) 김재용, 앞의 책, 187쪽.

일제식민통치 후반기 시인들 중 백석 시인 이외에 노장철학의 영향권 속에서 논의될 수 있는 시인들을 손꼽아 보면 정지용(鄭芝溶: 1902~1950), 서정주(徐廷柱: 1915~2000), 박목월(朴木月: 1916~1978), 조지훈(趙芝薰: 1920~1968) 등을 들 수 있겠다. 이들의 시에 나타난 노장사상의 특징을 간단히 요약해 본다면 다음과 같다.

정지용은 비평 「시의 옹호」에서 창작단계에서 정신적으로 도달해야 할 경지로 '시의 기법은 연습과 숙통(熟通)에서 얻는다'는 것을 주장하였다.[2] 이 주장은 시의 영감과 예술적 숙련이 혼연일치되어야 한다는 것과 같다. 예를 들면 중국 전국시대 양나라 포정이 소를 잡는데 칼 쓰는 손놀림과 칼 쓰는 소리가 모두 음률에 맞아서 감탄해서 문혜왕이 물으니 '소 전체가 눈에 들어오지 않고 오직 잘라야할 부분만 보인다(未嘗見全牛也, 『장자』, <양생주>편)'는 말을 하였는데, 도의 경지는 오로지 기술의 숙련에 있다는 말이다. 정지용의 시론은 부단한 훈련을 통하여 기존의 지식과 기술을 숙지한 위에 기예자의 독창적인 힘을 합하여 그 이상의 기예를 창출하는 것으로 정리할 수 있다.

한국의 현대시에서 정지용은 초기에 이미지즘적 방법론을 선택하였다. 그러나 그의 후기 시 「백록담」에서는 '마소가 사람을 두려워하지 않고'라는 언술을 통하여 무위자연으로 들어갔고, '해발 6천척만큼의'라는 시적 언술로 속세와의 거리를 두고 있다. 또한 '고비 고사리 더덕순 도라지꽃 취 삿갓나물 대풀 석용별과 같은 방울을 달은 고산 식물을 새기며 취하며 자며 한다'라는 시적 언술을 통하여 자연과 인간과의 몰아적(沒我的) 경지를 나타내었다. 한편 시 「구성동(九城洞)」에서는 '골짝에 유성(流星)이 묻힌다' '황혼에 누리가 소란히 쌓이기도 하고' '꽃도 귀양 사는 곳' 등을 언술함으로써 신비롭고 적막한 금강산에 서 있는 시적화자의 소외된 정서를 내보인다.

---

2) 정지용, 「시의 옹호」, 『정지용전집 2』, 민음사, 1988, 245쪽.

이처럼 시적화자가 자연의 풍경을 쓸쓸하게 착색한 것은 친일과 변절을 강요당하던 식민지 압력 속에서 자신을 지킬 수 있는 길은 자신을 자연 속에 은일시키는 일이었기 때문이기도 하다.[3] 따라서 정지용의 시에 나타난 노장사상은 자연과의 합일이 아니라, 합일하면서도 자신의 존재성을 지켜야한다는 점에서 자연을 통한 은일사상이 그 중심이라 할 수 있겠다.

서정주는 초기에는 보들레르의 영향을 받아 인간의 원죄의식과 원초적인 생명의식을 드러내었으나 중기의 시 「목화」에서 '고되고 험한 역정을 거쳐 마침내 피워낸 현재의 모습'이라는 노장의 사상을 '자연의 순리'라는 도구로써 시작품에 적극 수용하고 있다. 즉 '마약과 같은 봄'과 '무지한 여름' '허리 굽으리고 잡초길 오르내리며 피운 세월' 등의 언술을 통해서 자기희생으로 덕(德)을 기르는 누님의 모습을 '목화'로 이미지화 하였다. 즉 「목화」는 『도덕경』 제51장에 나타나는 도의 정신을 수용하고 있는 셈이다. '도는 낳고 덕은 기르고 사물은 형태를 만들어 주고, 추세는 완성시킨다. 이 때문에 만물 중에서 도를 존중하고 덕을 귀하게 여기지 않는 것이 없다(道生之 德畜之 物形之 勢成之 是以萬物 莫不尊道而貴德, 『도덕경』 제51장)'라는 사상이다.

또한 「국화 옆에서」와 같은 작품도 소쩍새가 울고 천둥치고 무서리 내리던 시간을 거쳐 개화한 꽃의 원숙미를 시련을 이기고 돌아온 누님의 얼굴로 비유하고 있다. 덕은 남을 넓게 이해하고 받아들이는 마음이나 행동이다. 마음에 들지 않는 사람이나 환경에 부딪힐지라도 이해하고 수용하는 마음이 있으면 덕을 쌓는 일이 된다. 무서리가 내리고 잠이 오지 않는 시간을 참는 것은 꽃을 피우기 위해서이고, 꽃은 남에게 아름다움을 보여준다는 점에서 덕이라 할 수 있다. '덕을 거듭 쌓으면 이기지 못하는 것이 없다(重積德則無不克, 『도덕경』 제59장)'에 들어있는 진리와 같다.

---

3) 최동호, 「산수시의 세계와 은일(隱逸)의 정신」, 『1930년대 민족문학의 인식』, 한길사, 1990, 140쪽.

한편 시「무등을 보며」에서 시적화자는 살아가는데 있어 생의 시련과 고난에 부딪히는 일이 있을지라도 푸른 산이 그 품안에 지초와 난초 같은 기품 있는 풀꽃들을 기르듯이 슬하의 자식들을 소중하고 깨끗하게 기를 수밖에 없다고 한다. 가난하다고 자식들에게 신세한탄하지 않고 덕을 기르는 이르는 사고는 '잘 세운 것은 뽑히지 않고 잘 안은 것은 이탈하지 않는다(善建者不拔 善抱者不脫,『도덕경』제54장)'의 사상과 결합하고 있는 것이다. 그러나 서정주의 자연에 대한 도가의식은 관념적인 세계에 머물러 있으며 누구나 생각할 수 있는 것을 미적 가치를 살려 형상화했다고 하겠다.

박목월 시인은 초기 시에서 시대가 주는 암울함을「나그네」라는 시작품으로 표출하고 있다.「나그네」는 '길은 외줄기 남도 삼백리'를 내보이면서 깊은 고독과 유유자적을 나타내고 있는데, 이 '나그네'는 시적화자인 동시에 일제 강점기의 '한국인의 표상'으로 확대 해석할 수도 있다. 시인의 자작시 해설집『보랏빛 소묘』에 의하면 나그네는 '버리는 것으로써 스스로를 충만하게 하는 그 허전한 심정'을 나타냈다고 한다. 따라서 '나그네'는 '지친 모습은 마치 돌아갈 곳도 없는 듯하다. 뭇사람들은 다 여유가 있지만 나는 잃어버린 듯하다(乘乘兮若無所歸 衆人皆有餘 而我獨若遺,『도덕경』제20장)'라는 노자의 세계가 내장되어 있는 그것이다.

그러나 '술 익는 마을마다 타는 저녁놀'이라는 언술은 작품의 배경이 '일제 강점기시대인데 농촌이 수탈당한 마당에 어디에 술 익는 마을이 있겠으며, 가난과 기근으로 먹을 끼니도 없는데 어느 누가 초월의 경지를 보일 수 있겠는가'라는 의문을 제공하게 하였다. 즉 '나그네'는 내적인 자유를 구가하며 현실을 외면하고 유유자적한 삶을 사는 소요유(逍遙遊)의 이미지를 불러일으킴으로써 관념에 치우친다는 생각을 갖게 하는 것이다. 시「청노루」에서도 시적 자아는 '청운사(靑雲寺)' '紫霞山(자하산)'이라는 관념적이고 이상적인 자연을 설정해 놓고 거기에 도달하고자 애쓰나 자연은 인간으로 하여금 완전하게 동화되기를 쉽게 허용하지 않는다. 따라서 박목월 역시 노장사상을 관념적으로 수용하였다고 볼 수 있다.

조지훈은 시 「산방(山房)」의 후반부에서 '소소리 바람'과 '고사리 새순이 도르르 날린다'라는 언술을 통하여 자연과의 내적 향수를 취하고 있다. 자연에 대한 관조의 자세이다. 이러한 관조의 자세는 시 「낙화」에서도 '꽃이 지는 아침은 울고 싶어라'에서 꽃 지는 모습을 바라보며 울고 싶어 하는 자아의 마음으로 나타난다.

'꽃이 지기로 소니 바람을 탓하랴'라는 언술은 '하늘이 하는 일을 알고 사람이 하는 일을 아는 이는 지극히 뛰어난 사람이다. 하늘이 하는 일을 아는 자는 자연 그대로 살아간다(知天之所爲 知人之所爲者 至矣 知天之所爲者 天而生也, 『장자』 <대종사>편)'의 진리를 수용하고 있다. 시인의 시에는 인간과 자연이 하나로 동화되어 선을 이어받으면서 인간 스스로 자연을 원망하지 않으려는 노력이 담겨있는 것이다. 조지훈의 시는 자연에 대한 정밀한 응시를 통하여 자연에 내재하고 있는 숨어있는 의미를 탐색해냈다고 할 수 있다.

그리고 앞에서 살펴본 시인들의 정신적 전통을 계승하면서 노장적 정신을 수용하여 창작활동에 응용하는 시인을 들자면 김지하와 최승호 등이다. 김지하의 초기 시 「오적(五賊)」은 재벌, 국회의원, 고급공무원, 장성, 장차관의 모습을 통쾌하게 풍자적 기법으로 묘사하였다. 시작품 「오적」의 전체적 구성은 '조정은 지나치게 위엄을 부리려하고, 논밭은 황폐하며, 창고는 비었고, 조정에 붙은 사람들의 옷은 화려해져가며, 허리에 예리한 칼을 차고, 음식을 지겨워할 지경이고 재물을 남도록 가지고 있다. 이런 짓들을 도둑질하여 사치한다고 한다. 이것은 도가 아니다(朝甚除 田甚蕪 倉甚虛 服文采 帶利劍 厭飮食 財貨有餘 是謂盜誇 非道也哉, 『도덕경』 제53장)'는 노자의 논리를 그대로 풍자한 것이다.

또한 시 「비닐」에서는 '썩도 않고 삭도 않고 끄덕도 않고 아 징그러운 놈이'이라는 언술을 통하여 현대문명의 부산물에 대한 약점을 풍자하고 있다. 시인의 시는 재물, 명예, 권력과는 거리가 먼 민중들의 시각에서 풍자적으로 쓰여졌다. 따라서 시인에게 들어온 노장사상은 민중주의적 시각과 접합한 풍자적 접근이라고 할 수 있다.

최승호는 시「공장지대」에서 '무뇌아를 낳고 보니 산모는 몸 안에 공장지대에 들어선 느낌이다'라는 언술을 통하여 도시화된 기계문명에 대한 부작용을 그려내고 있다. 이러한 시인의 진술은 '작은 나라의 적은 백성에게 온갖 도구가 있게 하되 쓰지 않게 하고, 백성들로 하여금 죽음을 중히 여기도록 하여 멀리 이사 가지 않게 하라(小國寡民 使有什佰之器 而不用 使民重死 而不遠徙,『도덕경』제80장)'의 진리를 사실상 조명하고 있는 것이다.

또한「백세주 병이 버려져 있는 해질녘」에서 시인은 '오물과 중금속과 거품덩어리가 둥둥 떠내려 오는 개천가'와 '내가 누추하게 장수하는 하루살이'를 통하여 환경오염에 대한 시각을 견지한다. 여기에는 '아! 모든 사물이란 본래 서로 해를 끼치고 이(利)와 해(害)는 서로 불러들이고 있는 것이구나!(噫! 物固相累, 二類相召也,『장자』<산목>편)'의 진리가 수용되어 있다. 시인은 도시문명에 따른 허와 실을 짚어내고 있다는 점에서 노자의 반문명 사상에 대한 시각과 환경보존이라는 명제를 지향하고 있다 하겠다.

이밖에도 현대 한국의 많은 문학인들은 노장사상에 나타난 반물질, 반문명적 시각과 물질문명의 추구에서 파생되는 생태학적인 관점 등으로 시적 영역을 넓혀가고 있는 추세이다.

1930년대라는 시대에서 백석 시인의 글쓰기가 다른 문학인들과 차별화된다고 할 수 있는 것은 노장사상과 민간신앙이 결합된 기(氣)의 시적 형상화가 두드러지기 때문이라고 할 수 있다. 백석은 도가사상 속에 든 추길피흉(追吉避凶)을 구하는 민간의 정서를 포용하고, 도가사상이 민간화

되면서 술(術)이 발달한 정경을 묘사하고, 기(氣) 개념을 이용하여 양기풍수를 표출시키고 있는 것이다. 즉 '사는 곳은 좋은 땅을 선택해야 하고, 마음은 생각이 깊어야 하고, 벗은 어질어야 한다(居善地 心善淵 與善人, 『도덕경』제8장)'는 정신을 시작품으로 수용하고 있는 것이다.

지금까지 이 글을 통하여 우리가 일관되게 추구해온 주요논지와 결론은 다음 일곱 가지로 정리할 수 있다.

첫째, 백석 시인은 자연과 더불어 생활해온 공동체적 삶의 방식들을 이미지화하였다.

일제의 민족말살통치가 강화될수록 민족적 생활양식이 심각하게 마모되는 현상을 시인은 크게 우려하였고, 그가 그린 전통과 민족의 혼(魂)은 시 「여우난골족」을 통해서 훌륭히 재구성해 보여주었다. 이 작품에 흐르는 도와 덕의 정신은 수수하고 꾸미지 않은 세계를 지향하고 있었다. 백석 시인의 작품세계는 후대사람들에게 그 당시 기층문화에 대한 자각을 일깨워 주었을 뿐만 아니라 일본의 제국주의적 의도에 의해 강제적으로 파괴되거나 사라지게 된 한국인의 민족적 정체성을 환기시키는 역할을 담당하였다.

둘째, 시인은 급진적으로 서구 근대성을 추구하고 있는 신체제에 비관적 인식을 하고 민중계층의 희생을 간파하고 있었다. 따라서 시인은 서구 모더니즘의 시적 기법은 수용하되, 문명과 관계된 소재는 취하지 않음으로써 '일본을 통한 강제적 개발'에 우회적 저항을 한 것이다. 백석은 일본을 통한 근대화라는 미명 속에는 한국인의 노동력과 자원을 이용하려는 야심이 들어 있다고 생각하였다. 예를 들면 그의 시작품 「팔원(八院)」에는 내지인(일본인) 주재소장 집에서 밥 짓고 걸레를 치고 아이보개를 하면서 손이 꽁꽁 언 한 아이를 통해 식민지시대 모든 한국인의 고달픈 현실을 드러내고 있는 것이다.

셋째, 시인은 한국의 전통적 풍수론을 시작품의 창작원리로 수용하고 있었다. 시인은 양기풍수의 관점이 드러나 있는 작품들을 통하여 생기 충만한 길지를 조명하여 주었고, 허결처(虛缺處)라고 일러지는 곳에는 비보적 관점을 시작품에 수용해서 아름다운 공존의 방법과 더불어 사는 상생의 정신을 보여주었다. 예를 들면 시 「황일(黃日)」을 통하여 토질이 좋은 마을의 모습을 이미지화하였을 뿐만 아니라, 시 「산」에서는 '벼락 맞은 바위'와 '살쾡이 모양'을 언술하여 무서운 기(氣)가 서린 곳을 형상화하였다. 그러나 시인은 그러한 장소에도 불구하고 '산나물 물씬 물씬 나는'과 같은 후각적 감각과 '뻐꾹채'와 '진달래'를 통한 따스한 시각적 감각, 그리고 복장노루를 시작품의 중요도구로 수용함으로써 작품 구조를 특별히 생기 있는 공간으로 만들고 있었다.

넷째, 시인은 민족문화에 대한 정체성 확보라는 관점을 보여주었다. 백석 시인은 시 「적경(寂境)」을 통하여 일제의 핍박에도 불구하고 아기의 탄생을 알리면서 민족의 대(代)가 이어지고 있음을 상기시켰으며, 시 「쓸쓸한 길」을 통하여 아동의 죽음을 가볍게 처리해야 하는 장례에 대해 슬픈 정서를 이미지화하였다. 또한 「목구(木具)」를 통하여 제사지내는 도(道)와 예의를 다하는 자손의 도리를 보여주는 동시에 망국민(亡國民)의 한(恨)을 담은 '피의 비 같은 밤'의 언술로서도 자신의 내면을 표출하고 있었다.

다섯째, 시인은 갈등과 대립이 없는 평화로운 공간을 복원하고자 하였다. 백석 시인은 시 「고야(古夜)」를 통해서 밤늦도록 바느질하는 이야기, 명절 안날 송편을 만드는 이야기, 섣달에 납일날밤 눈 받는 이야기를 언술하고 있다. 무려 2500년 전에 노자가 이미 국가제도의 모순과 부조리에 회의를 느끼고 반문명적 사상을 키웠듯이 백석은 일제파시즘에 의한 횡포에 회의를 느끼고 본래의 인간 본성을 찾고자 하였던 것이다. 그는 작품을 통하여 일제파시즘에 의해 식민지화되기 전의 정겹고 따사로웠던 농촌의 생활과 정서를 복원시켰다. 이것은 현실적 상황이었던 일제파시즘이라는 체제가 시인에게 회의를 느끼게 하였기 때문이다.

여섯째, 시인은 한국인의 무속문화를 시작품으로 수용하였다. 무속은 전통적인 생활문화인데도 불구하고 일제침략자들은 미신으로 치부했다. 그러나 한국인의 무속의식은 단군신화에서부터 이어진 한국문화의 정수 중 하나라 할 수 있다. 그런데 일제는 1912년 3월 25일 이른바 <경찰범처벌규칙(警察犯處罰規則)>이란 악법을 시행하여 무속을 비문명인의 전유물로 규정하고 이를 오로지 미신행위(迷信行爲)로 전락시켰다. 이러한 조치는 지식인들로 하여금 민족의 근원과 주체성에 대한 문제의식으로 이어지게 했으며, 백석 시인은 이에 저항하여 시작품 「오금덩이라는 곳」, 「가즈랑집」, 「산지(山地)」 등의 작품에서 무속의식을 차원 높은 민족예술로 승화시키고 있었다.

일곱째, 백석의 시는 운명론적 관점을 수용하고 있었다. 그러나 시인은 독자들에게 자기가 고독한 운명이라고 해도 그냥 운명을 따르는 것이 아닌 것을 보여 주었다. 즉 시인은 절창으로 평가되는 시 「남신의주 유동박씨 봉방」의 '갈매나무'라는 표상을 통하여 자신이 지닌 운명적 삶의 조건을 현재보다 더 가치 있는 것으로 이루어 나가고자 하는 의지를 보여주고, 사람들에게 시련을 이겨내는 정신을 가르쳐주고 있는 것이다. 즉 독자들은 「남신의주 유동 박시봉방」을 통해 운명적인 삶일지라도 정신의 세계를 고양시킬 것을 다짐하는 시대정신을 배우게 된다.

지금까지 설명한 바와 같이 우리는 백석 시인의 작품세계에 나타나는 민속, 전통, 향토, 공동체의식, 유랑 등을 통하여 일제파시즘의 이른바 '타율적 근대화'에 대한 시인의 비평적 관점을 어느 정도 해독할 수 있었다. 즉 백석 시인은 외래문화의 침윤에 따라 위축 소멸되어 가는 한국의 민속적인 전통을 지키기 위해서 민족주체성의 확보와 모든 동족 사물들 사이의 합일에 시적 목표를 두었으며, 시인이 시작품을 통해 추구했던 이러한 합일의례적(合一儀禮的) 사상은 최종적으로 노자의 도(道)가 추구하던 이상세계였던 것이다.[4]

일본의 작가 나쓰메 소세키(夏目漱石)로부터 받았던 구체적인 영향관계에 대해서는 문체와 비유, 사상과 이념 등의 항목 등을 중심으로 기회를 달리하여 보다 집중적 연구를 시도해보고자 한다. 뿐만 아니라 동시대 일본문학의 다른 시인, 즉 이시카와 다쿠보쿠(石川啄木), 다나카 후유지(田中冬二) 등을 비롯한 여러 문학인들과의 영향관계도 백석 시 연구 분야에서 새롭게 규명되어야 할 중요한 연구테마라 할 것이다.

또한 한국시사에서 노장사상 연구는 한국근현대시사의 전통적 시론을 구축하는 매우 특별한 의미가 있다. 위에서 서술한 한국시사의 몇몇 시인들에 대한 논의는 그 출발점일 수 있다. 한편 한국시사의 사상적 거처를 동양적 관점에서 확보하는 일은 서양 중심의 근대를 극복이란 중요한 계기가 될 수 있을 것이다.

---

4) 이동순, 「민족시인 백석의 주체적 시정신」, 『백석시전집』, 창작과비평사, 1987, 168쪽.

제2부

한국 현대시와 해석적 비평의 가능성

1. 백석 시에 나타난 문화소(文化素)의 특성

- 연작시 '남행시초(南行詩抄) 「통영(統營)」·「고성가도(固城街道)」·
「삼천포(三千浦)」'를 중심으로 -

1) 머리말

현재까지 백석의 시작품에 관해 발표된 연구논문은 도합 600여 편 이상
으로 추산된다. 그중에서도 남행시초(南行詩抄) 연작시 「통영(統營)」·「고
성가도(固城街道)」·「삼천포(三千浦)」 등에 대한 기존논의를 보면 풍물이나
정취, 또는 풍경의 소개라는 평면적 관점에서 이루어진 것들이 많다. 이들
연구는 대체로 "한가롭고 평안한 정경"이나 "마을의 풍족한 집을 보고 인
상적인 즐거움을 표현" 또는 "풍물의 아름다움과 평화로움" 아니면 "이국
적 여행지 속에 담아 낸 정취" 따위의 이해를 바탕으로 하고 있다.[1]

---

[1] 고형진, 「백석시연구」, 고려대학교 대학원 석사학위 논문, 1983.12, 92쪽.
한경희, 「백석 기행시 연구: 유랑의 여정과 장소 배회」, 『한국시학연구』 제7호, 한
국시학회, 2002.11, 271~273쪽.
박은미, 「1930년대 시에 나타난 가족 모티프 연구」, 건국대학교 대학원 박사학위논
문, 2003.11, 74쪽.
곽효환 「백석 기행시편 연구」, 『한국근대문학연구』 제18호, 2008.10, 134~143쪽.

이 글은 「창원도(昌原道)」와 「통영」의 시간적 배경에 대한 선행 연구자들의 해석, 「고성가도」에 등장하는 '개나리'와 '진달래'에 대한 이해에서 서로 다른 시각의 차이에 주목한다. 그 대립지점은 「고성가도」에서 해석되고 있는 '진달래'와 '개나리'의 실체, 그리고 「삼천포」에 형상화되어 있는 '아지랑이'가 지닌 다의적 이미지라 할 수 있다. 지금까지 「고성가도」의 이해에 있어서 가장 인상 깊게 언명한 연구자는 유재천이다. 유재천은 「고성가도」를 해석하면서 시적화자가 "봄이 오고 꽃이 피었다는 것까지 감지하지 못할 정도"라고 강조하고 있다. 그는 '건반밥'을 '술밥'으로 풀이하면서 "수탈당한 식민지 현실 속에서는 불가능"[2]한 상실된 것으로 본다. 이러한 관점은 작품에 나타난 현실과 실제의 현실이 맺고 있는 관련성에 초점을 맞추어 해석하는 반영론적 관점을 중시한 것으로 볼 수 있다. 박태일은 「창원도」와 「통영」의 시간적 배경과 「고성가도」의 시간적 배경을 다르게 해석한다. 그는 「창원도」와 「통영」의 시간적 배경을 "두 번째 통영 걸음을 했던 때였던 1월 초순 무렵의 겨울 풍경일 뿐"이라고 설명하고, 연작시 「고성가도」에서는 "진달래 개나리 한창 피기에는 좀 이른 느낌이 있으나, 겨울과는 완연히 다른 봄날의 풍광을 그리고 있는 것만은 틀림없다"는 해석을 하고 있다.[3]

여기에 대해 이숭원과 최승호의 주장은 다르다. 이들 두 학자는 「고성가도」에 등장하는 '개나리 진달래'를 두고 그것이 실제로 봄날에 피는 꽃이 아니라는 해석을 하고 있다. 이를테면 고성지방 사람들이 건반밥에다 붉은 물감이나 노란 물감을 들여 말리고 있는 광경으로 보고, 시적화자가 은유법을 사용하여 "아 진달래 개나리 한참 피었구나"라는 감탄을 한 것으로 보고 있다.[4]

2) 유재천, 이선영 편, 「백석 시 연구」, 『1930년대 민족문학의 인식』, 한길사, 1990, 204쪽.
3) 박태일 「백석과 신현중, 그리고 경남문학」, 『지역문화연구』 4, 1999.4, 34쪽.
4) 이숭원, 『백석시의 심층적 탐구』, 태학사, 2006, 37쪽.

시인이 창원도 → 통영 → 고성 → 삼천포를 기행하고 쓴 「창원도」와 「고성가도」의 시간적 배경은 거의 같다고 보아야 한다. 그렇게 보는 이유는 백석이 ‘南行詩抄 [一]’을 「昌原道」, ‘南行詩抄 [二]’를 「統營」으로, ‘南行詩抄 [三]’을 「固城街道」로, ‘南行詩抄 [四]’를 「三千浦」로 표기하였고, 3월 5일부터 3월 8일까지 <조선일보>에 발표되었다는 점에서 그러하다.

또한 「삼천포」에는 문면에 드러나지 않지만 잿간 문화가 존재한다. 「삼천포」에 표현된 ‘잿간’은 ‘아지랑이’와 ‘아이’같은 낱말들이 합쳐져서 잿간 문화에 따른 똥과 오줌의 활용이라는 생태적·순환적 측면을 부각시키고 있다. 이러한 해석을 하게 된 것은 제도화된 사유를 따라가는 것이 아니라 행간에 생략된 언어를 추적하는 조르주 풀레(George Poulet)의 연상적 독서방식을 취했기 때문이다.

이 글은 헤롤드 블룸의 말처럼 새로운 가치를 부여하고 평가를 하기위하여 다른 사람과 다르게 텍스트를 읽어 재평가하게 될 것이다.[5] 이 글은 작가의 진실에 다가가기 위해, 「통영」에 드러나는 ‘문둥이 품바타령’ 등에 내장되어 있는 업의 상징성, 「고성가도」에 사용되어 있는 ‘곱디고운 건반밥을 말리는 마을’의 전통잔치문화 이미지의 질료들, 「삼천포」에 나타나는 ‘잿더미에 까치 오르고 아이 오르고 아지랑이 오르고’의 메타포 등에서 독자에게 표상되고 있는 우리선조들이 살았던 각 지방의 농경 문화소(文化素)에 대한 백석의 인식과 태도를 선명히 하는데 취지를 두고자 한다.

최승호, 「백석 시의 나그네 의식」, 『한국언어문학』 제62집, 2007.9, 520~522쪽.
5) Harold Bloom, Agon: Towards a Theory of Revisionism, 윤호병 역, 『시적영향에 대한 불안』, 고려원, 1991, 270쪽.

2) 관계의 윤리관과 업(業: karma)의 중요성 – 시 「통영(統營)」

統營장 낫대들었다

갓한닢쓰고 건시한접사고 홍공단단기한감끈코 술한병바더들고

화륜선 만저보려 선창갓다

오다 가수내 들어가는 주막압헤
문둥이 품마타령 듯다가

열니레달이 올라서
나루배타고 판데목 지나간다 간다.

　　　－ 徐丙織에게 －

　　　　　－ 백석, 南行詩抄 [二] 「統營」(조선일보, 1936. 3. 6)

인용 시는 7행으로 되어 있고, 시적화자가 1행에서 '통영장'에 '낫대들었다'고 언술한 것과 2행에서 '곶감 한 접'과 '홍공단 댕기한감' 그리고 '술한 병'을 샀다는 것에는 표면에 드러나지 않는 내면적 정서가 함축되어 있다. 그것은 자신을 낮은데 두고 타인을 위해 에너지를 사용하고 있는 시인의 모습이다. 이를테면 '낫대들었다'는 언술은 "맞서서 달려들듯이 곧장 앞으로 나아가"라는 뜻6) 또는 "내달아 들어갔다"는 뜻7)으로 풀이된다. 이러한 행동은 마음속에 생각하고 있던 물건만을 목표로 하여 구매하고자 하거나, 시간이 없이 마음이 급해져서 빨리 물건을 구입해야 할 때 유발되는 현상 중 하나이다. 독자들은 1행과 2행에서 시인이 자신의 에너

---

6) 이동순, 『백석시전집』, 창작과비평사, 1996, 191쪽.
7) 이숭원 주해 · 이지나 편, 『백석시집』, 깊은샘, 2006, 125쪽.

지를 '곶감 한 접'과 '홍공단 댕기한감' 그리고 '술 한 병'을 사는데 사용하고 있음을 파악하게 된다.

'곶감 한 접' '붉은 공단 댕기한감' '술 한 병'이 갖는 표상은 누구에겐가 선물을 베풀고자 할 때 구매하는 선물이라는 이미지를 내포한다. 이 중 '홍공단 댕기'는 처녀와 여인들이 머리를 치장하는데 사용된다. 고구려 고분벽화에는 삼국시대에 이미 여성들이 붉은 댕기를 사용하였던 흔적이 남아 있다. 머리에 댕기를 매는 습관은 신라와 고려를 거쳐 조선시대에 더욱 세분화되었다. 댕기 중 쪽댕기, 큰댕기, 앞댕기는 주로 혼례 때의 용도로 사용되고, 도투락댕기와 말뚝댕기는 어린이의 머리에 사용되며, 제비부리댕기는 처녀들이 주로 사용하였다. 혼인하지 않은 처녀들은 머리를 곱게 땋아서 묶어 '홍댕기' 양쪽 끝을 제비부리모양으로 만들어 치장하였던 것이다.

> "남쪽 바닷가 어떤 낡은 항구의 처녀 하나를 나는 좋아하였습니다. 머리가 까맣고 눈이 크고 코가 높고 목이 패고 키가 호리낭창하였습니다. (중략) 어느 해 유월의 저물게 실비오는 무더운 밤에 처음으로 그를 안 나는 여러 아름다운 것에 그를 견주어 보았습니다. 당신게서 좋아하시는 산새에도 해오라비에도 또 진달래에도 그리고 산호에도……그러나 나는 어리석어서 아름다움이 닮은 것을 골라낼 수 없었습니다. 총명한 내 친구 하나가 그를 비겨서 수선이라고 하였습니다."
>
> — <조선일보>(1936년 2월 22일자)

백석의 산문 「편지」 <조선일보>(1936.2.22)를 참고하면 백석이 통영시장에서 구입한 선물 중 붉은 공단댕기 한감은 항구의 처녀에게, 그 외의 물건은 그 처녀와 관계된 사람에게 자신의 호의를 전달하려는 뜻이 들어 있다고 보아야 할 것이다.

이 세상의 모든 이치는 어떤 원인에 의해 이루어지고 그것은 또 어떤 결과로 나타나며 또한 주위에 영향을 끼치게 된다. 우리는 그러한 연(緣)과 기(起)에 의한 결과 또는 영향 등을 업(業)이라고 부른다. 업(業)의 원리는 인과(因果)의 상속관계에 놓인다. 즉 미혹한 마음이 연(緣)이 되어 악한 행동(業)을 하게 되면, 과보(苦果)를 받게 된다. 업이란 인간적인 의지와 행위에 따라오는 것이다. 다시 말하면 인간이 자신의 에너지를 어떠한 곳에 사용하느냐에 따라 지금의 행위가 미래의 나를 결정하게 되는 원인으로 작용된다. 타인을 위해 자신의 에너지를 사용하면서 자신을 낮은 곳에 두면 선업을 짓기 쉽고 좋은 결과(善果)가 따르게 된다. 자신을 높은 곳에 두고 본능에 따라 자신의 에너지를 사용하면 악업을 짓기 쉽고, 괴로운 결과(苦果)가 따르게 된다. 여기에서 파생된 원리들이 인과법칙이라는 말로 설명될 수 있을 것이다.[8]

「통영」에서 이 글이 주목하는 모티프는 겸손한 자세를 지니고자 하는 시인의 모습이다.

다시 말하면 시인의 중심이 낮은 쪽에 서 있고, 시인의 에너지는 타인을 위하여 사용되고 있다는 점이다. 타인에게 사용되는 시인의 에너지에서 검토되어야 할 문제는 두 가지로 대별된다. 그 하나는 물질적인 면이요, 다른 하나는 정신적인 면이다. 이 두 가지 면은 시인이 자신의 에너지를 타인을 위해 쏟는 구조를 지니고 동일하게 나타난다. 타인을 위해 사용하는 물질적인 에너지를 소비한 경우를 들면 시인이 '통영장'에서 산

---

8) 업: 불교에서는 신업(身業)・구업(口業)・의업(意業) 등 세 가지 업 중에 인간의 의지가 작용되지 않은 업은 '不故作業'이라 하여 보(報)를 받지 않는다고 설한다—「중아함 권 3 思經」. 도교에서는 충・효・화・순・인・신의 덕을 쌓고 선행을 실천하면, 마음과 몸이 안정되고 기력이 왕성해지고, 나쁜 일을 하면 수명이 단축된다고 설한다—「갈홍의 포박자」. 그래서 논어는 바람직한 인간관계를 논할 때 '다른 사람의 아름다움을 이루도록 주는 것' '다른 사람의 무능이나 실패를 숨겨준다'는 것을 중요하게 설파하고 있다—「논어12 안연편」, 군자(君子) 성인지미(成人之美) 불성인지악(不成人之惡).

'곶감 한 접' '붉은 댕기 한감' '술 한 병' 등이다.

　참고로 살펴보면 백석 시인의 시「내가 생각하는 것은」에는 시인의 형편이 묘사되어 있다. 그 속에는 "나는 하이얀 자리우에서 마른 팔뚝의 샛파란 핏대를 바라보며" "내가 가난한 아버지를 가진 것"과 "내가 아는 그 몸이 성하고 돈도 있는 사람들이 즐거이 술을 먹으러 다닐 것과 내손에는 新刊書 하나도 없는 것"이 형상화되고 있다. 결코 시인의 집안 형편은 넉넉한 편이 아니다. 풍족하지 않은 생활을 하면서도 통영시장에서 세 가지 이상 선물을 산 가난한 시인의 지출에는 문자로 형상화되지 않은 '친분 이어가기 위한 정성' 이라는 정서가 내장되어 있다. 바꾸어 말하면 여기에는 자신의 물질적 에너지를 남을 위해 소비하는 시인의 모습이 투영된다고 하겠다.

　타인을 위해 에너지를 사용하고 있는 중 나머지 하나는 정신적인 것으로써 '서병직(徐丙織)에게'라는 부제목을 사용하여 상대방과의 정신적 교감을 이어 가고자 한다는 점이다. 서병직은 백석이 사랑했던 박경련의 외사촌 오빠였고, 백석이 두 번째로 통영을 방문했을 때 안내를 맡아주었던 전기적 사실이 있다. 그리하여 '서병직에게'라고 한 부제목은 "감사나 안부가 담보된 헌시로 보아야한다"는 논자도 있다.[9] '헌시'를 바치는 행위는 실제의 사건을 소재로 하여 시를 노래함으로써 공통적인 유대감을 느끼게 하는 방법의 하나이다. 헌시를 창작하는 것에도 많은 시간과 에너지가 들어간다. 인용 시에는 자신을 낮추어 남을 위해 정신적 에너지를 사용하는 시인의 모습이 투영되고 있다.

　이외에 무엇보다 중요한 것은 백석이 <오광대탈춤>이라 하지 않고 '문둥이 품바타령'이라고 언술하고 있다는 점이다. 시인이 이러한 명명법(命名法)을 한 것은 문둥이의 선대(先代)가 자신의 중심을 높은 곳에 두면서

---

9) 전형철,「민족의 문화소에 대한 백석의 인식과 태도에 대한 토론문」,『근대시 연구의 개념적 검토』, 한국시학회 제25차 전국학술발표대회, 2010.4.24, 10쪽.

교만한 사람으로 죄를 짓고 살은 데 대한 과업 때문에 후대(後代)가 그러한 몰골이 된 구조를 갖는 작품의 주제를 중시하였기 때문으로 본다.

여기에서 '품바'란 말은 신재효의 한국 판소리 전집 중 '변강쇠歌'에서 처음 사용되었고, 이 '문둥이 품바타령'은 전통놀이인 <통영오광대탈춤>의 첫 번째 마당이라는 의미를 내포한다. 오광대라는 명칭은 다섯 광대를 말하고, <통영 오광대탈춤>은 다섯 광대가 나와서 오방(五方) 즉 동·서·남·북·중앙에 있는 잡귀를 물리친다는 내용으로 되어 있다. 주제는 다섯 마당으로 나누어져 있고, 각 마당마다 연희자가 다르며, 총 3시간이 소요된다.

첫 번째 마당에 나오는 문둥이의 특징은 검은 바탕에 반점을 많이 찍은 탈을 썼다. 이 '문둥이 탈'을 하고 나온 주인공이 흰색 적삼 속옷만 입고 손가락을 오그린 채 문둥이의 생태를 표현하며 춤을 추면서 등장하고, 한바탕 춤을 추다가 선대(先代) 양반이 죄를 지어 자신이 문둥이가 되었다는 타령을 한다. 그 타령 안에는 문둥이의 한(恨)만 표현된 것이 아니라 선대가 지체 높은 양반이었다는 것과 아울러 조상들의 누적된 죄과의 업으로 자신이 불치의 문둥이가 되었다는 울분이 들어있다.10)

따라서 시인이 '문둥이품바타령'으로 명명(命名)한 것은 선업(善業)을 짓고 덕(德)을 닦는 것을 중요시 여긴 우리 선조들의 정신적 윤리관을 상징한 것이라 할 수 있다. 이러한 윤리관은 "착한 일을 한사람에게는 하늘이 복으로써 갚아주시고 악한 일을 한사람에게는 하늘이 화로써 갚느니라"(子曰 爲善者는 天報之以福하고 爲不善者는 天報之以禍-繼善扁)고 하는

---

10) 문둥이 품바타령 내용.
　　"아이고 여보소 이네 한말 들어보소! 삼대 할아버지 삼대 할머니 그 지체 쓸쓸하신 우리 아버지, 어머니! 인간의 죄를 얼마나 지었기에 몹쓸 병이 자손에게 까지 미처 이 모양 이 꼴이 되었단 말인가. 아버지야 엄마야! 괴롭구나. 이 모양 이 꼴이 되었으니 양반인들 무엇 하며 재산인들 쓸데 있나. 살아생전에 마음대로 놀다가 죽을라네. 만사 모두가 여망 없는 내 신세야!"(중략)

공자의 진리, '벗을 사귀는데 있어서 거만하고 버릇없이 희학(戲謔)하는 것
은 마땅하지 않고, 온화하게 자신을 낮추어 상대방을 공경하는 마음이 되
어야만 한다'11)는 조선시대 『산림경제』의 가르침과 상통하고 있다. 이러
한 사상은 노자 『도덕경』에 나오는 견강거하(堅强居下) 유약거상(柔弱居上)
의 진리 즉 '굳고 강하면 죽고, 부드럽고 약하면 산다'와 말과 비슷한 의미
이다.12)

　　같은 의미에서 백석은 착한 행위들이 쌓이면 선업이 나타나고 악한 행
위가 쌓이면 악업이 나타난다는 내면화된 의식을 문학으로 강렬하게 나
타내었다. 예를 들면 백석은 동화시 『개구리네 한솥밥』에서 개구리의 도
움을 받았던 친구들이 개구리가 어려움에 처했을 때 도움을 주는 구조를
취하여 어린이를 교화시키는데 힘쓰고 있다.13) 아울러 「닭을 채인 이야
기」(조선일보, 1935.8.11~25)에서는 디평영감장이가 시생이네 닭을 두 마리
죽임으로써 디평영감장네 닭도 죽임을 당하고, 아무 죄 없는 족제비를 나
무라고 족제비집을 까닭이 닿지 않게 들추어놓는 바람에 또 밤이 되면 디
평영감장네 닭의장에 족제비들이 복수를 할 것이라고 예고하고 있는 이
야기의 구조 등에서 우리는 시인이 가진 인과의 정신을 인식할 수 있는
것이다.

　　이러한 관점에서 미루어보면 이 작품은 독자들에게 이 세상에 모든 만
물은 독립된 실체가 아니라 관계의 사슬에 묶여있다는 시인의 인식과 태
도를 보여주고 있다고 해석된다. 즉 시인의 인식은 인연을 맺는 것에는
누구와(또는 무엇과) 만나느냐에 있는 것이 아니라, 관계를 어떻게 가꾸어
나가느냐에 의해 조성된다는 것을 바탕으로 하고 있다.

　　한편, 텍스트를 이해하는 배경을 알려면 우선 시에 쓰인 언어를 정확히

---

11) 유중림, 「산림경제」, 민족문화추진회, 솔, 1997, 207~211쪽.
12) 윤재근 편, 『편하게 만나는 도덕경』, 동학사, 2001, 434쪽.
13) 백석의 동화시 「개구리네 한솥밥」은 『집게네 네형제』(1957)에 실려 있는 12편의
　　동화시 가운데 한 편에 속한다.

읽어 낼 수 있어야 한다. 작품에서 언술한 '열이레달이 올라서'에 나타난 '열이레'는 음력 1월 17일(양력 2월 9일)인 동시에 일요일이다.14) 이러한 견해에 전형철은 양력 2월 9일이 아닌 양력 1월 11일(음력 12월 17일)로 보면 어떻겠느냐는 관점을 제시한다.15) 이 글은 그러한 관점에 동의할 수 없다. 그 이유는 '통영오광대탈춤'은 정월 대보름 전날 밤(음력 1월 14일)에 행해졌기 때문이다. 통영 오광대놀이는 민간조직인 계를 중심으로 전승되었고, 계의 "주최 측이 섣달 20일께 임시총회를 열어 매구(지신밟기)에 필요한 기물을 마련했으며, 정월 2일~14일에는 계원들 집을 돌며 받은 기금으로 정월 14일 밤에는 파방굿과 오광대놀이를 할 수 있었다"16)는 기록이 전해진다.

이 기록을 참고로 하면 주최 측이 임시총회를 하여 지신밟기에 필요한 기금을 마련하기도 전인 섣달 17일 날 벌써 오광대놀이를 실행할 리가 없는 것이다. 우리 선조들은 정월 대보름날을 한자어로는 '상원(上元)'이라 할 만큼 중요시 여겼고, 작품내부에는 탈춤의 여흥이 시적화자가 찾은 날(양력 2월 9일, 음력 1월 17일)까지도 전해지고 있다.

그리하여 이숭원은 "이 시편들이 2월 9일경 창원에서 삼천포에 이르는 지역을 답사하고 쓴 시로 보인다"는 견해를 제시하고 있다.17) 이 글은 이

---

14) 백석은 '통영'을 배경으로 세 개의 작품을 생산했고, 작품마다 방문한 날짜에 대한 정보가 드러나 있다. 『조광』 1권2호(1935.12)에 발표한 첫 번째 작품 「통영」의 배경은 '저문 6월의 바닷가'라는 정보가 주어져 있어 작품배경이 35년 여름이란 것을 암시하고 있고, 두 번째 작품 「통영」의 배경 날짜는 '열나흘 달을 업고 손방아만 찧는'이라는 정보가 나타나 있다. 이 작품은 『조선일보』(1936.1.23)에 발표되었다. 따라서 두 번째 발표 된 「통영」 배경 날짜는 1936년 1.8일(음력 12.14)이 된다. 또 『조선일보』(1936.3.6)에 발표한 세 번째 작품, 즉 이 글의 텍스트인 「통영」의 배경 날짜는 작품 내부에 '열이레달이 올라서'라는 정보가 있으므로 1936.2.9(음력 1.17)이 되는 셈이다.

15) 전형철(2010.4.24) 「민족의 문화소에 대한 백석의 인식과 태도에 대한 토론문」, 『근대시 연구의 개념적 검토』, 한국시학회 제25차 전국학술발표대회, 11쪽.

16) "통영오광대" 한국 브리태니커 온라인(2010.12.10.)
<http://preview.britannica.co.kr/bol/topic.asp?article_id=b22t3420a> 부분 발췌.

러한 견해에 동의하면서, 이날 시적화자는 통영오광대놀이 중 '문둥이 품
바타령'을 듣다가 정월의 열이레 달이 오후 5시 40분~5시 50분경(달뜨는
시각) 뜨자 나룻배로 판데목을 건넨 것으로 본다.

　뿐만 아니라 시인은 '나룻배'를 언술함으로써 사람과 사람뿐만 아니라
사람과 사물, 그리고 자연과 자연물 사이에도 인연이 존재한다는 것을 나
타낸다. 시인은 낮에 근대적인 증기선을 만져 보러 선창에 갔다고 언술하
였으나 시인이 친숙하게 이용한 것은 근대문물의 상징인 화륜선이 아니
라 나룻배이다. 시인은 낮과 화륜선, 달밤과 나룻배에 대한 의식을 반영
하여 근대문물은 신기한 대상일 뿐, 자신과 인연을 맺고 있는 것은 달밤에
떠가는 나룻배라는 것을 이미지화 한다. 달밤과 나룻배라는 조합을 통한
이러한 언술은 우리선조들이 살아왔던 여행의 모습들로 이해할 수 있다.

3) 이바지 문화와 치마저고리 빛깔의 상징성 – 시 「고성가도(固城街道)」

固城장 가는 길
해는둥둥높고

개한아 얼린하지안는 마을은
해발은 마당귀에 맷방석하나
　아코 노락코
눈이시울은 곱기도한 건반밥
아 진달래! 개나리 한창퓌엿구나
가까이 잔치가잇서서
곱디고흔 건반밥을 말리우는마을은
얼마나 즐거운 마을인가
어쩐지 당홍치마 노란저고리입은 새악시들이
웃고살을것만가튼 마을이다
　　　　　– 백석, 南行詩抄 [三] 「固城街道」(조선일보, 1936. 3. 7)

_____

17) 이숭원, 앞의 책, 2006, 35쪽.

인용 시는 2연과 3연에 걸쳐서 '건반밥 말리는 장면'을 이미지화하여 우리 선조들의 잔치 음식문화의 독자성을 극명하게 드러내고, 4연에서는 당홍치마와 저고리 빛깔을 밝혀 시집 안 간 처녀들의 옷차림을 부각시킨다.

인용 시에 관한 연구자들의 중점적인 시각은 두 가지로 대별된다. 하나는 텍스트에서 시적화자가 본 시간적 배경에 대한 관점의 차이와 또 하나는 '건반밥'이 어떤 용도로 쓰이느냐에 대한 시각의 차이다. 인용 시의 시간적 배경에 대해서는 유재천은 봄이라는 견해이고, 이숭원[18]과 필자는 2월 중순이라고 판단한다. 또한 '건반밥'의 쓰임새에 대해서 이숭원과 최승호는 다식이나 강정을 만들기 위해서[19]라는 해석을 한다. 그리고 유재천은 술밥을 만들기 위해서[20]라고 주장하면서, 음식과 술을 나누어 먹는 일은 수탈당한 식민지현실에선 불가능한 일이라고 주장하고 있다.

일제강점기에 산출된 작품에 대한 해석은 그것이 이른바 민족수난기라는 정치적 의미로 인하여 수탈이라는 도식적인 잣대로 재단되기가 쉽다. 우리 선조들은 체면을 중시하고 의례를 존중하는 삶을 살아왔다. 예를 들면 일제강점기시대에 의례준칙이 제정되어 2대까지만 제사를 지내도록 하였으나 각 가정에서는 지키지 않았고, 잔치에 있어서도 범절 있는 집안으로 자처한 사람들은 떡·술·유과 등을 솜씨 좋게 빚어 자기 집안의 '격(格)'을 알리고자 하였다. 이러한 무형의 관습을 제쳐두고 '수탈'이라는 배경만으로 작품을 이해하려는 해석은 '기계적인 반영의 오류'를 범할 우려가 있다 하겠다.

'건반밥'의 사전적 의미는 '잔치 때 쓸 세반가루'[21]이고, '세반'의 사전적 정의는 '찐 찹쌀을 말려 부스러뜨린 가루'이다. 세반가루는 흰 것이 있는가

---

18) 이숭원, 『백석시의 심층적 탐구』, 태학사, 2006, 38쪽.
19) 이숭원, 같은 책, 2006, 37쪽.
　　최승호, 「백석 시의 나그네 의식」, 『한국언어문학』 제62집, 2007.9, 520~522쪽.
20) 유재천, 이선영 편, 「백석 시 연구」, 『1930년대 민족문학의 인식』, 한길사, 1990, 204쪽.
21) 이지나 편·이숭원 주해, 『백석시집』, 깊은샘, 2006.5, 126쪽.

하면 고운 물을 들인 것도 있다. 이러한 세반가루는 유과(油菓)류를 만들 때 고물이 된다. 유과는 강정·산자·과즐 등으로 부르고, 모양에 따라 빙사과 연사과 산자 세반강정 등으로 달리 부른다.[22]

세반강정은 찹쌀을 쪄서 말린 다음 다홍 주황 노랑 등으로 물들여서 다시 말리고, 이것을 절구에 넣고 찧거나 칼로 부스러뜨려 모시나 사주머니에 싸서 끓는 기름에서 잠깐 튀겨(이것을 세반이라 함) 강정에 꿀이나 조청을 바르고 여러 색의 세반가루를 묻힌 것이다. 전통적으로는 찹쌀을 쪄서 말려서 절구에 찧어 조각을 낸 다음 기름에 튀겨 세반을 만들었지만 요즈음은 튀밥으로 대체한다(이종미,『행복이 가득한집』, 디자인하우스발행, 2004.9).

여인의 손길이 많이 들어가는 유과류(지방에 따라서 강정이라고도 한다)는 요즈음과 달리 60여 년 전에는 일체 수작업으로만 이루어졌다. 반죽을 할 때 찹쌀가루와 콩가루를 보름 이상 물에 불려 충분히 발효시킨 후 쪄내야 하고, 절구에 기포가 많이 만들어질 때까지 쳐야하며, 반죽이 미지근해지면 두 손을 반죽 밑에 넣어 0.4센치 두께로 모양을 펴주어야 한다. 유과류(또는 강정류)는 원래 바탕에서 4~5배 부풀어 오르는 특징이 있고 음식을 괼 때는 아름다운 모양새를 지닌다. 유과는 '살림이 부풀어 오른다'는 상징성과 고배(高排)하였을 때 좋은 모양새 등으로 해서 잔치에 주빈을 축하하는 음식이 되었다.

일제강점기에 순사가 공출검사를 나왔을 때 선조들은 가마니로 얼기설기한 벽 뒤에 곡식을 숨겨놓았다가 꼭 필요한 행사에 사용하리만 의례를 중요시 했다. 최현배는 『朝鮮民族更生의 道』에서 우리 조선 사람들이 음식물을 "모두 제집에서 만들어먹기 때문에 시간상으로 불경제적"이지마는 "음식물에 대해서 철저한 자급자족을 실행한 것이 경제상으로 확실히 자위적 이득이 되었다"고 주장한다. 우리가 "음식물을 자작자급 하는 의지가 소멸되었다면 외자의 침입이 극열해져 우리민족의 생활은 수배나

---

22) 황혜성·한복려·한복진,『한국의 전통음식』, 교문사, 1994, 477쪽.

일찍이 심하게 착취당하였을 것"[23)이라는 논리이다. 우리 조선의 부인들은 음식물을 만들 때 정성과 노력이 몸에 배어 있었던 것이다.

한편 궁중에서는 나라에 큰 잔치가 있을 때 임금이 받는 어상(御床)에다 과일·음식·떡 등을 높이 괴었다. 이렇게 높이 괴는 것을 '고배'라고 부르는데 이러한 격식은 민가의 혼례식이나 회갑에까지 전파되었다. 음식을 괴는 높이는 가풍이나 형편에 따라 다르지만, 회갑 혼례 같은 큰상에는 떡, 유과, 다식, 당속류, 전과, 생과일, 건과 등을 높이 괴어서 상의 앞쪽에 색을 맞추어 배상(配床)하였던 것이다.[24)

색을 곱게 하기위해 사람들은 하얀 튀밥 가루이외에 여러 색의 세반가루를 묻혀 음식을 빛낼 수 있었다. '고성가도'에서 시인이 본 '건반밥'은 유과를 완성하기 전의 모습으로 빨갛고 노랗게 물들여져 있는 상태여서, 시인은 마치 개나리 진달래가 피어 있는 것 같다고 생각하였다. 인용 시에서 '진달래 개나리 한참 피였구나'의 언술은 강정을 만들기 위해 찹쌀로 지에밥을 쪄서 말린 다음 분홍 노랑으로 물들여서 다시 맷방석에 말리려고 늘어놓은 형태를 보면서 느낀 시인의 심미적 미의식이 표출된 것으로 보아야 할 것이다.

다음은 '건반밥'을 보는 시인이 어떤 인식과 태도를 취하고 있는지 살펴보기로 한다.

시인이 '가까이 잔치가 있어서'라고 언술한 것을 참조하면 '건반밥'은 잔치와 관련이 있다. '잔치'의 이미지가 담긴 '건반밥'에는 옛날 신부 집에서 유과와 강정 등을 함지나 대소쿠리에 가득 담아 신랑집에 보내는 우리 고유의 이바지문화 정신이 깃들어 있다. 우리선조들은 혼인식을 마친 후 새색시가 사흘 만에 시가로 신행을 가는 길에 세반강정이나 세반산자를

---

23) 최현배,『朝鮮民族 更生의 道』, 정음사, 1962, 68~68쪽 참조: 최현배가 동아일보에 연재한 텍스트를 1930년 동광당 서점에서 초판으로 발행하였고, 이 초판본은 1962년 정음사에서 다시 '1930년판 飜刻本'의 형태로 발행하였다.
24) 유광수 외 지음,「한국전통문화의 이해」, MJ미디어, 2003.3, 63쪽.

244 | 백석 시 연구

비롯한 갖가지 음식을 함지나 광주리에 담아 들려 보내는 풍습을 갖고 있었다. 이렇게 나누어 먹는 풍습 속에는 '신부집의 음식솜씨와 정성을 담아 보낸다'는 상징성 이외에도 '살림이 유과처럼 부풀어라'와 '덕(德)을 나눈다'라는 의미가 들어있다.

시인이 시 「고성가도」에서 무려 2연에 걸쳐 건반밥의 빛깔을 할애한 것은 잔치문화에 녹아있는 우리고유의 음식 문화와 민족정서를 소개하려는 작가의 의도가 들어있다 할 것이다. 그 당시 우리의 농촌 일부에는 근대화의 갈망에 의해 서구산업화의 과정에서 수입된 '맥주·레모네이드 바나나 같은 식품이 시장에서 거래되고 있었다.[25] 서양에서 들어온 수입 식품은 유통과정에서 화학첨부제와 방부제 같은 물질을 사용하게 되므로 우리 몸에 큰 해악을 끼치게 된다. 가정에서 만드는 잔치음식은 직접 식품을 만들기 때문에 사람의 건강을 해칠 가능성이 적은 것이다. 따라서 「고성가도」는 지에밥을 재료로 한 우리 선조들의 경험과 지혜에 의해 만들어진, 즉 자기의 논에서 재배한 곡식을 이용하여 직접 만들어 먹는 주체적 문화소의 중요성을 시인이 재조명한 것이라 할 수 있다.

마지막 연에서 시인이 언술한 '당홍치마 노랑저고리 입은 새악씨'는 시집 안 간 처녀를 상징한다. 조선시대에서부터 내려오는 여성의 신분은 치마저고리 색깔로 구별되었다. 혼인하기 전의 처녀들은 노랑저고리와 다홍치마를 입었고, 갓 결혼한 새악씨는 녹의홍상(綠衣紅裳)이라고 해서 초록저고리에 다홍치마를 입었으며, 혼인한 부인은 옥색저고리에 남치마를 입어 자신의 처지를 나타내었던 것이다. 이외에도 아들이 있다는 표시로 저고리 소매를 남색으로 했고, 부부가 금실 좋게 해로하고 있다는 의미로

---

25) 마쓰모토 다케노리(松本武祝), 「최근 한국의 식민지 근대화에 관한 논의」, <21세기 한국학: 세계 보편 담론을 향하여>, 연세대학교 국제학술대회, 2008.12.18.~19 - '농촌의 전통 시장에서도 바나나와 만년필·맥주·레모네이드가 거래됐으며 영화와 서커스가 상영됐다. '근대'를 단편적으로만 마주쳤던 대다수의 한국인들 역시 '근대'에 대한 갈망을 공유했던 것은 사실이다.'

자주색 고름을 달았다. 또한 청상(靑裳)은 푸른 치마를 입은 여자라는 기생을 의미하였다.

시인이 지닌 의식의 작용을 보면 「고성가도」에서 '곱디고운 건반밥' '가까이 잔치가 있음', '당홍치마 노랑저고리 입은 새악시'라는 감각적 언어재료를 통하여 잔치 문화이미지라는 의미를 지향한다. 또한 "당홍치마 노랑저고라 입은 새악시"는 표면에 드러나는 감각재료이지만 의식의 그늘에는 잔치를 치르기 전 처녀가 입는 옷이라는 이미지가 있다. "당홍치마노랑저고리"는 잔치를 앞 둔 처녀들이 입는다는 점에서 잔치와 관련된 문화의 한 부분에 속한다 할 것이다. 즉 시인은 「고성가도에서」 2연 3연 4연에 걸쳐 풍성한 언어를 통하여 일정하게 잔치문화이미지라는 의미를 부여하기위해 의식작용을 작동시키고 있는 것이다.

백석 시인은 조상으로부터 내려오면서 발효와 숙성의 과정을 거친 잔치음식문화와 시집 안 간 새악씨의 다홍치마와 노랑저고리 빛깔을 시적 형상화로 실천하였다. 이바지 음식 문화와 치마저고리 빛깔의 상징성이야말로 조선민족 고유한 잔치전통 문화소의 한 부분이기 때문이다.

4) 민족적 고토에 대한 생기(生氣)와 지력(地力)의 강화
- 시 「삼천포(三千浦)」

졸레졸레 도야지새끼들이간다
귀밑이 재릿재릿하니 볏이 담복 따사로운거리다

재ㅅ덤이에 까치올으고 아이올으고 아지랑이올으고

해바라기 하기조흘 벼ㅅ곡간마당에
벼ㅅ집가티 누우란 사람들이 물러서서

어늬눈오신날 눈을츠고 생긴듯한 말다툼소리도 누우라니

소는 기르매지고 조은다

아 모도들 따사로히 가난하니
      — 백석, 南行詩抄 [四] 「三千浦」(조선일보, 1936.3.8)

삼천포는 강물에 떠내려 온 흙과 모래가 강어귀에 쌓인 선상지에 발달
한 넓은 농경지에 농업이 발달한 곳이다. 시적화자가 「삼천포」에서 언술
한 '재ㅅ덤이' '벼ㅅ곡간' '벼ㅅ집가티' 그리고 '소는 가르매 지고'라는 시
어는 농촌의 풍경을 투사 하는 장치로 사용되고 있다.

   인용 시는 동일한 이미지가 반복해서 나타나므로 작품을 음미하는데 도
움이 된다. 예를 들면 '까치' '잿더미' '아이' '아지랑이'는 언어배열의 선택
과 결합이 매우 치밀하다. 그러한 언어배열은 어떤 정황을 설명하기위해
어휘 뒤에서 내부적 질서를 갖추고 있다. 즉 '아지랑이'라는 표현은 특이한
현상을 언술하기위한 상징적 명명(figurative designation)으로 사용된 것이다.

   1930년대 중반 무렵 농촌의 경제적 상황은 금비(金肥)를 살리면 경비가
들었으므로 비료를 사지 못하는 사람도 많았다. 금비를 살 수 없는 사람
들은 유기질 비료를 사용해야만 한다. 유기질 비료란 식물을 태운 재(草,
木灰), 퇴비, 부엽토, 분뇨, 깻묵 같은 것으로 이것은 분해되는 과정에서 악
취가 많이 나기 때문에 부숙(腐熟)기간이 길다는 단점이 있다. 그래서 옛날
선조들은 재를 모으는 잿간을 만들어야 했으며, 잿간에다 때때로 오줌을
끼얹어 재가 날리는 것을 안정화 시켰다. 홍만선의 필사본 『산림경제』에
는 "외양간밖에 웅덩이를 파 오줌을 모았다가, 곡식대나 겨 죽정이따위를
만든 재를 웅덩이의 오줌과 반죽해서 거름을 만들면 밭을 기름지게 할 수
있다"[26]는 치농(治農)법이 나타나 있다. 이러한 사실은 삼천포를 가난한

---

26) 홍만선 저, 민족문화추진회편, 『(국역)산림경제 I , II』, 1982, 95쪽.

사람들의 생태학적 삶과 연결해서 생각하는 이 글의 작품이해에 대한 주관성을 객관화하는 힘으로 작용하게 되었다.

시인이 통영을 방문하고 고성가도를 방문한 뒤 삼천포를 여행하였다고 가정하고, 삼천포를 방문한 날짜를 탐색해보기로 한다. 시인이 「통영」에 들린 날은 「통영」의 작품 내부에서 열이레(양력 2월 9일)로 되어 있고, 그날 밤 시인은 나룻배를 타고 떠났다고 되어 있다. 따라서 시인이 「고성가도」, 「삼천포」를 방문한 날은 2월 10일 이후가 된다. 더 자세히 말하자면 시인이 「고성가도」와 「삼천포」를 같은 날 방문하였거나 아니면 하루정도 차이를 두고 여행하였을 것이므로 삼천포를 방문한 날짜는 양력 2월 10~11일 경이 되는 셈이다.27) 이때의 절기는 입춘을 지나 있다.

텍스트의 표면에 드러난 '도야지 새끼가 졸레졸레 가는 모습'과 '다사로운 거리다'라는 행에서는 세 개의 이미지가 연상되고 있다. 그 중 하나는 돼지에게 따사로운 햇빛을 받게 하는 주인의 위생관념이고, 또 하나는 돼지가 햇빛을 받을 동안 빈 돼지우리 청소를 할 것이라는 환경적 측면이고, 또 다른 하나는 청소하고 난 후 얻는 분변이용에 대한 생태학적 자연관이다.28) 돼지주인이 돼지 젖을 먹고 자라는 새끼돼지들을 건강하게 키우려면 돼지우리를 자주 청소하여야 한다. 좁은 우리 안에서 커는 돼지들은 운동부족으로 열병이나 돼지생식기호흡기증후군(PRRS), 돼지써코바이러스(PCV-2), 각종 폐렴과 감기, 위축성 비염, 파스튜렐라, 살모넬라, 글래서병 등등 각종 질병에 걸릴 위험이 있다.

1행의 '도야지 새끼들이 졸레졸레 간다'는 것은 새끼 도야지 여러 마리가 이리저리 무질서하게 줄줄 뒤따르는 모양을 말하며, 이 언술에는 표면

---

27) 백석시인이 '통영'을 떠난 때가 2월 9일 열이레달이 떴을 때이다. 2월 10일 고성을 방문하고 바로 그날 삼천포를 방문했던지 아니면 2월 11일 삼천포를 방문했다고 보아야 한다. '삼천포'를 여행한 그날의 날씨는 입춘이 지났다는 것 외에도 봄처럼 따스했다고 볼 수 있다.

28) 인용 시는 파노포에니아(Phanopoeia) 즉 회화적 측면을 강조하여 이미지의 무리를 가져온 방법을 택했다.

에 생략되어 있지만 이면에는 사람이 도야지를 몰고 간다는 뜻이 숨어 있다. 글자 사이에 생략되어 있는 행간의 독서를 하면 인용 시에는 도야지를 비운 가축우리를 청소하고 가축의 분변을 이용하여 농사를 짓고 살아가는 한국인의 삶에 대한 생태학적인 철학이 반영되어 있는 것이다. 과거 우리 선조들은 돼지가 배설한 똥오줌과 흙을 섞어 다시 식물을 성장하게 하는 방법의 양질의 유기비료로 사용하여왔다. 이러한 퇴비들은 무·배추·고구마·우엉 같은 작물을 재배하는데 필요한 천연비료로 활용하였던 것이다. 또한 2행에서 '볕이 담복 따사로운 거리'는 문면에 나타나지 않고 숨어있는 부분이 있다. 어휘 뒤에 숨어있는 의식은 도야지 새끼들이 병이 걸리지 않도록 햇볕좋은 날을 택하여 도야지를 이동하는 선조들의 경험 철학이 될 것이다.

그 다음 주목할 또 하나의 행은 3행의 '잿더미에 까치 오르고 아이 오르고 아지랑이 오르고' 라는 시인의 언술이다. 일부 논자들은 '아지랑이 오르고'라는 언술에 주목하여 텍스트의 배경을 봄날로 보고 있다. 그러한 해석이 이루어지게 된 것은 '아지랑이'의 실체를 맑은 봄날 땅 위에 아른거리는 공기현상으로 본 결과라 하겠다. 이 글은 '잿더미에 까치 오르고 아이 오르고 아지랑이 오르고'의 언술은 우리 선조들의 생태학적 자연관을 반영한 것으로 본다. 먼저 잿더미부터 고찰해보자. '잿더미'는 재를 모아 두는 창고이며, 지방에 따라서는 잿간이라고도 부른다.[29]

'잿더미'는 옛 선조들의 생기 있는 땅 만들어 가는 행위라는 점에서 중요한 맥락을 지니고 있으며, 이 시어는 농경생활을 해가는 농촌사람들의 지혜라는데 의미를 둔 시인의 의식이 투영된 것으로 보아야 한다. 이를테

---

29) 선조들은 잿더미에다 가끔씩 소변을 끼얹었다. 그렇게 한 이유는 재가 가벼워서 바람이 불 때 이리저리 날리는 것을 방지하기 위해서였고, 재의 부숙(腐熟)기간을 길게 해서 안정화된 거름을 얻기 위해서였다. 그래서 오래된 재는 굳어있었다. 한편 옛날 화장실은 그 아래가 내려다보이고 잘못 디디면 빠질 수 있는 구조로 되어 있고, 뒷간 흰 모퉁이에 동이른 놓아 오줌을 받는 소마항아리(일명 오줌통)가 있었다. 뒷간이 무서운 아이들은 잿더미 위에서 오줌을 누는 것을 선호하였던 것이다.

면 재는 칼륨비료가 많아 질소가 많은 오줌과 섞어놓으면 한 달 뒤 작물의 밑거름으로 사용 할 수 있다. 또한 농부가 부추·상치·쑥갓 등이 잘 자라지 않고 영양이 부족하다 싶으면 '잿더미'에서 나온 재를 식물 옆에다 솔솔 뿌려두기만 하면 되므로 '재'는 손쉬운 거름이 된다. 따라서 인용 시에 나오는 '잿더미'는 인간의 삶에 대한 실제적인 통찰과 삶에 대한 긍정적 시선을 가진 시인이, 지역에 기초를 둔 자급 경제의 가치와 자연의 원리를 재활용하면서 살아가는 '삼천포'에 사는 사람의 삶을 상징적으로 나타낸 언어도구라고 할 수 있다.

그 다음에 진행되는 '까치오르고'라는 시인의 언술은 잿간의 구조를 알리는 역할을 하고 있다. 잿간의 기본 형태는 뒷간을 겸하고 있는지 분리하고 있는지에 따라 조금씩 다르다. 일반적인 형태는 드나드는 문이 생략되고 삼면이 황토벽이나 짚으로 쳐 있으며, 지붕과 담 사이에 공기가 유통하도록 떠어져 있는 구조로 되어 있다. 옛 선조들은 잿간에 우거지를 걸어두기도 하고 밭 마늘을 통째로 걸어서 보관하기도 했다. 우거지는 햇빛을 직접 받으면 누렇게 변하기 쉬워 선조들은 이곳에 걸어두고 필요할 때 이용하였고, 밭 마늘도 공기유통이 좋아야 썩지 않으므로 이곳의 벽에 걸어놓고 보관하였다. 한쪽에는 마른 볏짚도 보관하였다.[30]

시인은 까치가 필요한 지푸라기 등을 찾으러 잿간을 들락거리는 것을 보았을 것이다. 이렇게 생각하는 이유는 시인이 삼천포를 방문한 이 시기가 까치들이 집짓기를 할 무렵과 일치하기 때문이다. 까치들은 입춘이 시작되면 집짓기를 시작한다. 까치가 둥지를 만드는 과정은 나뭇가지로 기초를 쌓은 후 속도 조절하면서 내부에 진흙을 바른다. 진흙이 마르기를 기다리고, 진흙 사이에 지푸라기를 간간히 섞어 넣는다. 그렇게 차곡차곡

---

30) 농암면지 편찬위원회, 『청조향람(靑鳥鄕覽)-향토사료』, 문경, 1996.12 - '항일시대 연천1리 상땀 화재사건', 1936년 1월말 점심 무렵이었다. 지순덕씨(속칭:지서방네) 집 잿간에서 불이 치솟기 시작했다. 아침에 재를 쳐다 부은 후 남아 있던 불씨가 **잿간의 볏짚**에 옮겨 붙어 일어난 화재였다(강조는 필자).

쌓은 후 둥지 옆면에 자기만 드나들 수 있는 출입구와 지붕을 완성하게 된다. 지푸라기는 그 당시 까치집을 짓는데 꼭 필요한 도구였던 것이다.

또 시인의 언술에서 눈여겨볼 점은 '아이오르고'라는 시인의 언술이다. 여기에는 옛날 선조들이 아이들이 오줌을 누고자 할 때면 측간대신 잿간에 들여보낸 사실이 연상되고 있다. 일반적으로 옛날 측간은 아이들이 빠지기 쉬운 형태로 되어있기 때문에 아이들은 잿간에서 오줌을 눌 수 있었다. 더구나 아이들의 오줌은 재와 섞이면 좋은 비료가 되었다. '아지랑이 오르고'라는 언술은 아이가 '오줌 누기'를 실행하고 난 뒤 뜨거운 수증기가 오르는 것을 이미지화 한 것으로 생각된다.

다시 말하면 도야지 새끼가 이동하는 언술은 표면에 나타난 감각재료에 불과하나 시인이 지닌 의식의 그늘에는 돼지우리 분변(糞便)청소가 들어있다. 돼지우리 청소의 이점은 청소후의 청결감을 얻는 동시에 부산물로 거름을 얻는다는 데 있다. 여기에 의미를 부여하면 거름 획득 이미지가 될 것이다. 마찬가지로 '잿더미에 아이 오르고'라는 언술은 표면적 감각자료이나, 이 언술은 '아지랑이 오르고'의 언술과 합해져서 아이오줌에서 나오는 뜨거운 수증기를 연상시키는 역할을 한다. 이처럼 「삼천포」는 '자연친화적인 삶에서 얻는 거름획득'을 지향하는 시인의 의식작용이 만들어낸 의식의 대상이 시의 내부와 표면에 자리하고 있다.

이상의 분석을 정리하자면 시 「삼천포」는 아이가 잿더미에 다가옴으로써 까치가 놀라 날아오르고, 아이가 오줌누기를 실행함으로써 아지랑이처럼 수증기가 오르는 것을 이미지(image)화했다고 보아야 한다. '아지랑이'를 '오줌에서 나오는 수증기'의 표상이라고 보면 마지막 행의 '모두들 다사로히 가난하니' '볏짚같이 누우런사람들'이라는 표현에서 값 비싼 금비(金肥)를 사용하지 않고 잿더미에 똥오줌을 섞어 거름을 만들어 농사를 짓고 살아가는 사람들의 모습이 재인식될 것이다.

일제는 이른바 산미(産米) 증산을 위해 벼농사 지역의 확대, 경종법 개선, 일본품종 보급, 수리시설 확충, 금비 보급 따위를 실시했다.[31] 금비는 황산암모니아, 질산암모니아, 요소와 같은 화학비료이다. 금비 사용을 하면 경제적으로 지출이 될 뿐만 아니라 땅의 지력(地力)이 약해지게 된다.[32] 백석과 동일한 시대를 배경으로 창작활동을 펼쳤던 작가 박영준은 『조선일보』 1934년 1월 신춘문예당선작이었던 『모범경작생』을 통하여 다음과 같이 고발한다. "나도 길서네처럼 금비를 사다 뿌려보았으면….."하고 선두가 말하자 "말말게 윗동네 누가 빚을 내다가 그것을 했다는데 본전도 못빼서 빚만 남았다네"하는 구절로 금비사용의 이면에 드리워진 그늘을 표출시키고 있다. 이를 통해 보더라도 당시 금비사용의 결과와 그 부작용을 짐작할 수 있다.[33]

우리의 선조들은 이 땅의 지력을 지키고자 살아온 경험에서 우러난 지혜를 발휘하여 잿더미거름을 만들어 사용했고, 섬세한 관찰력을 지닌 백석시인은 그것을 포착하여 이미지(image)화하였다. 이처럼 '잿더미'라는 시

---

31) 안유림, 「1930년대 총독 宇垣一成의 식민정책」, 『이대사원』 27, 이화여자대학교 사학회, 1994, 166쪽 : 일본질소비료주식회사는 흥남에 전기화학공장의 대규모 콤비나트를 건설하기로 결정하고 1927년부터 공사를 시작했다. 용지매수는 주요 지주에게 총독부사업에 협조할 것을 강요했고, 지주는 헐값에 팔아야 했으며, 총독부 관리의 강력한 지원에 의해 회사는 처음 생각했던 가격의 1/4가격으로 매수했다.
박 섭, 『식민지의 경제변동: 한국과 인도, 문학과지성사』, 2001, 224~239쪽: 일제는 조선 내에서 직접 공장을 세워 화학비료를 생산하기 시작했으며, 이에 따라 조선의 화학비료생산량은 1930~40년에 11만 톤에서 57만 톤으로 증가했고, 황산암모늄의 가격은 1관 당 0.49원에서 0.38원으로 하락했다. 또한 화학비료의 소비량을 늘리기 위해 1926~39년에 조선의 전체비료소비액의 47%에 해당하는 2억 8,066만원을 비료자금으로 농민에게 대부했다. 이 자금은 대부분 질소비료인 황산암모늄을 구매하는데 사용되었다. 그 결과 황산암모늄의 조선 내 소비량은 비약적으로 증가하여 1918년 0이던 것이 1933~37년에는 1ha당 58.5kg이 쓰일 정도가 되었다.
32) 이이화, 『한국사이야기22, 빼앗긴 들에 부는 근대화바람』, 한길사, 2004, 60쪽 — 그 당시 농민들은 총독부의 쌀 증산 목표의 시책에 따라 '암모니아 금비가 사용되었다. 값은 매우 비쌌으나 소출이 배가 된다는 선전에 금비를 샀다.'
33) 박영준, 『모범경작생』, 범우사, 2004, 24쪽.

인의 언술에는 순환과 공생의 원리를 이용한 선조들의 생태학적 자연관인 우리 삶의 문화소가 들어 있다.

5) 맺는말

이 글은 백석의 시 '남행시초(南行詩抄)' 연작에 들어있는 시인의 의식지향과 그것을 둘러싼 시인의 태도를 고찰하였다. 지금까지의 논의를 다시금 정리하자면 백석의 남행시초 연작시에는 창원, 고성, 삼천포, 통영 등을 여행하면서 조선인의 삶에서 보이는 전통적 문화유산의 의미를 되새기고 그것을 찾아내려 한 시인의 태도가 드러나 있다. 즉 시인의 시선이 줄곧 선조들의 공동체적 삶의 질서 속에 묻혀있는 민족 문화소의 질료를 응시하고 있는 것이다. 이를테면 모든 인업(因業)에는 그만한 업보(業報)가 따르기 때문에 모든 살아있는 존재에게 친절하게 대해야한다는 업보사상, 일본제국에 의해 사라져버릴지도 모르는 '혼인 이바지 음식' 문화유산, 금비에 맞선 우리 토양의 지력 지키기 등이 언어의 상(像)으로 나타났다.

이 시기에 지식계급의 담론은 '조선적인 것'을 파악하여 '신생적인 사회'를 창건하는 데 있었다.[34] 백석이 시도한 우리 전통문화에 대한 재발견은 일본의 식민사관에 대한 소극적 저항방식의 하나이기도 하다. 1930년도 후반은 일본의 군사적 독제체제가 조선의 혼을 빼앗기 위해 한국인이 자신의 정체성을 주장할 여지가 있는 모든 움직임을 탄압한 시기였다. 일제 군국체제는 애국지사와 저항적 민중들을 무차별적으로 검거하고 투옥했으며 학살하였다. 1931년 카프(KAPF)회원들을 먼저 검거하고 검열강화를 하여 식민지조선의 문학인들에게 심대한 위축을 주었고, 1935년 마침내 카프를 강제로 해산시켰다.

---

34) 樗生, 「조선학의 문제」, 『신조선』, 1934.12, 1쪽.

그 후 일본은 식민지 정책이나 침략 전쟁을 정당화하고 예찬하도록 친일문학을 강요하여 일부 문인들이 수용한 사실이 있다.35) 일본제국주의는 뿐만 아니라 일본자본에 의해 조작되고 왜곡된 유성기음반의 유행가 가사를 통하여 대중을 마취시키고 체제에 순응하도록 유도하였다. 물론 여기에는 가요시 작사가들도 일정한 역할을 담당하였다.36) 그들은 우리의 탈놀이 문화를 미개한 것으로 교묘하게 매도하였고, 중일전쟁 후에는 탄압을 실시하여 탈놀이문화는 쇠퇴하였다. 이외에도 일본제국주의는 중일전쟁에 대한 쌀 지원책의 일환인 농사개량이라는 명목으로 금비 사용을 강요하였다. 역사에서 드러난 이러한 예들은 민족말살정책을 강화하고자 한국인의 정신적 문화소를 훼손하려는 일본제국주의의 의도에 의한 것이었다.

시인의 시각과 촉각은 잊혀 지거나 잊혀 질 것 같은 조선 문화의 본래 고유성을 환기시키고자 하는데 초점이 맞추어졌다. 백석의 '南行詩抄 Ⅰ·Ⅱ·Ⅲ·Ⅳ'로 발표된 연작시 「창원도」·「통영」·「고성가도」·「삼천포」는 바로 이러한 민족의 주체적 얼과 문화소를 지키기 위한 시인만의 독자적 기획이자 실천행위였던 것이다.

---

35) 서정주, 「헌시」, 『매일신보』, 1943.11.16.
     이광수, 「모든 것을 바치리」, 『매일신보』, 1945.1.18.
36) 조명암, 「아들의 혈서」, 1942.2, 백년설노래 – 지원병에 지원하는 청년의 정신을 찬양하는 '가요시'이다.

2. 김소월 시에 나타난 공간인식

－「금잔디」의 토포필리아(topophilia)적 성격을 중심으로－

1) 머리말

 문학작품에는 인간이 평소 생각하고 추구하는 모든 의식의 지향이 고스란히 나타나 있다. 그러므로 문학작품은 인간의 삶과 의식의 진솔한 반영이며 궤적을 담고 있는 가시적 공간이라 할 수 있다. 한 편의 시작품에 나타난 "시의식의 잔영을 더듬고 추적하는 일"은 인간의 삶과 역사적 시간성에 관한 연구로 확장된다. 그러한 활동은 작품 속에 내재된 한국인의 정신적 삶과 그 보편성, 표면에 드러나지 않은 삶의 내밀한 규범성과 그 의미에 관한 재해석으로 연결된다. 이러한 관점에서 한국의 1920년대 문학사를 대표하는 시인 김소월의 시작품을 다시 음미하면서 읽는 작업은 매우 중요하다.

 본고에서는 소월의 여러 작품 중 시「금잔디」를 고찰하기 위하여 토포필리아적 관점으로 접근했다.[1] 작품「금잔디」에는 무덤을 소중히 여기

---

1) 토포필리아(topholia)는 topos와 philia의 합성어이다. 인문지리학자인 이－푸 투안(Yi－Fu Tuan)이 제일 먼저 사용한 개념으로 알려져 있다. topos는 그리스어로 장소

는 한국인의 삶과 그 저변에 깔린 가장 원초적인 생활규범과 양식이 바탕에 깔려 있기 때문이다. 헤롤드 블룸에 의하면 "의미의 해석은 절대적으로 계층적이며 권위를 쟁탈하려는 도전 없이는 이루어질 수 없다"[2]고 한다. 이것은 다른 사람과는 상이하게 의미 있는 오독(誤讀)을 함으로써 창조적 수정행위가 이루어져 왔다는 의미가 된다. 이 작품을 새롭게 해석하기 위해 그 구조를 분석하고, 작품과 관련한 기존의 평문들에 대한 관점의 차이, 그 동질성 등을 규명해 보려한다. 인간의 의식을 노에시스(의식작용) — 노에마(의식대상)의 상관관계로 보고 시인 김소월의 심상과 음영이 어떻게 결정되었는가를 규명해 볼 것이다.

그러기 위해서는 먼저 「금잔디」에 나타난 '붙는 불'의 의미를 밝히는 것이 중요하다. '심심산천에 붙는 불은'이라는 메타포는 무엇을 의미하고 있는가.

이희중은 심심산천에 붙는 불은 가신님 무덤가에 금잔디라는 구절의 무게가 주는 부담이 있지만 뒤에 '봄날' '봄빛' 등과 사용되고 있어서 태양이라는 거대한 불덩어리, 곧 근원적인 불로 읽어도 무방할 것[3]으로 해석한다. 이 관점은 '붙는 불'을 태양으로 보고 있다는 데서 일정부분 긍정할 수 있다. 태양은 표면의 온도가 6천도나 되는 불덩어리이기 때문이다.

그러나 '가신님 무덤가에 금잔디'라는 구절에 무게를 느낀다는 것은 심리적으로 무덤을 무거운 곳으로만 인식한 결과다. 옛 고향에서 볼 수 있는 전통적인 무덤들은 산의 완만한 곳에 있다. 무덤의 위치는 '조상의 무덤이 자기 자손들이 사는 마을을 굽어보고 있고 고만고만한 산들이 병풍처럼 둘러싸 온화하기 이를 데 없는 곳'[4]이 보편적이었다. '가신님 무덤가

나 위치를 의미하고 philia는 장소에 대한 편애를 뜻한다. 참고로 토포필리아는 '인간'과 '장소' 또는 '배경'사이에 대한 친밀한 감정이다.

2) Harold Bloom, Agon: Towards a Theory of Revisionism, 윤호병 역, 『시적영향에 대한 불안』, 고려원, 277쪽.

3) 이희중, 「김소월 시에서의 불의 의미」, 『한국시학연구』 8호, 2003.5, 226~227쪽.

에 금잔디' 속에는 시인의 산천의 조화에 대한 정서적 유대감과 향토애가 스며 있다는 점을 간과해서는 아니 될 것이다.

'붙는 불'을 해석하기 위하여 시인이 처음 『개벽』에 발표한 「금잔디」를 살펴보면 "심심산천에 바알한 불빛은"으로 나와 있다. '바알한'이라는 '發'의 사전적 의미는 '쏠 발'로써 '심심산천에 쏘는 불빛'이 되므로 자연스레 햇살의 이미지를 이끌어낸다. 제한된 언어의 카테고리 속에서 시적화자가 금잔디 → 햇살 → 무덤으로 노래를 이어가는 동안 청자들은 무덤이 햇살이 드는 양지바른 곳에 자리했음을 알 수 있다.

김용희는 '금잔디가 가지는 반복의 점층과 중첩은 리듬의 확산으로 인해 극적 구조를 가진다. 이것은 "가신님의 무덤가에" 라는 현세적 극심한 갈등을 반복과 중첩의 신명으로 갈등을 해소시키고 한을 풀고자 하는 집단적 해소로써 무(巫)의 과정을 연상 시킨다'5)라고 해석했다. 시 전체의 정서가 밝고 희망적인 암시를 준다는 점에서 공감이 간다. 그러나 시적화자의 어조(tone)로 볼 때 현세적 극심한 갈등은 보이지 않는다. 잔디라는 말이 2번, 금잔디라는 말이 3번 도합 5번씩이나 반복되면서 의미의 점층화를 이루고 있는데 이것은 심심산천에 있는데도 불구하고 봄이 되어 돋아난 금잔디를 사랑스러워하는 시적화자의 마음이 고조되고 있음을 의미한다. '무덤가에 금잔디'와 '봄'이라는 이미지의 결합에서 환희의 정서가 보이는 것은 화자에게 잠재된 장소와 공간성에 대한 특별한 애착 때문이다. 따라서 이 시는 집단적 해소의식보다는 개인의 염원이 해소되는 방향으로 읽히고 있다. 금잔디는 시인에게 무덤이 잘 보호되고 있다는 사랑의 표상인 것이다.

북한에서는 '가신님에 대한 그리움, 님을 잃은 설움으로 봄이 왔으나 서정적 주인공은 즐거움과 환희보다 애수에 잠겨있다고 보고 있다. 소월

---

4) 최창조, 「풍수지리사상과 토지관」, 『토지연구(90.8)』, 40쪽.
5) 김용희, 「리듬과 생략이 주는 파동」, 『현대문학』 제48권 제8호, 2002.8, 242쪽.

의 시에서 님을 잃은 설움, 님과의 이별을 그리는 마음을 노래한 작품이 많은 것은 나라를 잃은 설움이 배어 있기 때문'[6]으로 애수에 잠긴 주인공의 심서로 보고 있다.

언어는 시인의 마음을 전달한다. 소월이 나라 잃은 슬픔을 노래한 시도 많다는 점에는 공감한다. 시인이 선택한 시어가 객관적으로 나라를 잃은 설움을 표현한다면 언어사용에서 어둠의 이미지가 나와야 한다. 그런데 특이한 것은 이 시에서는 계속 밝음의 이미지가 나온다는 것이다. 이 시는 애수에 잠긴 것이 아니라 봄빛을 보는 시적 화자의 자기충족의 기분이 노출된 것으로 해석할 수 있다. 무덤이 양지바른 곳에 있다는 시인의 자부심을 읽을 수 있기 때문이다. 일제 강점기의 시대적 상황을 상징한다면 불, 금잔디, 버드나무 실가지, 봄빛 따위와 같은 밝은 언어들을 굳이 선택할 까닭이 없다. 한국이 전통적으로 조상에게 대해 효 관념이 강하다는 것, 가신님의 무덤이 자리한 환경을 보는 시인의 정서가 밝다는 것, 이러한 면에서 이 작품은 토포피리아적 관점에서 해석할 필요가 있다.

2) 작품의 개작 과정에 대한 통사론적 접근

『개벽』 발표본	『정본소월시집』 수록본
잔듸, 잔듸, 금잔듸. 深深山川에 **바알한불빛은** 가신님 무덤가엣금잔듸. **봄이 왓네, 버들가지 슷에도** 봄빛이 왓네, 봄날이 왓네,	① 잔디, ② 잔디, ③ 금잔디, ④ 심심산천에 **붙는 불은** ⑤ 가신님 무덤가의 금잔디 ⑥ **봄이 왔네 봄빛이 왔네** ⑦ 버드나무 끝에도 실가지에

---

6) 천리마, 「김소월과 그의 작품」 1993, 『한겨레신문』에서 인용, 2002.5.9.

深深山川에도 금잔듸에도.	⑧ 봄빛이 왔네 봄날이 왔네 ⑨ 심심산천에도 금잔디에

　김소월의 작품 「금잔디」의 최초 발표 형태는 위에서 볼 수 있는 바와 같이 전문이 모두 8행이었다. 1922년 당시는 한글 맞춤법이 아직 제대로 확립되지 않았던 시기이다. 1929년 10월31일에 이르러 "조선어사전 편찬회"가 조직되고, 맞춤법통일과 표준어 조사 결정이 시작되었다. 이후 조선어학회 주관으로 1933년 10월29일에 맞춤법통일안이 확정 발표[7]되었으므로 작품 「금잔디」의 형태와 띄어쓰기가 규칙적이지 않은 현상을 보이는 것은 당연하다. 최초 발표형태를 보면 4행이 '심심산천에 바알한불'이었으나 1939년 판 『소월시초(素月詩抄)』(김억 편, 박문출판사)에는 현형과 같이 '심심산천에 붙는 불'로 바뀌고 '봄빛이 왔네'가 들어가 있음을 알 수 있다.

　인용 시에서 개작 후에 나타난 시적 변화는 행 구분과 운율의 변화에서 발생한 특징을 들 수 있다. 행 구분의 변화를 살펴보면 '봄이 왔네'라는 이미지를 '봄빛이 왔네' 라는 연속구조로 조명시킴으로써 시각적 이미지 효과를 고조시킬 뿐만 아니라 의미를 강화하여 시의 초점이 뚜렷하게 나타난다. '봄날'보다 '봄빛'이 더욱 '버드나무 끝에도 실가지에'를 선명하게 부각시키는 힘이 있기 때문이다. 개작 전에는 '심심산천에도 금잔디에도'를 사용함으로써 봄을 받는 힘이 두개로 분산되는 느낌이 있었지만 개작 후에는 '심심산천에도 금잔디에'로 '도'를 생략해서 결구를 마침으로써 시적 초점이 금잔디가 있는 무덤으로 집중되는 효과를 띠게 되었다.

　운율의 변화를 각운 중심으로 살펴보면 다음과 같다.

　작품의 텍스트에서 「금잔디」는 총 9행으로 변화하였다. 1행에서 3행까지는 행의 끝부분이 '디' 음으로써 시인은 '잔디, 잔디, 금잔디'로 줄곧

---

7) 조오현 · 김용경 · 박동근, 「남북한 언어의 이해」, 역락, 1993, 87쪽.

잇따라 표기하지 않는다. 즉 한 행 한 행을 바꾸는 변화의 형식을 택하고 있다. 이를 시각화시켜 보면 다음과 같다.

잔디, － 1행
잔디, － 2행
금잔디 － 3행

이러한 배열 방식은 한 행 한 행씩 읽을 때 소리 나는 'ㅣ'모음이라는 율격의 통일에서 오는 즐거움과 이미지에 투영되는 잔디의 시각화를 한껏 강조하기 위한 하나의 배려로 읽힌다는 점에서 개작 전과 같다.

그러나 개작 전에는 '봄빛이 왔네' 행이 없었음으로 각운의 효과가 약했으나 개작 후에는 6행부터 각운의 배치를 '네ne, 네ne 에도edo, 에e', '네ne, 네ne, 에도edo, 에e'와 같은 종류의 운을 두 번씩 사용했다. 이것은 규칙적으로 반복되는 평탄운(平坦韻, plates rhyme)의 효과를 살리고, 금잔디를 주제로 하는 시작품 전체 형태에서 율동의 느낌을 훨씬 강화시키는 역할을 한다. 말하자면 1행에서 5행까지는 리듬감 있는 부드러운 긴장감을 통하여 내용적으로 봄을 맞은 금잔디라는 주제를 강조하고, 6행에서 9행까지는 형식적으로 율격을 가다듬어 음악적 효과를 한층 고양시키고 있는 것이다.

즉 작가는 금잔디가 주제인 5행까지에서 1, 2, 3행은 'ㅣ'모음을 운율로 취하는 형식을 받아들인다. 그 후 4행 하나를 '은'음으로 취하는 방식으로 하여 의도적인 파격을 실행하고, 마침내 5행에 이르러 다시금 'ㅣ'모음으로 복귀하고 있다. 4행씩이나 계속해서 'ㅣ'모음을 운율로 취한 것은 'ㅣ'라는 형태를 강조함으로써 잔디의 시각화를 강조한 것이며, '은'이라는 조사를 선택한 것은 작품 흐름의 변화감을 부여함으로써 독자의 시선을 집중시키려는 시인 자신의 의도적 배려로 볼 수 있다.

소월은 정형시에 놀라운 집념을 보이던 스승 '김안서의 시작 태도'8)에 일정한 영향을 받았다. 소월의 시들이 음악으로 악곡화되어 노래하는 시로써 많은 독자들과 함께 호흡해 오고 있는데, 이는 이러한 정형적 율격의 내재화가 하나의 안정적 기틀로 작용하고 있기 때문이다.

개작 후 인용 시에서는 '금잔디'라는 시어와 '봄'이라는 시어를 통하여 무덤가에서 봄을 발견하고 있는 화자의 내면풍경이 발견된다. 즉 '잔디 잔디 금잔디, 심심산천에 붙는 불은, 가신님 무덤가에 금잔디'까지는 햇빛을 받고 있는 모습으로 형상화한 '금잔디'가 주체라는 점이다. '봄이 왔네 봄빛이 왔네, 버드나무 끝에도 실가지에, 봄빛이 왔네 봄날이 왔네, 심심산천에도 금잔디에' 에서는 봄이 어디에 와있는가 하는 장소에 시적 초점이 집중되어 있다. 그 장소는 다름 아닌 무덤인 것이다. 이러한 사실을 통하여 우리는 다음과 같은 사실을 확인할 수 있다.

작품을 읽는 독자들에게 시인은 한국의 토착식물인 금잔디를 먼저 강조한다. 이어서 심심산천, 붙는 불, 무덤가, 봄, 버드나무, 실가지를 차례차례로 언급한 다음 또다시 '금잔디'라는 시어로 결구를 맺는다. 그러므로 이 시는 금잔디 →봄(봄빛) → 무덤이라는 세 개의 층위로 짜여져 있다고 볼 수 있다. 이러한 전 과정을 통하여 독자들은 시적화자의 내면에서 무덤가에 돋아난 금잔디를 사랑하는 감정적 파장의 전개과정을 엿볼 수 있다. 시에 나타난 시어들이 모두 무덤가의 풍경을 밝게 하는 상동성(相同性) 코드들로 이루어져 있다는 점에서 시적 화자의 정서가 밝고 따뜻하다는 것까지 읽히고 있는 것이다.

그러면 개작 후 인용 시에서 전체 9행중 문장의 주어와 술어가 확실히 나타난 대목들을 분석해 보기로 하자.

---

8) 김안서, "아름답게 쓰라, 곱게 쓰라, 쉬운 말로 쓰라", 장만영·박목월 공저, 『소월 시 감상』, 329쪽.

심심산천에 붙는 불은-(주어 1회)
봄이 왔네(주어, 술어 각1회)
봄빛이 왔네(주어, 술어 각2회)
봄날이 왔네(주어, 술어 각1회)

즉 주어가 5회 나오는데 그중에 불이 1회 나온다. 나머지 4개의 주어와
술어는 모두 봄이 왔다는 것을 나타낸다. 이렇게 볼 때 불(햇살)은 봄 → 봄
빛 → 봄날로 확장되며, 불(햇살)은 결국 봄날의 금잔디를 도와주는 역할
을 하는 것임을 알 수 있다.

개작 후 인용 시 6행과 7행에서 버드나무 끝과 실가지에 봄이 온 것을
발화한 것은 어떤 사실을 묘사하기위한 변죽 효과로 보인다. 6~7행은
8~9행에서 드러내려는 '심심산천에도 금잔디에도 봄이 왔다'는 감격적
진술을 내보이기 위한 서곡의 역할을 충분히 하고 있다.

즉 6~7행은 봄빛·버드나무·실가지라는 소도구를 통하여 봄의 풍
광을 보여준다. 8~9행에서는 봄이라는 의미의 진폭을 봄빛에서 봄날로
확대시킴과 동시에, 지시대상을 심심산천에서 금잔디로 축소시켜 보여줌
으로써 금잔디가 있는 무덤의 주인공에 대한 직접적인 슬픔보다는 무덤
의 위치가 양광이 따스한 곳이라는 인식을 가시적 형태로 드러내고 있는
것이다.

'봄빛이 왔네 봄날이 왔네'라는 구절을 따라가다 보면 가신님이 계신
무덤과 시적화자의 거리가 나타난다. 봄빛에서 봄날로 확대되면서 시인
이 무덤에서 조금 떨어진 위치에 서서 있음을 알 수 있다.

시「금잔디」속에는 시인의 향토애적인 정서가 내포되어 있고, 청자들
은 금잔디가 있는 무덤이라는 공간으로 시인의 의식과 모든 시적 초점이
집중되는 것을 확인할 수 있으며, 그 공간을 사랑하는 마음까지도 확인할
수 있는 것이다.

3) 「금잔디」에 나타난 땅의 토포필리아적 성격

가다머에 의하면 언어를 '단지 문장이나 단어 또는 개념으로 파악하지 않고 "말함과 대화"로서 이해하는 것'이야말로 문학을 해석하는 길이라 한다. 문학을 해석하는 데에는 언어와 운율, 형태를 분석하는 작업도 중요하다. 그러나 '작품 속에 나타나는 언어의 표면적 법칙만을 분해'하고 만다면 작가의 사상과 그에 내재된 복합성을 이해하기 어렵게 된다.

「금잔디」에 나타나는 소월의 의식을 유추해보기 위해서 우리는 먼저 소월의 다른 작품을 알아볼 필요가 있다. 소월은 민족의 순수한 모국어를 구사하여 삭주 구성, 왕십리, 천안 삼거리, 삼수갑산, 영변 약산 등과 같이 향토적인 지명을 즐겨 사용하였다. 장소를 사랑하는 토포필리아적 성격이 내재해 있는 이러한 시들은 한국인만이 알 수 있는 민족적 정조가 있어 작품에 특별한 묘미를 더한다.

「금잔디」를 쓴 시인의 내면으로 들어가 보자.

소월이 가신님의 무덤을 찾은 때는 봄날이다. 시인은 과연 어떤 봄날을 묘사했는가. 햇빛이 밝게 비치고, 금잔디가 더욱 금빛으로 찬란하게 빛나 보이며, 버드나무 실가지에 새움이 돋아날 즈음으로 묘사되고 있다. 이를 통해서 추정해 볼 때 아마도 청명 무렵이나 한식 즈음일 것으로 추측된다.

「농가월령가(農家月令歌)」의 '삼월' 편을 보면 '한식날 성묘하니 백양나무 새잎 난다'라는 구절이 있다. 한식날 성묘하러 가서 백양나무에 새잎이 난 것을 발견하고 읊은 노래가 고전 작품으로서의 「농가월령가」라면, 소월의 「금잔디」는 한식날 성묘하러 가서 버드나무에도 실가지에 새잎이 난 모습을 표현하고 있는 현대시 작품인 것이다.

> 심심산천에 붙는 불은 - 4행
> 가신님 무덤가의 금잔디 - 5행

4행과 5행에 해당하는 '심심산천에 붙는 불은'에서 '불'은 과연 무엇을 의미하는가. 일단 확률의 논리를 찾아 그 개연성을 여러 가지의 경우로 풀이하여 보고자 한다.

첫째, 심심산천에 붙는 불을 일단 불(火)이라고 가정해 보자.

예로부터 한국인의 삶은 효를 백행의 근본(孝百行之根本也)이라 하여 모든 가치의 근원적 규범으로 삼았다. 특히 17·18세기 이후 성리학이 더욱 공고하게 자리를 잡으면서부터 후손들이 조상의 무덤을 마땅히 잘 관리하고 돌보아야하는 것이야말로 효의 의무가 되었다. 산불이 나서 조상의 유택에까지 그 불의 피해가 밀어닥친다는 것은 조상에 대한 엄청난 불효를 의미한다. 조상의 무덤에까지 불이 옮겨 붙고 있는데 천연덕스레 봄타령에 도취해 있을 후손이 어디 있겠는가. 더구나 조상의 무덤에 불이 붙는다는 사실은 해당 집안이나 후손에 커다란 앙화가 미친다는 것을 상징하기 때문에 심심산천에 붙는 불을 단순히 불(火)의 의미로만 한정해서 해석하는 것은 전혀 한국인의 보편적 이해와 정서에 맞지 않는다.

둘째, 심심산천에 붙는 불을 하나의 그리움이라고 가정해 보자. 하지만 이것은 가신님을 그리워하는 심정으로는 이해가 되나 어딘지 문맥에 맞지 않는다. 이 시에서 '심심산천에 붙는 불은 가신님 무덤가에 금잔디'로 표현하고 있기 때문이다

그리스 철학자 엠페토클래스가 지상의 물질이 불(에너지), 공기(기체), 물(액체), 흙(고체)이라는 원소로 구성되었다는 것을 수용한 가스똥 바슐라르는 '물질의 상상력, 즉 4원소의 상상력은 비록 그것이 한 원소를 우대하는 경우에라도, 4원소가 결합한 이미지와 함께 놀기를 좋아 한다'9) 고 하였다. 이러한 관점을 참고한다면 '붙는 불빛'에 대한 시인의 시적 이미지는 바로 햇빛에너지가 된다. 해의 표면이 바로 불덩어리이기 때문이다.

소월이 「금잔디」를 처음 「개벽」에 발표했을 때는 "심심산천에 바알한

---

9) 폴 지네스티에, 김현주 역, 『바슐라르의 사상』, 금문당, 1983, 224쪽.

불빛"이었다. 기표 '바알한'이라는 '發'의 사전적 의미를 풀이하면 '심심산천에 쏘는 불빛'이 되므로 햇빛을 의미하는 것으로 드러난다. 텍스트에서 '붙는 불(햇빛)'이 → '금잔디'를 쏘이고 있고 '봄빛' '봄날'도 → '금잔디'에 와 있다. 이 양상을 살펴보면 붙는 불과 봄날은 둘 다 금잔디에 집중적으로 이익을 주는 구도이다. 이러한 시적 구도는 금잔디에 초점을 가시화시킴으로써 무덤이 좋은 환경에 있는 것임을 알 수 있다.

봄빛을 불붙는 것으로 이미지화한 작품의 사례는 김소월의 또 다른 시 「사노라면 죽는 것을」과 「나는 세상 모르고 사랏노라」에서도 함께 나타난다.

> 사노라면 사람은 죽는 것을
> 그러나, 다시 내 몸,
> **봄빛의 불붙는 사태흙에**
> 집 짓는 저 개아미
> 나도 살려 하노라, 그와 같이
> 사는 날 그날까지.
> — 시 「사노라면 죽는 것을」 부분

위의 인용 시에서 보듯이 소월은 사태흙을 형상화하면서도 '봄빛의 불붙는' 으로 봄빛을 불의 이미지로 형상화하고 있다. 작품 「나는 세상 모르고 사랏노라」에서도 이와 같은 현상이 동시에 확인된다.

> 「도라서면 모심타」는 말이
> 그 무슨뜻인줄을 아랏스랴.
> **啼昔山붓는불**은 옛날에 갈나선 그내님의
> 무덤엣풀이라도 태왓스면!
> — 시 「나는 세상 모르고 사랏노라」 부분

이 작품에서 시적 화자는 돌아가신 옛 님에게 애상과 그리움을 가지고 있는 것으로 보인다. '제석산붓는불'은 이라는 표현은 시 「금잔디」에서 '심심산천에 붓는 불은'과 같은 수법으로 나타나고 있다. 제석산에 비치는 따스한 햇살이 옛날에 돌아가신 님의 무덤에도 비추어 땅속에 누워 있는 님을 그대로 느낄 수 있도록 해 주었으면 하는 갈망을 담아내고 있는 것이다.

한 편의 시작품을 이해하는 데에는 당대 현실과의 상관성을 반드시 읽어내야 한다. 한국의 민간풍속에는 성묘를 한 해에 도합 네 번 하는 것으로 전해 왔다. 한식날은 성묘를 하고 가신님의 봉분과 그 주위의 허물어진 부분을 보수하는 일이 전통이 되었다. 이렇게 만들어진 전통 중에는 사후에 부모를 좋은 곳에 모시는 일도 포함된다. 좋은 곳이란 자연이 조화된 곳이었고 대개는 환경적으로 휴식과 안정을 주어 토포필리아를 싹트게 한다. '인간과 장소 또는 배경 사이에 정감적인 결속을 이어 준다'[10] 라는 토포필리아의 정의는 「금잔디」에서도 나타나고 있다.

혹시 소월이 금잔디의 무덤을 찾은 시기를 한식날이 아니라 그냥 어느 봄날로 유추할 수도 있으나 우리는 일단 당시의 민족적 관습을 참고해야 한다. 『동국세시기(東國歲時記)』에 의하면 '성묘는 정초, 한식, 단오, 중추 이렇게 네 번 하는 것으로 되어 있으며, 이 풍속은 지금도 식목일과 중추절이 공휴일로 고정되어 조상을 추념하는 미풍양속으로 계속되고 있다[11]'고 밝혀져 있다.

무덤을 소중히 여기는 것은 한국인의 전통적 관습으로 하나의 원초적 신앙행위에 해당하였다. 한편 무덤 앞에 섰을 때 느끼는 인간의 보편적인 정서는 금방 세상을 이별한 망자를 대할 때와는 다르다. 전래의 전통사상으로 보면 한식날이나 한식날을 지나 산자가 가신님의 무덤 앞에서면 망자의 유택이 잘 되어있는지, 잔디는 잘 자라고 있는지와 같은 보살핌의 의무가

10) Tuan, Yifu, Topophilia, 『astudy of environmental perception, attitudes, and values』, New York: Columbia University Press, 1990, 4쪽.
11) 이두현·장수근·이광규, 「세시풍속」, 『한국민속학개설』, 일조각, 2001, 33쪽.

의식의 활동에 반응된다. 예를 들어 소월이 찾은 무덤에 쥐 또는 개미와 같은 벌레가 들어간 흔적이 있다든지 잔디가 말라죽거나 했다면 거기에 대한 걱정과 대책이 앞서는 것이 보편적이다. 시적 화자는 그러한 근심 없이 봄빛을 머금고 있는 「금잔디」에서 다만 생명의 순환을 느끼고 있다.

이－푸 투안(Yi－Fu Tuan)은 "익숙한 장소들은 정서적 친밀감을 동반 한다"고 정의했다. 이 주장에 따르면 『금잔디』에는 무덤이 자리하고 있는 장소에 대한 시인의 토포필리아, 즉 장소애(場所愛)적 성격이 내재한다. 그것은 시적 화자가 금잔디, 붙는 불(태양 에너지), 버드나무, 실가지, 산천, 봄빛을 노래함으로써 무덤이 자연과 조화를 이룬 곳이라는 것을 독자들에게 보여주고 있는 데서 드러난다. 무덤에 대한 장소애는 시인으로 하여금 「금잔디」의 패턴을 리듬감 있는 노래로 표출 시키는 심리적 파장을 확대시켰다고 할 수 있다. 그 몇 가지 증거를 기층민의 상생론적 관점과 민족문화 현상으로서 풍수적 관점에서 들어보기로 한다. 이러한 관점으로 보는 이유는 한국인들에 있어서 무덤이 상생론으로 의미 부여하게 되는 경우가 있고, 풍수설화에 있어서도 '땅'이 많은 기능을 수행하고 있기 때문이다.

(1) 기층신앙과 상생론적 운명관

김소월의 시에는 대체적으로 체념, 한 따위가 깔려 있는, 서러운 음(陰)의 이미지가 많다. 하지만 인용 시 「금잔디」는 시적 언어가 밝은 언어로 조합되고 양(陽)의 이미지를 가지고 있다. 전체적인 시상 전개가 밝은 것은 자연생명체인 금잔디가 자라는 곳이 지기(地氣), 공기(空氣), 수기(水氣), 양광(陽光)이 조화롭게 어우러진 곳이라는 시인의 심리가 노출되었기 때문이다. 가신님이 계시는 이 무덤이 시인에게는 '영혼이 쉴 수 있는 조화로운 곳으로 평안하게 모셨다'라는 심리기제가 되는 역할을 하고 있다. 이러한 심리기제는 화자로 하여금 3음보 내지 4음보로 신명의 리듬을 흥겹게 되풀이하고 있는 데서 일 수 있다.

예로부터 한국인의 기층신앙 속에는 상생론적 운명관이 흐르고 있었다. 그것은 상생과 상극, 합(合)의 논리이다. 예를 들면 '水와 木은 상생이고 木과 火도 상생이며 水와 火는 상극'이라는 이론 등을 말한다. 시적 화자가 선택한 단어를 분석해 보면 자연 생물인 잔디, 금잔디, 버드나무, 실가지로 木이고, 이것은 봄을 의미한다. 잔디라는 오행 木은 火를 생하고, 즉 목생화(木生火)하기 때문에 다음 단계에는 '붙는 불'같은 단어를 선택하여 火를 생하는 형태를 취한다. 이 火는 상생하는 이미지인 화생토(火生土)인 土로 자연스럽게 연결되어 '가신님 무덤가'로 이어진다. 이렇게 자연스럽게 이어지는 시적 언술로 볼 때 이 시에 숨어 있는 정서는 신명이다. 보편적으로 무덤이 '생기 복덕(生氣福德)의 땅'일 때에 가신님의 무덤에서 신명을 느낀다고 한다.

그렇다면 생기복덕의 땅을 어떻게 알 수 있는가. 이러한 특성을 반영하고 있는 소월의 작품 중에 우선 「무덤」을 살펴보기로 한다.

> 그누가 나를 헤내는 부르는 소리
> 붉으스럼한 언덕, 여긔저긔
> 돌무덕이도 음즉이며, 달빗헤,
> 소리만남은 노래 서러워엉겨라,
> 예조상들의 記錄을 무더둔 그곳!
> 나는 두루찻노라, 그곳에서
> 형적없는 노래 흘너퍼져
> 그림자가득한언덕으로 여긔저긔,
> 그누구나 나를 헤네는 부르는 소리
> 부르는 소리, 부르는 소리.
> 내넉슬 잡아쓰러헤내는 부르는 소리
> — 김소월의 시 「무덤」 부분12)

---

12) 『소월전집』, 서울대학교출판부, 142쪽.

위의 작품에서는 소월의 혼이 누군가에게 잡아끌리고 있다. 보통 상생론적 관점으로 볼 때 무덤 앞에서 안온하고 밝은 이미지를 느끼면 생기복덕의 땅으로 인식한다. 그러나 음울한 이미지와 모골이 송연할 정도로 소름끼치는 정서를 느끼면 그 무덤은 적어도 생기복덕의 땅은 아니고 상극의 땅이 된다. 「금잔디」를 노래한 가신님의 무덤은 생기복덕의 땅이고, '나를 헤내는 소리'로 형상화한 「무덤」은 그렇지 못한 땅임을 느낄 수 있다.

시 「금잔디」의 주제는 마지막 결구에 있는 금잔디이다. 그리고 작가의 심층에 내재되어 있는 것은 인간의 본능적 심상, 즉 가신님이 계시는 무덤의 환경을 사랑하는 내밀한 정서이다.

(2) 샤머니즘과 풍수지리사상

「금잔디」를 쓴 소월에게는 뿌리 깊은 민간신앙이 배어 있다. 이것은 샤머니즘 사상과 풍수사상 같은 것이다. 먼저 샤머니즘 사상이 깃든 소월의 작품을 살펴보자.

> 함께 하려노라, **비난수**하는나의 맘,
> 모든것을 한 짐에 묶어 가지고 가기까지,
> 아츰이면 이슬 마즌 바위의붉은줄로,
> 긔여오르는 해를 바라다보며, 입을벌리고.
> 써도러라, **비난수**하는 맘이어,갈매기가치
>   – 김소월의 시「비난수하는 맘」부분13)

일찍부터 하나의 자연법칙(law of nature)으로서 도(道)를 규명하려 했던 도가는 만물의 생성 원리를 밝히는 입장에서 기(氣)의 존재를 적극적으로 명시했다. 그리고 이 같은 기(氣) 사상은 민간신앙에 의해 계승되고 발전

---

13)『진달래꼿』, 160~161쪽; 김종욱 평역,『정본소월전집』上, 2005, 445쪽.

되었을 뿐만 아니라 '비난수'를 하고 치성을 드리면서 한국인들에겐 샤머
니즘 화 되었다.

> 내몸은 생각에 잠잠할째. 희미한 수풀로서
> 村家의 厄맥이際 지나는 불빗츤 새여오며,
> 이윽고, **비난수**도머구리소리와함께 자자저라.
> 가득키차오는 내心靈은……하늘과 쌍사이에…
> 　　　　　　　　　　－ 김소월의 시 「黙念」 부분14)

　인용 시『묵념』을 보면 결국 한국의 민속신앙은 주로 부인들을 통하여
어느 특정한 신(神)을 정한 것이 아니라 하늘, 태양, 달, 물, 바위, 나무, 조
상신 등에 치성을 드리는 다신교적인 색채를 띠고 있음을 알 수 있다. 인
용 시 「비난수 하는 맘」에서도 무의식적으로 비난수를 하고 싶어 하는 소
월의 심서가 투사되어 나타났다.

　또한 풍수설화에도 한국문화의 전통적인 토포필리아가 반영되고 있
다. 풍수지리는 불교의 업보연기사상(業報緣起思想)15)과 도교의 음양오행
사상(陰陽五行思想) 등이 결합된 것으로 부녀자들보다는 주로 지리서의 책
들을 읽은 남성들에 의해서 발전되어 왔다. 여기서 풍수지리를 거론하는
것은 소월이 노래한 「금잔디」의 주인공이 묻힌 무덤을 살펴보아야하기
때문이다.

　풍수학에서 풍수라는 말은 장풍득수(藏風得水)의 준말로써 음양오행설
에 의해서 공기(空氣), 수기(水氣), 양광(陽光)이 조화를 이루는 곳을 찾는 학
설이다. 조선후기 판소리의 한 대목에 흥부가 집터를 잡을 때 '감계룡(坎癸
龍) 간좌곤향(艮坐坤向) 탐랑득거문파(貪狼得巨門破)며 반월형(半月形) 일자안
(一字案)속발하여16) 라는 사설이 등장한다. 명당과 관련된 땅의 토포필리

---

14) 같은 책, 429쪽.
15) 불교에서 선악의 업인(業因)으로 말미암아 일어나는 온갖 연기(緣起)를 이르는 말.

아가 한국풍수설화의 서사체를 지탱하는 구조적 원리인 것이다.[17]

조선시대에 풍수지리과목이 과거에 출제되자 '중인계층들에게까지 풍수에 관한 관심을 불러일으켰고, 나아가 천대받는 일반 민중에게는 신분 타파의 혁명적 반 지배이데올로기를 제공'[18]함으로써 그동안 한국인의 삶속에서 자생해 왔던 풍수사상이 더욱 성행하게 되었던 것이다. 땅이 살아있는 생명체라는 관념과 영혼불멸사상, 풍수지리 사상 같은 것은 오랜 세월동안 서구의 심리학자 융(Jung)이 말하는 '집단무의식' 형태로 다음 세대로 계속 전이되었다고 할 수 있다.

땅의 지맥을 자르면 당연히 사람의 혈맥이 잘리는 것같이 되어 재앙이 따른다는 논리는 한국 사람들에게서만 성행한 사상이 아니다. 땅과 사람 사이에서 기의 감응의 결과를 인정한 것은 일제강점기에도 있었다. 일본인들이 저질렀던 행위 중에서 각 지역별로 대장간에서 쇠말뚝을 징발하고, 민간인 부역을 징발해서 명산 혈점에 쇠말뚝을 박는 행위[19]로 단맥을 한 만행도 지맥을 끊어 파손함으로써 한국인의 정기가 훼손될 수 있다는 기대심리에서 비롯된 것이다.

---

16) 신재효, 『한국판소리전집』, 서문당, 1973, 173쪽. 풀이-집터가 동북쪽에 앉고 서남쪽을 향하고 있으며 우주의 중심을 나타내는 북두칠성의 성기를 받는 방위에 있으며 반월형의 지형에 일자형으로 앉히면 빠르게 발복한다는 뜻이다.

17) 곽진석, 「한국 풍수설화와 토포필리아」, 『한국문학이론과 비평』 7권 3호 제20집, 2003.9, 170쪽.

18) 유영봉, 「한국의 역사와 풍수지리」, 『한국사상과 문화』 제19집, 2003.3, 266쪽. 양반계층이 응시할 수 있는 문과와 무과이외에 중인계층을 대상으로 역과·의과·율과·음양과가 있었다. 음양과는 또한 천문학 과학 지리학으로 나누었으며 지리학 시험은 3년마다 보는 식년시의 초시에서 4명을 선출하고 다시 복시에서 2명을 압축시켰다. 이들은 궁궐 및 왕릉의 선정과 이장 등에 관한 실무를 담당하였다. 지관이라는 칭호는 이들에게서 유래한 것임.

19) 예 - 김좌진 생가뒷산 "일제가 지맥 절단", 『문화일보』, 정치면 전체기사, 2004.8. 16(::V자형으로 파헤친 '풍수적 보복'흔적 발견::). 김좌진 장군의 고향 생가 뒷산 지맥이 일제 강점기 당시 대규모 로 절단된 현장이 발견됐다. 일제가 민족정기를 끊는다며 전국 명산에 쇠말뚝 등 혈침을 박는 만행 외에 독립운동가 개인과 가문에 대해 '풍수적 보복'을 가한 것이 발견된 것은 서름이어서 주목된다.

소월에게 시적 영향과 잠재적 투사를 한 사람들은 고향인 곽산 땅의 어른들과 스승 김억이라 추측된다. 예로부터 곽산 땅은 옛날부터 전설과 민화가 풍부한 곳이어서 이야기 샘물은 마를 줄 몰랐고 소월의 생가 사랑방에 모인 동네사람들은 옛 부터 내려오는 역사적 사실과 효성이나 절개를 갖춘 이야기 용맹이야기를 주고받았다. 여섯 살밖에 안된 소월은 옛 이야기 뿐만 아니라 심청전 등은 책에 쓰인 대로 내용과 곡조를 줄줄 외웠다[20]고 한다. 소월이 사랑방에서 들은 이야기에는 샤머니즘 사상, 풍수설화, 신화, 전설, 민요, 등이 섞여 있었는데 그 전형적인 사례가 시적 형상화로 나타난 것이 소월의 「물마름」같은 시다.

그곳이 어디드냐 남이장군(南怡將軍)이
말 먹여 물 찌었던 푸른 강(江)물이
지금에 다시 흘러 뚝을 넘치는
천백리(千百里) 두만강(豆滿江)이 예서 백십리(百十里) ─ 3연

무산(茂山)의 큰 고개가 예가 아니냐
누구나 예로부터 의(義)를 위하여
싸우다 못 이기면 몸을 숨겨서
한때의 못난이가 되는 법이라. ─ 4연

그 누가 생각하랴 삼백년래(三百年來)에
참아 받지 다 못할 한(恨)과 모욕(侮辱)을
못 이겨 칼을 잡고 일어섰다가
인력(人力)의 다함에서 쓰러진 줄을. ─ 5연

부러진 대쪽으로 활을 메우고

---

20) 김영희, 김종욱 평역, 「소월의 고향을 찾아서」, 『소월전집』(하권), 452~453쪽.
   김영희─북한의 『문학신문』 주간(1966.5.10~7.2).

272 | 백석 시 연구

녹슬은 호미쇠로 칼을 별러서
도독(毒)된 삼천리(三千里)에 북을 울리며
정의(正義)의 기(旗)를 들던 그 사람이여. - 6연

그 누가 기억하랴 다복동에서
피물든 옷을닙고 웨치든 일을
정주성(定住成)하로밤의 지는달빛헤
애끈친 그가슴이 숫기된줄을…(하략) - 7연
- 김소월의 시「물마름」부분[21]

위에서 보듯이 시적 화자는 3연과 4연에서 남이장군의 전설을 살리고 5연과 6연과 7연에서 홍경래 란의 설화를 바탕으로 하고 있다.

인간의 의식은 노에시스(의식작용) - 노에마(의식대상)의 상관관계로 이뤄진다. 어린 시절부터 고향의 사랑방에서 얻어들은 이야기와 고대소설과 설화 등을 잘 이야기해준 숙모와 같이 있은 시간이 많았던 가정환경[22]이 소월의 토포필리아에 중요한 질료가 되고 선험적 인식이 되었다. 시「물마름」에서 시적형상화가 된 홍경래가 관서지방을 돌아다니면서 사회의 기층세력을 규합하였던 힘은 그가 '풍수사'였기 때문이다. 그 당시 서민들은 공간 활동에 제약을 받았지만 '풍수사'들은 효를 중요시하는 사회적 기풍아래 조상의 묘 자리를 찾아다니는 풍수활동은 별다른 제약을 받지 않았다.[23]

소월이 본 무덤의 상황은 텍스트 안에 현존하는 요소들 즉 금잔디와 햇빛, 무덤과 금잔디, "봄이 왔네" 등으로 서술하여 무덤가의 풍경에 관하여 대체로 밝은 이미지를 지닌 상동성 코드들을 등장시키고 있다. 이러한 언어적 결합은 청자들에게 무덤의 환경에 대한 화자의 심상이 드러난다.「금

21) 위의 책, 133~135쪽.
22) 계희영, 『김소월의 생애』, 문학세계사, 1982, 37쪽.
23) 유영봉,「한국의 역사와 풍수지리」, 『한국사상과 문화』 제19집, 2003, 270쪽.

잔디」를 보는 시적화자의 심상이 감탄으로 읽히는 이유는 가신님의 무덤에서 빛과 생기를 보여주었기 때문이다. 따라서 「금잔디」는 어린 날 들었던 풍수설화적 의식이 작가의 잠재의식에 연계되고, 형상을 보는 직관 속에서 투사되고 발현된 것으로 보인다.

作品에는, 그 詩想의 範圍, 리듬의 變化, 또는 그 情調의 明暗에 따라, 비록 가튼 한 사람의 詩作이라고는 할지라도, 勿論異動은 생기며 또는   는 사람에게는 詩作各個의 印象을 주기도하며, 詩作自身도 亦是 어딧까지든지 儼然한 各個로 存在될것입니다. 그것은 또마치 山色과 水面과 月光星輝가 도두다엇든 한 째의 陰影에 따라 그 形狀을, 보는 사람에게는 달리 보이도록함과 갓습니다. (중략)
詩作에도 亦是 詩魂自身의 變換으로 말미암아 詩作에 異同이 생기며 優劣이 나타나는 것이 안이라, 그 時代며 그 社會와 또는 當時情景의 如何에 依하야 作者의 心靈上에 無時로 나타나는 陰影의 現象이 變換되는데 지나지 못하는 것입니다.[24]

김소월의 「시혼(詩魂)」에 나타난 것처럼 시혼은 그 시대와 사회의 흐름이 직접 시작품의 창작에 이식되는 것이 아니라 그 음영으로써 나타난다는 것이다. 이러한 맥락으로 볼 때 작자의 작품 「금잔디」가 신명난 율조를 담고 있는 것은 가신님의 무덤에 대한 시인의 잠재해있던 토포필리아, 즉 장소애에 대한 시인의 특별한 관점이 투영되었기 때문이라는 것을 알 수 있다.

4) 맺는말

지금까지 이 글은 김소월의 시 「금잔디」를 중심으로 시인이 살던 시대의 무덤에 대한 기층신앙과 상생론적 관점 및 풍수설화적 시각에서 집중

---

24) 김소월, 「시혼」, 『개벽』, 1925.5.

적인 분석을 시도하였다. 본고에서 논의한 바를 요약하면 다음과 같다.

본고에서 「금잔디」를 텍스트로 설정하여 민족의 무의식적인 기층신앙을 살펴본 것은 작품에 나오는 무덤에 대한 김소월의 시인의식과 그 음영에 관한 중요성 때문이다. 한식날 무덤을 찾은 시적 화자에게는 어린 시절에 들었던 정주 곽산 지역 어른들과 숙모 계희영을 거쳐 나온 이야기들이 중요 모티프로 자리 잡고 있다. 즉, 민간신앙, 샤마니즘 사상, 풍수지리 사상을 믿는 기층신앙들이 시인의식 내부에 알게 모르게 잠재되어 있었던 것이다. 이러한 잠재의식들은 비단 소월뿐만 아니라 그 당시 사회를 살았던 한국인들의 의식의 대부분에 흐르고 있었던 것이다.

무덤을 앉히는 자리에 대한 애착은 절대적 민간사상이었으며, 그 민간사상이 짙게 스며들어 있는 작품이 바로 김소월의 시 「금잔디」이다. 시적 화자가 신명나는 리듬과 밝은 어휘를 사용한 것으로 볼 때, 시인은 자연 환생물인 금잔디를 통하여 무덤이 좋은 장소임을 알려주려 한다.

시적 화자의 심서, 즉 금잔디에서 봄을 상징할 생명력을 발견한 것과 무덤이 가신님을 위한 양광이 비치는 땅이라고 하는 감동의 파장이 시 「금잔디」를 창작할 수 있는 동력으로 작용한 것이다. 옛 사람에게 가신님의 무덤이 자리한 위치는 인간 정서에 관계되는 매우 중요하고 상징적인 장소이다. 무덤가에서 봄을 노래하면서 동시에 생기롭게 돋아난 금잔디를 형상화한 것은 작가의 무의식 속에 내재한 땅의 토포필리아, 즉 장소애적 인식을 확인할 수 있는 명확한 증거이다.

예술작품은 각 영역과 관련을 맺고 있으며 무의식이야말로 영감의 근원으로 간주할 수 있다. 이러한 관점에서 보면, 무덤이 있는 땅에 대한 김소월의 본능적인 충족감이 자아와 매우 적절하게 화합했으며, 이를 바탕으로 「금잔디」는 율동감이 살아있는 작품으로 형상화될 수 있었던 것이다. 소월의 시 「금잔디」에서 '붙는 불'은 따뜻한 봄빛의 또 다른 표현이고, '무덤가에 금잔디'는 생기와 복덕을 느끼게 하는 삶의 활력이었다. 결과적으로 시 「금잔디」는 우울하고 어두운 죽음의 세계를 다룬 것이 아니라 한 국인의 신명나는 노래로서 우리들에게 새로운 얼굴로 다가온다.

3. 김수영의 「풀」에 대한 해석학적 고찰

1) 머리말

한국 현대 시사에서 김수영의 시 「풀」에 대한 의미를 재해석하고 그 의식의 지향을 도출하는 일이 많다는 것은 시사하는 바가 매우 크다. 한 편의 시를 리얼리즘적인 관점에서 읽느냐 모더니즘적인 시각으로 읽느냐에 따라 "시에 쓰인 중심적 언어와 그 언어가 거느리는 언어의 명멸과 파장을 이해"한 결과가 전혀 다르게 나타나고 있기 때문이다.

지금까지 「풀」은 '풀'과 '바람'의 관계를 대립적으로 보느냐, 호혜적으로 보느냐, 숙명론적 불상합(不相合)적 대타관계로 보느냐에 따른 관점의 차이가 존재해 왔다. 대립적으로 보는 논자들은 '풀'을 저항하는 민중으로 파악하고 풀의 변증법적 의미망의 확산을 통해 '풀'을 '민중시'의 전형으로 편입시켰다.[1] '풀'을 민중적 관점에서 해석하려는 사람들은 자신들의

---

1) '풀'을 민중으로 보는 견해는 다음과 같다.
　김춘수·박진환,『한국의 문제시·명시해설과 감상』, 자유지성사, 1998, 230~234쪽.
　맹문제,『한국민중시 문학사』, 박이정, 2001, 96쪽.
　염무웅,「김수영 론」; 황동규,『김수영의 문학』, 1983, 165쪽.
　조병춘,『한국현대시 평설』, 태학사, 1995.11, 443쪽.

신념을 '풀'의 속성에 비유하면서 풀과 민중을 질긴 생명력의 담지자라는 입론에서 합일시하였다. 그러나 황동규가 '비를 몰아오는 바람을 풀이 싫어할 리 없다'는 생태학적 반론을 제기[2]하면서 민중주의 시각에서 벗어난 사실적 해석을 제기함으로써 '풀'의 변별적 해석에 일단의 실마리를 제공하였다. 거기에다 김현이 '풀밭에 서있는 제3자의 체험'이라는 관점으로 「풀」에 대한 해석의 지평을 한 겹 더 넓히게 되고,[3] 유종호는 '풀밭의 시각적 즐거움', 백낙청은 '탁월한 무의미시', 최동호는 '유가학적관점', 김명인은 '현실적 절망과 자학에 빚지고 있는 어떤 것', 서우석은 '리듬적인 면', 김종철은 '독자적으로 존재하는 생명'[4] 등으로 「풀」 속에서 인생에 대한 숨겨진 의미를 도출해 내려 했다.

홍미로운 사실은 많은 논자들이 풍성한 해석의 성과를 이루어 냈음에도 불구하고, 「풀」의 마지막 행인 '풀뿌리가 눕는다'에 대한 의미파악을 소홀히 해버린 아쉬움이 있었다는 점이다.

가령, 오세영은 '인생론적 관점'으로 보면서 "절망에 이른 존재가 사랑의 단비를 통해 소생하는 이야기"[5]라고 정의한다. 이 분석은 '풀'과 '바람'이 서로 호혜적인 관계라는 진척된 연구의 성과를 이루어내었으나, 김수영이 결구에서 강조한 '풀뿌리가 눕는다'에 대한 의미를 조명하지 않음으

    송승환, 『한국현대시 분석과 이해』, 우리문학사, 1997.2, 110~111쪽.
    한계전, 「김수영」, 『한국 현대시 해설』, 관동출판사, 1994, 126쪽.
    이외에도 이성부, 이시영, 정재서, 이건제, 노철, 양희철 등이 있다.
2) 황동규, 『오늘의 시론집 - 사랑의 뿌리』, 문학과 지성사, 1979.9, 157쪽.
3) 김현, 「웃음의 체험」, 1981; 황동규, 『김수영의 문학』, 1983, 211쪽.
4) 유종호, 「시의 자유와 굴레」; 황동규, 『김수영의 문학』, 1983, 257쪽.
    김명인, 『김수영, 근대를 향한 모험』, 소명출판, 2002, 266쪽.
    최동호, 「동양의 시학과 현대시: 유가 철학과 김수영의 풀」, 『현대시』, 1999.9, 19~33쪽.
    서우석, 「김수영: 리듬의 회열」; 황동규, 『김수영의 문학』, 1983, 183~185쪽.
    김종철, 「시적진리와 시적성취」; 황동규, 『김수영의 문학』, 1983, 100쪽.
    백낙청, 「참여시와 민족문제」; 황동규, 『김수영의 문학』, 1983, 167쪽.
5) 오세영, 인생론적 관점, 「우상의 가면을 벗겨라」, 『어문연구』 2005, 봄, 155~172쪽.

로써 포괄적인 해석의 범위 안에 가두어 버리는 결과를 가져왔다. '풀이 눕는다'와 '풀뿌리가 눕는다' 사이에는 큰 의미차이가 존재하므로 우리는 마지막 귀결인 '풀뿌리가 눕는다'에 들어 있는 시인의 메시지를 찾아야 할 것이다. 따라서 이 글은 위의 관점들과 해석들을 비판적으로 바라보고 그러한 관점과 해석에서 벗어난 새로운 해석을 시도한다.

시 해석을 할 때는 언어의 표면적인 법칙을 중시할 것이 아니라 그 언어, 어휘 뒤에 숨어 있는 내부적 모습과 그 언어, 어휘가 주는 상상적 심리적 파장을 문제시하지 않을 수 없다. 텍스트의 어휘들은 사전적인 의미 외에도 소리 심상에 의해서 파생된 이미지가 섹슈얼 코드로 환기시켜 주고 있다. 즉 「풀」과 '바람'이 일으키는 동작이 육체적 에로티즘[6]이라는 개념으로 점화되고 있는 것이다.

텍스트 내부의 기표들이 구성하는 의미와 맥락을 살펴보자. 텍스트 안쪽의 언어기호들 즉 '풀'과 '바람'으로 명명된 존재가 눕고·울고·일어나고·웃는 행위 등의 기표는 리비도(Libido)적 에너지를 연상시킨다. 유리 로트만(Yuri M. Lotman)의 '시 텍스트는 분명히 구조들의 특수한 진동으로부터 형성되며 텍스트들은 코드가 되고 코드는 메시지가 된다'[7]는 말에 대입하면 텍스트에는 섹슈얼리티한 이미지들이 기의화(記意化)되어 나타난다. 그 이미지들은 '바람'보다도 더 빨리 눕고 바람보다 먼저 일어난다와 발목까지 눕는다는 반복적 점층적 언술을 통해 수신자에게 '상업적 대상'에 따라 경제논리에 지배된 호스티스들의 행동이라는 맥락으로 전달되고 있다.

따라서 이 글은 '풀'과 '바람'이라는 언표에 대해 '호스티스'와 '상업적

---

6) 죠르쥬 바따이유, 조한경 역, 『에로티즘』, 민음사, 2005.4, 17쪽. ─ 에로티즘은 육체적 에로티즘, 심정의 에로티즘, 신성의 에로티즘 세 가지가 있는데 육체적 에로티즘은 존재의 연속성을 제시하는 융합과 교통의 상태이다.

7) Yuri M. Lotman, 유재천 역, 『A Semiotic Theory of Culture』, 『문화기호학』, 문예출판사, 1998, 61쪽. Yuri M. Lotman은 러시아 기호학자.

대상'의 상관관계로 보는 우의적(寓意的) 해석을 중추로 한다. '풀'과 '바람'이 하는 행동들이 섹슈얼리티한 이미지와 호스티스의 일상으로 확장되어 하나의 맥락을 구성한다고 볼 수 있는 근거는 다음과 같다.

첫째, 「풀」 텍스트 속에는 '눕는다' '울었다' '빨리 눕고' '발밑까지 눕고' '먼저 일어난다' '풀뿌리가 눕는다'등의 반복적 점층적 언술이 청자에게 나타나는 심리적 상상적 파장을 일으킨다는 점이다. 그러한 언술들이 '교통(交通)과 융합의 과정'에서 나타나는 육체적 이미지를 연상시키고 있다. 이 육체적 이미지들은 '부적절한 공생관계'로써, 인간에게 잠재해있는 관음성을 확장시킨다는 점에서 새롭다.

둘째, 시인 자신의 실토에 있다. 그는 산문 「반시론」에서 창녀와 부적절한 관계를 가진 후에 오는 내면의식과 새벽의 풍경들을 폭로했는데, 이러한 자발적인 폭로는 성(性) 그 자체가 소비의 대상이 된다는 소비사회의 문화적 언술을 담고 있다. 성(性)과 관련된 업자들의 배후에는 성(性)해방을 이용하는 기존의 사회질서가 기다리고 있기 때문이다.[8]

셋째, 시인이 「반시론」에서 '배부른 시'를 썼다고 고백했다는 점이다. 여기서 '배부른 시'란 부르주아 사회가 가지는 특성을 의미하는데, 시적 대상을 확대한 「성(性)」[9]에는 금기의 영역을 넘나드는 작가의 태도가 읽혀진다. 「성(性)」은 금기의 규칙을 위반한 내용을 묘사함으로써 이 시기에 파편화 된 시인의 삶과 의식을 알 수 있게 하며, '호스티스'와 '에로티즘'으로 윤색된 시인의 의식을 시창작의 모티베이션으로 점화했다는 해석에 연결고리를 제공한다.

따라서 「풀」은 '문화의 세계에서 자유를 보유하는 한 인습을 벗어난 혼란이 싹트며, 이러한 문화의 본질적인 근원을 발효시키려면 아무도 하지

---

8) 장보드리야르(Jean Baudrillard), 이상율역, 『La Societe de Consommation: ses mythes ses structures』, 『소비의 사회』, 문예출판사, 1991, 217~219쪽.

9) 『김수영전집 1, 2』, 민음사, 2005 - 김수영의 성(性)은 68년 1월에 발표하고 「풀」은 5월에 발표함.

못한 말을 시작함으로써 문화를 발효시키는 '누룩의 역할10)'을 이행하고 있다고 보아 무방하다.

"「풀」에 대한 해석학적 고찰"은 '풀'로써 명명된 순수한 영혼들이 리비도(Libido)적 대상이 되어 마침내 소비재로 전락해가는 현상(現像)에 초점을 두었다.

2) 호스티스의 연원과 사회적 성찰을 위한 시

(1) '풀'의 의미론적 해석

김수영의 「풀」은 금기의 위반을 주제로 하면서, 시적대상이 울다가도 다시금 어떤 행동을 이어간다는 점에서 비장미를 지닌다. 텍스트에는 동풍에 나부껴 금기의 영역에 들어가게 된 이 땅의 영혼들이 '바람'을 상대로 '교통(交通)과 융합의 과정'에서 타성에 젖게 되고, 마침내 타락해가는 현상에 대한 작가의 경고가 숨어 있다.

작품 「풀」에 나타난 시적 언어가 어떻게 성 스펙트럼으로 조망되는지 순차적으로 고찰하기위해서 먼저 작품 '풀'을 읽고 화자가 나타내고자 한 발화의 진실을 간파해보기로 한다.

> 풀이 눕는다…①
> 비를 몰아오는 동풍에 나부껴…②
> 풀은 눕고…③
> 드디어 울었다…④
> 날이 흐려서 더 울다가…⑤
> 다시 누웠다…⑥

---

10) 「시여 침을 뱉어라」, 1968.4; 『김수영전집2』, 2005, 403쪽.

풀이 눕는다…⑦
바람보다도 더 빨리 눕는다…⑧
바람보다도 더 빨리 울고…⑨
바람보다도 먼저 일어난다…⑩

날이 흐리고 풀이 눕는다…⑪
발목까지…⑫
발밑까지 눕는다…⑬
바람보다 늦게 누워도…⑭
바람보다 먼저 일어나고…⑮
바람보다 늦게 울어도…⑯
바람보다 먼저 웃는다…⑰
날이 흐리고 풀뿌리가 눕는다…⑱

－「풀」(1968.5.29)

인용 시는 3인칭 관찰자 시점으로 시적언술을 진행하고, 부분적으로는 '낯설게 하기' 기법을 사용하였다. 전체 ⑱행으로서 '풀'의 행동은 ①행부터 ⑦행까지 서술적으로 해석되지만, 2연의 ⑧행 ⑨행 ⑩행과 3연의 ⑭행 ⑮행 ⑯행 ⑰행에서는 '풀'이 '바람'과 관계없이 이행한다는 데서 서술적인 해석을 전도시키고 있다. 이러한 전도된 부분의 해석은 자연관계 즉 '바람'에 의해서 눕고 우는 '풀'이 아니고 '바람'과 무관하게 스스로 눕고 울고 일어남으로써, 반복의식을 드러내는, 에로티즘과 연결되는 구조인 것이다. 이는 전체적으로는 3인칭 독백으로 구성되어, 위의 낯설게 보이는 부분이 전체와 분리됨으로써 연극에서 보는 방백에 가깝다. 또한 마지막 행은 '풀뿌리가 눕는다'라는 암호로 현현됨으로써 열린 결말을 주고 있다.

이 무렵 시인이 내 놓은 작품들은 「미인」·「먼지」·「성」·「원효대사－텔레비전을 보면서」·「의자가 많아서 걸린다」 등으로 민중시와는 거리가 먼 범속화된 세계였다. 그러므로 같은 시기에 씌어진 시 「풀」이

유독 민중시로만 해석되어야 할 이유는 없다. 먼저 「풀」에 나타난 언어와 대상과의 관계를 의미론적으로 분석해보기로 하자.

이 시는 '눕는다' '울었다' '누웠다' '빨리 눕고' '빨리 울고' '먼저 일어난다' '늦게 누워도' '먼저 웃는다' 등의 언어기호를 반복적으로 사용하고 있다. 특히 2연과 3연을 소리 내어 읽으면 호스티스들의 일상적인 행동이라는 심리적 상상적 파급을 불러일으킨다. 따라서 '풀'과 '바람'을 '호스티스'와 '상업적 대상'으로 보게 되고 도시개발시대, 생계를 짊어진 농촌의 영혼들이 도시의 밑바닥에서 살아가야만 하는 삶의 굴레를 실존적 관점에서 바라본 것으로 읽게 되는 것이다. 작품 속에 숨어 있는 알레고리를 해독하려면 수사적 측면에서 사용한 은유적이고 의인화된 기법이 의미론적 교훈성과 부합되는지 살펴야 한다. 일단 1연부터 가설을 검증해 본다.

1연 ①행의 '풀이 눕는다'라는 언표는 주제를 풀어나가기 위한 문제제기의 모습이다.

②행에서 '풀'이 눕게 된 원인으로 동풍에 나부꼈기 때문이라는 단서가 제공된다. '나부껴'라는 말에는 '가벼운 것이 날리다'는 의미가 담겨있다. '동풍'에서 동(東)의 계절은 봄(春)을 의미한다. "동풍은 추위를 녹인다"는 속담이 있듯이 '동풍'은 겨울의 시련 속에 있는 '풀'을 타자화 된 현재의 모습으로 있게 한 요인으로 작용한 셈이다.

③행의 '풀'이 눕게 된 원인은 ②행의 가벼운 행동에서 비롯되었고, ④행에서 풀은 '바람'을 통해 현실을 경험하고 드디어 슬퍼서 울었으며, ⑤행과 ⑥행에 나타난 '풀'은 이미 자기를 돌아볼 성찰의 기회가 있었다고 해석된다. 여기에 나타난 "날이 흐려서 더 울다가/다시 누웠다"라는 시적언술은 '바람'을 상대로 눕게 된 '풀'들이 자신의 정체성을 돌아보는 단계이다.

따라서 1연은 '풀'이라고 명명된 시적 대상이 현상(現像)의 시작이 되며, 흐린날 자기를 뒤돌아 보면서 울면서 자책하기도 하지만 "금기의 밑바닥에 깔려있는 고뇌"[11]를 수용하는 것으로 일상화 된다. 고된 섹스노동을 하는 노동자가 된 '풀'은 드디어 울면서 잠시 잠깐의 유혹에 신중하게 판단하지 못했던 자신의 인생을 반추한다. 1연은 전체 열여덟 행 중 육행이며 에로티즘을 연상하게 하는 단초이다.

2연의 ⑦행부터 ⑩행까지는 바람 앞에서 습관화된 '풀'의 상업적 동작이 나타난다. 텍스트는 '바람보다 빨리 눕고 바람보다 먼저 일어난다'는 '풀'의 행동을 반복적으로 보여줌으로써 성적유희를 연상하게 한다. 바람보다 민첩한 '풀'의 모든 동작은 보는 관점에 따라 '상연금지' 장면일 수도 있으나, 이 연이 보여주는 문체는 오히려 '풀'과 '바람'이라는 어휘의 반복이 L과 R이라는 일정한 리듬을 형성하여 독자에게 미적 쾌감을 이동시킨다. '바람'의 리비도(Libido)적 대상이 되어 일으키는 '교통(交通)과 융합'에 따른 '풀'의 움직임은 일정 시간 동안은 호혜적 관계로 형성된다. '먼저 눕고' '빨리 일어나는' '풀'의 '자율적 움직임'은 탄력적이고, '풀'은 '바람'을 리드하고 있다.

제3연에 이르면 ⑪행부터 '풀'의 행동이 나타나는데 ⑰행까지 매우 적극적이고 능동적이다. 애로티즘의 관점 속에서 보면 여전히 무대는 독자들에게 관음증을 투사시킨다. '바람'으로 표상된 존재의 발목이나 발밑까지 늦게 눕는 '풀'의 행동은 '풀'로 명명된 존재의 타락성을 부각시킴과 동시에 '풀'로 이입된 사회적으로 아주 계급이 낮은 여자들의 사회적 위치를 구체적으로 드러낸다. 사회적 위상으로 볼 때 호스티스의 위치는 발목아래에 위치한다. 아니, 그 보다 더 낮은 발밑에 위치하는, 호스티스가 자리하는 사회적 위치를 조명하고 있는 것이다. ⑱행에서 '풀뿌리가 눕는다'라는 결구 속에 든 상징적 의미는 '풀'이라는 시적대상의 정신이 삐뚤어지고 있다는 경고이다. 따라서 셋째 연은 도시변두리로 유입해온 이 땅의 영혼들이 어두운 현실을 수용하면서 타락해가는 모습을 보는 지식인의 한탄을 우회적으로 드러내고 있다.

---

11) 조르쥬 바따이유, 조한경 역, 『에로티즘』, 민음사, 2005.4, 41쪽.

한편 작품 '날이 흐리다'라는 진술이 ⑤행 ⑪행 ⑱행 모두 합하여 3번이나 나온다. '날이 흐리다'고 진술한 것은 작가가 주시하는 시적대상의 배경인 소도구로 등장하며 이것은 시적대상의 심리상태를 암시하고 있다. 인체생리학적으로 사람은 흐린 날이면 신경전달물질이 일조량의 영향으로 멜라토닌과 같은 신경전달물질의 분비가 줄어들며 기분에 많은 영향을 준다고 한다. ⑤행에서 날이 흐릴 때마다 자기를 뒤돌아보며 우는 반성적인 면을 보이던 '풀'이 ⑪행에서는 날이 흐려도 바람과의 융합에 대한 고뇌가 존재하지 않는다. 즉 상업적 타성에 젖어 있어 자신의 정체성을 깨닫지 못하고 있다. ⑱행에서 '풀'은 날이 흐려도 인간회복에 대한 고민도 없고 자기반성도 없다. 오히려 현 상황에서 더 적극적이 되어있다. 정리해보면 날이 흐릴 때 시적 대상의 행동은 1연에서 반성적 → 2연에서는 타성적 → 3연에서는 적극적으로 변모해 가는데, 이러한 현상을 안타깝게 여긴 작가가 '풀뿌리가 눕는다'라고 개탄하고 있는 것이다.

(2) 텍스트의 안과 밖에 나타난 인과율(因果律)

텍스트 안에는 인과율이 작용하고 있다.

예를 들면 '풀'의 행동이나 정황을 서술해 주는 동사가 많이 나오고, '풀'의 동작은 1연에서는 '울었다'와 '누웠다'와 같은 과거시제로, 2연·3연은 '눕는다' '일어난다' '웃는다'에서처럼 현재시제로 나타난다. 따라서 1연은 행위자의 원인에서 오는 인과율을 기초로 하고 있으며, 2·3연에서는 결과가 나타나는 짜임새로 구성되었음을 알 수 있다. 이러한 구조는 과거에 있었던 원인에 대한 결과를 현재에서 강조하는 역할을 한다.

텍스트는 현재형 동사 '눕는다'가 교향곡의 주테마처럼 등장하여(누웠다, 눕고, 누워도에서처럼) 9번이나 반복적으로 확장 변주되고 있다. 한 연의 첫 행마다 '눕는다'라는 현재형 동사의 반복이 리듬감을 불러일으키고, 한 연의 끝 행마다 '누웠다' '일어난다' '눕는다'라는 인술은 싱적 이미지를 흘러넘치게 한다. 이러한 기법은 시적 대상의 움직이는 동작이 강조됨과 동시에 성(性)이라는 포커스에 개념적 상상력을 적용시키는 요소로 장치한다. '풀뿌리가 눕는다'는 결구는 '뿌리' 즉 정신을 강조하기 위한 것으로 동물적인 메카니즘만 존재하는 세계에서 소비재로 전락해가고 있는 '풀'의 정신에 대한 작가의 경고이기도 하다.

텍스트 밖을 살펴보면 산업화시대가 가져온 인과율이 작용하고 있다. 「풀」이 나온 시대적 환경은 개발 산업화시대였다. 한국경제는 제1차 경제개발 5개년계획(1962~66)이 성공적으로 완료되어, 도시개발정책12)이 산업화 시대를 유도하고 있었다. 이 과정에서 「풀」이 나온 것은 큰 의미가 있다. 개발정책과 산업화정책은 농촌의 자녀들이 도시권으로 유입되는 계기가 되었기 때문이다. 부양해야할 가족을 위해 가난한 영혼들이 할 수 있는 일이란 도시의 공장에 노동자이거나 날품팔이와 식모살이가 대부분이었다. 삶을 꾸려가는 핍박한 현실에서 가진 것이 없는 부류들 중에는 맥주홀이나 변두리 다방으로 취직한 사람들이 많았다. 우리문학사에서도 이러한 시대적 고민으로 말미암아 70년대에 호스티스 문학13)이 유행하고 통속소설이 영화화된 시절이 있었다.

김수영의 '풀'은 60년대라는 시대적 배경의 그늘진 면을 앞서서 조명하였다고 파악된다. 시인은 '풀뿌리가 눕는다'라는 결구를 사용함으로써 살아있는 의미를 만들어내고, 60년대 산업화의 부산물인 향락업의 대두에

---

12) 황성근, 「한국사회 100대 드라마 ④경제」 38. 부동산 투기의 역사」, 『중앙일보』, 2005.8.10.
　　 -66년 1월 한남대교(제3한강교)가 착공되면서 주변 땅값이 폭등하기 시작했다. 66년 12월 28일. 건설부 공고로 이 들판이 토지구획정리사업 예정지로 지정됐다. 65년의 말죽거리는 온통 논밭이었다. 강남개발의 대역사가 시작되고, 강남 땅값이 급등하는 이른바 '말죽거리 신화'의 계기가 됐다.
13) 70년대에는 최인호의 「별들의 고향」, 조선작의 「영자의 전성시대」와 같은 소설을 일명 '호스티스 문학'이라 한다. 이러한 작품들이 대중의 폭발적인 지지를 받았는데 이것은 그 시대를 솔직하게 반영하고 있는 결과물로서 대중의 정서에 일치했기 때문이다.

의해 상업논리에 물들어가는 '풀'들의 인간회복을 돌아볼 계기를 마련하였다.

호스티스를 안타깝게 여긴 시(詩)는 이미 30년대에 이용악이 「제비같은 소녀야」에서 '너는 어느 흉작촌이 보낸 어린 희생자냐'로 묘사하면서 암울한 시대에 대한 연민을 나타낸 바 있다. 또한 해방 후 50년대에는 손로원이 가요시를 통하여 「에레나가 된 순희」로 애상미를 곁들인 세태풍자를 노래14)하였다. 한반도에서 중국으로 팔려 온 소녀에 대한 연민을 묘사한 것이 「제비같은 순이야」라면, 「에레나가 된 순희」는 미군이 주둔함에 따라 50년대의 딸들이 기지촌의 윤락여성으로 전락해가는 아픔을 노래한 것이다. 바람보다 빨리 눕고 바람보다 먼저 일어나며 발밑까지 눕는 「풀」은 전형적 매매춘의 모습을 보인 서울의 60년대 호스티스들의 실존을 포착한 시(詩)로 읽힌다. 김수영은 산업화에 물들어 경제논리에 희생된 인원(人員)들을 '풀'로 고발해보임으로써 70년대의 이정기의 「cjs양의 사랑」같은 고급 호스티스의 장시의 발표를 가능하게 하였고, 산문문학에서도 '경아'나 '영자'15)가 출현할 수 있는 호스티스 문학에 대한 '징검다리' 역할을 하였다고 볼 수 있다.

'풀뿌리가 눕는다'는 표현으로 규명하고자 했던 60년대의 사회 병리적 현상을 가시화 시킨 작가의 예리한 관점은 '호스티스의 연원과 사회적 성찰을 위한 시'로 재평가되어야 한다. 70년대의 문학에는 정상적인 경제활동이 아닌 응달에서 기생하는 호스티스들이 경제영역에 편입되어 윤리적 수치감이 없이 산업형 매춘16)을 하는 모양으로 나타났기 때문이다.

---

14) 이용악, 「제비같은 소녀야」, 『낡은 집』, 미래사, 1991, 34쪽.
　　손로원(작사), 한복남(작곡), 안다성(노래), 「엘레나가 된 순희」, 1959.
15) '경아'는 최인호, 『별들의 고향』(1973)의 여자 주인공. '영자'는 조선작, '영자의 전성시대'(1974)의 여자 주인공임.
16) 김병익, 「산업화 시대의 문학과 진보적 정치이데올로기 ― 그 형성 과정을 중심으로」, 『현대 한국문학100년』, 민음사, 418쪽.

「풀」에는 개발위주의 정책에서 소외되어 가족의 경제를 책임지게 된 시대적 상황과 그러한 길을 가지 않을 수 없었던 유혹에 대한 인과율을 통하여 삶에 대한 진지한 성찰을 하게하는 정신이 담겨있다. 따라서 이 시는 사회적 소외계층에게 다가오는 유혹에 대한 일종의 방패적 장치로써 경종을 줌과 동시에 문화의 본질을 발효시키는 역할을 하고 있는 것이다.

3) '전위시' '둥근시' '도전적 전위시'

김수영은 당시의 시적관습을 절연하는 불온한 언어의 사용으로 전위성을 추구한 시인이라 할 수 있다. 그의 시 중에는 4·19직후에 나온 「우선 그놈의 사진을 밑씻게로 하자」라든지, 아내와의 관계를 「성(性)」으로 폭로시킨 작품들처럼 그가 가지고 있는 예술의 대담성 내지 자극적 실험을 창조한 '전위시'가 많기 때문이다. '전위시'는 당대의 금기를 충격적으로 격파하여 다음의 시대를 이끌어 내는 특성을 지니나, 그 변화가 대중적 관심에 익숙해지면 또 다른 '새로운 전위시'들이 요청된다.[17]

먼저 4·19직후 시인의 '참여시'를 살펴보자.

> ⅰ) 4·19 후의 경찰서에서 파출소에서
>   민중의 벗인 파출소에서
>   협잡을 하지 않고 뇌물을 받지 않는
>   관공리의 집에서
>   역이란 역에서
>   아아 그놈의 사진을 떼어 없애야 한다.
>   ─「우선 그놈의 사진을 떼어서 밑씻개로 하자」(1960.4)

---

17) 김준오, 『문학사와 장르』, 문학과지성사, 2000, 356쪽.

ii)이유는 없다 —

가다오 너희들의 고장으로 소박하게 가다오
너희들 미국인과 소련인은 하루바삐 가다오
말갛게 행주 칠한 비어홀의 카운터에
돈을 거둬들인 카운트에 적막이 오듯이

— 「가다오 나가다오」(1960.8)

인용 시에서 대통령의 사진을 떼어 내어 밑씻개로 하자고 강력하게 선동한 시인의 거친 권력비판은 4·19의 최루탄과 실탄 발포를 직접 경험한 사람들에게 용기를 주는 큰 기폭제가 되었다. 당시의 대통령에게 포문을 날리며 '그놈'이라는 호칭을 쓰고 또 "미국인과 소련인은 나가다오"라고 한 용기 있는 글은 작가를 행동하는 지식인으로 각인하게 하였던 것이다.

작가가 이승만이나 미국인과 소련인에게 비판정신을 외치고, 시의 자유를 행한 것은 시의 언어기술주의가 표방하는 형식을 벗어나 새로운 시의 모험에 앞장서는 시학을 가진 시인이라면 거쳐야할 필연적인 과정이었다. 이후에도 김수영은 관습을 벗어나 대담한 전위성을 갖고, "한국시의 고질적 취약점인 교양주의(그릇된 주지주의, 맹목적 경건주의, 무형태적 형식주의)를 불식"[18]시키면서 '아무도 하지 않는 말'을 실천해 왔다. 「거대한 뿌리」에서는 다른 시인들이 다루지 않았던 어휘 '네 에미 씹' '미국놈 좆대강' 같은 열악한 언어를 거침없이 사용하여 전통을 파괴하면서 그만이 할 수 있는 '금기된 시어'를 드러내었고, 68년도에는 「성(性)」에서 작가가 경험한 에로티즘을 노출시켜 '다 보여주기 기법'을 취하는 데까지도 주저하지 않았다.

한편 '배부른 시'라는 말은 1968년도 김수영의 산문 「반시론」에서 사용한 말인데, 이 무렵 시인이 쓴 시가 둥글둥글해지고 있다는 데서 나온 '둥근시'라는 의미와도 같다. 전위작품은 현실로부터 소외되었을 때 꿈과

---

18) 김주연, 황동규 편, 「교양주의의 붕괴와 언어의 범속화」, 『김수영의 문학』, 민음사, 213~215쪽.

자유를 찾아 비상하는 성격을 지닌다. 그런데 시인이 「미인」과 「먼지」·「텔레비전을 보면서」와 같은 '둥근시'를 태어나게 한 것은 쁘띠 부르주아 세계에 진입하여 항산(恒産)의 여유와 사치를 부림으로써 현실에 진입한 사실과 무관하지 않는 것이다.

> i) 미인이면 미인일수록 그럴 것이니
>   미인과 앉은 방에선 무심코
>   따놓은 방문이나 창문이
>   담배연기만 내보내려는 것은
>   아니렸다.
>
> — 「미인」(1967.12)

> ii) 그 배우는 식모까지도 싫어하고
>   신이 나서 보는 것은 나 하나뿐이고
>   원효대사가 나오는 날이면
>   익살맞은 어린 놈은 활극이 되나 하고
>   — 「원효대사 – 텔레비전을 보면서」(1968.3.1)

인용 시 두 편은 가벼운 터치로 이루어져 있다. 「미인」의 작후감에서 '미인의 훈기를 내보내려고 창문을 열었고 우리가 내보낸 것은 약간의 바람도 섞여있었다'고 고백한 것이라든가 「원효대사」에서 보이는 식모의 모습에서 그 무렵 작가가 영위하고 있는 쁘띠 부르주아의 생활 단면을 읽을 수 있는 것이다.

「의자가 많아서 걸린다」에서도 시인의 소시민적 여유가 드러난다.

> 미제 자기(磁器) 스탠드가 울린다
> 마루에 가도 마찬가지다 피아노 옆에 놓은
> 찬장이 울린다 유리문이 울리고 그 속에

넣어둔 노리다께 반상 세트와 글라스가
울린다

－「의자가 많아서 걸린다」(1968.4)

　　인용 시는 미국제라는 자기 스텐드의 상표와 세계적 브랜드인 일제 노
리다께 반상세트의 호사스러움이 그것이 갖추려고 하면 할수록 물질이
사람을 구속한다는 점에서 현대인의 물질숭배사상을 일깨워주고 또한 현
대인이 갖는 통속적 물질숭배사상을 경고하려는 것으로 보인다. 그러나
아이러니컬하게도 김수영시인은 1968년도에 이미 피아노와 미제도자기
를 갖추고 있었고, 찬장 안에는 일제 노리다께 반상세트와 글라스가 있었
음이 감지된다. 이 시기 한국의 경제수준은 나이지리아와 비슷했다.[19]

　　김수영은 천성적으로 가구를 사들이는 것을 싫어했지만 「반시론」에
의하면 부인이 외제 세간을 들여놓는다는 것과 부인의 친구 중에는 상류
사회의 레이디나 마담들이 많다는 것이 나타나 있다. 작가의 그러한 환경은
부르주아 라이프스타일이며, '둥근시'가 태어나는 토양이 되었던 것이다.

　　바타이유에 의하면 에로티즘의 바탕에는 '변칙의 충동이 도사리고 있
으며 성생활이 습관에만 그친다면, 변칙과 동요가 가져다주는 에로티즘
의 희열을 더 이상 연장될 수 없을 것'[20]이라고 한다. 모험정신이 있는 김
수영은 이러한 변칙의 충동을 경험하고 시화하였고, 그러다가 검열기관
에서 수정을 당하기도 하였다. 이러한 현상은 시인이 '인습에 사로잡혀
지적일치를 이루는 것보다 문화의 다양성에서 오는 혼란을 고집'[21]하였
기 때문에 나온 현상이다. 1968년에 나온 시인의 작품은 세속적인 것들이
었으며, 시 「성(性)」은 「풀」의 발표보다 넉 달 빠른데, 기법은 아방가르드
와 데카당스의 성질에 가깝다.[22] 이것은 시인이 시와 시론에서 새로운 형

19) 나이지리아의 올루세군오바산조 대통령, 「40년 전 우리와 비슷하던 한국 엄청난
　　발전」, 『중앙일보』, 2006.3.11, 3쪽.
20) 조르쥬 바따이유, 조한경 역, 앞의 책, 122쪽.
21) 김수영, 「반시론」 68, 『김수영전집 2』, 2005.4, 410~412쪽.

식과 내용을 강조하면서 불가능을 추구하는 예술 본래의 정직성[23]을 중요시한 전위성 때문에 나온 현상으로 보인다.

시인이 '참여시' 이후 60년 중반 무렵 시가 둥글어지면서 '둥근시'로 변화하였다가, 다시금 성(性)에너지를 투사시키는 작품을 발표한 것은 놀라운 일이 아니다. 여기에서 작품 「성(性)」을 논의하는 이유는 「풀」이 성(性) 스펙트럼이 투사되는 작품으로 읽히는데 아주 중요한 단서를 제공 하고 있기 때문이다.

> 그것하고 하고 와서 첫번째로 여편네와
> 하던 날은 바로 그 이튿날 밤은
> 아니 바로 그 첫날 밤은 반시간도 넘어 했는데도
> 여편네가 만족하지 않는다
> 그×하고 하듯이 혓바닥이 떨어져나가게
> 물어제끼지는 않았지만 그래도
> 어지간히 다부지게 해줬는데도
> 여편네가 만족하지 않는다
>   (중략)
> 연민의 순간이다 황홀의 순간이 아니라
> 속아 사는 연민의 순간이다
>   (하략)
>
>   − 「성(性)」, 『김수영전집1』(1968.1)

인용 시 「성(性)」은 두 연으로 되어있으며, 문맥으로 보아서 화자가 금기의 '성(性)'을 이용했다는 것을 알 수 있다.

---

22) 아방가르드로 보는 이유는 전위예술처럼 '그년'과 '물어 제끼다'라는 기존의 전통을 파괴하는 문체를 거침없이 사용했기 때문이다. 데카당스의 성질은 니체의 데카당스 이론에 근거하였다. 니체가 말하는 데카당스의 특징은 사기성, 병약함, 인과론의 혼란 등이 특징이다. 「성(性)」은 시인과 아내가 서로 진리를 가장한 사기의 모습을 보여준다는 점에서 사기성을 지닌다. -참조 이승훈, 『모더니즘 시론』, 문예출판사, 1995, 34쪽.

23) 김현, 「지유와 꿈」, 김수영시선 『거대한 뿌리』, 민음사, 2006, 154쪽.

첫째 연은 시적화자가 금기를 깨뜨리고 나서 고뇌와 함께 죄의식을 느끼고 아내에게 봉사를 하는데 효과가 잘 이루어지지 않는 것으로 읽힌다. 둘째 연은 시적화자가 '이게 아무래도'로 시작하면서 '이게'로 아내를 지칭하고 있으며, 시적화자가 아내에게 열성적으로 봉사와 노력을 하는 것을 강조한다.

인용 시는 남편은 아내를 속이고 아내가 남편을 속이는 부분을 확대시켰다. 이것은 데카당스 적 기법이다. 섹스와 사기에 대한 퇴폐적인 시각이 니체가 말하는 사기성과 관련이 있기 때문이다.[24] 김수영이 왜 이런 문체를 거침없이 사용했을까를 생각해보면 그의 말대로 하면 경화중일 수도 있겠지만, 플레하노프가 말하는 부르주아적 색정주의와 퇴폐적 부정주의[25] 중심에 서서 그러한 세계를 표현하는데 주저하지 않음으로써 통속화되어 가는 자신에게 반란을 꾀한 것으로 볼 수 있다.

인용 시 「성(性)」은 퇴폐적인 문체와 아무도 시도하지 않았던 금기의 내용으로 인격의 가면을 벗어 던짐으로써 시적대상의 폭을 확대시키려한 시인의 양심적 소산물이다. 그러나 비판적인 관점에서 보면 보다 나은 세계에 대한 기능이 없고, 음란성, 호색성, 호기심을 충족시키고 있다.

시인은 산문 「원죄」(68.1)[26]에서 성(性)에 대한 작후감을 피력하였고, 「원죄」와 더불어 「반시론」[27]은 우리들에게 「성(性)」이 일종의 '전위시'라

---

24) 이승훈, 『모더니즘 시론』, 문예출판사, 1995, 38쪽. 니체는 데카당스의 특징을 사기성의 확장, 병약함, 인과론의 혼란으로 관련지었다.

25) 이승훈, 같은 책, 35~38면. 플레하노프는 러시아 마르크스 조직자이다. 마르크스자들은 이데올로기를 중심으로 재단하며 성(性)을 표현하는 사회를 동물주의로 경멸한다. 본고는 김수영의 생활환경이 이즈음 중산계급 또는 자본가 계급에 들어섰다고 본다.

26) 김수영, 「원죄」(68.1), 앞의 책2, 142쪽(중략).
그것도 20여 년을 같이 지내온 사람의 육체를 (그리고 정신까지도 합해서) 완전히 객관적으로 바라볼 수 있었다는 사실이다. 그리고 이것을 시로 쓰게 되었을 때 나는 어떤 과분한 행복을 느낀다.' - 「원죄」, 1968.

27) 같은 책2, 「반시론」, 406쪽 - 지일에는 겨울이면 죽을 쑤어먹듯이 나는 술을 마시

는 것을 알게 해주는 장치로 기능하게 하였다. 그러나 형식은 전위시이나, 대중성에 영합하고 있는 것이다. '대중성의 문학은 경박하고, 인간의 성찰을 무디게 하고, 역사에 대한 비판적 기능의 결핍'의 특징[28]을 지닌다.

「성(性)」은 작가가 타자와의 합일에 대한 욕망의 실천과 그 후에 오는 신성한 존재감을 표현함으로써 현장성과 정직성을 보여주는 역할을 했다. 이러한 시인의 시작(詩作)태도는 청자들에게 그 당시 시인의 정서와 무의식의 상태까지 드러내 보이는데 기여한다.

청자들은 시인의 작품 「성(性68.1)」－「원죄(68.1)」「반시론(68)」－「풀(68.5)」을 거치는 과정에서 「성(性)」은 실험적 체험을, 「원죄」와 「반시론」에서는 성에 대한 반성적·객관적 시각 확보를, 「풀」에서는 형상과 상업논리를 넘나드는 60년대의 호스티스문학의 출현을 발견하게 되는 것이다.

시인의 '다 보여주기' 시적기법으로 나타난 '금기의 소재'가 김수영의 시 「성(性)」이고, 타인과의 성(性)에 침몰하지 않고 상황을 적확하게 파악했던 작가의 내면을 묘사한 것이 산문 「원죄」와 「반시론」과 「김영태에게 쓴 편지 4통」[29]이다. '성(性)'이라는 삶의 원형질을 바깥에서 체험한 시인은 실제로 심리적 상처를 입고 비밀의 풀씨들을 간직해 왔으며, 그 영

고 창녀를 산다. (…중략) 창녀와 자는 날은 그 이튿날 새벽에 사람 없는 고요한 거리를 걸어 나오는 맛이 희안하고, 계집보다도 새벽의 산책이 몇 백배나 더 좋다. (…중략) 그래서 나는 한적한 새벽 거리에서 잠시나마 이방인의 자유의 감각을 맛본다. 더군다나 계집을 정복하고 나오는 새벽의 부푼 기분은 세상에 무엇 하나 부러울 것이 없다. 이것은 탕아만이 아는 기분이다. 한 계집을 정복한 마음은 만 계집을 굴복시킨 마음이다. (…중략) 이럴 때 등교 길에 나온 여학생아이들을 만나면 부끄러울 것 같지만 천만에! 오히려 이런 때가 그들을 가장 있는 그대로 순결하게 바라볼 수 있는 순간이다.

28) 장석주,『문학, 인공정원』, 프리미엄북스, 1997, 378쪽.
29) 「김영태에게 보낸 편지 4통」, 앞의 책 2, 478쪽, 1967.4.13 - "나는 요즘 어떤 구저분한 위스키 바의 갈보하고 정을 맺었는데, 어제 오래간만에 찾아가 보니 벌써 변심을 했는지 태도가 애매해서, 그런 것도 연애라고 간밤에는 혼자서 이부자리 속에서 여러 가지 생각이 들고 오랜만에 아련한 슬픔조차도 느끼고는 했습니다. 그 여자는 나이 25세가량인데…"

감의 풀씨가 「풀」을 생성한 추동력이 되었다.

「풀」은 유혹에 나부낀 여성들이 화류 계급으로 떨어지는 그러한 노정을 조명한 호스티스문학으로 "문화의 본질적 근원을 발효시키는 누룩의 역할"이 되고자 했던 시인의 산물이었던 것이다.

그동안 작품 「풀」이 민중적인 시로 보였던 것은 다른 사람들에게 투사되었던 김수영이 가진 페르소나의 힘으로 해석된다. 시인이 「풀」에 앞 서 내놓은 작품 「성(性)」은 '극도의 자기중심주의 세계에 침잠하고 있는 김수영문학의 부정적 인자'30)들이지만 '새로운 문학이 내적 자유를 추구할 때에는 기존의 문학형식에 대한 위협이 되고 모든 살아있는 문화는 본질적으로 불온하다'31)는 시인의 문학관과 일치하고 있다.

본고가 「풀」을 작가의 범속화된 생활체험에서 추출한 작품, 성(性)스펙트럼을 투사하고 있는 '새로운 전위시'의 역할로 해석하는 이유도 그의 이러한 내적 자유를 추구하는 문학관이 반영되었다고 보기 때문이다. 또한 「반시론」에는 '고생을 하면 시가 나오는데 수단으로서 고생을 다 써먹었으며, 이대로 나가면 부르주아의 손색없이도 쓸 수 있을 것 같다'와 '신문의 칼럼에 보낸 원고가 음담(淫談)혐의를 받고 수정을 당했다'32)는 솔직한 김수영의 고백은 「풀」텍스트를 '새로운 전위시' 혹은 '도전적 전위시'로 해석하게 하는데 일조하고 있다.

봉건적 질서를 존중하는 검열기관이 음담표현에서 노출의 수위를 조정한 것은 또 다른 전위를 꿈꾸는 시인을 가두는 기제였다. 시인은 성(性)에 대한 노골적인 묘사의 비중을 어느 정도 완화시켜야하는 필요성을 절감한 것이다.

---

30) 김종윤,『김수영문학연구』, 한샘출판사, 1994, 202쪽.
31) 김수영, 「불온성에 대한 비과학적인 억측」, 앞의 책2, 1968.3, 224쪽 - 시인은 불온성에 대해 정치적인 해석을 불허하고, 60년대 재즈음악, 비트족, 무수한 안티예술이 새로운 음악을 추구하는 표현이었으며, 이러한 불온성이 예술과 문화의 원동력이라 주장한다.
32) 김수영, 「반시론」, 앞의 책2, 1968, 409~412쪽 참조.

따라서 「풀」은 부르주아 사회에서 만연하고 있는 성(性)스펙트럼을 투사한 작품이지만, 호색적 묘사를 은폐시키는 기법을 가져와야했음으로 '성과의 거리두기 문학'에 보내는 '새로운 유형의 시'가 된 것이다. 「풀」은 항산(恒産)의 여유에서 나온 '둥근 시'에서 비상(飛上)하기 시작하는 '새로운 전위시'이며 '도전적 전위시'라 정의 할 수 있다.

4) 맺는말

「풀」은 작품 안에 쓰여 진 언어기호들이 육체적 에로티즘을 이미지화시키면서 담화가 창출되는 의미효과를 가지고 있다. 예를 들면 작품 한 연의 끝 행마다 '풀'이 '누웠다' '일어난다' '눕는다'라는 언술이 사용되고 있는데 이것은 시적대상의 움직이는 동작이 강조됨과 동시에 성(性)이라는 포커스에 개념적 상상력을 적용시키는 요소로 장치한다.

텍스트는 선동적인 시어나 강한 어조를 구사하지 않고 있으며, '풀'로 명명된 존재의 움직임을 섹슈얼리티 코드의 이미지로 기표화하고 있다. 한편 텍스트 바깥을 보면 도시개발시대라는 시대적배경이 있었고, 「반시론」에는 작가가 '상업적인 성(性)'을 이용했으며 '배부른 시'를 썼다고 한 솔직한 고백이 드러나고 있다.

따라서 「풀」은 호스티스와 에로티즘으로 윤색된 시인의 의식을 시창작의 모티베이션으로 점화했다는 해석에 고리를 제공한다. 「풀」은 70년대에 성행된 '호스티스 문학'의 징검다리 역할을 한 셈이다.

「풀」에는 개발시대를 통해 드러난 사회의 그늘진 면을 '풀'이라고 명명된 스펙트럼을 통하여 부각시킨 작가의 의도와 도시산업화에 소외된 가족의 희생물로서 오빠나 동생의 학비를 위하여 내몰린 이 땅의 영혼들이 응달의 환경에 의해서 변해가는 '삶의 모습'을 실존의 시점(視點)에서 포착해 낸 작가의식이 들어있다.

그동안 학자들이나 논자들은 작품에서 성적담론을 끌어들이면 쾌락주의자로 취급하고 성적묘사는 삼류통속물을 취급하는 사람으로 고착화시키는 경향이 있어 왔다. 이러한 경향은 「풀」의 작품 속에서 은폐된 섹슈얼리티의 측면을 느낄 수 있었던 사람도 성담론이 고상하지 못한 사람으로 각인될 수 있는 여지가 있어 논의의 중심으로부터 일정한 거리를 두어왔다고 볼 수 있다.

본고에서는 '풀뿌리가 눕는다'는 것은 '바람'의 리비도적 대상으로써 '교통(交通)과 융합의 과정'에서 '부적절한 공생관계'로 발전하여 상업논리에 함몰되어가는 '풀'의 현상을 개탄하는 것으로 해석한다. 작가는 상업적인 문화가 가지는 폐단이라는 명제로 호스티스들을 「풀」로 형상화함으로써, 회복하기 쉽지 않은 어두운 세계의 일면을 보여줌과 동시에, 불온한 유혹에 대한 대항 장치로써 삶에 대한 진지한 성찰을 유도하는 방식을 취하였다.

4·19 이후 시인의 시적도정에서 '전위 시'에서 '둥근 시'로 퇴폐하였다가 다시 비상(飛上)하는 역할을 한 「풀」은 부르주아 사회에서 만연되고 있는 성(性)스펙트럼을 예리한 관점으로 포착해 내어 리듬을 살려 형상화하였다는 점에서 '성(性)과의 거리두기 문학'에게 보내는 '도전적 전위시'라고 할 수 있다.

제1부 백석(白石) 시와 노장사상(老莊思想)의 수용

1) 기본자료

김달진 역, 「장자」, 『김달진전집 4』, 문학동네, 1999.

김재용, 『백석전집』, 실천문학사, 1997.

김학동, 『백석전집』, 새문사, 1990.

나쓰메 소세키(夏目漱石), 『坊ちゃん(도련님)』 138쇄, 일본 신조사, 2009.

송 준, 『백석시전집』, 학영사, 1995.

양계초·풍우란 외, 김홍경 편역, 『음양오행설의 연구』 I·II, 신지, 1993.

윤재근 편, 『편하게 만나는 도덕경 노자』, 동학사, 2001.

이동순 편, 『백석시전집』, 창작과비평사, 1987.

_____ 편, 『모닥불-백석시전집』, 솔출판사, 1998.

이지나 편, 이숭원 주해, 『원본 백석시집』, 깊은샘, 2006.

홍만선, 『산림경제』(I·II권), 민족문화추진회, 1982.

2) 논저

(1) 단행본

고제희, 『쉽게 하는 풍수공부』, 동학사, 1998.

고형진, 『한국현대시의 서사지향성 연구』, 시와시학사, 1995.

공제욱·정근식 편, 『식민지의 일상』, 문학과 과학사, 2006.

권혁건, 『나쓰메 소세키 문학세계-작가와 작품연구』, 학사원, 1998.

김교빈·박석준, 『동양철학과 한의학』, 아카넷, 2003.

김두규,『복을 부르는 풍수기행』, 동아사, 2007.

_____,『논두렁 밭두렁에도 명당이 있다』, 랜덤하우스, 2006.

김영무,『동양의 20가지 가치관』, 동행, 2009.

김영수, 안길환 역,『신역 제자백가』, 명문당, 1999.

김영철,『한국현대시의 좌표』, 건국대 출판부, 2000.

김윤식,『근대시와 인식』, 시와시학사, 1992.

_____,『한국현대문학비평사론』, 서울대출판부, 2000.

김윤식・김 현,『한국문학사』, 민음사, 1973.

김자야,『내 사랑 백석』, 문학동네, 1995.

김재용,『협력과 저항』, 소명출판, 2004.

김재홍,『한국현대시인연구・2』, 일지사, 2007.

_____,『한국현대시의 사적탐구』, 일지사, 1998.

김태길,『유교적 전통과 현대 한국』, 철학과현실사, 2001.

김택규,『한국농경세시의 연구』, 영남대출판부, 1985.

김학주,『노자와 도가사상』, 명문당, 1998.

김호년,『한국의 명당』, 동학사, 1988.

동시영,『현대시의 기호학』, 미리내, 2000.

민승만,『무불통지(無不通知)』, 새글, 1995.

박일홍 역,『장자』<내편>, 육문사, 1990.

박태일,『한국현대시의 공간과 장소』, 소명출판, 1999.

백남대,『풍수지리 좌향론』, 북랜드, 2009.

백영흠・안옥희,『한국 주거역사와 문화』, 기문당, 2003.

백 철,『조선신문학사조사』(현대편), 백양당, 1949.

서유구, 안대회 옮김,『임원경제지』, 돌베개, 2005.

성동환,「땅의 기란 무엇인가」, 푸른나무, 1993.

손 자, 유덕선 해설,『손자사주병법』, 세종출판공사, 1988.

손진은,『현대시의 미적인식과 형상화 방식 연구』, 월인, 2003.

신범순 외,『한국 현대시사의 매듭과 혼』, 민지사, 1989.

신상성,『김남천연구 – 김남천 평론자료집 1』, 경운출판사, 1990.

오세영,『한국현대시 분석적 읽기』, 고려대출판부, 1998.

왕　필, 임채우 옮김,『왕필의 노자』, 예문서원, 1997.

유상희,『나쓰메 소세키 연구』, 보고사, 2001.

유재천,「백석 시 연구」,『1930년대 민족문학의 인식』, 한길사, 1990.

유중림, 민족문화추진회 편,『산림경제』, 솔, 1997.

윤해동,『식민지 근대의 패러독스』, 휴머니스트, 2007.

이기백,『한국사 신론』, 일조각, 1985.

이동순,『민족시의 정신사』, 창작과비평사, 1996.

＿＿＿,『시정신을 찾아서』, 영남대 출판부, 1998.

＿＿＿,『잃어버린 문학사의 복원과 현장』, 소명출판사, 2005.

이두현 외,『한국민속학개설』, 일조각, 1991.

이숭원,『백석시집』, 깊은샘, 2006.

＿＿＿,『한국현대시의 심층적 탐구』, 태학사, 2006.

＿＿＿,『백석을 만나다』, 태학사, 2008.

이중환, 이민수 번역,『택리지』, 평화출판사, 2005.

이지나,『백석 시의 원전비평』, 깊은샘, 2006.

유종호,『비순수의 선언』, 신구문화사, 1983.

＿＿＿,『현대한국문학100년』, 민음사, 1999.

윤재선 편,『건축과 풍수인테리어』, 일진사, 2007.

장도준,『한국현대시의 화자와 시적 근대성』, 태학사, 2004.

장동순,『동양사상과 서양과학의 접목과 응용』, 청홍출판사, 1999.

장보웅,『한국의 민가연구』, 보진재, 1981.

장영훈,『생활풍수강론』, 기문당, 2000.

정선태,『심연을 탐사하는 고래의 눈』, 소명출판, 2003.

정승웅,『한국의 전승민간요법』, 민속원, 2003.

장영훈,『생활풍수강론』, 기문당, 2000.

전진성,『역사가 기억을 말하다』, 휴머니스트, 2005.

정현우,『정현우 박사의 역학에세이』, 녹진, 1998.

정한숙,『현대한국문학사』, 고려대 출판부, 1982.

정효구,『백석』, 문학세계사, 1966.

조동일,『한국문학통사』5권 제3판, 지식산업사, 2002.

조지훈,『시의 원리』, 나남출판, 1996.

조오현・김용경・박동근,『남북한 언어의 이해』, 역락, 2002.

최동호,『백석 시 읽기의 즐거움』, 서정시학, 2006.

_____,『한국현대시사의 감각』, 고려대 출판부, 2004.

최원식・백영서 엮음,『동아시아인의 동양인식: 19~20세기』, 문학과지성사, 1997.

최재서,『전환기의 조선문학』(노상래 역), 영남대 출판부, 2006.

최창조,『땅의 논리 인간의 논리』, 민음사, 1993.

_____ 역,『청오경, 금낭경』, 민음사, 1993.

_____ 외,『풍수 그 삶의 지리 생명의 지리』, 푸른나무, 1993.

최준식,『최준식의 한국종교사 바로 보기 - 유불선의 틀을 깨라』, 한울, 2007.

허 준, 김봉제, 박인규 감수,『동의보감입문』, 국일미디어, 1996.

홍만선, 민족문화추진회 편,『산림경제』, 1982.

황종찬,『현대주택풍수』, 좋은글, 1997.

(2) 논문

강경화,「백석 시의 전개와 특질」,『반교어문연구 』제15집, 반교어문학회, 2003.8.

강길부,「풍수지리설의 현대적 의미」,『정신문화』봄호, 한국정신문화연구원, 1983.4.

강동우,「한국 현대시에 나타난 노장사상적 특성」,『도교문화연구』18집, 2003.4.

강선중,「금계포란형 국면의 마을공간 구성방법에 관한 연구」, 명지대학교 대학원 건축공학과 박사논문, 2000.6.

강영복,「충청북도 보은지방 옥천 누층군 지역의 돌너와집」,『문화 역사지리』제19권 제 2호 통권 32호, 한국문화역사지리학회, 2007.8.

강외석,「일제하의 사회변동과 문학적 대응 - 백석의 시와 소설을 중심으로」,『배달말』통권 제26호, 배달말학회, 2000.6.

고형진,「백석 시 연구」, 고려대학교 대학원 석사학위 논문, 1983.2.

_____,「지용 시와 백석 시의 이미지 비교 연구」,『현대문학이론연구』제18집, 현

대문학이론학회, 2002.12.

곽진석, 『한국 풍수설화와 토포필리아』, 『한국문학이론과 비평』 7권 3호, 한국문학이론과비평학회, 2003.9.

권영옥, 「백석 시에 나타난 토속성 연구」, 한양대대학원 석사학위 논문, 2007.8.

금동철, 「훼손된 민족공동체와 그 회복의 꿈 – 백석론」, 『한국현대시인론』, 한국문화사, 2005.

_____, 「백석 시에 나타난 세계인식 방식 연구」, 『개신어문연구』 제29집, 개신어문학회, 2009.6.

_____, 「백석 시에 나타난 자아의 존재방식」, 『우리말글』 43집, 2008.

_____, 「백석 시에 나타난 세계인식 방식 연구」, 『개신어문연구』 제29집, 2009.6.

김경일, 「'역경(易經)'과 '중용'의 인간학적 탐구」, 성균관대대학원 동양철학과 박사학위 논문, 1992.2.

김명인, 「한국 근대시의 공간현상학적 연구」, 고려대대학원 박사학위 논문, 1985.7.

_____, 「백석 시고」, 『우보전병두박사 화갑기념논문집』, 1983.

_____, 「매몰된 문학의 제자리 찾기」, 『창작과비평』 봄호, 1988.

김숙이, 「백석 시의 생기와 풍수지리사상」, 『동북아문화연구』 18집, 동북아시아문화학회, 2009.3.

_____, 「김소월 시에 나타난 공간인식 – 금잔디의 토포필리아적 성격을 중심으로」, 『민족문화논총』 제34집, 영남대 민족문화연구소, 2006.12.

김연호, 「한국 전통지리사상 연구」, 영남대대학원 한국학과 박사논문, 2008.6.

김열규, 「신화와 소년이 만나서 일군 민속시의 세계」, 『1930년대 민족문화의 인식』, 한길사, 1990.

_____, 「토포스를 위한 새로운 토폴로지와 시학을 위하여」, 한국문학이론과 비평학회, 『한국문학이론과 비평』 7권 3호 제20집, 2003.9.

김영익, 「백석 시문학 연구」, 충남대대학원 박사학위논문, 1999.

김옥순, 「우리시 다시보기」, 『쉼표 마침표』 17호, 국립국어원, 2007.2.

김원호, 「백석의 시 해설」, 『뿌리』 통권21호, 2006년 봄.

김은자, 「백석 시 연구: 고향상실과 비극적 삶의 인식」, 『논문집』 제8집, 한림대학교, 1990.12.

김은철,「백석 시 연구 – 과거지향의 시간의식을 중심으로」,『한국문예비평연구』 제15집, 한국현대문예비평학회, 2004.12.

김웅교,「백석 시 <가즈랑집>에서 평안도와 샤머니즘 – 백석의 시 연구 2」,『현대문학의 연구』제27집, 한국문학연구학회, 2005.11.

김재홍,「민족적 삶의 원형성과 운명애의 진실미」,『한국문학』, 1989.10.

김정수,「백석 시의 아날로지적 상응 연구」,『국어국문학』제144호, 국어국문학회, 2006.12.

나명순,「백석 시 연구」, 고려대대학원 박사논문, 2004.2.

동시영,「백석 시의 구성과 기법에 관한 기호학적 분석」,『동악어문론집』36, 동악어문학회, 2000.12.

류순태,「백석 시에 나타난 '고향의식'의 아이러니 연구」,『한중인문학연구』제12집, 한중인문학회, 2004.6.

류지연,「백석 시의 시간과 공간 의식 연구」, 명지대학교 대학원 박사논문, 2002.

박근배,「일제강점기 만주체험의 시적 수용; 이용악, 유치환, 백석 시를 중심으로」,『경남어문』26, 경남어문학회, 1993.1.

박몽구,「백석 시의 토속성과 모더니티의 고리」,『한국언론집』제39집, 한양대 한국학연구소, 2005.12.

박미선,「백석 시에 나타난 시의식의 변모과정」,『어문학보』제26집, 강원대 사범대 국어교육과, 2004.12.

박석준,「한의학이론 형성기의 사상적 흐름에 대하여 – 노장과 황노지학의 대비를 중심으로」,『동양철학과 한의학』, 아카넷, 2003.

박수연,「백석의 사슴에 나타난 모더니티연구」,『어문연구』, 어문연구회, 1996.12.

박순원,「백석 시의 시어 연구 – 시어목록의 고빈도 어휘를 중심으로」, 고려대대학원 박사학위 논문, 2007.6.

박윤우,「백석 시에 있어서 고향의식과 근대성의 관계양상 연구」,『국제어문』20, 국제어문학회, 1999.7.

박은미,「1930년대 시에 나타난 가족 모티프 연구 – 백석, 오장환, 박세영을 중심으로 –」, 건국대대학원 박사학위 논문, 2003.11.

_____,「한국근대문학에 나타난 근대성 연구 – 백석 시를 중심으로」, 강남대 국

문학과, 『강남어문』 제15집, 2005.2.

박종덕, 「백석 시의 샤머니즘과 생태적 상상력」, 『어문연구』 제57권, 어문연구학
　　회, 2008.

박주택, 「백석 시의 자연 이미지와 욕망의 구현 연구」, 『어문연구』 제52권, 어문연
　　구학회, 2006.12.

박태일, 『한국근대시의 공간현상학적 연구』, 부산대대학원 박사학위 논문, 1991.2.

_____, 「백석 시와 구체성의 미학」, 『경남어문논집』 제2집, 경남대 국문학과,
　　1989.12.

_____, 「백석 시의 공간인식」, 『국어국문학』 21집, 부산대 국어국문학과, 1983.

문호성, 「백석 시의 언술 특성 - 문체를 중심으로」, 『한국언어문학』 38, 한국언어
　　문학회, 1997.6.

서준섭, 「백석과 만주 - 1940년대의 백석 시 재론」, 『한중인문학연구』 제9집, 한
　　중인문학회, 2006.12.

소래섭, 「백석 시에 나타난 음식의 의미 연구」, 서울대대학원 박사학위 논문, 2008.

손진은, 「백석 시의 옛것 모티프와 상상력」, 『한국문학 이론과 비평』 8권3호, 통권
　　24집, 한국문학이론과 비평학회, 2004.9.

송기한, 「백석 시의 고향 공간화 양식 연구」, 『한국현대시가 탐구』, 다운샘, 2005.

신채호, 「동양주의에 대한 비평」, <대한매일신문>, 1909.8.8~10.

안규석, 「기에 대한 한의학적 이해」, 『동양철학과 한의학』, 아카넷, 2003.

안정님, 「백석 시 연구 - 시어에 나타난 이미지를 중심으로」, 『홍익어문』 9, 홍익
　　대 사범대 홍익어문학회, 1990.1.

양혜경, 「백석 시의 공간화 전략 고찰」, 『문학마당』 제6권 제2호 통권 제19호,
　　2007.6.

유병관, 「백석 시의 시간 연구」, 『국제어문』 제39집, 국제어문학회, 2007.4.

유성호, 「백석 시 읽기의 즐거움」, 『서정시학』, 2006년 가을호.

유영봉, 「한국의 역사와 풍수지리」, 『한국사상과 문화』 제19집, 수덕문화사,
　　2003.3.

유영희, 「백석 시의 메시지 구성방식과 시 평가」, 『문학교육학』 제16호, 역락,
　　2005.4.

유종호, 「한국의 페시미즘 – 운명론의 계보」, 『현대문학』, 1961.7.

유지현, 「백석 시에 나타난 자아의식 고찰」, 『현대문학이론연구』 제19집, 현대문학이론학회, 2003.6.

윤경수, 「단군신화의 전승적 성격」, 『도해 한국신화와 고전문학의 원형상징성』, 태학사, 1997.

윤병화, 「백석의 시적 인식에 관한 연구」, 『청람어문학』 12집, 청람어문학회, 1994.7.

이동순, 『백석 내 가슴에 지워지지 않는 이름』, 창작과비평사, 1988.

＿＿＿, 「문학사의 영향론을 통해서 본 백석의 시」, 『인문연구』 18집 1호, 영남대 인문과학연구소, 1996.8.

＿＿＿, 「세기전환기에 보내오는 백석 시의 메시지 – 회복의 정신을 중심으로」, 『실천문학』 56호, 실천문학사, 1999.11.

＿＿＿, 「백석 시와 전통인식의 방법」, 『민족문화논총』 제33집, 영남대 민족문화연구소, 2006.6.

이문규, 『고대 중국인의 하늘에 대한 천문학적인 이해 – 한대 '천문학' 체계의 형성 및 전개과정』, 서울대대학원 박사논문, 1999.

이서행, 「명리학의 연원과 이론체계에 관한 연구」, 한국정신문화연구원 한국학대학원 박사학위 논문, 2002.

이선영, 「1930년대 민족문학의 인식을 펴내며」, 『1930년대 문학의 인식』, 한길사, 1990.

이숭원, 「백석 시와 샤머니즘」, 『인문논총』 15, 서울여대 인문과학연구소, 2006.12.

이을순·백칠현, 「나쓰메 소세키의 봇장坊ちゃん론 – 사회현실과 기요를 통한 이상사회 추구」, 『인문사회, 예체능편』 제25집, 충청대학교, 2004.1.

이재봉, 「도가의 반문명주의: 노·장사상과 새로운 문명」, 『철학논총』 18, 1999.11.

이혜원, 「백석 시의 동심지향성과 그 의미」, 『한국문학연구』 제3호, 고려대 민족문화연구원 한국문학연구소, 2002.12.

장도준, 「백석 시의 화자와 표현기법」, 『한국현대시의 전통과 새로움』, 새미, 1998.

장동순, 「역(易)의 과학」, 『동양사상과 서양과학의 접목과 응용』, 충남대 출판부, 2007.

장석주, 「시어의 발생과 그 기원 – 윤동주, 김수영, 서정주, 백석의 경우」, 『시와 반시』 제12권 4호, 2003.

전봉관, 「백석 시의 방언과 그 미학적 의미」, 『한국학보』, 일지사, 2003. 3.

정정순, 「백석의 시 쓰기 방식 연구」, 『국어국문학』 제129호, 국어국문학회, 2001.12.

정종현, 「식민지 후반기(1937~1945) 한국문학에 나타난 동양론 연구」, 동국대대학원 박사학위 논문, 2006.2.

주칠성, 「한국사상의 원형과 외래사상의 전래」, 『율곡정론』 제6호, 율곡문화원, 2000.2.

_____ 외, 『동아시아의 전통철학』, 예문서원, 1998.

진신탁, 「풍수의 기원 및 역사」, 『최고관리자과정 논문집』 21집, 경상대 경영행정대학원, 2002.2.

차원현, 「1930년대 중후반기 전통론에 나타난 민족 이념에 관한 연구」, 『민족문학사연구』 제24호, 민족문학사학회, 민족문학사연구소, 2004. 3.

최두석, 「1930년대 시의 표현에 관한 고찰」, 서울대학교 대학원 석사학위논문, 1982.

_____, 「백석의 시세계와 창작방법」, 『우리시대의 문학』 6집, 문학과지성사, 1987.

최명표, 「백석 시의 수사적 책략」, 『한국언어문학』 제55집, 한국언어문학회, 2005.10.

최승호, 「백석 시의 나그네 의식」, 『한국언어문학』 제62집, 한국언어문학회, 2007.9.

최유찬, 「1930년대 한국문학 개관」, 『1930년대 민족문학의 인식』, 한길사, 1990.

최정례, 「백석 시 연구 – 근원에 대한 질문으로서의 근대성」, 고려대학교 대학원 석사학위논문, 2001.

최정숙, 「한국현대시의 민속 수용양상 연구 – 백석, 서정주를 중심으로」, 경희대 대학원 박사학위 논문, 2003.2.

_____, 「토속적 세계의 시적 형상화 – 백석 시를 중심으로」, 『유관순연구』 제12호, 백석대 유관순연구소, 2007.12.

하희정, 「운명론의 계보학; 1930년대 후반기 시를 중심으로」, 『선청어문』 23, 서울대 사범대 국어교육과, 1995.4.

3) 번역서

(1) 동양 논저

오야나기 시게타(小柳司氣太), 김낙필 옮김,『노장사상과 도교』, 시인사, 1994.

손자(孫子), 유덕선 역,『손자사주병법』, 세종출판공사, 1999.

다카사키 쇼지(高崎宗司), 이대원 역,『조선의 흙이 된 일본인－아사카와 다쿠미(淺川巧)의 생애』, 나름, 1996.

무라야마 지쥰(村山智順), 최길성 옮김,『조선의 풍수』, 민음사, 1990.

콴지엔잉(關健瑛), 노승현 옮김,『노자와 장자에게 직접 배운다』, 휴머니스트, 2004.

쉬캉생(許抗生), 노승현 옮김,『노자철학과 도교』, 예문서원, 1995.

호쇼 마사오(保昌正夫) 외, 고재석 옮김,『일본현대문학사』, 문학과 지성사, 1999.

유협(劉勰), 최동호 역편,『文心雕龍』, 민음사, 1994.

히라오까 토시오(平岡敏父) 編,『漱石日記』, 東京 岩波書店, 1990.

에비다 테루미(海老田輝巳),「夏目漱石と儒學思想」, 日本 九州女子大學校 國文科 紀要, 제36권 제3호, 1999.12.

(2) 서양 논저

Gaston Bachelard, 김현 옮김,「La Poetique de la Reverie」,『몽상의 시학』, 홍성사, 1982.

＿＿＿＿＿＿＿＿＿, 곽광수 역,「La Poetique de l'espace」,『공간의 시학』, 동문선, 2003.

Tuan, Yi-Fu,「Topophilia」,『A Study of Environmental Perception, Attitudes, and Values』, New York Columbia University Press, 1990.

Rene Wellek & Austi Warren, 이경수 역,『Theory of Literature』,『문학의 이론』, 문예출판사, 1989.

Andre Schumid, 정여울 역,『Korea Between Empires』,『제국, 그 사이의 한국』, 휴머니스트, 2007.

Harold Bloom, 윤호병 역,『Anxiety of Poetic Influence』,『시적 영향에 대한 불안』, 고려원, 1991.

Paul Ginestier, 김현수 역, 『La Pensée de Bachelard』, 『바슐라르의 사상』, 금문당, 1983.

Yuri M, Lotman, 유재천 역, 『A Semiotic Theory of Culture』, 『문화기호학』, 문예출판사, 1998.

제2부 한국 현대시와 해석적 비평의 가능성

1. 백석 시에 나타난 문화소(文化素)의 특성

고형진, 「백석시연구」, 고려대학교 대학원 석사학위 논문, 1983.12.

곽효환, 「백석기행시편연구」, 한국근대문학연구제18호, 2008.10.

윤재근 편, 『편하게 만나는 도덕경』, 동학사, 2001.

박 섭, 『식민지의 경제변동:한국과 인도』, 문학과지성사, 2001.

박영준, 『모범경작생』, 범우사, 2004.

박은미, 「1930년대 시에 나타난 가족 모티프 연구」, 건국대학교 대학원 박사학위 논문, 2003.11.

박태일, 「백석과 신현중, 그리고 경남문학」, 『지역문화연구』 4, 1999.4.

신재효, 강한열 교열, 「박타령 – 성두본A」, 『한국판소리전집』, 서문당, 1975.

안유림, 「1930년대 총독 宇垣一成의 식민정책」, 『이대사원』 27, 이화여자대학교 사학회, 1994.

유광수 공저, 「한국전통문화의 이해」, MJ미디어, 2003.

유재천, 「백석 시 연구」, 이선영 편, 『1930년대 민족문학의 인식』, 한길사, 1990.

유중림, 「산림경제」, 민족문화추진회, 솔, 1997.

이동범, 『자연을 꿈꾸는 뒷간』, 들녘, 2000.9.

이동순 편, 『백석시전집』, 창작과비평사, 1996.

이숭원, 『백석 시의 심층적 탐구』, 태학사, 2006.

이숭원 주해·이지나 편, 『원본 백석시집』, 깊은샘, 2006.

이이화, 『한국사이야기22, 빼앗긴 들에 부는 근대화바람』, 한길사, 2004.

樗生, 「조선학의 문제」, 『신조선』, 1934.12.

전형철, 「민족의 문화소에 대한 백석의 인식과 태도에 대한 토론문」, 『근대시 연구의 개념적 검토』, 한국시학회 제25차 전국학술발표대회, 2010.4.

최승호, 「백석 시의 나그네 의식」, 『한국언어문학』 제62집, 한국언어문학회, 2007.9.

최현배, 『朝鮮民族 更生의 道』, 정음사, 1962.

한경희, 「백석 기행시 연구: 유랑의 여정과 장소 배회」, 『한국시학연구』 제7호, 한국 시학회, 2002.11.

홍만선, 민족문화추진회 편, 『(국역)산림경제 I ~ II』, 1982.

황혜성 · 한복려 · 한복진, 『한국의 전통음식』, 교문사, 1994.

Harold Bloom, Agon : Towards a Theory of Revisionism, 윤호병 역, 『시적영향에 대한 불안』, 고려원, 1991

2. 김소월 시에 나타난 공간인식

1) 기본자료

장만영, 박목월 공저, 정본 『소월시 감상』, 박영사, 1957.

김용직 편저, 『김소월전집』, 서울대학교 출판부, 2001.

김종욱 평역, 『정본 소월전집』 상하권, 명상, 2005.

2) 논문 및 단행본

신재효, 『한국판소리전집』, 서문당, 1973.

Paul Ginestier, 김현수 역, 『la Pensée de Bachelard』, 『바슐라르의 사상』, 금문당, 1983.

김명인, 『1930년대 시의 구조연구』, 고려대학교 국어국문과 박사학위논문, 1985.

김호년, 『한국의 명당』, 동학사, 1988.

최창조, 「풍수지리사상과 한국인의 토지관」, 『토지연구』, 1990.

Tuan, Yi-Fu, 「Topophilia」, 『astudy of environmental perception, attitudes, and values』, New York Columbia University Press, 1990.

헤롤드 불룸, 윤호병 역,『시적 영향에 대한 불안』, 고려원, 1991.

이동순,『민족시의 정신사』, 창작과 비평, 1996.

김한호,『김소월 시 연구 - 정감을 중심으로』, 경상대학교 국어국문과 박사학위
　　논문, 1997.

고명수,「김소월론 : 심리비평적 접근」1998논문집, 1998.

정현우,「풍수와 지리」,『정현우박사의 역학에세이』, 녹진, 1998.

윤수하,「소월 시에 나타난 애증에 대한 연구」, 한국언어문학 44, 2000.

최만종,『김소월 시에 있어서 '장소애'의 현상학적 연구』, 서강대학교 국어국문과
　　박사학위논문, 2000.

이두현, 장주근, 이광규,『한국민속학개설』, 일조각, 2001.

김용희,「리듬과 생략이 주는 파동 : 김소월 탄생 100주년 기념 특집」,『현대문학』
　　제48권 제8호 통권 572호, 2002.

이상우 · 이기한 · 김순식,『문학비평의 이론과 실제』, 집문당, 2002.

김윤식,「소월과의 거리재기」, 예술논문집 제41집, 2002.

김승희,「해체주의적으로 '진달래꽃' 읽기 : 김소월 탄생 100주년 기념 특집」,『현
　　대문학』제48권 제8호 통권 572호, 2002.

전도현,「김소월의 시작 방법과 시의식 연구」, 고려대학교 국어국문과 박사학위
　　논문, 2002.

진신탁,「풍수의 기원 및 역사」,『경상대학교 경영·행정대학원 최고관리자과정 논
　　문집 21집, 2002.

곽진석,『한국 풍수설화와 토포필리아』,『한국문학이론과 비평』7권 3호, 2003.

이주열,「소월의 시적 진술과 그 비평적 도그마」, 한국어문학연구 제18집, 2003.

유영봉,「한국의 역사와 풍수지리」,『한국사상과 문화 제19집』, 2003.

선우현,「가다머 해석학의 보수주의적 성격 : 철학의 사회적 역할과 관련하여」,『해
　　석학연구집』제12집, 2003.

이혜경,「문학적 토포필리아로 찾는『혼불의 자리』」,『한국문학과 비평』7권 3호
　　제20집, 2003.

Gaston Bachelard, 곽광수 역,『La Poetique de l'espace』,『공간의 시학』, 동문선, 2003.

김창근,「우리 현대시와 존재론적 상상력」, 동의론집 제40집, 2004.

3. 김수영의 「풀」에 대한 해석학적 고찰

1) 기본자료

김수명 편, 『김수영전집 1(시)』, 민음사, 2005.

_____, 『김수영전집 2(산문)』, 민음사, 2005.

2) 논문 및 단행본

강웅식, 「풀의 자율성과 초월적 암호 : 김수영의 시 '풀' 연구」, 『해석의 갈등』, 청동 거울, 2004.

고미숙, 「전근대와 탈근대의 횡단을 위한 시론 — 섹슈얼리티를 중심으로」, 『비평 기계』, 소명, 2000.

권희돈, 「詩의 빈자리 ; 김수영의 풀을 예로 하여」, 『인문과학론집』 9, 1990.12.

김명인, 『김수영, 근대를 향한 모험』 소명출판, 2002.

김종윤, 『김수영문학연구』, 한샘출판사, 1994.

김종철, 「시적진리와 시적성취」, 『김수영의 문학』 황동규 편, 민음사, 1983.

김주연, 「교양주의의 붕괴와 언어의 범속화」, 『김수영의 문학』 황동규 편, 민음사.

김준오, 『문학사와 장르』, 문학과 지성사, 2000.

김춘수 · 박진환, 『한국의 문제시 · 명시 해설과 감상』, 자유지성사, 1998.

김현, 「웃음의 체험」, 『김수영의 문학』 황동규 편, 민음사, 1983.

맹문제, 「1960년대 노동시」, 『한국민중시문학사』, 박이정, 2001.

백낙청, 「참여시와 민족문제」, 『김수영의 문학』 황동규 편, 민음사, 1983.

서우석, 「김수영 : 리듬의 희열」, 『김수영의 문학』 황동규 편, 민음사, 1983.

염무웅, 「김수영 론」, 『김수영의 문학』 황동규 편, 민음사, 1983.

오세영, 「우상의 가면을 벗겨라」, 『어문연구』 2005 봄.

이승훈, 『모더니즘 시론』, 문예출판사, 1995.

이용악, 「제비같은 소녀야」, 『낡은 집』, 미래사, 1991.

조르쥬 바타이유, 『에로티즘』, 조한경역, 2005, 민음사.

조명제, 「김수영 시 '풀의 구조와 시적 논리」, 『어문론집』 24, 1995.

조병춘,『한국현대시 평설』, 태학사, 1995.

최동호,「동양의 시학과 현대시」,『현대시』, 1999.

한계전,「김수영」,『한국 현대시 해설』, 관동출판사, 1994.

한명희,「김수영 시 '풀'의 수용양상」, 인문과학 8, 2001.

황동규,「시의 소리」,『오늘의 시론집/사랑의 뿌리』, 문학과 지성사, 1976.

Jean Baudrillard, 이상율 역,『La Societe de Consommation: ses mythes ses structures』, 『소비의 사회』, 문예출판사, 2002.

Yuri M. Lotman, 유재천 역,『A Semiotic Theory of Culture』,『문화기호학』, 문예출판사, 1998.

저자 **김숙이**(金淑伊)

1948년 대구 출생에서 출생하였다. 경북여고, 영남대학교 문과대학 국문학과 및 동대학원 석·박사 과정을 졸업하였고, 2009년 논문『백석시에 나타난 노장사상 수용 연구』를 제출하여 문학박사 학위를 받았다. 2004년 시집『새는 물에서도 꿈을 꾼다』를 발간하였으며, 이 시집으로 제2회 천상병문학제 시사문단문학상 시 부문 대상을 수상하였다. 각종 학술지에 다수의 논문을 발표하였고, 현재 영남대학교 강사로 일하고 있다.

백석 시 연구

초판 1쇄 인쇄일	2011년 10월 11일
초판 1쇄 발행일	2011년 10월 13일

지은이	김숙이
펴낸이	정구형
총괄	박지연
편집·디자인	김현경 이하나 정유진 정문희
마케팅	정찬용
관리	한미애 김정훈 안성민
인쇄처	월드문화사
펴낸곳	**국학자료원**

등록일 2006 11 02 제2007-12호
서울시 강동구 성내동 447-11 현영빌딩 2층
Tel 442-4623 Fax 442-4625
www.kookhak.co.kr
kookhak2001@hanmail.net

ISBN	978-89-279-0139-6 *93800
가격	22,000원